अतीत के अंतराल

अतीत के अंतराल

(भारतीय संस्कृति पर आधारित ऐतिहासिक उपन्यास)

मोहनलाल उपाध्याय

सत्साहित्य प्रकाशन, दिल्ली

प्रकाशक : सत्साहित्य प्रकाशन,

694-ए, (पहली मंजिल) चावड़ी बाजार, दिल्ली-110006

 / संस्करण : 2019 / मूल्य : चार सौ पचास रुपए

मुद्रक : आर-टेक ऑफसेट प्रिंटर्स, दिल्ली ISBN 978-81-7721-386-7

ATEET KE ANTARAL *novel* by Shri Mohanlal Upadhyaya ₹ 450.00

Published by Satsahitya Prakashan, 694-A, (First Floor)

Chawri Bazar, Delhi-110006

यह लघु कृति
माँ सरस्वती के श्वेताभ चरणारविंद
युगल में श्रद्धा सहित
समर्पित

सत्यमेव जयते

प्रधानमंत्री
PRIME MINISTER

नई दिल्ली
23 मार्च, 1999

प्रिय श्री उपाध्याय,

आपके दिनांक 11 मार्च, 1999 के पत्र के लिए धन्यवाद, जिसके साथ आपने अपनी पुस्तक 'अतीत के अंतराल' की एक प्रति भेजी है। यह संकलन प्रशंसनीय है और मुझे आशा है कि इसके अध्ययन से पाठकगण लाभान्वित होंगे।

शुभकामनाओं सहित,

आपका,

अटलबिहारी वाजपेयी

(अटल बिहारी वाजपेयी)

श्री मोहनलाल उपाध्याय,
जे-64, कांत-कुटीर,
जनकपुरी, अलीगढ़,
उत्तर प्रदेश

आमुख

भारत में लगभग दस शताब्दियों पर्यंत हस्तिनापुर के चंद्रवंशी राजाओं का वर्चस्व था, जिन्हें संपूर्ण जंबूद्वीप पर शासन करने का गौरव प्राप्त था। इसी वंश में भीष्म जैसे यशस्वी, युधिष्ठिर जैसे धर्मात्मा और अर्जुन जैसे वीरों ने जन्म लिया। प्रस्तुत पुस्तक में अर्जुन के प्रपौत्र जनमेजय से चौबीसवीं पीढ़ी में जनमे कौशांबी सम्राट् सहस्रानीक (परंतप) और कौशांबी राजमहिषी मृगावती के चरित्र-चित्रण के द्वारा भारत के बौद्ध-कालीन इतिहास के कुछ उपेक्षित और विस्मृत पृष्ठों के अनावरण का लघु प्रयास किया गया है।

सहस्रानीक का वास्तविक समय भारत के इतिहास का वह गौरवशाली युग था, जिसका अधिकांश विस्मृति के धुँधलके में तिरोहित हो चुका है। वास्तव में उस युग की पहचान महात्मा गौतम बुद्ध से है। भारत के ऐतिहासिक क्षितिज पर प्रात:काल के सूर्य की रश्मियों की भाँति अपने ज्ञान की जाज्वल्यमान आभा विकीर्ण करते हुए इस महान् व्यक्तित्व का अवतरण विश्व-इतिहास की महानतम घटनाओं में से एक है। सारा विश्व इस महान् व्यक्तित्व के समक्ष नतमस्तक हो इसकी अर्चना करने लगा। कारण था उनका ज्ञान, अद्भुत त्याग एवं तपस्या। मानव कष्टों के निवारण हेतु सुख के संपूर्ण साधनों एवं राजकीय वैभव को तिलांजलि दे उन्होंने वन गमन किया था।

उस समय एक ओर हिंसा की अति थी और यज्ञों में भी बलि देना धर्मसम्मत था, दूसरी ओर जैन तीर्थंकरों द्वारा प्रतिपादित अहिंसा की चरम सीमा थी। महात्मा बुद्ध ने इसीलिए मध्यम मार्ग अपनाया। उन्होंने तपस्या की और उन्हें बुद्धत्व (Enlightenment) प्राप्त हुआ। उन्होंने 'मध्यमा प्रतिपदा' का प्रतिपादन किया। धर्मचक्र प्रवर्तन हुआ। भारत के अनेक सम्राटों ने अपने को उनके 'धम्म' (धर्म) में दीक्षित किया और संपूर्ण वायुमंडल में चतुर्दिक् 'धम्म शरणं गच्छामि, बुद्धं शरणं गच्छामि, सङ्घं शरणं गच्छामि' का उद्घोष प्रतिध्वनित हो उठा।

उस महान् व्यक्तित्व का ऐसा आकर्षण था कि भारत का सारा राजनीतिक घटनाचक्र उसी एक केंद्र बिंदु के चारों ओर परिक्रमित होने लगा। भारत के मनीषियों ने उनका धर्म अपनाया हो या नहीं, उनकी महत्ता को अवश्य स्वीकारा और उन्हें अवतार की संज्ञा दे

दी। प्रस्तुत उपन्यास के नायक सहस्रानीक और उनके आत्मज उदयन महात्मा बुद्ध के ही समकालीन थे।

उस समय हस्तिनापुर के चक्रवर्ती सम्राटों का प्रभुत्व नष्ट होने पर सारा उत्तरी भारत सोलह स्वतंत्र महाजनपदों में विभक्त हो चुका था और कोई भी सम्राट् संपूर्ण भारत को एक सूत्र में बाँधकर रखने में सक्षम नहीं था।

इन महाजनपदों में कौशल, मगध, वत्स एवं अवंति अन्य जनपदों की अपेक्षा अधिक साधनसंपन्न थे और सैनिक दृष्टि से अधिक शक्तिशाली भी थे। इन चारों में शक्ति एवं प्रभुता प्राप्ति के लिए प्रतिद्वंद्विता चलती रहती थी। प्राय: युद्ध भी होते थे और विवादों के समाधान के लिए विवाह संबंध भी होते थे।

महात्मा बुद्ध के समकालीन कुछ प्रमुख सम्राटों के नाम इस प्रकार हैं—

1. अवंति — महासेन (चंडप्रद्योत) एवं गोपालक
2. मगध — बिंबिसार एवं अजातशत्रु
3. काशी — कटक, अलक्ष और रेणु
4. तक्षशिला — नागराजा पुक्कसाती
5. वत्स — परंतप (सहस्रानीक) और उदयन
6. अंग — दधिवाहन, ब्रह्मदत्त, यवरथ, दृढ़सेन (दृढ़वर्मा)
7. पांचाल — अग्निमित्र, आरुणि
8. कौशल (श्रावस्ती) — प्रसेनजित, विरुद्धक (विडूडभ)

भारतवर्ष के अनेक राजाओं—बिंबिसार और उनके पुत्र अजातशत्रु (मगध) चंडप्रद्योत और गोपालक (अवंति), प्रसेनजित (कौशल), पुक्कसाती (गांधार) आदि ने बौद्ध धर्म ग्रहण कर लिया था, किंतु कौशांबी के आर्य सम्राटों—सहस्रानीक और उनके पुत्र उदयन ने बौद्धधर्म की दीक्षा नहीं ली। कारण स्पष्ट था। उनका वंशगत संबंध हस्तिनापुर के आर्य राजाओं से था, जो भगवान् श्रीकृष्ण के परम भक्त थे। उदयन का पालन-पोषण भी ऋषियों के आश्रम में हुआ था। अत: उनकी वेदों और यज्ञ आदि धार्मिक कृत्यों में अधिक निष्ठा थी, जबकि गौतम युद्ध आर्यों के यज्ञ आदि धार्मिक कार्यों की आलोचना करते थे। अत: बौद्ध धर्म उनकी धार्मिक भावनाओं के अनुकूल नहीं था।

सहस्रानीक पांडव वंश में शतानीक द्वितीय के पुत्र थे और उनके पुत्र उदयन थे। यह क्रम कुछ विवादास्पद है। विष्णुपुराण में उल्लिखित क्रम 'शतानीक, परंतप, उदयन' है। श्रीमद्भागवत में शतानीक द्वितीय के पुत्र का नाम दुर्दमन लिखा है। किंतु बौद्ध साहित्य में शतानीक पुत्र सहस्रानीक को परंतप लिखा है, जो गिलगित में प्राप्त विनय पिटक से प्रमाणित है। परंतप ही कथा सरित्सागर के विश्वविश्रुत सहस्रानीक हैं, जो प्रस्तुत उपन्यास के नायक हैं।

कश्मीर के राजपंडित सोमदेव भट्ट द्वारा लिखित कथा सरित्सागर ही हमारे इस उपाख्यान का मूल स्रोत है। यह पुस्तक लेखक की मौलिक कृति नहीं है। वह गुणाढ्य द्वारा पैशाची में लिखी कथाओं पर आधारित है, जो ईसा पूर्व तृतीय शताब्दी में लिखी गई थीं। इनमें कल्पनातत्त्व अधिक है। किंतु लेखक ने इतिहास सम्मत घटनाएँ एकत्र कर उनको कथासूत्र के रूप में पिरोने का प्रयास किया है।

सहस्रानीक के पुत्र उदयन ने भारतीय इतिहास पर एक अमिट छाप छोड़ी है। वह अपने समय का महान् कलाप्रेमी था। उसको लक्ष्य करके संस्कृत में पाँच नाटकों की रचना हुई है—'प्रतिज्ञा यौगंधरायणम्', 'रत्नावली', 'प्रियदर्शिका', 'स्वप्नवासवदत्तम्' और 'तापस वत्सराज चरितम्'। इसके अतिरिक्त अन्य ग्रंथों और नाटकों में भी उदयन के नाम के संदर्भ मिलते हैं।

उदयन शरीर एवं मुखाकृति से अत्यंत सुंदर था और वह एक अद्‍भुत वीणावादक भी था। उसकी घोषवती वीणा दिव्य वीणा थी। रत्नावली नाटिका में सागरिका उदयन को देखकर विचार करती है—'कथं प्रत्यक्ष एवं भगवान् कुसुमायुध इह पूजां प्रतीच्छति'। (क्या भगवान् कामदेव स्वयं प्रत्यक्ष होकर यहाँ पूजा ग्रहण करते हैं।)

हाथियों के सम्मोहन की विद्या का भी उदयन को ज्ञान था और इसीलिए उसकी सेना हस्तिबहुल थी। शताब्दियों तक उत्तरी भारत में उदयन एवं वासवदत्ता की प्रेम कहानियाँ किंवदंतियों के रूप में प्रचलित थीं और उज्जयिनी में विशेष रूप से। कालिदास मेघदूत में लिखते हैं—

'प्राप्यावंतीमुदयनकथा—कोविद-ग्राम-वृद्धान्
पूर्वाद्दिष्टामनुसरपुरीं, श्री विशालां विशालाम।'

(यक्ष मेघ से कहता है—तुम अवंति पहुँचकर, जहाँ गाँवों के वृद्ध पुरुषों को उदयन की कथा का ज्ञान है, समृद्धिशाली एवं अत्यंत विशाल नगरी उज्जयिनी अवश्य जाना।)

उदयन के पिता सहस्रानीक अत्यंत चरित्रवान् एवं प्रजावत्सल सम्राट् थे, किंतु शाप के कारण अपनी अत्यंत प्रिय राजमहिषी मृगावती से चौदह वर्ष का वियोग होने के कारण उनका विरहकाल अत्यंत कष्टमय था। यह वह समय था, जब राजाओं में बहुविवाह की प्रथा प्रचलित थी, किंतु उन्होंने अपना विवाह नहीं किया और रानी से पुनर्मिलन की आशा में इतने लंबे विरहकाल के कष्ट को सहते रहे। यह थी उनके अति धीर गंभीर चरित्र की विशेषता।

सहस्रानीक और उदयन का काल कौशांबी का स्वर्ण युग था। वह एक अत्यंत समृद्ध नगरी थी और व्यापार का केंद्र थी। वहाँ के बने वस्त्र संपूर्ण भारत में ही नहीं, वरन् चंपा के समुद्रपत्तन होकर विदेशों को भी निर्यात होते थे।

सम्राट् सहस्रानीक के समय उज्जयिनी के सम्राट् चंडप्रद्योत का वैमनस्य कौशांबी

से चलता रहता था। उज्जयिनी एक विशाल एवं समृद्ध नगर एवं प्रसिद्ध तीर्थ स्थल था। भगवान् महाकालेश्वर, हरसिद्धि देवी एवं काल भैरव की इस नगरी को यदि पश्चिमी भारत की काशी कहा जाए तो कहीं अधिक उपयुक्त होगा। यह नगरी शिप्रा के पावन तट पर स्थित है। अनेक पुराणों और कवियों की रचनाओं में इसका वर्णन मिलता है। सम्राट् चंडप्रद्योत प्राय: मध्य भारत और विंध्यकांतार की वन्य जातियों को वत्स की सीमा पर उत्पात के लिए प्रेरित करते रहते थे।

सहस्रानीक के समय तीसरा शक्तिशाली राज्य था मगध। उनके समय में मगध सम्राट् बिंबिसार से कौशांबी का संघर्ष बराबर चलता रहता था। बिंबिसार का राज्यकाल 1250 कलि से 1286 कलि (1852 ई.पू. से 1816 ई.पू.) और अजातशत्रु का राज्यकाल 1286 कलि से 1313 कलि (1816 ई.पू. से 1786 ई.पू.) था। अजातशत्रु के राज्य के नवें वर्ष, 1295 कलि (1807 ई.पू.)में भगवान् बुद्ध को निर्वाण प्राप्त हुआ। अजातशत्रु के उपरांत उनके पुत्र दर्शक ने अपनी बहन पद्मावती का विवाह उदयन से किया। इसके उपरांत इन दोनों साम्राज्यों का संघर्ष समाप्त हो गया। दर्शक ने 1313 कलि से 1337 कलि तक (1768 ई.पू. से 1765 ई.पू. तक) चौबीस वर्ष राज्य किया था।

अभी स्पष्ट किया जा चुका है कि इस उपाख्यान के समय की सही पहचान महात्मा गौतम बुद्ध से है और महात्मा बुद्ध के काल का सही निर्धारण उनके समकालीन राजाओं और सम्राटों के समय पर विचार किए बिना संभव नहीं।

अंग्रेज इतिहासकार सर विलियम ने भारत पर सिकंदर के आक्रमण का समय 327 ईसा पूर्व निर्धारित किया और महात्मा बुद्ध का समय इससे लगभग 250 ईसा पूर्व का कल्पित कर उसी आधार पर छठवीं शताब्दी ईसा पूर्व का निर्धारित कर उनकी जन्मतिथि 567 ईसा पूर्व और निर्वाण तिथि 487 ईसा पूर्व प्रतिपादित कर दी। इन तिथियों का कोई वैज्ञानिक आधार प्रतीत नहीं होता। इसके अतिरिक्त ये तिथियाँ हमारे प्राचीन इतिहास से मेल भी नहीं खातीं।

पन्नालाल गुप्त ने अपने 'प्राचीन भारत का प्रामाणिक इतिहास' में इसका विवेचन किया है। हम उसे यहाँ उद्धृत किए देते हैं।

'नेपाल की राजवंशावली के अनुसार, महात्मा बुद्ध नेपाल के चंद्रवंशी राजा पशुपेक्ष तथा भास्कर वर्मा के समकालीन थे। पशुपेक्ष का समय 1210 से 1235 कलि और भास्कर वर्मा का समय 1235 से 1260 कलि बनता है। राहुल सांकृत्यायन के अनुसार, महात्मा बुद्ध जब कपिलवस्तु से अंतिम बार श्रावस्ती जा रहे थे तो वे भास्कर वर्मा को मिले। वे नि:संतान थे। भास्कर वर्मा की प्रार्थना पर महात्मा बुद्ध ने लिच्छवि वंश के भूमि वर्मा को उनका उत्तराधिकारी नियुक्त किया। उसके पाँच वर्ष बाद महात्मा बुद्ध को निर्वाण प्राप्त हुआ। अत: उनकी निर्वाण तिथि 1295 कलि (1807 ई.पू.) और जन्मतिथि 1215 कलि

(1887 ई.पू.) सिद्ध होती है।' हमारे ग्रंथों की दृष्टि से भी यही तिथियाँ सत्य बैठती हैं।

भारत के विभिन्न ऐतिहासिक क्रमिक अंतरालों की समुलेख्य घटनाओं के समय का केवल ई. सन् के आधार पर गणना करना भी अनेक त्रुटियों का कारण है। ईस्वी सन् से लगभग 31 शताब्दी पूर्व कलि संवत् प्रारंभ हो चुका था।

संवत् प्राय: किसी महान् पुरुष के जन्म अथवा मृत्यु के दिन से ही प्रारंभ होते आए हैं। भगवान् श्रीकृष्ण का जन्म भाद्रपद, कृष्णपक्ष, अष्टमी, रोहिणी नक्षत्र, शुक्रवार 3182 ई. पूर्व अर्द्धरात्रि 11:40 पर हुआ और उनका परम धाम गमन अस्सी वर्ष की आयु में 3102 ई. पूर्व में हुआ। अत: भगवान् कृष्ण के परमधामगमन की तिथि से ही कलि संवत् के प्रारंभ की कल्पना की गई। इस प्रकार कलि संवत् का प्रारंभ 3102 ई. पूर्व हुआ। तद्नुसार इस वर्ष 1998 ई. में कलि संवत्, जिसे हिंदू संवत् भी कहते हैं, 51 शताब्दियाँ पूर्ण कर चैत्र शुक्ला प्रतिपदा से 52वीं शताब्दी में प्रवेश कर चुका है।

फ्रांस के एक प्रसिद्ध ज्योतिषी वैले ने कलियुग प्रारंभ की तिथि 22-2-3102 ईसा पूर्व 2 बजकर 27 मिनट 30 सेकंड माना है।

इसके अनुसार, महाभारत का युद्ध 3138 ई. पूर्व में हुआ। इस युद्ध के उपरांत युधिष्ठिर ने 36 वर्ष 8 माह 25 दिन राज्य किया। वे भगवान् श्रीकृष्ण के परमधाम गमन के 5 माह पश्चात् तक राज्य करते रहे। अत: कलि संवत् के प्रारंभ का 3102 ई. पूर्व होना निर्विवाद है।

परीक्षित 36 वर्ष की आयु में कलि संवत् के प्रारंभ होने के पाँच माह पश्चात् राजसिंहासनारूढ़ हुए। उन्होंने 60 वर्ष की आयु तक 23 वर्ष, 6 माह, 25 दिन राज्य किया। 60 वर्ष की आयु में तक्षशिला के राजा तक्षक ने श्रृंगी ऋषि के पुत्र जातुकर्ण द्वारा प्रेरित करने पर, आखेट के समय विषैले वाण से परीक्षित का वध कर दिया। इसी के प्रतिशोध में जनमेजय ने तक्षशिला पर आक्रमण कर जातुकर्ण का वध किया और सहस्रों नाग सैनिकों को मृत्यु के घाट उतारा। इसी को जनमेजय का नागयज्ञ कहा गया। वास्तव में नाग शब्द का अर्थ है पर्वतीय। 'नग' पर्वत को कहते हैं। अत: नागों से तात्पर्य गांधार की पर्वतीय जातियों से था। जनमेजय ने 84 वर्ष, 7 माह, 23 दिन राज्य किया। उन्होंने 63 कलि एवं 86 कलि में दो अश्वमेध यज्ञ किए। इस काल के दो दान पत्र जिन पर 63 कलि एवं 86 कलि अंकित है, मैसूर में प्राप्त हुए हैं। अत: कलि संवत् का प्रारंभ और समय प्रामाणिक है।

प्रस्तुत उपन्यास के लेखन का चरम लक्ष्य एक ओर जहाँ भारत के गौरवपूर्ण सांस्कृतिक अतीत के युगपुरुष आर्य सम्राट् सहस्रानीक और उनके आत्मज उदयन के जीवन के अपूर्व घटनाक्रम को आधार मानकर कथासूत्र प्रस्तुत करना है, वहीं दूसरी ओर उनके उदार चरित्र और उनके द्वारा भारतीय संस्कृति के उन्नयन हेतु संपादित सत्कार्यों के

परिप्रेक्ष्य में उनकी अदम्य राष्ट्रसेवा और राष्ट्रभक्ति की भावना को महिमामंडित करना भी है।

कलि (हिंदू) संवत् के 52वीं शताब्दी में प्रवेश करने की पावन बेला में मेरा यह प्रथम लघु साहित्यिक प्रयास निष्ठापूर्वक प्रबुद्ध पाठकों को समर्पित है।

इस उपन्यास के लेखन में डॉ. श्री शिवशंकर शर्मा राकेश, भूतपूर्व हिंदी विभागाध्यक्ष, अलीगढ़ मुस्लिम विश्वविद्यालय एवं डॉ. श्री श्रीनिवास मिश्र भूतपूर्व संस्कृत विभागाध्यक्ष धर्म समाज महाविद्यालय अलीगढ़ से जो सहयोग प्राप्त हुआ है और समय-समय पर भाषा के संबंध में जो भी सुझाव प्राप्त होते रहे हैं, उनके लिए मैं उन दोनों मनीषियों का हृदय से आभार व्यक्त करता हूँ।

—मोहनलाल उपाध्याय
जे-64, कांत कुटीर, जनकपुरी, अलीगढ़
चैत्र शुक्ल द्वितीया, 5101 काले (2055 विक्रमी संवत्)

अभिमत

प्रस्तुत उपन्यास की कथावस्तु में अतीत के कुछ कालजयी रोचक ऐतिहासिक-सांस्कृतिक आख्यान-सूत्र बुने गए हैं। युग-पुरुष श्रीकृष्ण और गौतम बुद्ध के युगीन घटनाचक्र भारतीय अतीत के ज्वलंत संदर्भ हैं। कौशांबी के विभूतिभूषित शौर्य-कलश ज्ञान-त्याग-तपस्या के स्थायी प्रतीक हैं। 'तथागत' के शुभ्र पंचशील की क्रियात्मक वैचारिक विभा को धुँधलाते देखकर हमारा विकृत वर्तमान निरंतर विक्षुब्ध है। उज्ज्वल अतीत के अंतरालों की गौरव गाथा विद्वान् लेखक ने बड़ी भावार्द्र तत्परता से गुनी है, काश वह लौट पाती! अनास्था-अनैतिकता के संक्रांतिकाल में 'सद्धर्म' की ऊर्जा को जाग्रत् करने का यह औपन्यासिक आयास सराहनीय है।

सम्राट् सहस्रानीक चंद्रवशीय प्रतापी पांडवों के इतिहास-पुरुष थे। वही घोर द्वंद्व-प्रतिद्वंद्व युग के विख्यात 'परंतप', 'अतीत के अंतराल' उपन्यास के मनोनीत नायक हैं। उनके औरस आत्मज प्रातिभ प्रभामंडित उदयन—राजमहिषी मृगावती के पुत्र थे। कुसुमायुध कमनीय, विश्वविश्रुत घोषवती वीणा-वादक, अनेक लोक कथाओं के नायक, सुधीरवीर उदयन भारतीय इतिहास के अमिट हस्ताक्षर हैं। कथा-प्रवाह में उज्जयिनी व मगध की सांस्कृतिक निधियाँ उजागर हैं। सप्राण पात्रों में बिंबिसार, अजातशत्रु और पद्मावती को बौद्ध-ज्ञान की आधार भूमि पर उकेरा गया है। उपाध्यायजी की जनमेजय और उसके बहुचर्चित नाग-यज्ञ की परिकल्पना एक कुतूहलपूर्ण शोध-निष्कर्ष है। उपन्यास की प्रमुख प्रासंगिक घटनाओं में जीवन के प्रति तड़प है, श्रद्धा व आस्था की अनुगूँज है, कल्प विधान का रेशमी संयोजन भी है। मानव-जीवन की मनोवैज्ञानिक-रहस्यमयी गुत्थियाँ भारतीय दर्शन के तंतुओं से सुबद्ध हैं। कथावस्तु के अंतराल भावात्मक हैं। इतिहास-सम्मत तथा अलौकिक अप्सरा-लोक व देवलोक की बासंती धूप-चाँदनी में निखरे-बिखरे हैं।

उपन्यासकार ने पात्रों के चरित्र-चित्रण को जीवंत बनाने की चेष्टा की है। लोकोत्तर पात्र प्रणम्य हैं, मानव-सुलभ गुणों को रेखांकित करते हुए अमानवीय पाशविक वृत्ति पर कशाघात भी है। नारी पात्रों का लावण्य प्राय: देवदीप्तिमय है।

उपन्यास की कथा को सहज गतिशील बनाए रखने की दृष्टि से कहीं-कहीं कुछ कथोपकथन भी दिए गए हैं, जिनमें मनोभावों की ध्वनि स्पष्ट है।

देश-काल की प्रस्तुति के अंतर्गत यथाक्रम राजसी साज-सज्जा के महिमामंडित मोहक विवरण हैं, तो कहीं आर्ष पावन वातावरण की याज्ञिक गंध पूर्ण अध्यात्म-चेतना से परिव्याप्त हैं। इन प्रसंगों में भी लेखक का संस्कृत-साहित्य का व्यापक परिशीलन परिलक्षित है। अतीत युगों के प्रसंगसंगत चिंतन तथा समाज-बोध को भी लेखक ने इंगित किया है। नैसर्गिक परिदृश्य नितांत ललित-कलित-सुवासित हैं।

उपन्यास की भाषा-शैली को शैली-विज्ञान के निकष पर कसने की आवश्यकता नहीं है। यदि भाषा सरस, प्रभावपूर्ण तथा परिमार्जित हो और उसमें कवित्व की झलक हो तो बात बन जाती है। भाषा कथ्य के अनुरूप होने से वह भाव-दर्पण का काम करती है, उसमें ओज-माधुर्य-प्रसाद की छवियाँ उभरती-तैरती हैं। श्री मोहनलाल उपाध्यायजी का यह प्रथम औपन्यासिक प्रयास उनके साहित्यिक भाषा-शैली-शिल्प का मंगलाचरण है, उल्लेख्य है। इसमें उनके अंग्रेजी साहित्य के अध्ययन का संस्पर्श भी है। 'अतीत के अंतराल' उपन्यास के अवितथ काल-निर्णय से गणितज्ञ लेखक को संतोष है।

प्रस्तुत उपन्यास की सृष्टि-दृष्टि का चरम लक्ष्य भारतीय संस्कृति-सभ्यता व राष्ट्रीय चेतना को ऐतिहासिक साक्ष्यों द्वारा उद्घाटित करना है। वस्तुत: अतीत के संकेतित अंतरालों से भाव-शक्ति संचित करने की यह एक कोशिश है, भविष्य की नई सीधी राह तलाशने की छटपटाहट भी है। अतीत की गहराई में उतरने से ही आदर्श के यथार्थ तथा यथार्थ के आदर्श की सही पहचान संभव है।

मुझे आशा है कि विलक्षण रोचक कथावस्तु एवं भव्य भाव-संपत्ति के कारण यह उपन्यास हिंदी के सुविशाल वाङ्मय का एक नया न्यास प्रमाणित होगा।

—डॉ. शिवशंकर शर्मा 'राकेश'
पी-एच.डी. डी.लिट्.
(पूर्व अध्यक्ष, हिंदी विभाग,
अलीगढ़ मुस्लिम विश्वविद्यालय, अलीगढ़)

'कविता'
भारती नगर,
मैरिस रोड, अलीगढ़
1-1-1999

दो शब्द

मेरे पूज्य पिताजी श्री मोहनलाल उपाध्याय की औपन्यासिक कृति 'अतीत के अंतराल' का प्रथम प्रकाशन सन् 1999 में हुआ था। प्रकाशन के कुछ वर्षों के अंदर ही सभी प्रतियाँ बिक गई थीं और तब से ही पाठक-मित्र पुस्तक की उपलब्धता के बारे में पूछते रहे हैं। पूज्य पिताश्री की प्रतिभा, निष्ठा, श्रम तथा कृतित्व मेरे लिए श्रद्धा और गौरव के विषय हैं। और उनकी इस अमूल्य कृति को जिज्ञासु पाठकों की सेवा में पुनः प्रस्तुत करना मैं अपना परम कर्तव्य समझता हूँ।

यह इतिहास केंद्रित उपन्यास चंद्रवंशीय कौशांबी सम्राट् सहस्रानीक और उनके प्रतापी पुत्र उदयन की उदात्त जीवनगाथा है। यह रचना हमें अपने देश के तत्कालीन सामाजिक, सांस्कृतिक, आर्थिक तथा राजनैतिक परिवेश से परिचित कराती है। पाठक देश के विगत-वैभव का साक्षात्कार कर सहज ही गौरवान्वित होता है। तत्कालीन राज्य-व्यवस्था के आंतरिक पक्ष के साथ युगीन परिदृश्य और राजनैतिक संघर्ष का विशद् वर्णन प्रस्तुत किया गया है। राजपरिवार के आंतरिक संबंधों, राजा और प्रजा के बीच परस्पर श्रद्धा-विश्वास, राजनैतिक विरोधियों के षड्यंत्रों, पूर्वजन्मों के तिलिस्मों आदि का रोचक चित्रण पाठकों के मन को मोहित करता है।

कथावस्तु के सम्यक् अनुसंधान हेतु पिताजी ने सुदूर प्रांतों की यात्राएँ की थीं। उसी क्रम में विक्रम विश्वविद्यालय के कुलपति स्व. शिवमंगल सिंह 'सुमन' तथा पं. सूर्यनारायण व्यास से उन्होंने उज्जैन जाकर संपर्क किया और कई सप्ताह प्रवास करते हुए प्रामाणिक जानकारियाँ प्राप्त कीं।

चंद्रवंशीय कौशांबी राज्य के साथ तद्‌युगीन सम्राटों के शासनकाल और बौद्धकालीन घटनाओं के कालक्रम के निर्धारण तथा ऐतिहासिक घटनाक्रम के अनुसंधान हेतु लेखक ने गहन शोध किया है। ऐतिहासिक तथ्यों की युक्तिसंगत व्याख्या करते हुए अनेक तिथियों की त्रुटियों का निवारण प्रस्तुत रचना में हुआ है।

पूज्य पिताश्री एक गंभीर अध्येता थे तथा अंग्रेजी और गणित विषयों में उनका पांडित्य सर्वविदित था। वे एक प्रतिष्ठित शिक्षक थे तथा अध्ययन, अध्यवसाय और साहित्यिक

अभिरुचि के संस्कार उनके व्यक्तित्व के अभिन्न अंग थे। उनके इन्हीं संस्कारों से सृजनात्मक प्रतिभा का विकास हुआ और उसी सृजनात्मकता का सुफल है यह कृति। पिताजी संस्कृत भाषा के भी विद्वान् थे और उनकी यह विद्वत्ता प्रस्तुत पुस्तक के भाषा-शिल्प में स्पष्ट रूप से परिलक्षित होती है।

हिंदी साहित्य-जगत् ने लेखक के इस प्रयास का उत्साहपूर्ण अभिनंदन किया था। उत्तर प्रदेश शासन ने 'अतीत के अंतराल' के इस ऐतिहासिक कथ्य को पुरस्कृत कर प्रतिष्ठा प्रदान की थी। इस उपन्यास की आवरण-सज्जा डॉ. महेश चंद्र वार्ष्णेय, अध्यक्ष चित्रकला विभाग श्री वार्ष्णेय महाविद्यालय अलीगढ़ के द्वारा की गई है। एतदर्थ मैं हृदय से उनका आभारी हूँ।

'अतीत के अंतराल' को पुनर्प्रकाशित कर पाठकों के हाथों में प्रस्तुत करते हुए मैं अपार गौरव और हर्ष का अनुभव कर रहा हूँ। मेरा यह प्रयास पिताश्री के प्रति विनम्र श्रद्धांजलि है। आशा है कि पाठकगण मेरे इस प्रयास को आशीर्वाद प्रदान कर कृतकृत्य करेंगे।

—प्रियकांत उपाध्याय

अनुक्रम

1

प्रतिभा-पौरुष का प्रतीक-सहस्रानीक

उत्तरी भारत के सोलह महाजनपदों में वत्स महाजनपद एक समृद्धिशाली साम्राज्य था। उसकी राजधानी कौशांबी भी अपनी समृद्धि और सौंदर्य के लिए संपूर्ण भारत में विख्यात थी। कौशांबी-सम्राट् शतानीक की गणना उनके समय के महान् वीर और प्रतापी सम्राटों में थी। उनका पुत्र राजकुमार सहस्रानीक अब शैशव को पार कर किशोरावस्था में पदार्पण कर चुका था। सम्राट् शतानीक उसकी राजकुमारोचित शिक्षा व्यवस्था के लिए अधिक चिंतित थे। मंत्रियों के परामर्श से उन्होंने महामात्य सुरुचि के पुत्र युगंधर और साम्राज्य के महाबलाधिकृत युधामन्यु के पुत्र सुप्रतीक के साथ ही कुलगुरु श्रुताचार्य के निरीक्षण में, राजकुमार की शिक्षा की व्यवस्था की। सुयोग्य अध्यापकों की नियुक्तियाँ की गईं।

अति श्वेत प्रस्तर-खंडों से विनिर्मित, कौशांबी का राजप्रासाद अपने अनुपम सौंदर्य के लिए बहु-चर्चित था। प्रासाद के प्रांगण में बनी पुष्करिणियों में श्वेत पद्मों का बाहुल्य था। इसी कारण यह राजप्रासाद शुभ्र-पद्म-प्रासाद के नाम से ही प्रसिद्ध था। इसकी अकल्पनीय सुषमा कौशांबी होकर जानेवाले पथिकों के लिए भी आकर्षण का केंद्र थी। वे उसकी भव्यता को देखने अवश्य आते। इसके गगन-भेदी कंगूरे विशुद्ध-स्वर्ण-विनिर्मित कलशों से सुशोभित थे और प्रातःकाल जब उदीयमान सूर्य की प्रथम रश्मियाँ उनका स्पर्श करने लगतीं तो उनके प्रतिबिंब से संपूर्ण प्रासाद ही स्वर्णाभ हो जाता और वहाँ की मोहक छटा बलात् नयनों को अपनी ओर आकर्षित करने लगती। राजभवन के समक्ष ही बसंतविहार उद्यान था, जहाँ एक जलाशय था और समीप ही एक सुंदर शिवालय भी था। यह राजपरिवार का निजी उद्यान था, किंतु प्रातःकाल राजपरिवार द्वारा पूजा की समाप्ति पर यह प्रजा के लिए भी सुगम्य था। यहाँ ऐसे पुष्प पादपों का चयन किया गया था, जो वर्ष भर पुष्पों से लदे सुशोभित रहते। इसलिए इसको बसंत-विहार उद्यान की संज्ञा दी गई थी।

इसी उद्यान के उत्तर की ओर परमपावनी नील-सलिला यमुना के तट के अति

निकट पद्म-निकेतन उद्यान था, जो चारों ओर से आम्र-पादपों एवं अशोक के वृक्षों से परिवेष्टित था। पद्मों के बाहुल्य के कारण यह उद्यान यथानाम तथागुण था। यहाँ लघु प्रजाति के पुष्पों एवं फलों के पादपों का चयन किया गया था। उद्यान में एक जलाशय था, जो सदा स्वच्छ जल से आपूरित रहता था। उद्यान के मध्य एक सुंदर एवं विशाल भवन भी था। नगर के वातावरण से दूर यमुना-तट के अति निकट होने के कारण यही ग्रीष्म काल में भी वातावरण अति शीतल एवं सुखद रहता था। यमुना के शीतत जल को स्पर्श कर वातायनों एवं गवाक्षों से अंदर जाती शीतल वायु तन-मन को शीतल बना देती। इसी कारण कौशांबी-राजपरिवार ग्रीष्मकाल में इसी राजभवन में निवास करता था।

उद्यान में कहीं-कहीं लघु पर्वतिकाओं की प्रतिकृतियों का निर्माण किया गया था। यद्यपि उद्यान का चतुर्दिक् प्राकृतिक परिवेश तो अधिक मनोहारी और दर्शनीय नहीं था, किंतु उद्यान के मानव-कृत दृश्यों की छटा किन्हीं भी प्रकृतिजन्य पर्वतीय दृश्यों की छटा की भाँति ही नयनाभिराम थी। स्थान-स्थान पर अनेक प्रकार के लता-मंडप थे, जहाँ ग्रीष्मकाल में वातावरण सुखद और शीतल रहता। चंद्रपर्णी लताओं का बाहुल्य था। इनके पेलव पल्लवों के भार से झुकी शाखाएँ ज्योत्स्ना में ज्योतिपुंज सी चमकती रहतीं। जूही, चंपक, शेफालिका और भद्रपर्णा आदि गंध-प्रसारिणी लताओं का स्पर्श कर सुगंधित पवन हर समय प्रवाहित रहता। सतत प्रवहमान उपकुल्याओं की कलकल, विहगों का कलरव और पवन-प्रकंपित पल्लवों का समवेत स्वन एक स्वर्गिक संगीत का सर्जन करते। सारा वातावरण ही संगीतमय सा लगता।

प्रकृति के इसी शांत अंचल में तीनों कुमारों—सहस्रानीक, युगंधर और सुप्रतीक की शिक्षा प्रारंभ हुई। वैदिक परंपराओं के अनुसार, तीनों ही कुमारों को आश्रमवासियों जैसा जीवन व्यतीत करना पड़ता।

ब्रह्मवेला में उठना, आह्निक क्रियाओं से निवृत्त हो शिक्षा ग्रहण करना ही उनकी मुख्य दैनिकचर्या थी। उद्यान में स्थित जलाशय के तटों और सोपानों का निर्माण श्वेत प्रस्तरों से किया गया था। यहाँ अनेक प्रकार के जल-पक्षी क्रीड़ा करते रहते। अवकाश के समय यही स्थान उन कुमारों का क्रीड़ास्थल था। अध्यापक जितने योग्य थे, तीनों छात्र भी उतने ही प्रखर-बुद्धि थे, किंतु राजकुमार सहस्रानीक तीनों में सर्वश्रेष्ठ सिद्ध होता। तीनों ही लगभग समवयस्क थे और उनमें परस्पर प्रगाढ़ता थी। युगंधर और सुप्रतीक दोनों ही राजकुमार से अवस्था में लगभग एक वर्ष ज्येष्ठ होते हुए भी अपनी सीमाएँ समझते थे और सदा ही राजकुमार के प्रति शीलवान् थे।

राजकुमार सहस्रानीक कनिष्ठ होते हुए भी प्रतियोगिताओं में सर्वश्रेष्ठ सिद्ध होता। उसके अप्रतिम अंगसौष्ठव, शस्त्रों के प्रयोग में उसकी अप्रतिहत दक्षता, उसकी प्रखर बुद्धि, सहृदयता और उदारता की कहानियाँ संपूर्ण वत्स साम्राज्य में प्रख्यात हो चुकी थीं।

कौशांबी के प्रजाजन इस भावी सम्राट् में एक सुयोग्य एवं उदार शासक के गुणों को देख संतोष का अनुभव करते।

राजकुमार यद्यपि किशोरावस्था को पार कर पूर्ण यौवनावस्था में पदार्पण करने के कगार पर ही पहुँच पाया था, किंतु किसी भी वयस्क एवं कुशल सेनानायक से प्रतिस्पर्धा करने की पूर्ण क्षमता उसमें थी। वह विलक्षण प्रतिभावान् था। सुप्रतीक भी राजकुमार की भाँति ही बलिष्ठ एवं कुशल शस्त्र चालक था, किंतु प्रतियोगिताओं में प्राय: राजकुमार ही अधिक श्रेष्ठ सिद्ध होता। तीनों ही किशोरों को मल्लयुद्ध, अश्वारोहण, धनुर्वेद, शल्य-प्रक्षेपण, गदायुद्ध एवं खड्ग-युद्ध की शिक्षा के साथ ही नीति-शास्त्र और धर्म-शास्त्रों की भी पूर्ण शिक्षा दी गई थी। किंतु युगंधर की रुचि राजनीति शास्त्र में अधिक और युद्ध-कौशल प्राप्त करने में कम थी। संभवत: यह रुचि उसे अपने पिता महामात्य सुरुचि से संस्कारगत थी। प्रारंभ से ही उसमें एक कुशल राजनीतिज्ञ के लक्षणों का उदय होने लगा था। उन दिनों संपूर्ण भारत में मगध महामात्य वर्षकार अपने राजनीतिक कौटिल्य के लिए प्रख्यात थे और स्वार्थ सिद्धि के लिए पतन की किसी भी सीमा तक जा सकते थे। किंतु युगंधर को गुरुओं की पूर्ण शिक्षा थी कि राजनीति से तात्पर्य मानवता के परित्याग से नहीं। युगंधर ने इस शिक्षा को पूरी तरह हृदयंगम कर लिया था।

राजकुमार लगभग पंचशत हस्त पर्यंत शल्य-प्रक्षेपण में सक्षम था। खड्ग युद्ध की कला में वह अप्रतिम था। धनुर्वेद का भी उसे पूर्ण ज्ञान था। रात्रि के अंधकार में भी वह शब्द-वेध कर सकता था। उसके और सुप्रतीक के दोनों ही के लक्ष्य अचूक थे। गुरुजन उनकी शिक्षा से संतुष्ट थे।

सभी सुख-सुविधा के साधन उपलब्ध होते हुए भी कभी-कभी राजकुमार सहस्रानीक अन्यमनस्क हो गंभीर मुद्रा में एकांत में किसी लता-मंडप में जा बैठता और कतिपय क्षणों के लिए तंद्रिल सा अपने तन-मन और परिवेश को विस्मृत कर उठता। किंतु यह दशा प्राय: कभी-कभी और क्षणिक ही होती। उस रामय सुप्रतीक और युगंधर—दोनों ही उसकी अन्यमनस्कता पर चिंतित हो जाते, किंतु राजकुमार से कुछ भी पूछने का साहस नहीं हो पाता।

राजकुमार की अन्यमनस्कता का कारण उसके अलौकिक दिवास्वप्न ही थे, जो कभी-कभी उसकी तंद्रा की दशा में किसी धूमिल-दर्पण पटल पर प्रतिबिंबित चलचित्र के अस्पष्ट दृश्यों से उसके चक्षुओं के समक्ष चलते रहते और कुछ क्षणों में ही तिरोहित हो जाते। तदुपरांत राजकुमार शीघ्र ही सामान्य दशा में लौट किसी स्वप्न से जगता हुआ सा अनुभव करने लगता।

वह कभी-कभी रात्रि में भी स्वप्न में ऐसे दृश्य देखता, जो उसने कौशांबी के आसपास कभी नहीं देखे थे। कभी पर्वतीय दृश्य उसकी आँखों के समक्ष आने लगते,

कभी वह झरनों के किनारे खड़े होकर उनकी लहरों के कलकल संगीत की स्वर लहरी में खो जाता और झरने की लहरों में एक नारी की अस्पष्ट सी छाया उसके समक्ष आ जाती, जिसे वह न स्पष्ट देख ही पाता था और न उसके विषय में कुछ बता ही सकता था। ऐसे स्वप्न भी उसे अन्यमनस्क बना देते। धीरे-धीरे ये सभी बातें किसी दैनिक क्रिया की भाँति सामान्य सी होती गईं और उसकी चिंता भी कम होने लगी। गुरुजनों के अनुसार, ये पूर्वजन्म की स्मृतियों का प्रतिबिंब मात्र थीं।

इन सभी बातों के होते हुए भी उसकी शिक्षा संतोषजनक और उत्तम थी। उसकी भुजाएँ अति बलिष्ठ थीं। वह गदा प्रहार से मोटे-मोटे प्रस्तर खंडों को सहज ही भग्नसात् कर सकता था। उसके राजनीतिक निर्णय भी सटीक होते। कभी-कभी गुरुजन भी उसकी विलक्षण प्रतिभा पर आश्चर्यान्वित हो जाते।

तीनों युवकों ने युवावस्था में पदार्पण किया। तीनों ही अब अपनी शिक्षा में पारंगत थे। सुप्रतीक में एक अच्छे सेनानायक के गुण थे, जबकि युगंधर राजनीति के दाँव-पेचों में पारंगत था। वह सोचता था कि मगध के महामात्य वर्षकार को परास्त करने का अवसर एक न एक दिन उसे अवश्य प्राप्त होगा।

अंतिम प्रतियोगिता के समय तीनों के साथ प्रतियोगिताओं में भाग लेने के लिए कुछ उत्तम सेनानायकों को बुलाया गया। किंतु कोई भी सेनानायक शल्य-प्रक्षेपण में और खड़्ग-प्रहार में राजकुमार और सुप्रतीक को पराजित न कर सका। अब सम्राट् शतानीक पूर्णरूपेण आश्वस्त थे कि वे तीनों होनहार युवक अवश्य राज्य की सुरक्षा का भार अपने बलिष्ठ कंधों पर वहन करने में सक्षम होंगे।

शिक्षा समाप्ति के बाद दीक्षांत समारोह हुआ और तीनों ही युवक राजकार्यों में भाग लेने लगे। अब तीनों ही पूर्ण वयस्क थे।

□

2
राज्याभिषेक

भारतवर्ष के शीर्ष स्वरूप नगाधिराज हिमालय का विस्तार पूर्व से पश्चिम पंचशत योजन से कम नहीं। उसके हिमाच्छादित उत्तुंग शिखर सदा से आकाश की उच्चता को भी तिरस्कृत करते रहे हैं। वर्षा ऋतु में और शिशिर के उपरांत जब वहाँ बसंतागम होता है, हरिततृणों और पुष्पों से समाच्छादित पर्वतों के ढलान स्वर्ग को जाते सोपानों से प्रतीत होते हैं।

यहाँ के अनुपम प्राकृतिक सौंदर्य और यक्ष, गंधर्व और विद्याधर आदि देवजातियों के निवास के कारण ही भारत के निवासी हिमालय को सदा से देवभूमि के नाम से ही पुकारते रहे हैं। इस पर्वतराज की उपत्यका को, जहाँ शिखरों की ऊँचाई अधिक नहीं है, उपगिरि कहा जाता है। उसके ऊपरी भाग को जहाँ पर्वत शिखरों की ऊँचाई दस हजार फीट तक है वहिर्गिरि और इससे ऊपर के भाग को जहाँ पर्वत शिखरों की ऊँचाई बीस हजार फीट अथवा उससे भी अधिक है अंतर्गिरि के नाम से पुकारा जाता है।

पामीर के दक्षिण और कंबोज के पूर्व तथा वक्षु के उत्तर का प्रदेश, जहाँ वक्षु और चंद्रभागा का उद्‌गम स्थान है और जो महा सिंधु के पश्चिम में स्थित है, उत्तर कुरु के नाम से विख्यात था। यहाँ के पर्वत शिखर वर्ष के अधिक भाग में हिमाच्छादित रहते हैं। इन्हीं पर्वत-शिखरों से परिवेष्टित घाटी में उत्तर कुरु का प्रदेश था। भारत के आर्यों ने इसे देवलोक की संज्ञा दी थी। यहाँ का राजा इंद्र था, जिसके विषय में विख्यात था कि उसे अलौकिक शक्तियाँ प्राप्त थीं। उसके पास अपने विमान भी थे। आर्थिक दृष्टि से यह एक अति समृद्ध प्रदेश था।

उत्तर कुरु के पश्चिम की ओर वाह्लीक, कंबोज, कार्पासिक, पारसीक एवं पश्चिमी मद्र प्रदेशों में यवन और असुर जातियों का निवास था, जो प्रायः गांधार और उत्तर कुरु पर आक्रमण करते रहते थे। जब देव जातियों कें पुरुष इन आक्रमणों का सफलतापूर्वक सामना न कर पाते तो भारत के आर्य सम्राटों से सहायता लेते।

भारत के आर्य सम्राटों में कौशांबी के चंद्रवंशी सम्राटों के देवराज इंद्र से घनिष्ठ संबंध थे, जो पांडवों के युग से ही चले आ रहे थे। इसी कारण चंद्रवंशी राजाओं का देवलोक आना-जाना रहता था। आवश्यकता पड़ने पर देवराज इंद्र अपने सारथि मातलि को देव-स्यंदन के साथ भेज कौशांबी सम्राटों को बुलवा लेते थे। अनेक बार देवासुर संग्रामों में कौशांबी-सम्राटों ने इंद्र की सहायता की थी और उनको विजय दिलाई थी।

इस समय कुभा एवं वक्षु को पार कर जब यवनों और असुरों के सम्मिलित सैन्य-दल ने अपने नेता यमदंष्ट्र के नेतृत्व में तीन ओर से उत्तर कुरु पर आक्रमण किया तो समस्या कहीं अधिक गंभीर थी। उन्होंने महासिंधु और वक्षु के जल मार्गों से भी नावों के विशाल बेड़े उत्तर कुरु पर आक्रमण के लिए भेजे। इंद्र ने उत्तरापथ के कुछ अन्य राजाओं के अतिरिक्त मातलि को देव-स्यंदन के साथ भेजकर कौशांबी के तत्कालीन सम्राट् शतानीक को भी युद्ध में सहायता करने के लिए आमंत्रित किया। यमदंष्ट्र अत्यंत वीर एवं कुशल सेनानायक था। भारत के सम्राटों में सम्राट् शतानीक ही उसका सामना कर सकते थे।

युद्ध में जाने से पूर्व सम्राट् ने मंत्रियों से मंत्रणा कर निश्चित किया कि देवलोक की यात्रा से पूर्व राजकुमार सहस्रानीक को युवराज के पद पर अभिषिक्त कर दिया जाए। अतः सम्राट् ने द्वितीय दिवस ही उत्सव का आयोजन कर सहस्रानीक को युवराज के पद पर अभिषिक्त किया और ज्येष्ठ त्रयी—कुलगुरु श्रुताचार्य, महामात्य सुरुचि एवं महाबलाधिकृत युधामन्यु का संरक्षक मंडल नियुक्त कर और राज्य की रक्षा के प्रति आश्वस्त हो, मातलि के साथ उत्तर कुरु की यात्रा पर प्रस्थान किया। साम्राज्ञी विष्णुमती इस यात्रा से विशेष खिन्न थीं। अनेक भावी आशंकाएँ उनके मानस को आंदोलित करती रहती थीं, क्योंकि कोमल नारी हृदय का साहसिक कार्यों में शंकालु होना स्वाभाविक होता है। युद्धों के परिणाम भी अनिश्चित होते हैं।

सम्राट् शतानीक ने कुलगुरु श्रुताचार्य—जो कृपाचार्य की शिष्य परंपरा में थे—से शस्त्र विद्या का अध्ययन किया था, वे अप्रतिम धनुर्धर एवं शस्त्र विद्या में पूर्ण निष्णात थे। वे अपने समय के अद्वितीय योद्धाओं में से एक थे। किंतु युद्ध में वीर से वीर पुरुषों को भी वीरगति प्राप्त हो सकती है। यही साम्राज्ञी की चिंता का कारण था।

उत्तराखंड की आर्य सेनाओं, गांधार के सम्राट् एवं तक्षशिला विश्वविद्यालय में सुशिक्षित और युद्ध विशारद् आर्य तरुणों ने भी देवलोक की ओर से युद्ध में भाग लिया। इन तरुणों ने सिंधु और वक्षु के मार्ग से आनेवाले असुरों के दलों के मार्ग को अवरुद्ध करने के लिए नदियों के तट से भारी बाण-वर्षा की। शत्रुओं को इस बाण-वर्षा के अतिरिक्त नदियों की तीव्र धाराओं की गति का भी सामना करना था। इन तरुणों ने अग्निबाणों की वर्षा से यवनों और असुरों की नावों के अधिकांश भाग को अग्निसात् कर उन्हें पीछे लौटने को बाध्य कर दिया। उनके दल आर्य सम्राटों की सेनाओं के बाणों की वर्षा को सहन न

कर युद्ध भूमि से पलायन करने लगे। सम्राट् शतानीक ने अद्भुत शौर्य का प्रदर्शन किया। महा सेनानायक यमदंष्ट्र भी उनके बाणों का लक्ष्य बना और युद्ध में मारा गया। दुर्भाग्यवश सम्राट् शतानीक भी इसी युद्ध में वीरगति को प्राप्त हुए। जिस अनिष्ट की आशंका थी, वही हो गया। अंत में देवों की विजय हुई।

किंतु सम्राट् शतानीक जैसे अप्रतिम वीर एवं महत्त्वपूर्ण व्यक्ति के बलिदान ने इस विजय की प्रसन्नता पर पानी फेर दिया। संपूर्ण देवसमाज शोकमग्न हो उठा और इस विजय के उपलक्ष्य में उत्तर कुरु में कोई विजयोत्सव नहीं मनाया गया।

शोक-संतप्त हृदय से देवराज इंद्र ने सम्राट् का शव मातलि द्वारा कौशांबी प्रेषित किया और साथ ही राजमहिषी विष्णुमती, युवराज सहस्रानीक और वत्स साम्राज्य की प्रजा के प्रति हार्दिक संवेदना प्रकट करते हुए अपने शोक-संदेश में कहा, 'सम्राट् का बलिदान केवल वत्स साम्राज्य की ही अपूरणीय क्षति नहीं, वरन् यह देवलोक की भी महान् क्षति है। सम्राट् के रूप में देवलोक ने एक विश्वसनीय मित्र खो दिया है। देवसमाज कभी भी सम्राट् के बलिदान को विस्मृत नहीं कर सकेगा। वे देवसमाज के महान् शुभचिंतक थे। संपूर्ण देवसमाज को उनकी वीरगति प्राप्त होने का महान् दुःख है।'

सम्राट् के शव के कौशांबी पहुँचते ही इस अप्रत्याशित वज्रपात से कौशांबी में चतुर्दिक् एक अत्यंत कारुणिक दृश्य उपस्थित हो गया। स्वयं को अनाथ सा अनुभव करती कौशांबी की संपूर्ण प्रजा इस असह्य दुःख से शोकाकुल हो चीत्कार कर उठी। शोक-विह्वल जनसमाज प्रासाद के समक्ष एकत्र हो रुदन करने लगा।

सम्राट् का शव देखते ही साम्राज्ञी विष्णुमती संज्ञाविहीन सी हो भूमि पर गिर विलाप करने लगीं। युवराज सहस्रानीक इस दारुण पितृशोक के कारण धैर्य खो शिशुवत् रुदन करने लगा। राजप्रासाद के पादप भी अश्रुपात करते से प्रतीत होते। प्रासाद के विशाल कक्षों में अनुगुंजित रोदन के स्वर के कारण वहाँ की भित्तियाँ भी विलाप करती प्रतीत होतीं। इस असह्य दुःख से वाह्य प्रकृति भी शोकाकुल सी लगती।

शोक के ज्वार के प्रबल वेग से ज्ञानवान एवं धैर्यवान वृद्ध पुरुषों के धैर्य का बाँध भी टूट गया। न कोई ढाढ़स बँधाने वाला था और न किसी में इस महाशोकार्णव को पार करने का साहस ही था। ज्येष्ठ त्रय—कुलगुरु श्रुताचार्य, महामात्य सुरुचि एवं महाबलाधिकृत युधामन्यु भी अपना कर्तव्य भूल धैर्यहीन हो उठे। ऐसा लगता मानो विश्व की सारी करुणा कौशांबी में एकत्र थी। आज कौशांबी की वही दशा थी, जो कभी सुदूर अतीत में भगवान् राम के वनवास एवं सम्राट् दशरथ की मृत्यु पर अयोध्या में थी। चारों ओर थे—हाहाकार, चीत्कार, विलाप, विह्वलता और करुण रुदन। केवल देव पुरुष मातलि ही राजमहिषी एवं युवराज को सांत्वना देने का असफल प्रयत्न कर रहे थे।

शोक का वेग कम होने पर कुलगुरु श्रुताचार्य ने सभी को ढाढ़स बँधाया और मानव

जीवन की क्षणभंगुरता का ज्ञान दिया। उन्होंने भगवान् कृष्ण एवं भीष्म जैसे महापुरुषों के यशस्वी जीवन के उदाहरण दे सभी को समझाया कि सम्राट् ने जीवन में महान् यश अर्जित किया था। उनका भौतिक शरीर ही नष्ट हुआ है, किंतु उनका यश: शरीर संसार में अमर है। किंतु शोक का वेग कम नहीं हो रहा था।

अंत में कुलगुरु श्रुताचार्य, सुरुचि और युधामन्यु ने आगे का कार्यक्रम निश्चित किया और द्वितीय दिवस सम्राट् के शव के अंत्य कार्य के संपादन का आदेश दिया। महारानी विष्णुमती इतनी अधिक शोकाभिभूत थीं कि अनेक प्रयत्न करने पर भी उन्होंने अपने सती होने और सशरीर सम्राट् के साथ ही परलोक गमन के निश्चय को नहीं त्यागा।

आर्य-धर्म की परंपरा के अनुसार, वैदिक मंत्रोच्चार के साथ सम्राट् के शव को अग्निसात् किया गया। महारानी विष्णुमती ने सम्राट् के शव के साथ ही अपने पार्थिव शरीर को अग्नि को समर्पित कर पातिव्रत धर्म का पालन किया।

साम्राज्य में द्वादश दिवस पर्यंत शोक मनाने की घोषणा की गई। मृतकों के सभी अंत्य संस्कार वैदिक रीति से संपन्न किए गए। इसके उपरांत कुलगुरु श्रुताचार्य ने प्रजा के मुख्य व्यक्तियों, राजपुरुषों, सभासदों और साम्राज्य के मित्र सम्राटों को आमंत्रित कर और सभी की सम्मति के अनुसार, युवराज सहस्रानीक को राजसिंहासन पर अभिषिक्त किया। युगंधर को महामात्य और सुप्रतीक को साम्राज्य के महाबलाधिकृत के पद पर नियुक्त किया गया।

□

3
बासंती सौरभ

सम्राट् सहस्रानीक के राज्याभिषेक के कुछ समय उपरांत ही शिशिर ऋतु समाप्त हुई और ऋतुराज बसंत के आगमन पर नव पल्लवों और कुसुमों से सुसज्जित सारी प्रकृति सजीव सी लगने लगी। आम्र मंजरी की सौंधी गंध ने सारे वातावरण को सुरभित बना दिया। विविध रंगों और गंध वाले पुष्पों की क्यारियाँ नयनों को अपनी ओर आकर्षित करने लगीं। नव-पल्लवों और सुविकसित पुष्पों के भार से झुकी नव मल्लिका, नीलकांता, वासंतिका, तृणमल्लिका और माधवी आदि लताएँ विटपों से लिपट आलिंगनबद्ध समर्पिता मुग्धा नायिका सी प्रतीत होतीं। नव-पल्लवों के भार से झुकी और वायु में लहराती उनकी शाखाएँ किन्हीं नृत्य-निरत नर्तकियों के वायु में लहराते पटझोल सी लगतीं कुसुमों की सहज गंध से बोझिल बासंती पवन मंद गति से बहने लगा। अब उसमें न कँपाने वाली शिशिरता थी और न गति में झंझासी तीव्रता।

खेतों में चारों ओर सरसों फूलने लगी थी और चतुर्दिक् क्षितिज पर्यंत एक पीला समुद्र सा लहराता दिखाई देता था। नृत्य-निरत मयूरों की कर्ण मधुर केका, कोयलों की मधुर कूक एवं विविध रंगों के विहगों के कलरव से सारा ही वायुमंडल मुखरित था। शिशिरावसान से तरु-तरु और तृण-तृण में एक नया जीवन जाग उठा था। पीत पुष्पों एवं धानी परिधान में सजी-सँवरी प्रकृति कामिनी अत्यंत मोहक लगने लगी।

कौशांबी एक सुंदर नगर था। गगनचुंबी अट्टालिकाएँ यहाँ की समृद्धि की प्रतीक थीं। नगर के चारों ओर आम्रपादपों का बाहुल्य था। नगर प्रस्तर परकोट से परिवेष्टित था और शत्रुओं से अभेद्य था।

वत्स साम्राज्य में बसंतोत्सव एक राष्ट्रीय पर्व के रूप में मनाया जाता था। बसंत के प्रारंभ होते ही चारों ओर एक नया उल्लास फूट पड़ता। बसंत पंचमी से माघ पूर्णिमा तक बसंतोत्सव के आयोजन उल्लास एवं धूमधाम से चलते रहते। आबाल वृद्ध, जनसमूह, राजा, प्रजा सभी उसमें अत्यधिक उत्साह से भाग लेते। देश में जाति प्रथा तो थी, किंतु

सामाजिक विचारों में पूर्ण समरसता थी और कोई नीच-ऊँच का भेदभाव नहीं था। सभी वर्णों के लोग भेदभाव भुला समान रूप से इस उत्सव में भाग लेते थे।

सांध्य बेला एक नया ही रंग लेकर आती। चारों ओर नृत्य एवं संगीत के आयोजन होते, युवक एवं युवतियों के मन श्रृंगार-रस-मग्न हो जाते। मृदंग की ताल पर गाते युवकों का समवेत स्वर, सुंदरियों के नूपुरों की मंद-मंद झनकार, उनकी नृत्यदोलित अंगयष्टियों और यक्ष, गंधर्व, किन्नर युवतियों जैसी सुलभ सौंदर्य-माधुरी स्वर्ग में देवताओं की क्रीड़ास्थली का आभास करातीं। घरों, वीथियों, राजमार्गों एवं उद्यानों में सर्वत्र फाल्गुन के गीत अनुगुंजित होने लगते। माघ पूर्णिमा पर सामूहिक यज्ञों एवं संगीत आयोजनों के उपरांत ही इस उत्सव का समापन होता था।

बसंत पंचमी में केवल एक दिन शेष था। कौशांबी की साज-सज्जा अवर्णनीय थी। सभी राजपथ, हट्ट, चौहट्ट, पण्यगृह, राजप्रासाद और गगनचुंबी धवल अट्टालिकाएँ रंग-बिरंगी पताकाओं से सुसज्जित थीं। घरों के प्रवेश द्वारों पर अशोक एवं आम्र-पल्लवों के वंदनवार लटकाए गए थे। घरों के मुख्य द्वारों के सामने रंग-बिरंगे चूर्णों से अल्पनाएँ बनाई गई थीं। नगर के प्रमुख राजमार्गों तथा चतुष्पथों पर पल्लवों एवं पुष्पों से स्वागत द्वारों का निर्माण किया गया था। चतुष्पथों पर संस्थापित कौशांबी के भूतपूर्व सम्राटों की प्रतिमाओं को रासायनिक चूर्णों से विभासित कर पुष्प मालाओं से सुसज्जित किया गया था।

नगर के मुख्य चतुष्पथ पर स्थित सम्राट् निचक्नु (निचक्षु) की स्वर्णप्रतिमा ही सभी आयोजनों की केंद्र स्थली थी। रासायनिक चूर्णों के प्रयोग से प्रतिमा इस प्रकार आलोकित हो उठी थी कि इस पर पड़ती मध्याह्न की सूर्य-रश्मियाँ अंतरिक्ष में विकीर्णित होकर आँखों को चौंधिया देतीं और किसी उत्तुंग पर्वत शिखर से शुभ्र स्फटिक-प्रस्तर-पटल पर गिरती दुग्ध धवल जलधारा की चारों ओर छिटकती फुहारों का आभास करातीं। ऐसा प्रतीत होता मानो अंतरिक्ष में प्रकाश का झरना झर रहा हो। विभिन्न रंगों के पुष्पों एवं पुष्पमालाओं से सुसज्जित यह प्रतिमा सजीव प्रतीत होती थी। इसके चारों ओर उगी अनेक रंगों के कुसुमों की क्यारियाँ यहाँ की शोभा में चार चाँद लगा रही थीं। दृश्य अत्यंत मनमोहक था। इस प्रकार सजी-सँवरी कौशांबी ऐसी लगती मानो रत्नजटित स्वर्ण-आभूषणों एवं सतरंगी चुनरी के अवगुंठन में कोई नववधू हो अथवा इंद्रोद्यान की पुष्प वाटिका।

बसंतोत्सव के अवसर पर कौशांबी में अनेक प्रकार की क्रीड़ाओं के आयोजन और प्रतियोगिताओं के कार्यक्रम भी होते। इनमें लक्ष्य-भेद, अश्वारोहण, शस्त्र-चालन, खड्गयुद्ध, मल्लयुद्ध प्रमुख थे। सैनिक एवं प्रजाजन सभी इन क्रीड़ाओं में भाग लेते। राजपरिवार के सदस्य भी पूरे उत्साह के साथ सभी आयोजनों में उपस्थित रहते। अन्य वर्षों की भाँति इस वर्ष भी कौशांबी के युवक सम्राट् सहस्रानीक एवं युवक सेनापति सुप्रतीक ने विविध प्रतियोगिताओं में सक्रिय भाग लिया। इससे इन प्रतियोगिताओं का महत्त्व और

भी अधिक बढ़ गया। चारों ओर चहल-पहल एवं राग-रंग का वातावरण फूट पड़ा।

परंपरा के अनुसार, इस अवसर के संपूर्ण आयोजन भूतपूर्व सम्राट् निचक्नु के सम्मान में ही आयोजित किए जाते थे। क्योंकि उन्होंने ही कौशांबी में राजधानी की स्थापना की थी। बसंत पंचमी के दिन उन्हीं के सम्मान में एक रथयात्रा निकाली जाती थी, जो अंत में शुभ्र-पद्म-प्रासाद के सामने स्थित बसंत विहार पुष्पोद्यान में पद्म सरोवर के तट पर स्थित भव्याकार शिव मंदिर के विस्तृत प्रांगण में एक नृत्य एवं संगीत समारोह में परिणत हो जाती। संपूर्ण वातावरण नृत्य एवं संगीतमय हो जाता। वाद्यों और समवेत संगीत की ध्वनि वायुमंडल में प्रतिध्वनित होने लगती।

कौशांबी में राजधानी की स्थापना के विषय में एक अतीत गौरव गाथा प्रचलित थी। जब सम्राट् निचक्नु हस्तिनापुर के राजसिंहासन पर आसीन थे, भगवती भागीरथी की उमड़ती जलधारा ने हस्तिनापुर के ऐतिहासिक एवं समृद्ध नगर, जहाँ कभी उसी के पुत्र देवव्रत भीष्म की कीर्ति कथाएँ मानवकंठों से अनवरत प्रस्फुटित होती रहती थीं, के अधिकांश भाग को तथा कौरवों के भव्य पुरातन राजप्रासाद को अपने में आत्मसात् कर लिया तो सम्राट् विवश हो अपने पूर्वज पुराण-प्रणेता महर्षि वेदव्यास की शरण में पहुँचे और मार्गदर्शन की प्रार्थना की।

महर्षि वेदव्यास ने अपने तप के प्रभाव से एक सवत्सा शुभ्रवर्णा दिव्य धेनु का आह्वान किया तथा सम्राट् निचक्नु एवं साम्राज्ञी शुचिकीर्ति को आदेश दिया कि उस दिव्य धेनु की सेवा करें और श्रद्धाभाव से उसकी रक्षा करते हुए दोनों ही उसका अनुसरण करें। महर्षि ने राज-दंपती को यह भी स्पष्ट कर दिया कि वह कोई सामान्य धेनु न होकर कामधेनु की पुत्री एवं महर्षि वसिष्ठ के आश्रम में रहनेवाली सुरधेनु नंदिनी की अनुजा सुनंदिनी ही थी।

राज-दंपती ने उस सुरधेनु की विधिवत् पूजा कर शुभ मुहूर्त में यात्रा प्रारंभ की। इस दिव्य धेनु का प्रभाव अपरिमित था। वह जिस मार्ग से जाती मेघ मालाएँ उसके ऊपर छाया करती जातीं। मार्ग के वृक्ष पल्लवित और पुष्पित हो जाते। वह जिस वृक्ष के तले बैठती वृक्षों से पुष्प झड़-झड़कर एक बिछौना जैसा बन जाता। सारे सुख के साधन स्वत: ही उपलब्ध हो जाते। सम्राट् जहाँ धेनु की रक्षा में तत्पर रहते, साम्राज्ञी शुचिकीर्ति उसकी सेवा में संलग्न रहतीं। प्रात: एवं सायं गाय एवं वत्स दोनों को स्नान करातीं और उनकी विधिवत् पूजा करतीं। वत्स के दुग्धपान के उपरांत, जब साम्राज्ञी एक स्वर्ण पात्र ले धेनु के नीचे बैठती, उसके थनों से स्वत: ही दुग्ध की अजस्र धार निकलने लगती। इसी अमृत तुल्य दुग्ध का पान कर सम्राट् और राजमहिषी दोनों ही तृप्त हो जाते।

यात्रा वनों में होकर थी, जहाँ हिंस्र पशुओं का बाहुल्य था। अत: सम्राट् स्वयं धनुष-बाण ले, रात्रि भर गौरक्षा में सजग रहते, ठीक उसी भाँति जैसे युगों पूर्व भगवान् राम के पूर्वज सूर्यवंशी दिलीप दिव्य धेनु नंदिनी की रक्षा में सजग रहते थे। इसी सुरधेनु की कृपा

से उन्हें रघु जैसे परमप्रतापी पुत्र की प्राप्ति हुई थी। आज यात्रा का प्रथम दिन था। भगवान् शिशिर-मयूख अपनी संपूर्ण कलाओं से आकाश में विराजमान हो चतुर्दिक् अपनी शुभ्र आभा विकीर्ण कर रहे थे। शीतल एवं सुरभित विविध समीर धीरे-धीरे प्रवाहित था। दिन की यात्रा से श्रांत-शरीर सम्राट् निचक्षु सजग होते हुए भी निद्रालस्य का अनुभव कर रहे थे। कभी-कभी इस आलस्य को दूर करने के लिए वे इधर-उधर टहलने लगते तो कभी वीरासन से धेनु के पृष्ठ भाग की ओर बैठ जाते। सारी प्रकृति ज्योत्स्ना में श्वेताभ दिखाई देती थी। दिग्दिगंत पर्यंत शांति का साम्राज्य था। चारों ओर निशीथ की निस्तब्धता थी। संपूर्ण प्रकृति सुषुप्त सी थी। सम्राट् स्वयं भी निद्रालु थे।

सहसा सुनंदिनी के रँभाने के करुणार्द्र स्वर ने सम्राट् की तंद्रा भंग कर दी। वह चौंक कर खड़े हो गए। देखा, एक विशालकाय वृक ने वत्स के कंठ को अपने मुँह में पकड़ लिया है, जो विवश एवं छटपटाता हुआ मुक्त होने का असफल प्रयास कर रहा है। सम्राट् को तीव्रशर का प्रहार करने में एक क्षण भी नहीं लगा। किंतु आश्चर्यचकित हो उन्होंने देखा कि तीर उस वृक को न लगकर सामने के वृक्ष के तने में गढ़ा हुआ है और वृक एक दिव्याकृति पुरुष के रूप में परिवर्तित हो अदृश्य हो गया है। उन्होंने आकाशवाणी सुनी कि 'आज मैं वसुनाभ विद्याधर आपके शराघात से ऋषि के श्राप से मुक्त हो गया हूँ। एक ऋषि कन्या का पीछा करने के कारण महर्षि कौंडिल्य द्वारा दिए गए शाप के कारण यह शापित जीवन व्यतीत कर रहा था। यात्रा के इक्कीसवें दिन आपकी तपस्या का शुभ फल आपको प्राप्त होगा।'

यात्रा के इक्कीसवें दिन वह सुरधेनु यमुना एवं श्वेत सलिला सरस्वती के पावन तटों के निकट और त्रिवेणी के पावन संगम, तीर्थराज प्रयाग से कुछ योजन पश्चिम एक रमणीय स्थान पर रुककर खड़ी हो गई। उसी स्थान पर उसके थनों से अमृत तुल्य दूध की अजस्र धार बहने लगी। यह स्थान रमणीय ही नहीं, वरन् अति पवित्र भी था। समीप ही कौशांबी का सुंदर नगर था। यहाँ एक दिव्य वट वृक्ष था, जिसके विषय में प्रसिद्धि थी कि उस वृक्ष की पत्तियाँ कभी झड़ती नहीं थीं। दूर-दूर से लोग उस वृक्ष की पूजा करने आते थे और मनौतियाँ मनाते थे। यहाँ सभी वर्गों के लोग आते और पूजा-अर्चना कर प्रसाद वितरण करते। चतुर्थ वर्ण के लोगों द्वारा वितरित किए गए प्रसाद को सभी श्रद्धा से ग्रहण करते। ऐसी सामाजिक समरसता अन्यत्र कहीं नहीं दिखाई देती थी।

इस वट वृक्ष के विषय में कथा प्रचलित थी कि महर्षि भरद्वाज के दर्शनोपरांत, जब भगवान् राम पत्नी देवी सीता एवं अनुज लक्ष्मण के साथ पंचवटी की यात्रा पर थे। उन्होंने रात्रि में इसी वृक्ष के तले विश्राम किया था। सहस्रों वर्ष तक इस प्रदेश की जनता इस वट वृक्ष को पवित्र मानकर श्रद्धा से इसकी पूजा करती थी। विख्यात था कि उस वृक्ष की पूजा अभिलषित वर प्रदान करनेवाली थी।

सम्राट् निचक्षु ने उस सुरधेनु की पावन दुग्धधार से प्रसिंचित स्थान पर स्फटिक प्रस्तरों से अपने शुभ्र-पदम-प्रासाद का निर्माण कराया और समीपस्थ नगर कौशांबी में अपनी राजधानी की स्थापना की। इस स्थान के चतुर्दिक् अनेक ऋषियों के आश्रम भी थे। पास ही सरस्वती के पावन तट पर महर्षि शांडिल्य का आश्रम था। अन्य दिशाओं में और भी अन्य ऋषियों के आश्रम थे, जहाँ यज्ञ-वेदियों से उठते सुगंधित धूम्र से संपूर्ण वातावरण सुगंधित रहता। सम्राट् निचक्षु ने महर्षि शांडिल्य द्वारा उस दिव्य धेनु की पूजा की। विधिवत् भूमि-पूजोपरांत ब्रह्मणों को सहस्त्रों गायें दान में दीं। पूजा की समाप्ति पर वह दिव्य धेनु सभी के समक्ष वत्स सहित अंतर्ध्यान हो गई। सुनंदिनी सवत्सा थी। अतः महर्षि के कथनानुसार वह प्रदेश वत्स के नाम से ही विख्यात हुआ।

सम्राट् ने महर्षि शांडिल्य से कौशांबी नगर की स्थापना के विषय में प्रश्न किया। महर्षि ने बताया—"जब भगवान् राम अनुज लक्ष्मण और महर्षि विश्वामित्र के साथ सीता स्वयंवर में भाग लेने जा रहे थे, मार्ग में शोणभद्र के तट पर पड़ाव डालने पर राम ने महर्षि से पूछा—'यह हरा-भरा कौन सा प्रदेश है?' महर्षि ने बताया—'विदर्भ की राजकुमारी के पति कुश धर्मात्मा राजा थे और साक्षात् ब्रह्मा के पुत्र थे। उनके चार पुत्र थे—कुशांब, कुशनाभ, अमूर्तिरजस और वसु। पिता की आज्ञा से कुशांब ने कौशांबी नगर बसाया था।"

आज का दिन बसंत पंचमी का दिन था। आज ही के दिन कौशांबी को राजधानी घोषित किया गया था। अतः बसंत पंचमी का दिन आज भी संपूर्ण वत्स जनपद में राष्ट्रीय पर्व के रूप में मनाया जाता था और सारे कार्यक्रम सम्राट् निचक्षु के सम्मान में ही आयोजित किए जाते थे।

यह स्थान भारत का केंद्र बिंदु था, क्योंकि उत्तराखंड के दक्षिणा पथ के साथ व्यापार के सारे मुख्य मार्ग इसी स्थान से होकर जाते थे। आर्यावर्त के अनेक जनपदों का व्यापार तमिल, आंध्र, चोल, चेर, पांड्य के साथ इन्हीं मार्गों से होता था। सौराष्ट्र, मत्स्य, भरुकच्छ, समुद्र पत्तन का व्यापार तथा अंग, बंगदेश, मगध, चंपा, ब्रह्मावर्त का व्यापार भी कौशांबी होकर जानेवाले मार्गों से होता था। कौशांबी के राजमार्गों पर भारत-भर के सार्थवाहों की भीड़ रहती थी। अतः यह व्यापार का एक प्रसिद्ध केंद्र और समृद्ध नगर बन गया था।

आज बसंत पंचमी का दिन था। कौशांबी का संपूर्ण नगर बासंती पताकाओं से सजा था। बालक, तरुण और तरुणियों ने बासंती परिधान धारण किए थे। चारों ओर पीत रंग के पुष्पों एवं पल्लवों के वंदनवार लटके थे। कौशांबी की शोभा आज अलकापुरी से कम न थी।

प्रातःकाल से ही रथयात्रा की तैयारियाँ होने लगीं। सम्राट् निचक्षु की एक प्रतिमा को सुसज्जित रथ पर रखकर उसकी अर्चना चल रही थी। रथ की ध्वजा पर चंद्रमा का चिह्न अंकित था, जो वत्स का राजकीय चिह्न था।

वेद मंत्रों की ध्वनि चारों ओर गूँज रही थी। कौशांबी के प्रजाजन सम्राट् निचक्षु की प्रतिमा पर पुष्पों की वर्षा कर और नतमस्तक हो सम्मान प्रकट कर रहे थे। रथ यात्रा प्रारंभ हुई। स्थान-स्थान पर प्रजाजन सम्राट् की आरती उतारते और उपहार भेंट करते। यात्रा की गति धीमी थी। मध्याह्नोपरांत रथ यात्रा राजप्रासाद के सम्मुख बसंत-विहार उद्यान में पहुँची। संपूर्ण आयोजन नृत्य और संगीत में परिणत हो गया। गाते हुए युवकों का समवेत स्वर, नृत्य निरत सुंदरियों के घुंघुरुओं की रुनझुन एवं विविध वाद्यों की ताल और लय की ध्वनि ने संपूर्ण वातावरण को संगीतमय बना दिया।

संपूर्ण आयोजन नियोजित ढंग से चलता रहा। सम्राट् उच्च आसन पर आसीन थे। कौशांबी के मंत्रीगण, संभ्रांत नागरिक, आमंत्रित अतिथिगण एवं सेना के अधिकारी सभी उत्सव का आनंद लेने में मग्न थे। उसी समय दक्षिण सीमांत से आए कुछ दूतों ने सीमांत पर उपद्रव होने का समाचार सम्राट् को सुनाया।

उत्सव के कार्यक्रम रात्रि के द्वितीय प्रहर तक चलते रहे। अंत में सम्राट् के चले जाने पर ही सारे कार्यक्रम का समापन हुआ।

□

4

सीमांत पर घटनाक्रम

माघ पूर्णिमा को कौशांबी में बसंतोत्सव की समाप्ति हुई। द्वितीय दिवस ही फाल्गुन मास प्रारंभ हुआ। वातावरण में न अधिक ऊष्मा थी और न अधिक शीतलता। ऋतु की अनुकूलता पा संपूर्ण प्रकृति सजीव सी हो उठी। तृण-तृण और कण-कण में नवीनता का संचार होने लगा। प्राची में ऊषा की प्रथम किरण प्रस्फुटित होते ही विहगों के कलरव से संपूर्ण वायुमंडल मुखरित होने लगता। सूर्योदय की अरुणिमा से अनुरंजित लहलहाते धान, गेहूँ और जौ के खेतों का दृश्य किसी महार्णव की किंचित् उद्वेलित लहरों सा लगता। खेतों में बालियाँ पककर स्वर्णिम होने लगी थीं। पुष्पों की क्यारियाँ रंग-बिरंगे विकसित पुष्पों से भर उठीं। नव पल्लवों के भार से झुकी शाखाएँ ऐसी लगतीं मानो पादपों ने नवीन वस्त्र धारण कर लिये हों। कौशांबी में होलिका और दीपावली के पर्व धूम-धाम से मनाए जाते। यहाँ सदैव भारत भर से आए व्यापारियों एवं सार्थवाहों की भीड़ पण्य-वीथियों में लगी रहती। पण्य-शालाएँ महार्घ पण्यों से भरी रहतीं। इस समृद्ध व्यापार के कारण यह नगर धनी श्रेष्ठियों का नगर था। वत्स साम्राज्य की संपूर्ण प्रजा ही सुखी और समृद्ध थी। अधिकतर जनता कृषक थी। वे अत्यंत परिश्रमी थे। भूमि उर्वरा थी। कृषि कर्मांत सोना उगलते थे। चारों ओर शांति थी। यही कारण था कि किसी भी सामाजिक पर्व पर कण-कण में नया जीवन फूट पड़ता।

फाल्गुन आते ही सर्वत्र बसंत के गीत अनुगुंजित हो उठे। यह वह ऋतु थी, जब तरुण और तरुणियों के मन सहज ही श्रृंगारमय हो उठते हैं। देश और काल के अनुसार, महाभारत काल की परंपराओं में पर्याप्त बदलाव आ चुका था। समृद्धि के साथ विलासिता का आना स्वाभाविक था। अतः ऐसे अवसरों पर सोमरस और वारुणि का खुलकर प्रयोग होने लगा था।

होलिकोत्सव से दो चार दिन पूर्व ही चारों ओर चहल-पहल प्रारंभ हो गई। वारुणि का पान कर नागरिक जन मस्ती में झूम उठे। समवेत संगीत की स्वर लहरी एवं युवतियों

के सामूहिक नृत्य और उनके घुँघुरुओं की रणक से सारा वातावरण प्रतिध्वनित हो उठा। चारों ओर वीथियों और राजमार्गों में गुलाल और रंगीन जल की उड़ती फुहारें दृष्टिगोचर होने लगीं। युवक और युवतियों के मुँह गुलाल से रागरंजित होने लगे। उनके वस्त्र विविध रंगों के जल की फुहारों से भीग इंद्रधनुष से सतरंगी लगते।

कौशांबी में इस प्रकार होली के उत्सव की धूमधाम थी, किंतु वत्स के सीमांत नागरिकों को मानव-कृत विपत्तियों का सामना करना पड़ रहा था। इस कृत्रिम आपदा के कारण उन्हें भोजन तक उपलब्ध होना दुष्कर था।

वत्स के दक्षिणी सीमांत से मिला मध्य भारत का अरण्य-प्रांत था। यह विदर्भ राज्य की सीमा के अंतर्गत था। विदर्भराज विंध्यकेतु वत्स साम्राज्य के लिए सदा से एक समस्या बना हुआ था। उसका सेनापति बलाहक एक क्रूर व्यक्ति था, जो किरात जाति से था। इस अरण्य-प्रांत के पश्चिम शत-योजन पर्यंत विस्तृत विंध्य-कांतार थे, जो मैकाल पर्वत श्रृंखला से उद्गमित शिवतनया पावन नर्मदा एवं ताप्ती के पवित्र जल से युगों से प्रसिंचित थे। गुल्मतीर्थ (आम्रकूट) से निःसृत शोणभद्र, महानदी, सुरसरि गोदावरी एवं ज्वालावती आदि पावन सरिताएँ सदा से इस वन्य प्रदेश को अपने अमृत तुल्य जल से अभिसिंचित करती रही हैं।

इस महारण्य का संपूर्ण प्रदेश विशाल एवं गगनचुंबी पादपों से समाच्छादित था। चंदन के विटपों का स्पर्श कर शीतल एवं सुवासित पवन यहाँ सतत प्रवाहित रहता था, जो तन-मन को अपनी शीतलता से आनंद प्रदान करता रहता था। यही कारण था कि यह प्रदेश और यहाँ के पर्वत शिखर हिमालय की देव-जातियों के लिए भी दर्शनीय एवं भ्रमण-स्थल बने हुए थे। जहाँ वन अधिक घने थे, वहाँ व्याघ्र, सिंह, ऋच्छ आदि वन्य-प्राणी निर्द्वंद्व विचरते रहते। इस महारण्य में विशाल गजयूथ स्वच्छंद घूमते रहते थे और इन्हीं के कारण यह महाकांतार अवंति, अश्मक (अस्मक), मगध, चेदि और वत्स राज्यों के लिए महान् आकर्षण का केंद्र बना हुआ था, क्योंकि उस युग में सेना में हाथियों का विशेष महत्त्व था।

जहाँ वन अधिक घने नहीं थे और जल के साधन उपलब्ध थे, वहाँ उलूक, भल्लुक, चंडक और पुलिंद आदि वन्य जातियों का निवास था, जो सभ्यता की दृष्टि से अविकसित थीं। वन्यजंतुओं का आखेट, अरण्यजन्य फल एवं अपर्याप्त कृषि कर्म ही इनकी जीविका के साधन थे। ये वन्य जातियाँ समय-समय पर निकटवर्ती राज्यों की सीमाओं में प्रवेश कर निरीह जनता की लूट-पाट करती रहती थीं। वत्स प्रदेश के समृद्ध होने के कारण उसके दक्षिणी सीमांत पर उनके अधिक आक्रमण होते थे और यह वत्स की स्थायी समस्या थी। विदर्भराज विंध्यकेतु के सेनापति बलाहक का मध्य भारत की किरात जातियों पर अधिक प्रभाव था।

विंध्यकांतार की वन्य जातियों का सरदार कामंदक था और वह इन जातियों का एकच्छत्र सम्राट् था। वह पुलिंद जाति से था। समय आने पर ये जातियाँ उसी के ध्वज के नीचे एकत्र हो लूटपाट करतीं। कामंदक और उसका पुत्र पुलिंदक वीर और साहसी थे। ये जातियाँ अपना संबंध भगवान् राम के परमभक्त निषादराज से बतातीं और कामंदक अपने को उसी का वंशज मानता था। इसीलिए ये जातियाँ राम को ही अपना आराध्यदेव मानती थीं। इन्हीं जातियों के आक्रमणों को रोकने के लिए वत्स के दो सीमांत दुर्ग इस प्रदेश में थे और यहाँ दो कुशल सेनानायक सूर्यसेन एवं भद्रक दुर्गपालों के रूप में नियुक्त थे।

होलिकोत्सव समाप्त हो चुका था। सम्राट् सहस्रानीक राजसिंहासन पर सुशोभित थे। भूतपूर्व महामात्य सुरुचि, भूतपूर्व महाबलाधिकृत युधामन्यु एवं कुलगुरु श्रुताचार्य उच्चासनों पर विराजमान थे। महामात्य युगंधर, सेनापति सुप्रतीक, अन्य अधिकारीगण तथा सभी सभासद अपने-अपने आसनों पर आसीन थे। सभा की कारवाई शांतिपूर्वक चल रही थी। समस्या थी साम्राज्य की सुरक्षा की। भूतपूर्व सम्राट् शतानीक के देवासुर संग्राम में वीरगति प्राप्त करने का समाचार चारों ओर फैल चुका था। अत: शत्रुओं द्वारा आक्रमण की आशंका थी।

सहसा द्वारपाल ने सूचना दी कि कुछ सीमांत निवासी नागरिक 'त्राहि-त्राहि' कर सुरक्षा की गुहार कर रहे हैं। सम्राट् यह सुन कुछ क्षणों तक किंकर्तव्यविमूढ़ से आश्चर्यचकित हो बैठे रहे। कुछ क्षणों के उपरांत आज्ञा दी कि कुछ प्रमुख नागरिकों को ही उनके समक्ष उपस्थित किया जाए।

कुछ ही क्षणों में अति दीनावस्था में कुछ वयोवृद्ध नागरिकों ने राजसभा में प्रवेश किया। 'परमभट्टारक सम्राट् कौशांबी नरेश की जय हो' के घोष के साथ सभी ने एक स्वर से निवेदन किया, 'सम्राट्, शत्रुओं से हमारी रक्षा की जाए'। सम्राट् ने आज्ञा दी कि एक समय में एक नागरिक ही अपनी बात कहे।

प्रथम नागरिक—महाराज! आक्रमणकारियों ने हमारी संपूर्ण संपत्तियाँ लूट ली हैं। हमारे आवासों, गृहों और तृणकुटीरों को अग्निसात् कर हमें गृह-विहीन बना दिया है। हमारे कृषि-कर्मांतों को उजाड़ दिया है। हमारे अन्नभंडारों को लूट लिया है और हमारे गोष्ठों को नष्ट कर हमारे पशुओं को भी छीन ले गए हैं।

क्रोध से सम्राट् की भृकुटियाँ कुंचित हो उठीं और उनके अधर प्रकंपित होने लगे। उन्होंने कहा—'हमें स्पष्ट रूप से बताया जाए कि वे दुष्ट आक्रमणकारी जिघांसक कौन हैं, जिन्होंने हिंसक पशुओं की भाँति वत्स की निरीह एवं निरपराध प्रजा पर इस प्रकार के अत्याचार करने का साहस किया है।'

द्वितीय नागरिक—महाराज! विदर्भ राज्य के अंतर्गत निवास करनेवाली किरात जातियों के सरदार बलाहक और विंध्यकांतार की वन्य जातियों के सरदार कामंदक ने

अपने किरातों और पुलिंदों के विशाल समूहों के साथ हमारे गाँवों पर अचानक आक्रमण कर हमारे आवासों को नष्ट कर दिया है। हमारे लोग भयभीत होकर आश्रयाभाव के कारण इधर-उधर पलायन कर रहे हैं।

सम्राट्—उस कामंदक और बलाहक का इतना साहस कैसे हो गया कि वह इस प्रकार के नीच कर्मों में प्रवर्त हों ?

तृतीय नागरिक—सम्राट्! वे हमारे युवकों को भी बंदी बनाकर ले गए हैं और उनसे वे दास कर्म कराएँगे।

सम्राट्—(क्रोध से) यह नीचता की पराकाष्ठा है। उन्होंने वत्स की प्रजा को अनाथ कैसे समझ लिया ? क्या हमारे सीमांत दुर्गपाल जनता की रक्षा करने में असमर्थ रहे हैं ?

चतुर्थ नागरिक—नहीं सम्राट्! वे कर्तव्यनिष्ठ हैं, किंतु सेना उनसे संख्याबल में हीन होने के कारण वे शत्रुओं के विशाल सैन्य दल का सफलतापूर्वक सामना नहीं कर पा रहे हैं। वे अब भी युद्धनिरत हैं।

पंचम नागरिक—सम्राट्! शत्रुओं का आक्रमण पूर्णरूप से योजनाबद्ध है। ऐसा प्रतीत होता है कि विदर्भ एवं अवंति के सैनिक भी उनकी सहायता कर रहे हैं।

सम्राट्—हम प्रजा के रक्षाणार्थ सैन्यबल तुरंत प्रेषित कर रहे हैं।

उनकी दशा पर दयार्द्र हो सम्राट् ने आदेश दिया कि महामात्य युगंधर पीड़ित जनता की सहायता के लिए राज्य के भंडसालों से अन्न वितरण की व्यवस्था तुरंत करें।

सम्राट् ने नागरिकों को विदा किया और अविलंब परामर्शदात्री परिषद् आहूत करने का आदेश दिया। महामात्य युगंधर ने आदेश का पालन कर परिषद् के सदस्यों को तुरंत इसकी सूचना दी।

राजप्रासाद के अंतरंग कक्ष में परिषद् ने प्रस्तुत समस्या पर विचार-विमर्श किया। इसमें मंत्रियों और सेनाधिकारियों के अतिरिक्त ज्येष्ठत्रय—युधामन्यु, सुरुचि एवं श्रुताचार्य भी उपस्थित थे। सम्राट् सर्वोच्च आसन पर विराजमान थे। महामात्य युगंधर की प्रार्थना पर भूतपूर्व महामंत्री वृद्ध सुरुचि ने तात्कालिक राजनीति की समीक्षा की।

सुरुचि—सम्राट्! विदर्भराज विंध्यकेतु एवं अवंति के साथ हमारी प्राचीन शत्रुता चली आ रही है। इसीलिए वे समय-समय पर हमारी सीमाओं का अतिक्रमण करते रहते हैं। अवंति के साथ अनेक बार हमारी सेनाओं के युद्ध हुए हैं। आपके पिता सम्राट् शतानीक एवं पितामह वसुदान के समय अनेक बार अवंति की सेनाओं ने हमारी सेनाओं के सामने से पलायन किया है। मेरी युवावस्था में सेनापति युधामन्यु के सेनापतित्व में हमारी सेनाओं ने अवंति की सेनाओं का उज्जयिनी तक पीछा किया था। किंतु हमने उन्हें शिप्रा पार करने की अनुमति नहीं दी, क्योंकि शिप्रा अत्यंत पावन नदी है और उज्जयिनी पवित्र तीर्थस्थल है, जहाँ अनेक मनीषी और संत निवास करते हैं। उज्जयिनी को भगवान् महाकालेश्वर

और काल भैरव का संरक्षण भी प्राप्त है।

सम्राट्—यदि उन्हें हमसे शत्रुता है तो सीधे हमारे साथ युद्ध में आएँ। हमारी निरीह जनता पर क्यों आक्रमण करते हैं और क्यों उन्हें लूटते हैं?

सुप्रतीक—सम्राट्! हमारे साथ सीधे संघर्ष में आने का उनका साहस नहीं है। वे हमारे सैनिकों के खड्गों की तीक्ष्ण धारों की परीक्षा ले चुके हैं। वे हमारी शक्ति को भी भलीभाँति जानते हैं। इसीलिए वे किरातों और अन्य वन्य जातियों को प्रेरित करते रहते हैं कि वे हमारी प्रजा को सताएँ।

युगंधर—सम्राट्! आपके पूज्य पिता सम्राट् शतानीक के राज्यकाल में अपने पिता अवंतिनेमि की पराजय का प्रतिशोध लेने के लिए वीतिहोत्र ने हमारे राज्य पर आक्रमण किया था, किंतु वे पराजित हुए। अब वीतिहोत्र की हत्या कर महामंत्री पुणिक ने अपने पुत्र महासेन प्रद्योत को राजसिंहासन पर अभिषिक्त किया है। किंतु हमारे प्रति उनकी नीति में कोई बदलाव नहीं आया। प्रद्योत अभी युवक है और अपने उच्छृंखल स्वभाव के कारण चंडप्रद्योत के नाम से विख्यात हो चुका है।

सम्राट्—किंतु पिता-पुत्र दोनों ने ही श्रमण गौतम से दीक्षा ली है।

युगंधर—हाँ, यह तो सत्य है, किंतु श्रमण गौतम की शिक्षाओं का उन पर कोई प्रभाव नहीं है। अभी एक वर्ष पूर्व उन्होंने गांधार के अश्व-व्यापारियों को बंदी बना लिया था और उनके अश्वों को अपने अधिकार में ले लिया था। जब उन्होंने उन व्यापारियों को मुक्त नहीं किया तो गांधार नरेश पुक्कसाती ने श्रमण गौतम से हस्तक्षेप की प्रार्थना की। उन्हीं के हस्तक्षेप से उन व्यापारियों की मुक्ति संभव हो सकी। ऐसे अनेक कार्य उनकी उच्छृंखलता के प्रतीक हैं।

सम्राट्—यह उनकी निकृष्ट मानसिक प्रवृत्ति के ही द्योतक हैं।

युगंधर—वे मगध सम्राट् बिंबिसार से सदा भयभीत रहते हैं और इसके लिए हमारी सहायता भी चाहते हैं, किंतु साथ ही हमसे द्वेष भी रखते हैं।

सम्राट्—किंतु बिंबिसार ने तो अपने राजवैद्य जीवक को राजयक्ष्मा से पीडित सम्राट् प्रद्योत के उपचार के लिए भेज था।

युगंधर—सत्य है, सम्राट्, किंतु उनकी यह आकस्मिक मित्रता हमारा विरोध करने के लिए ही है।

सम्राट्—मगध सम्राट् का हमारा विरोध करने का क्या कारण हो सकता है?

सुरुचि—है क्यों नहीं? वे विस्तारवादी विचारों के हैं। हमारे लावणिक प्रदेश को वे अपने राज्य का भाग बताते रहे हैं, दूसरे वज्जीगण पर आक्रमण के समय हमने वज्जीगण की सहायता की थी और हमारे ही कारण वैशाली पर उनका अभियान असफल रहा था। वे अत्यंत महत्त्वाकांक्षी हैं और हम उसमें बाधक हैं।

सम्राट्—उनकी शक्ति का अत्यधिक बढ़ जाना हमारे लिए कभी भी घातक हो सकता है।

सुरुचि—यह नितांत सत्य है, और अभी कुछ समय पूर्व उनकी शक्ति में अधिक वृद्धि भी हुई है। उन्होंने अंग के एक भाग पर अधिकार कर लिया है। बिंबिसार, निश्चय ही शक्तिशाली सम्राट् हैं। उनकी राजधानी गिरिव्रज पाँच पर्वतिकाओं और नदियों से परिवेष्टित होने के कारण सुरक्षित है। उनके पास अकूत संपत्ति है। उन्हें गंगा के मार्ग से चंपा तक व्यापार की सुविधा है। शोणभद्र (हिरण्यवाह), जिसे मगध में सुमागधी की संज्ञा दी गई है और जो मगध में ही गंगा में प्रवाहित होती है, से सोना प्राप्त होता है। अत: मगध सम्राट् भारत के सम्राटों में अत्यधिक धनी हैं। इसी धन की सहायता से उन्होंने सैनिक शक्ति अत्यधिक बढ़ा ली है। किंतु हमारी सेनाओं के अधिक युद्धकुशल और स्वामिभक्त होने के कारण उनकी सेना कभी भी हमारे समक्ष विजय प्राप्त नहीं कर पाई है।

सम्राट्—किंतु इस समय सीमांत प्रदेश की समस्या के समाधान के लिए नीति निर्धारित करना अत्यंत आवश्यक है। भूतपूर्व महाबलाधिकृत युधामन्यु अपनी सम्मति दें।

युधामन्यु—मेरे मत में सेनापति सुप्रतीक वीर और साहसी हैं और एक कुशल सेनापति हैं। उन्हें तुरंत सैन्य दल के साथ सीमा की ओर प्रस्थान करने का आदेश दिया जाए।

सम्राट्—प्रजा की सुरक्षा के लिए हम स्वयं भी उनके साथ सीमांत पर जाएँगे। इसी से प्रजा का विश्वास प्राप्त किया जा सकता है।

युधामन्यु—सम्राट्! यह इतनी गंभीर समस्या नहीं है कि सम्राट् को युद्ध भूमि में जाना पड़े। सुप्रतीक की कुशलता पर अविश्वास करने का कोई कारण नहीं। वे मगध सेनापति चंडभद्रिक एवं श्रावस्ती के सेनापति बंधुलमल्ल से कम योग्य सेनापति नहीं। यदि आवश्यकता हो तो मैं स्वयं सीमांत पर जाने को उद्यत हूँ। अभी मेरी भुजाओं में शस्त्र उठाने की शक्ति है।

श्रुताचार्य—नहीं सेनापति! आपने साम्राज्य की महान् सेवा की है। आप इस अवस्था में युद्ध-भूमि में नहीं जाएँगे। सुप्रतीक अप्रतिम योद्धा हैं। साहसी और वीर हैं। उन्हें कल प्रात: ही तीव्रगामी अश्वारोहियों के दल के साथ सीमांत की ओर प्रेषित किया जाए। उनकी क्षमता और शक्ति पूर्ण विश्वसनीय हैं।

सारी परिषद् कुलगुरु श्रुताचार्य की योजना से सहमत थी। अत: सुप्रतीक को द्वितीय दिवस प्रात:काल अश्वारोहियों के दल के साथ सीमांत की ओर प्रस्थान करने का आदेश दिया गया।

□

5

सीमांत के घटनाचक्र

सुप्रतीक ने एक विशाल सैन्य दल के साथ दक्षिणी सीमांत की ओर प्रस्थान किया। द्रुतगामी संदेशवाहकों द्वारा सूर्यसेन और भद्रक को युद्ध के लिए सन्नद्ध रहने के आदेश भेज दिए गए। सुप्रतीक की योजना थी कि सर्वप्रथम बलाहक पर आक्रमण कर उसकी शक्ति नष्ट की जाए। अतः उन्होंने विदर्भ की सीमाओं की ओर प्रस्थान किया। वे जानते थे कि बलाहक की पराजय या उसे बंदी बनाने के उपरांत विंध्यकेतु की शक्ति बहुत कम हो जाएगी।

बलाहक वत्स के सीमांत नागरिकों की बहुत बड़ी संख्या बंदी बनाकर अपने साथ ले गया था और घने वनों के प्रदेश में उनसे कृषि कर्मांतों के लिए वन्य क्षेत्र की सफाई करा रहा था। अभी वह वत्स साम्राज्य की सीमा से अधिक दूर नहीं गया था। वत्स की सेनाओं के आने का भी उसको ज्ञान नहीं था। गुप्तचरों से उसकी स्थिति का ज्ञान प्राप्त कर तीन ओर से उसके विरुद्ध अभियान चलाया गया। उसके साथ विदर्भ के सैनिक भी थे। उसने भयानक युद्ध किया, किंतु बुरी तरह घायल हुआ और उपचार कराने पर भी उसके प्राणों की रक्षा न हो सकी। सेनापति सुप्रतीक को भी ऐसे वीर की मृत्यु पर गहरा शोक हुआ, किंतु उससे कामंदक की स्थिति के विषय में महत्त्वपूर्ण सूचनाएँ प्राप्त हुईं।

सुप्रतीक ने अपने सैन्य दल को विंध्यकांतार की ओर प्रयाण करने का आदेश दिया और आम्रकूट के मैकाल पर्वत शिखर पर अपना सैन्य शिविर स्थापित किया, ठीक उस ग्यारह कोणीय सरोवर के तट के पास, जो शंकर-तनया पावन नर्मदा का उद्गम स्थान था। सूर्यसेन और भद्रक के सैन्य दल भी उनके साथ थे। सेनापति उस पर्वत पर बिखरी प्राकृतिक संपदा और वहाँ की सौंदर्य छटा को देख मंत्रमुग्ध से हो उठे। उन्होंने उस स्थान को भी देखा, जहाँ रावण ने अतीत काल में जांबुनदमणि का शिवलिंग स्थापित कर भगवान् शिव की पूजा की थी। उन्होंने उस कुंड के तट के समीप स्थित जगज्जननी पार्वती एवं पावन नर्मदा के मदिरों में दर्शन कर अपने अभियान की सफलता की कामना की। पुजारियों ने सेनापति को बताया कि भगवान् शंकर के कमंडलु से पतित जल-बिंदु एक कन्या के रूप में परिवर्तित

हुई और वही कन्या नर्मदा के रूप में प्रवाहित हुई। अत: उसका प्रभाव भगवती भागीरथी से कम नहीं है। सुप्रतीक को कामंदक की स्थिति का ठीक पता लग चुका था। अत: दूसरे ही दिन सैनिक अभियान प्रारंभ हुआ। कामंदक की राजधानी विंध्यकांतार के एक अति दुर्गम स्थान पर थी। सुप्रतीक, सूर्यसेन और भद्रक के सैन्य दलों ने तीन ओर से आक्रमण किया। कामंदक अत्यंत साहसी और वीर पुरुष था। उसने वीरता से युद्ध किया, किंतु उसके वन्य जातियों के असंगठित दल सेनाओं के संगठित दलों के समक्ष अधिक समय तक न ठहर सके और कामंदक को उसके पुत्र पुलिंदक के साथ बंदी बना लिया गया।

इस अभियान की सफलता के उपरांत त्वरितगामी संदेशवाहकों के द्वारा सेनापति सुप्रतीक ने अपनी विजय का समाचार कौशांबी प्रेषित कर दिया।

प्रारंभ से ही सम्राट् को सुप्रतीक के सैनिक अभियान के विषय में सूचनाएँ निरंतर प्राप्त होती रही थीं। वे इस अभियान की सफलता के प्रति पूर्ण आश्वस्त थे।

× × ×

मध्याह्न पूर्व का समय था। द्वारपाल ने सूचित किया कि सीमांत से आए दो संदेशवाहक सम्राट् के दर्शनों की आज्ञा चाहते हैं। सम्राट् ने आदेश दिया कि वे सभा-कक्ष में उनसे भेंट करेंगे। महामात्य युगंधर एवं अन्य कनिष्ठ मंत्रियों—आदित्य सेन, सत्यकेतु एवं आरनीक के अतिरिक्त उप-महाबलाधिकृत रिपुंजय को भी उपस्थित होने का आदेश भिजवा दिया गया। सभी के उपस्थित होने पर संदेशवाहकों ने सभा-कक्ष में प्रवेश कर सम्राट् को अभिवादन किया। सम्राट् ने सीमांत के समाचार सुनाने का आदेश दिया।

संदेशवाहक—महामहिम सम्राट्, सेनापति सुप्रतीक अपने अभियान में पूर्ण रूप से सफल हुए हैं। अपराधी दंडित हो चुके हैं। उनके जन-बल की बहुत क्षति हुई है। किरातों का सरदार बलाहक वीरगति को प्राप्त हुआ है। उसके अधिकांश सैनिकों ने युद्धभूमि से पलायन किया था। जिन्होंने युद्ध करने का साहस किया, उनमें अधिकांश वीरगति को प्राप्त हुए।

सम्राट्—पुलिंदों के सरदार कामंदक का क्या समाचार है ?

संदेशवाहक—विंध्यकांतार में किरातों के पश्चिम पुलिंदों का निवास है। बलाहक से प्राप्त सूचनाओं के आधार पर पुलिंदों के विरुद्ध अभियान प्रारंभ किया गया और पूर्ण सफलता भी प्राप्त हुई। पुलिंदों के सरदार कामंदक और उसके पुत्र पुलिंदक को उसके अनेक साथियों के साथ बंदी बना और उन्हें सपने साथ ले सेनापति राजधानी की ओर प्रस्थान कर चुके हैं।

सम्राट्—सीमांत नागरिकों की अब क्या स्थिति है ?

संदेशवाहक—सम्राट्, कुछ दिनों से सेनापति इन नागरिकों के पुनर्वास की व्यवस्था में व्यस्त थे। अधिकतर नागरिकों को राज्य की ओर से आर्थिक सहायता प्रदान कर दी गई है और अब वे अपने घरों को लौट चुके हैं। इस अभियान में किरातों और पुलिंदों की इतनी अधिक क्षति हुई है कि वे सहसा वत्स की सीमाओं में प्रवेश करने और नागरिकों को

सताने का साहस नहीं कर पाएँगे। सीमा पर इस समय पूर्ण शांति है।

सम्राट्—सीमांत के दुर्गपालों की क्या स्थिति है?

संदेशवाहक—वे अपने स्थानों पर नियुक्त हैं। उनका उत्साह कम नहीं है। इस अभियान से उन्हें बल मिला है। दोनों दुर्गपालों ने अभियान में पूरा सहयोग प्रदान किया था।

सम्राट्—क्या इस अभियान में हमारे सैनिकों की भी बहुत क्षति हुई है?

संदेशवाहक—नहीं सम्राट्, हमारे सैनिक कवचों और शिरस्त्राणों से सुसज्जित थे। अत: उन पर शत्रुओं के तीरों का अधिक प्रभाव नहीं हो पा रहा था। उन वन्य जातियों के पास न तो शस्त्र ही उत्तम कोटि के थे और न वे युद्ध विद्या में हमारे सैनिकों की भाँति निष्णात ही थे। वन्य जातियाँ वृक्षों पर चढ़ने में अधिक कुशल होती हैं। वृक्षों की घनीभूत शाखाओं और पत्तियों में छिपकर किरातों और पुलिंदों ने जो तीरों की वर्षा की थी, उनसे हमारे सैनिक पर्याप्त संख्या में घायल हुए हैं। उनका उचित उपचार किया जा रहा है। हमारे मृतक सैनिकों की संख्या लगभग नगण्य है।

सम्राट्—सेनापति सुप्रतीक ने इस अभियान में अपनी योग्यता का पूरा परिचय दिया है।

संदेशवाहक—हाँ सम्राट्, हमारे अश्वारोही सैनिक दो दिन के अति अल्प समय में सीमांत पर पहुँच गए। महेंद्र-तनया (महानदी) और नर्मदा को पार करने में कोई कठिनाई नहीं हुई। सत्युड़ा और विंध्याचलकी उपत्यकाओं में पहुँचकर शत्रुओं की खोज की गई। हमारे सीमांत दुर्गपालों को स्थानीय लोगों से बलाहक के विषय में पूर्ण सूचनाएँ उपलब्ध हो चुकी थीं। उसने हमारे सीमांत के गाँवों में महाविनाश का तांडव किया था। वह हमारी सीमाओं से अधिक दूर नहीं गया था। महेंद्रगिरि एवं विंध्याचल के घने कांतारों में हमारे नागरिकों से दासों का काम लेकर कृषि कर्मांतों के लिए वनों की कटाई एवं सफाई करा रहा था। हमारे सैनिकों को देखते ही वृक्षों पर छिपे बलाहक के सैनिकों ने तीरों की वर्षा प्रारंभ कर दी। इससे हमारे सैनिकों की गति पूर्णतया अवरुद्ध हो गई। किंतु सेनापति ने वृक्षों से गिरे सूखे पत्तों के ढेरों और सूखी झाड़ियों में आग लगाकर वृक्षों में छिपे किरातों को वहाँ से उतरने के लिए बाध्य कर दिया। वे पर्याप्त संख्या में या तो घायल हुए या मारे गए। बलाहक पर तीन ओर से घेरकर आक्रमण किया गया, वनों में उठते घनीभूत धुएँ को देख उसे हमारे पहुँचने का आभास हो गया था और अब उसके पलायन करने की पूरी आशंका थी।

सम्राट्—क्या उसने किरातपत्तन की ओर पलायन नहीं किया?

संदेशवाहक—उसे इसका अवसर ही नहीं मिला। वह बड़ा वीर और साहसी था। उसने अन्य लोगों को एकत्र कर कई घंटे तक संघर्ष किया। वह बुरी तरह घायल हुआ और बंदी बना लिया गया। सेनापति उसकी वीरता से इतने अधिक प्रसन्न थे कि अपने सैनिकों के द्वारा उपचार के लिए उसे अपने शिविर में ले आए।

सम्राट्—क्या बलाहक ने हमारे नागरिकों की हत्या भी की थी?

संदेशवाहक—नहीं सम्राट्, उनसे दास कर्म कराने के लिए ही उसने हमारे नागरिकों को बंदी बनाया था।

सम्राट्—क्या विदर्भराज विंध्यकेतु ने उसकी कोई सहायता नहीं की?

संदेशवाहक—हमारे सैनिकों के आक्रमण की गति इतनी तीव्र थी कि न बलाहक को पलायन का अवसर प्राप्त हुआ और न वह कहीं अन्यत्र से सहायता प्राप्त कर सका। उसका पुत्र अवश्य कुछ किरातों के साथ पलायन करने में सफल हुआ।

सम्राट्—हमें प्रसन्नता है कि हमारे सीमांत दुर्गपालों से भी इस अभियान में सक्रिय सहयोग प्राप्त हुआ।

संदेशवाहक—हाँ महामहिम, उनसे युद्ध में सहायता भी प्राप्त हुई और बलाहक की स्थिति का ज्ञान प्राप्त करने में भी उनकी सूचनाएँ अत्यंत उपयोगी सिद्ध हुईं। उन्हें वनों के मार्गों का भी पूरा ज्ञान था और शत्रुओं के छिपने के स्थानों का भी ज्ञान था।

सम्राट्—किंतु महेंद्र-तनया (महानदी), सदानीरा (ताप्ती) एवं नर्मदा में आजकल बाढ़ की स्थिति अवश्य होगी?

संदेशवाहक—नहीं सम्राट्, इस वर्ष शीत ऋतु में अधिक वर्षा न होने के कारण इन नदियों में अधिक जल नहीं था। हमारे सीमांत प्रहरियों को ऐसे स्थान ज्ञात थे, जहाँ नदियाँ सुगमता से पार की जा सकती थीं। हमारे अश्वों ने आसानी से इन नदियों को पार कर लिया था।

सम्राट्—सेनापति का कार्य प्रशंसनीय है।

संदेशवाहक—हाँ सम्राट! सेनापति की व्यूह रचना नितांत अभेद्य थी। उनकी योजना का एक ही लक्ष्य था कि शत्रुओं की शक्ति को पूर्णतया नष्ट कर दिया जाए। अत: उन्होंने विंध्यापत्तन एवं किरातपत्तन जानेवाले मार्गों के वृक्षों पर कुछ स्थानीय युवकों के साथ अपने सैनिकों को विषैले वाणों से सुसज्जित कर नियुक्त कर दिया था। उन दिशाओं में पलायन करनेवाले शत्रु उनके शरों के लक्ष्य बने। जहाँ तक हमारे बंदी नागरिकों का प्रश्न है, इसका पूरा ज्ञान सेनापति को था और उन्होंने कुछ स्थानीय नागरिकों को समझा दिया था कि आक्रमण होते ही शत्रु दल पलायन करेगा। उस समय वे अपने नागरिकों को सदानीरा के इस पार ले आएँ। अत: वह एक निश्चित मार्ग से अपने नागरिकों को सुरक्षित स्थान पर लाने में सफल हो गए। हमारे सैन्य दल ने शत्रु पर तीन ओर से आक्रमण किया था। आक्रमण की गति इतनी तीव्र थी कि शत्रु दल सकते में आ गया। वे लड़ने का पूरा साहस भी नहीं जुटा पाए।

युधामन्यु—यह सेनापति की व्यूह रचना का ही प्रतिफल था।

सम्राट्—निश्चय ही उन्होंने आशा के अनुकूल ही अपनी योग्यता का प्रदर्शन किया है।

इसके उपरांत सम्राट् ने संदेशवाहकों को जाने की आज्ञा दी और सभा भंग की गई।

□

6
बंदियों की मुक्ति

दो दिन के उपरांत ही संदेशवाहक ने सूचना दी कि सेनापति राजधानी कौशांबी के समीप आ पहुँचे हैं। युद्ध विद्या में सम्राट् एवं सुप्रतीक सहपाठी थे और बचपन के मित्र भी। अत: सम्राट् सुप्रतीक से मित्रवत् व्यवहार करते थे। सुप्रतीक के आने का समाचार प्राप्त होने पर सम्राट् ने राजधानी कौशांबी पहुँचने से पूर्व ही उनका स्वागत कर उनका साहस बढ़ाने का निश्चय किया और उनके सम्मान में एक विजयोत्सव की भी घोषणा की। सुप्रतीक ने सम्राट् को अभिवादन किया और दोनों ने राजप्रासाद की ओर प्रस्थान किया। सम्राट् के मुँह से अपनी प्रशंसा सुन सुप्रतीक गद्गद हो उठे। कामंदक एवं पुलिंदक को राज्य के अतिथिगृह में बंदियों के रूप में रखने का आदेश दिया। उनके लिए उचित प्रहरियों की व्यवस्था भी कर दी गई। शेष बंदियों को राज्य के मुख्य बंदीगृह में भेज दिया गया। सम्राट् ने आदेश दिया कि दूसरे दिन प्रात: बंदियों को राजसभा में उनके समक्ष उपस्थित किया जाए।

सुप्रतीक के सीमांत से लौटने के समाचार से सारी कौशांबी में प्रसन्नता की लहर दौड़ गई। स्थान–स्थान पर उनके स्वागत की तैयारियाँ होने लगीं। किशोर एवं किशोरियों ने सामूहिक नृत्य एवं गायन के साथ उनका स्वागत और अभिनंदन किया। राज्य की ओर से भी भव्य समारोह का आयोजन किया गया। सभा मंडप से बाहर खड़ी जनता ने सम्राट् एवं सुप्रतीक का जयघोष किया। 'परम् भट्टारक कौशांबी नरेश सम्राट् सहस्रानीक विजयते तराम्', 'सेनापति सुप्रतीक विजयते तराम्'। संपूर्ण कौशांबी में अपार हर्ष की लहर दौड़ गई। इस विजय ने वत्स की जनता को आश्वस्त कर दिया कि उनके युवा सम्राट् उन्हें सुरक्षा प्रदान करने में पूर्ण सक्षम थे। रात्रि को नगर, राजमार्गों और राजप्रासाद को प्रज्वलित दीपकों से सजाया गया। असंख्य दीपों के जाज्वल्यमान् प्रकाश में कौशांबी एक प्रकाशपुंज सी चमक उठी।

दूसरे दिन प्रात:काल राजसभा का आयोजन किया गया। सभी के उपस्थित होने

पर कामंदक और पुलिंदक को सम्राट् के समक्ष उपस्थित किया गया। सभी ने देखा कि कामंदक का व्यक्तित्व कितना आकर्षक और प्रभावशाली था। सभी बड़े कौतूहल से उसकी ओर देख रहे थे। उसका कृष्णवर्ण, विशाल एवं उन्नत वक्ष:स्थल, विशाल रक्ताभ नयन युगल, उसके पुष्ट एवं सबल उभय स्कंध, उसके मुखमंडल पर उभरते निर्भीकता के भाव ऐसा आभास कराते मानो लौह शृंखलाओं में आबद्ध कोई विवश वन-सिंह हो। उसके साथ ही उसका किशोर अल्पवयस्क पुत्र पुलिंदक, जो बंधनमुक्त था, वह भी एक निर्भीक सिंह-शावक जैसा प्रतीत होता था। सम्राट् भी उनके व्यक्तित्व से प्रभावित हुए बिना नहीं रह सके।

दोनों पिता और पुत्र ने सम्राट् को अभिवादन किया।

कुछ समय तक सम्राट् ऊहापोह में शांत हो सोचते रहे कि कामंदक जैसे वीर के साथ कैसा व्यवहार किया जाए। इस अवस्था में उसे प्राणदंड देना कायरता एवं अनैतिकता ही नहीं होगी, वरन् राजनीति के नियमों के विरुद्ध भी होगा। उसे और उसके साथियों को कारागार में रखना सुगम है, किंतु इससे क्या आटविक जातियों के आक्रमण समाप्त होना संभव है। उन्होंने मन-ही-मन निश्चय किया कि क्यों न कामंदक को मित्र बनाकर बंधनमुक्त कर दिया जाए। इससे वत्स की दक्षिणी सीमा पर आटविक जातियों के आक्रमण तो रुक ही जाएँगे, साथ ही वत्स को उसके शत्रु राज्य अवंति और मगध के विरुद्ध एक विश्वस्त सहायक भी मिल सकेगा। वे भलीभाँति जानते थे कि ये जातियाँ अपने वचनों का पालन करने में सच्ची और विश्वसनीय होती हैं।

सम्राट् ने कामंदक से कहा—'कामंदक, तुम आज वत्स के युद्धबंदी हो।'

कामंदक ने निर्भीकता से उत्तर दिया—'मुझे और मेरे वीर साथियों को इसका पूर्ण ज्ञान है और इसके लिए सम्राट् का जो भी निर्णय होगा, मुझे और मेरे साथियों को बिना प्रतिरोध किए स्वीकार होगा।'

सम्राट्—यदि आपको बंधनमुक्त किया जाए तो क्या आप लोग पलायन का प्रयत्न करेंगे।

कामंदक—यह हमारे चरित्र के विरुद्ध है।

सम्राट् ने तुरंत ही कामंदक को बंधनों से मुक्त करने का आदेश दिया और उसको और पुलिंदक को उनके सम्मान के अनुरूप ही राज्य के अतिथिगृह में रखने और उनके लिए प्रत्येक वस्तु का उचित प्रबंध करने का आदेश भी दिया। साथ ही अतिथिगृह में प्रहरियों की उचित व्यवस्था भी की।

सम्राट् राजसभा से उठकर चले गए।

कार्य की व्यस्तता के कारण सम्राट् को दो दिन तक उनके विषय में निर्णय लेने का अवसर ही नहीं मिल पाया था। नागरिकों की ओर से विजय के उपलक्ष्य में सेनापति

सुप्रतीक का अभिनंदन किया जा रहा था। सम्राट् को इन उत्सवों में भी भाग लेना होता था। दूसरे बंदी इतने महत्त्वपूर्ण व्यक्ति थे कि सम्राट् स्वयं अकेले उनके विषय में कोई निर्णय नहीं लेना चाहते थे। नीति का कथन भी है कि 'सहसा और उचित विचार किए बिना लिये गए निर्णय अविवेक का प्रतीक होते हैं और वे परम आपदाओं का कारण भी बन सकते हैं।' अतः राजसभा का आयोजन किया गया।

राजसभा में सभी मंत्रीगण, महाबलाधिकृत सुप्रतीक के अतिरिक्त उनके अन्य कनिष्ठ सेनापति एवं ज्येष्ठत्रयी भी उपस्थित थे। सम्राट् के आदेश से युगंधर ने निवेदन किया—

'सम्मान्य सदस्यवृंद, सम्राट् के विशेष आदेश से ही आज राजसभा का आयोजन किया गया है। आप सभी को ज्ञात है कि सेनापति सुप्रतीक कुछ दिन पूर्व ही सीमांत के नागरिकों पर आक्रमण करनेवाले अत्याचारियों को दंडित कर लौटे हैं। वे अपने साथ कुछ युद्धबंदी भी लाए हैं। उन्हीं के विषय में निर्णय लेने के लिए राजसभा का आह्वान किया गया है। किंतु कोई भी निर्णय लेने से पूर्व सेनापति सुप्रतीक से निवेदन है कि वे सीमांत की दशा से और समाचारों से परिषद् के सदस्यों को अवगत कराएँ।'

सुप्रतीक ने सम्राट् के आदेशानुसार संक्षेप में सभी को युद्ध की घटनाओं से अवगत कराया।

सुरुचि—सेनापति आपकी आकस्मिक आक्रमण की योजना एवं उसका कार्यान्वयन दोनों ही प्रशंसनीय थे। आप निश्चय ही योग्य पिता के योग्य पुत्र हो।

सम्राट्—हाँ, शत्रु को आक्रमण की पूर्व सूचना का अर्थ था उसका सावधान हो जाना।

सुप्रतीक—हाँ सम्राट! इस आकस्मिक आक्रमण को ही हमारी सफलता का श्रेय है। जो शत्रु सैनिक पलायन कर रहे थे, उनमें अधिकांश हमारे सैनिकों के शरों का लक्ष्य बन धराशायी हुए।

सम्राट् ने युधामन्यु एवं सुरुचि से निवेदन किया कि वे अपनी सम्मति दें कि इन बंदियों के साथ कैसा व्यवहार किया जाए।

युधामन्यु—निरीह और निर्दोष जनता को लूटना, उनकी हत्या करना और उन पर अत्याचार करना निस्संदेह जघन्य अपराध है और न्याय की दृष्टि से वे प्राणदंड के अधिकारी हैं। किंतु युद्ध में आत्मसमर्पण के उपरांत, जब वे हमारे बंदी हैं तो उनको प्राणदंड देना नियमों और नैतिकता के सिद्धांतों के नितांत प्रतिकूल है।

सुरुचि—भूतपूर्व महाबलाधिकृत का विचार नीति के अनुकूल है, किंतु यदि वे विदर्भराज विंध्यकेतु और चंडप्रद्योत का साथ न देकर हमसे मित्रता करने को उद्यत हों और उस प्रतिज्ञा के पालन की शपथ लें, तो उनसे मित्रता करना कहीं अधिक उपयुक्त होगा। उससे दो लाभ तो निश्चित हैं। प्रथम तो इससे हमारी सीमाएँ सुरक्षित रहेंगी, दूसरे

उनके अधिकारगत विंध्यकांतार से हमें अपनी सेना के लिए हाथी प्राप्त हो सकेंगे। इसके अतिरिक्त यह भी लाभ है कि हमें अपने सीमांत पर अधिक सैनिक नियुक्त करने की भी आवश्यकता नहीं रहेगी। उनकी संख्या आवश्यकतानुसार कम की जा सकती है।

युगंधर—पिताश्री की योजना निश्चित रूप से विचारणीय है। किसी को शत्रु बनाना सुगम है, किंतु मित्र बनाना कठिन। यदि वे हमारी मित्रता स्वीकार करने को सहमत हैं, तो उनके साथ मित्रवत् व्यवहार करना अधिक उपयोगी होगा।

अंत में सर्वसम्मति से निर्णय लिया गया कि भूतपूर्व महामंत्री सुरुचि की योजना को ही कार्यान्वित किया जाए।

प्रहरियों को आदेश दिया गया कि बंदी पुलिंदराज कामंदक एवं उसके पुत्र पुलिंदक को राजसभा के समक्ष उपस्थित करें। महामंत्री युगंधर को ही उनसे बातें करने के लिए अधिकृत किया गया।

शीघ्र ही कामंदक एवं पुलिंदक को राजसभा के समक्ष लाया गया। वे बंधनमुक्त थे, किंतु प्रहरियों का एक घना वृत्त उनके चारों ओर था। पिता-पुत्र ने सम्राट् को अभिवादन किया। उन्हें उचित आसन दिए गए।

युगंधर—पुलिंदराज, आप पूर्ण रूप से परिचित हैं कि किस अपराध के बदले आप दोनों पिता-पुत्र को बंदी बनाकर यहाँ लाया गया है। आप हमारे निर्दोष नागरिकों की हत्या करने और उनके मकानों, तृणकुटीरों और गोष्ठों को लूटने के अपराधी हैं और ये सभी कृत्य जघन्य अपराध हैं।

कामंदक—किंतु यह एक राजा का दूसरे राज्य पर आक्रमण था। हम आपकी प्रजा नहीं हैं। हमारे साथ एक राजा की भाँति ही व्यवहार किया जाना चाहिए।

युगंधर—तो भी इससे आपके अपराधों की जघन्यता कम नहीं हो जाती। साथ ही आप यह भी भूल रहे हैं कि आप इस समय हमारे बंदी हैं। अपने को सम्राट् के समकक्ष नहीं रख सकते। ऐसा करने पर तो आप सम्राट् की दया के पात्र होने के लाभ से भी वंचित हो जाते हैं। आप अपने अपराधों को स्वीकार करने से भी बचना चाहते हैं। आपका आक्रमण निर्दोष जनता पर था, न कि राज्य पर।

कामंदक—यदि राजनीति की दृष्टि से हमारा आक्रमण अपराध की सीमा में आता है तो हम उसे निस्संकोच स्वीकार करते हैं।

युगंधर—यही अपराध किसी ने पुलिंदों के प्रदेश में किया होता तो आप उसे क्या दंड देते?

कामंदक—प्राणदंड।

युगंधर—तो आप स्वीकारते हैं कि आप किस दंड के भागी हैं।

कामंदक—हम यह स्वीकार कर चुके हैं, किंतु दया की भीख माँगना हमारे स्वभाव

और स्वाभिमान के प्रतिकूल है।

युगंधर—यह राजसभा जानना चाहती है कि आप किसकी कुत्सित प्रेरणा से इन जघन्य अपराधों को करने में प्रवृत्त हुए?

कामंदक—विंध्यकेतु और अवंतिराज चंडप्रद्योत।

युगंधर—दोनों ही वत्स राज्य के शत्रु हैं। क्या वे इस समय तुम्हें मुक्ति दिलाने आ सकते हैं।

कामंदक—यह हम जानते हैं कि अब वे हमारी कोई सहायता नहीं कर सकते और हम यह भी जानते हैं कि वत्स एक शक्तिशाली साम्राज्य है। हमें वत्स सम्राट् को रुष्ट नहीं करना चाहिए। किंतु हमारी सीमाएँ अवंति की सीमाओं से मिली होने के कारण हमें चंडप्रद्योत की इच्छा का पालन करना होता है। वह और उसके पिता महामंत्री पुणिक भी क्रूर व्यक्ति हैं। हमें प्रति वर्ष पचास हाथी भी चंडप्रद्योत को कर के रूप में देने होते हैं। इसके बदले में हमारे पड़ोसी राज्यों, राष्ट्रकूटों और अश्मकों से हमारी रक्षा का वचन उन्होंने हमें दिया है। विंध्यकेतु तो हमारा ही वंशज है।

युगंधर—यदि वत्सराज प्राणदंड देने के स्थान पर तुमसे अन्यथा व्यवहार करें तो क्या तुम उनका आभार अनुभव करोगे?

कामंदक—हम उनके आभारी ही नहीं होंगे, बल्कि सदा ही वत्सराज के साथ मित्रवत् व्यवहार भी करेंगे। आवश्यकता होने पर अवंतिराज के विरुद्ध हम वत्सराज की सहायता भी करेंगे।

युगंधर—इसके प्रतिकार स्वरूप हम यह पूर्ण आश्वासन देते हैं कि हम तुम्हारे विंध्यकांतार स्थित राज्य को अवंतिराज, विदर्भराज और अश्मकों के विरुद्ध पूर्ण संरक्षण प्रदान करेंगे।

कामंदक—इस आभार के प्रतिकार स्वरूप हम वत्सराज को यह अधिकार देने को उद्यत हैं कि वे विंध्यकांतार के हमारे अधिकार वाले प्रदेश से अपनी सेना के लिए सीमित संख्या में हाथी पकड़ सकते हैं और इसके लिए हम उनसे कोई शुल्क भी नहीं लेंगे। यह अधिकार हमने अवंतिराज चंडप्रद्योत को भी नहीं दिया है।

युगंधर—तो वत्सराज की ओर से तुम स्वतंत्र हो और आज से तुम उनके मित्र रहोगे। वत्सराज की ओर से सदा ही तुम्हारे साथ मित्र की भाँति व्यवहार किया जाएगा। क्या तुम मित्र-धर्म का निर्वाह करने की शपथ लोगे?

कामंदक—हाँ, मैं शपथपूर्वक कहता हूँ कि मैं और मेरा पुत्र राजकुमार पुलिंदक दोनों ही मित्रता का सच्चे रूप से निर्वाह करेंगे।

युगंधर—हम वचन देते हैं कि किसी भी आक्रमण के समय हम पुलिंदराज की सहायता करेंगे और यही आशा हम भविष्य में पुलिंदराज से भी करते हैं।

कामंदक—कौन वत्सराज का कृपापात्र नहीं बनना चाहेगा? यह हमारा सौभाग्य है कि वत्सराज ने हमें मैत्री सम्मान प्रदान किया है।

सम्राट्—कामंदक के जितने सैनिक बंदीगृह में हैं, उन सभी को मुक्त किया जाए।

राजसभा की बैठक की काररवाई चल ही रही थी कि द्वारपाल ने सूचना दी कि देवलोक से देवराज इंद्र के दूत के रूप में उनके दिव्य-स्यंदन के साथ मातलि पधारे हैं।

यह सुनते ही सम्राट् ने युगंधर को आदेश किया कि वे सम्मानपूर्वक मातलि को शुभ्र-पद्म-प्रासाद में ही ले जाकर उनके विश्राम की उचित व्यवस्था करें। उन्होंने उपमंत्री आदित्य सेन को आज्ञा दी कि कामंदक को उनके बंधनमुक्त हुए सैनिकों के साथ कल प्रात: ससम्मान विदा किया जाए। आज रात्रि को उनके सम्मान में एक उत्सव भी मनाया जाए।

□

7
नगाधिराज हिमालय

सम्राट् के आदेश से मातलि को ससम्मान शुभ्र-पद्म-प्रासाद के अतिथि-कक्ष में विश्राम के लिए ठहराया गया। यह अतिथि-कक्ष संपूर्ण आवश्यक सुविधाओं से युक्त था। इसी रात बंदियों से मित्रता होने और उनकी मुक्ति के उपलक्ष्य में राज्य की ओर से एक उत्सव का समायोजन किया गया। इसमें उपस्थित होने के लिए मातलि से भी प्रार्थना की गई। आज के उत्सव में मातलि को ही सम्माननीय मुख्य अतिथि के रूप में सर्वोच्च आसन पर विराजमान किया गया। सम्राट् भी उनके दाहिनी ओर विराजमान थे। सारे क्रिया-कलापों के केंद्र आज मातलि ही थे। सर्वप्रथम राज्य की ओर से सामूहिक भोज का आयोजन था। इसके उपरांत अर्द्धरात्रि पर्यंत तक नृत्य और संगीत के आयोजन चलते रहे। आयोजनों की समाप्ति पर सभी विश्राम करने चले गए।

युगंधर और सुप्रतीक ने आदेश के अनुसार, प्रातः बंदियों को सम्मानपूर्वक विदा किया गया। अब तक सम्राट् सभी कार्यक्रमों में व्यस्त थे। अतः मातलि से विशेष वार्त्तालाप नहीं हो सका था। प्रातःकाल सम्राट् ने उनसे अतिथि-कक्ष में ही भेंट की। देवराज इंद्र का संदेश देते हुए मातलि ने कहा—

'सम्राट्, आपके पिता भूतपूर्व सम्राट् शतानीक को देवासुर संग्राम में वीरगति प्राप्त होने का देवराज इंद्र को ही नहीं, वरन् सारे देवसमाज को ही हार्दिक दुःख है। उस भीषण संग्राम में आपके पिता के योगदान के लिए संपूर्ण देवसमाज सदा ऋणी रहेगा। देवराज इंद्र ने उनकी सेवाओं के लिए आभार व्यक्त करते हुए आपको देवलोक की यात्रा के लिए आमंत्रित भी किया है। आपके पूर्वज पांडवों के समय से ही देवराज इंद्र के आपके परिवार से घनिष्ठ संबंध रहे हैं। अतः आपसे प्रार्थना है कि आप देवराज का आमंत्रण स्वीकार कर देवलोक की यात्रा पर चलें। इसी उद्देश्य से उन्होंने यह दिव्य देव-स्यंदन आपकी सेवा में प्रेषित किया है। यह वास्तव में देवराज का दिव्य विमान है, जो अंतरिक्ष में वायुवेग से यात्रा कर सकता है। देवराज इस यात्रा के लिए आभारी रहेंगे। साथ ही

आपको उन प्रदेशों का ज्ञान भी प्राप्त होगा।'

सम्राट्—हम देवराज इंद्र की इस कृपा के लिए सर्वदा आभारी रहेंगे। उनका अतिथि बनना हमारे लिए गौरव की बात है। किंतु यात्रा पर चलने से पूर्व साम्राज्य की समुचित व्यवस्था करना परम आवश्यक है। आज मंत्रियों से परामर्श के उपरांत द्वितीय दिवस प्रात: हम देवलोक की यात्रा पर प्रस्थान करेंगे।

इसके उपरांत सम्राट् ने राज्य का संपूर्ण कार्यभार युगंधर एवं सुप्रतीक के कंधों पर डाल दूसरे ही दिन देवलोक के लिए प्रस्थान किया।

मार्ग में उस दिव्य रथ को आर्यावर्त एवं हिमालय के अनेक प्रदेशों के ऊपर होकर यात्रा करनी थी। युवा सम्राट् सहस्रानीक को अभी तक उन प्रदेशों की यात्रा का अवसर नहीं मिला था। अत: उनके मन में उन प्रदेशों के विषय में जिज्ञासा थी। उन्होंने मातलि से प्रार्थना की कि मार्ग में जिन प्रदेशों के ऊपर होकर वह दिव्य रथ यात्रा करे, उनका परिचय उन्हें अवश्य कराया जाए। इससे उनकी जिज्ञासा शांत होगी।

उस दिव्य रथ ने शनै-शनै भूमितल से अंतरिक्ष में उठना प्रारंभ किया और शीघ्र ही देश के पश्चिमोत्तर दिशा की ओर अपनी यात्रा प्रारंभ की। मातलि भी सम्राट् की इच्छा के अनुसार, उनको मार्ग के प्रदेशों का परिचय देने लगे।

मातलि—(यमुना की ओर इंगित करते हुए) देखो, यह सूर्यतनया नीलसलिला यमुना की पावन जलधारा ऐसी प्रतीत होती है मानो प्रकृति-कामिनी की नील शाटिका हो। इसकी शोभा अपूर्व है। इसको भगवान् यमराज की भगिनी होने का सौभाग्य प्राप्त है। यहाँ से नाति दूर उत्तर दिशा में पुण्य सलिला भगवती भागीरथी की पावन धारा भी दृष्टिगोचर हो रही है। यह प्रदेश तो आपके वत्स साम्राज्य का ही अंग है। आपको इसका ज्ञान अवश्य होगा।

सहस्रानीक—हाँ, भारत का यही प्रदेश तो आर्यावर्त की मुख्य एवं पावन भूमि है। यहाँ की भूमि अत्यंत उर्वरा होने के कारण मगध सम्राट् बिंबिसार की आँखों में खटकती रहती है और उन्होंने इस पर अधिकार करने के लिए अनेक बार प्रयत्न भी किए हैं, किंतु उन्हें सफलता नहीं मिल पाई है। उन्हें हर बार मुँह की खानी पड़ती है।

मातलि—अब हम भगवती भागीरथी के ऊपर यात्रा कर रहे हैं। यहाँ से वह पावन धारा कितनी नयनाभिराम प्रतीत होती है। यहाँ से पूर्व दिशा में ही प्रयाग का पावन तीर्थ स्थल है।

सहस्रानीक—(मन-ही-मन भागीरथी को प्रणाम करते हुए) हाँ, इसकी परम पावनता एवं उपयोगिता के कारण ही आर्यावर्त के ऋषियों ने इसको 'सुरसरित्' की संज्ञा प्रदान की है। इसकी पवित्रता के कारण ही भगवान् शिव ने इसे सिर पर और ब्रह्मा ने अपने कमंडलु में धारण किया है।

मातलि—भागीरथी को पार कर अब हमारा देव-स्यंदन कौशल साम्राज्य के ऊपर है। हमारे वाम पार्श्व में सरयू की पावन जलधारा है, जो आगे चलकर भगवती भागीरथी में विलीन हो जाती है। इसके दक्षिण भगवान् राम की जन्मस्थली पावन अयोध्यापुरी है, जिसे कुशस्थली भी कहते हैं। सरयू के उत्तर में उत्तर कौशल का प्रदेश है। हमारे ठीक सामने, जो गगनचुंबी सौध हर्म्यों एवं अट्टालिकाओं वाला नगर है, वही इस उत्तर कौशल की राजधानी श्रावस्ती है। यहाँ के सम्राट् ब्रह्मदत्त शक्तिशाली सम्राट् हैं। हर्म्यों पर लगे एवं सूर्य की किरणों में चमकते स्वर्ण कलश इस नगर की समृद्धि के परिचायक हैं।

सहस्रानीक—हाँ, मैं भी उनसे सुपरिचित हूँ। पिताश्री के समय वे दो बार कौशांबी गए थे। उनके आमंत्रण पर पिताश्री के साथ मैंने भी श्रावस्ती की यात्रा की थी। भगवान् राम की क्रीड़ा स्थली होने के कारण यह प्रदेश अवश्य ही परम पावन एवं दर्शनीय है।

मातलि—कौशल राज्य की सीमा पार कर अब हम कुसुमपुर राज्य की सीमाओं में हैं। यह राज्य छोटा अवश्य है, किंतु यह प्रदेश प्राकृतिक सौंदर्य की दृष्टि से अति महत्त्वपूर्ण है। यहाँ विभिन्न रंगों एवं गंध वाले विकसित पुष्पों से आच्छादित विटप-वृंद एवं पुष्पलताएँ सभी ऋतुओं में अपनी गंध एवं आभा चतुर्दिक् बिखेरती रहती हैं। वृक्षों और लताओं से गिरे उन प्रकीर्णित पुष्पों से समाच्छादित पर्वतिकाएँ देवभूमि जैसी ही सुंदर प्रतीत होती हैं। यहाँ की प्राकृतिक छटा हृदयग्राहिणी है। इसे फूलों की घाटी कहा जाए तो उपयुक्त होगा। इसके पार्श्व में प्रवाहित विश्रांता एक पवित्र नदी है, जो अपनी लहरों की कल-कल के संगीतमय स्वर से संपूर्ण वातावरण को संगीतमय सा बनाए रहती है।

सहस्रानीक—वास्तव में अंतरिक्ष से भी वहाँ की प्राकृतिक शोभा अत्यंत मनोरम प्रतीत हो रही है। देव-स्यंदन की ऊँचाई कुछ कम एवं गति धीमी होने पर यहाँ की प्राकृतिक छटा का कहीं अधिक आनंद प्राप्त किया जा सकता है। पुष्प-प्रसज्जित कोमल दूब से समाच्छादित पर्वतिकाएँ ऐसी प्रतीत होती हैं मानो प्रकृति कामिनी पुष्पांकित हरित दुकूल धारण कर प्रियतम बसंत के स्वागत के लिए प्रतीक्षारत हो।

मातलि—(सम्राट् का अनुरोध स्वीकार करते हुए) वास्तव में महान् हिमवान् को उसकी ऊँचाई के आधार पर तीन भागों में विभक्त किया गया है। अभी तक हम उपगिरि के ऊपर यात्रा कर रहे थे। अब हम इस नगाधिराज के वहिर्गिरि प्रदेश के ऊपर के अंतरिक्ष में प्रवेश कर रहे हैं। इस प्रदेश को चुल्लहिमवंत भी कहते हैं। इस भाग की पर्वत मालाएँ केवल शीत में ही अल्प समय के लिए हिमाच्छादित होती हैं। इनकी ऊँचाई भी अधिक नहीं। इससे ऊपर की पर्वत मालाएँ अंतर्गिरि के अंतर्गत आती हैं। उस भाग को महाहिमवंत भी कहते हैं। वे पर्वत शृंखलाएँ वर्ष के अधिकांश भाग में हिमाच्छादित रहती हैं। गौरी शंकर, नंदादेवी, केदारनाथ, बद्रीनाथ, त्रिशूल, धवलगिरि के पर्वत शिखर इसी भाग में स्थित हैं। यहाँ से उत्तर दिशा में दृष्टिगोचर होते हिमाच्छादित पर्वत शिखर इसी अंतर्गिरि में स्थित हैं।

सहस्रानीक—मार्ग में अनेक छोटी नदियाँ दिखाई दीं, किंतु अब एक विशाल नदी दृष्टिगोचर हो रही है, जिसका जल नील वर्ण का है। संभवतः हम पुनः कलिंद-गिरि-नंदिनी यमुना के ऊपर आ पहुँचे हैं।

मातलि—हाँ, निश्चित रूप से यह यमुना की ही पावन जलधारा है। यहाँ से उत्तर जो पर्वत शिखर दृष्टिगोचर हो रहा है, इसे कालकूट कहते हैं। यह प्रदेश कुणिंद कहलाता है। यहाँ काले अंजन की खान है। हमारे स्यंदन के नीचे कुणिंद के पूर्व किन्नर प्रदेश है। यहाँ के निवासी नृत्य और संगीत के प्रेम के लिए प्रसिद्ध हैं। कुलूत के उत्तर की ओर देवप्रस्थ का तीर्थ स्थल है। कुलूत के केंद्र में कांगडा में साक्षात् भगवती दुर्गा काली के रूप में निवास करती हैं। हमारे वाम भाग की ओर असिक्नी एवं परुष्णी नदियों के मध्य का प्रदेश दार्ब प्रदेश है। इसके पश्चिम का प्रदेश अभिसार प्रदेश है। यह सभी प्रदेश हिमालय के बहिर्गिरि में स्थित हैं। पश्चिम की ओर उत्तरापथ (पंजाब) के पहाड़ी राज्य हैं, जो 'संसप्तकगण' कहलाते हैं।

अब हम हिमवान् के महा हिमवंत प्रदेश में प्रवेश कर रहे हैं। हिमाच्छादित उत्तुंग पर्वत श्रृंखलाओं का यही प्रदेश अनादिकाल से देवलोक के नाम से विख्यात रहा है। इसी प्रदेश में यक्ष, गंधर्व, विद्याधर आदि सभी देव जातियों का निवास है। यहाँ के नितांत पश्चिम वक्षु और चंद्रभागा के उद्गम स्थल हैं। इसके पूर्व में महासिंधु की धारा प्रवाहित है। उन्हीं पर्वत श्रृंखलाओं से परिवेष्टित पावन भूमि में देव जाति का निवास है, जहाँ का राजा इंद्र है। अमरावती उनकी राजधानी है, जो सुंदरता एवं समृद्धि की दृष्टि से अद्भुत नगरी है। इसी को आर्यावर्त के लोगों ने उत्तरकुरु की संज्ञा दी है। यक्ष, गंधर्व, विद्याधर आदि देव जातियों के राजा इंद्र को ही अपना सम्राट् मानते हैं।

सम्राट्—हाँ, पिताश्री प्रायः बताते थे कि देवराज इंद्र ने तपस्या के बल पर दैवी शक्तियाँ अर्जित की हैं।

मातलि—इंद्र एक शक्तिशाली सम्राट् है। आप देव-स्यंदन के नीचे के पर्वत शिखरों को देखें। यहाँ पुष्पों का बाहुल्य है। विभिन्न रंगों के पुष्पों से समाच्छादित पर्वतों के ढलान ऐसे प्रतीत होते हैं मानो सूर्य लोक तक जाने के लिए पुष्प-सुभग सोपान हों।

सम्राट्—हाँ, निश्चित ही इन पर्वतों का दृश्य अत्यंत नयनाभिराम है।

मातलि—देखो, हमारे समक्ष वह उत्तुंग हिमाच्छादित शिखर गंधमादन पर्वत का शिखर है। इसी के पास बद्री-केदार खंड हैं, जहाँ बद्रीनाथ एवं केदारनाथ के पावन तीर्थ स्थल हैं। बद्रीनाथ के पास ही पावन अलकनंदा प्रवाहित होती है, जो पावन भागीरथी का ही अंग है।

इसी गंधमादन के उपांत मंदरगिरि है, जहाँ यक्षों का निवास है। उनके तीन राज्य यहाँ हैं। मंदरगिरि पर ही मणिभद्र यक्ष की राजधानी माणा है। इसके दक्षिण पूर्व कुबेर की

राजधानी अलकापुरी है और उसी के उपांत विद्युद्ध्वज यक्ष की राजधानी अक्षयपुरी है। अलकापुरी और बद्रीनाथ के पास ही दिव्य सौगंधिक कमलों का बाहुल्य है। बद्रीनाथ के पास ही कुबेर की पुष्करिणी है, जहाँ सौगंधिक कमल वर्ष के अधिकांश समय विकसित रहते हैं। यक्षों के पूर्व की ओर विद्याधरों का निवास है।

अब हम विद्युद्ध्वज की राजधानी अक्षयपुरी के उपांत में हैं। हमारे दक्षिण पार्श्व में अक्षयपुरी की ऊँची-ऊँची अट्टालिकाओं के शिखरों पर स्थित कनक-कलश स्वयं में प्रतिबिंबित सूर्यरश्मियों को किस प्रकार शून्य में विकीर्ण कर रहे हैं। देखते ही आँखें चौंधिया जाती हैं। ऐसा प्रतीत होता है मानो भगवान् महाकालेश्वर की पावन नगरी कनकशृंगा (उज्जयिनी) दूसरा रूप धारण कर विश्राम के लिए चुल्ल हिमवंत के इस शांत अंचल में आ बसी हो।

अक्षयपुरी के दक्षिण उपांत शुभ्रोदक सरोवर की शोभा भी अद्‍भुत है। यहाँ का प्राकृतिक सौंदर्य हिमवान् के संपूर्ण प्रदेशों में अद्वितीय है। आपके पिता प्रायः शुभ्रोदक की प्राकृतिक छटा का आनंद लेकर ही कौशांबी लौटते थे। अक्षयपुरी के समीप ही शतद्रु असिक्नी एवं विपासा के पावन उद्‍गम स्थल हैं। समीप में ही महर्षि हेमाङ्ग का आश्रम है, जहाँ जंबूद्वीप के अनेक देशों के छात्र विद्याध्ययन के लिए आते हैं। यह आश्रम चुल्ल हिमवंत में ही स्थित है।

सम्राट्—अक्षयपुरी एक समृद्ध नगरी प्रतीत होती है। मेरी भी इच्छा है कि देवलोक से कौशांबी लौटते समय अवश्य इस प्रदेश की शोभा का आनंद लूँ।

मातलि—हाँ, देवलोक से लौटते हुए आप अवश्य ही शुभ्रोदक की नैसर्गिक सुषमा का आनंद लें। यहाँ का प्राकृतिक दृश्य अद्‍भुत है।

सम्राट्—देवलोक से उत्तर दिशा में किन जातियों का निवास है?

मातलि—देवलोक से दक्षिण पश्चिम वक्षु को पार कर गांधार प्रदेश है, जहाँ की राजधानी पुष्कलावती है। तक्षशिला वहाँ का एक प्रसिद्ध नगर है, जहाँ संपूर्ण जंबूद्वीप का महान् शिक्षा केंद्र है, जो तक्षशिला विश्वविद्यालय के नाम से प्रसिद्ध है। इसके उत्तर कुभा को पार कर कंबोज का प्रदेश है तथा पश्चिम दरद्, कोहिस्तान, बाह्लीक, पारसीक और ऋषिक आदि देश हैं, जहाँ यवनों, असुरों और हूणों का निवास है। वे आए दिन गांधार एवं देवलोक (उत्तरकुरु) पर आक्रमण करते रहते हैं। कभी-कभी उनके आक्रमणों को रोकने में आर्य सम्राटों से भी सहायता लेना आवश्यक हो जाता है।

सम्राट् एवं मातलि जब इस प्रकार वार्त्तालाप में व्यस्त ही थे कि वह देव-स्यंदन हिमाच्छादित पर्वत शृंखलाओं को पार कर अमरावती के उपांत आकाश में आ पहुँचा और ऊपर आकाश में अमरावती के चतुर्दिक् वृत्ताकार रूप में घूमने लगा। आकाश से ही सम्राट् ने उस देवनगरी की अनुपम शोभा को निर्निमेष नयनों से देखा। गगनचुंबी भवनों एवं

अट्टालिकाओं के शिखरों पर स्थापित स्वर्ण एवं रजत कलशों पर प्रतिबिंबित मध्याह्न के प्रभाकर की किरणें शून्य में विकीर्ण हो, यहाँ की शोभा में चार चाँद लगा रही थीं। सम्राट् सहसा कह उठे, 'प्रकृति के प्रशांत अंचल में स्थित इस देवनगरी का लालित्य निश्चय ही अप्रतिम और अदृष्टपूर्व है।'

मातलि ने सम्राट् को बताया कि अमरावती के उत्तरी उपांत में नंदन-वन एवं दक्षिणी उपांत में पुष्प-भद्रक उद्यान हैं, जहाँ वर्ष भर ऋतुराज का निवास रहता है। सदा ही वृक्ष पुष्पों एवं फलों के भार से झुके भूमि को स्पर्श करते रहते हैं। इस महाहिमवंत में स्थित अमरावती सात पर्वत शिखरों के मध्य स्थित है।

अब इन पर्वत शिखरों की हिम द्रवित होने लगी थी और वे गगनचुंबी पर्वत शिखर गलित-हिम-जल से आर्द्र हो प्रक्षालित से लगते। उन पर्वतों की ढलानों पर सोपानों के रूप में बने कृषि कर्मांत हरियाली से आच्छादित थे और ऐसे प्रतीत होते मानो चंद्रलोक की यात्रा के लिए मरकत मणियों के सोपान हों।

अमरावती के भवन एवं वीथियाँ अधिकतर श्वेत मरमर से विनिर्मित होने के कारण सुंदर लगतीं। राजमार्ग सुंदर थे। चतुष्पथों पर ब्रह्मा, विष्णु और भगवान् शंकर की स्वर्ण प्रतिमाएँ प्रतिष्ठित थीं। आकाश से ही मातलि सम्राट् को अमरावती के सौंदर्य का दर्शन कराना चाहते थे। इसी कारण अभी तक देव-स्यंदन ने भूमि को स्पर्श नहीं किया था।

सम्राट् ने देखा कि अमरावती की पूर्व दिशा में मंदाकिनी की पावन शुभ्र जलधारा अपने कल-कल से सारे वातावरण को संगीतमय बना रही थी। इसके तट के समीप बनी पुष्करिणियों और सरोवरों में क्रीड़ारत अति श्वेत पंखी मरालों के समूह वहाँ की शोभा को और अधिक नयनाभिराम बना रहे थे। स्त्री-पुरुषों का अंग-सौष्ठव एवं सौंदर्य ईर्ष्या के विषय थे।

देवराज इंद्र के राजप्रासाद के सामने के विस्तृत भू-भाग पर देव-स्यंदन ने शनै-शनै भूमि तल को स्पर्श किया। कुछ प्रमुख देवों के साथ देवराज पहले से ही वहाँ उपस्थित थे और उन्होंने राजप्रासाद के तोरणद्वार पर ही युवक सम्राट् सहस्रानीक का प्रगाढ़ आलिंगन कर स्वागत किया और वे स्वयं सम्राट् को अपने साथ अंतरंग कक्ष में ले गए। उस कक्ष की महार्घ साज-सज्जा को देख सम्राट् सोचने लगे कि इंद्र निश्चय ही अकूत संपत्तिशाली हैं। उस सुसज्जित कक्ष में एक ओर दुग्ध धवल कौशेय से समाच्छादित हस्तिदंत विनिर्मित पल्यंक सुशोभित था, और दूसरी ओर अनेक रजत पीठिकाएँ सजी रखी थीं, जिन पर पारस्य देश के सनील के आच्छादनों में परिवेष्टित कोमल गद्दियाँ थीं। रत्न जटित स्वर्णिम धूपदानों में जलती सुगंधित धूप एवं अगरबत्तियाँ संपूर्ण कक्ष को सुवासित बना रही थीं। स्वर्णिम दीपाधारों पर स्थापित प्रज्वलित दीपकों की दीपशिखाएँ स्फटिक प्रस्तरों से विनिर्मित भित्तियों के शुभ्र पटल पर प्रतिबिंबित हो संपूर्ण कक्ष को अपने प्रकाश

से अत्याधिक जाज्वल्यमान बना रही थीं।

देव-सम्राट् ने सम्राट् शतानीक की मृत्यु पर हार्दिक शोक प्रकट किया। दोनों ही के हृदय शोकार्द्र होने लगे और कुछ क्षणों के लिए वे स्तब्ध से हो मौन हो गए। जिह्वाएँ स्तंभित हो गईं मानो उनमें शब्दों के उच्चारण की क्षमता ही समाप्त हो गई हो। आँखों में अश्रु छलकने लगे और कंठ गद्गद हो उठे। भावावेश के कारण सम्राट् की दशा कुछ क्षणों के लिए शोचनीय होने लगी। देवराज इंद्र ने उनकी विह्वलता को भाँप लिया।

साहस बटोर इंद्र ने सांत्वना देते हुए कहा, 'सम्राट्, आपके पिता कौशांबी नरेश शतानीक ने देवासुर संग्राम में अद्वितीय वीरता का प्रदर्शन किया था, जिसे देख संपूर्ण देवसमाज आश्चर्यचकित था। मायावी यमदंष्ट्र का वध उन्हीं के अमोघ शरों के द्वारा संभव था। उनकी इस सहायता के लिए संपूर्ण देवलोक सदैव कौशांबी के राज-परिवार का ऋणी रहेगा। संपूर्ण देवलोक इस महान् शोक में सम्मिलित है और मैं सारे देवलोक की ओर से आपके परिवार का आभार व्यक्त करता हूँ, साथ ही कामना करता हूँ कि ईश्वर आपके मन को शांति प्रदान करें और इस असह्य दु:ख को सहन करने की क्षमता प्रदान करे।'

रात्रि को भोजनोपरांत देवराज स्वयं सम्राट् को उनके शयन-कक्ष तक पहुँचाने गए। इंद्र के सभा भवन के पार्श्व में स्थित अतिथि-कक्ष में ही सम्राट् के रात्रि-निवास का प्रबंध किया गया था। इस कक्ष की साज-सज्जा असाधारण थी। यह कक्ष केवल विशिष्ट अतिथियों के निवास एवं आतिथ्य के लिए ही प्रयुक्त होता था। कक्ष आकार में विशाल था। दीपाधारों पर सजी विद्रुम, वैदूर्य और नीलमणियों का जाज्वल्यमान प्रकाश जब श्वेत मरमर से विनिर्मित भित्तियों पर प्रतिबिंबित होता तो संपूर्ण कक्ष विभिन्न रंगों के अकल्पनीय प्रकाश से प्रदीप्त हो उठता।

कक्ष के चारों कोनों में मरकत मणियों और प्रवालों के कृत्रिम पुष्पगुच्छ स्वर्णिम पात्रों में सजे रखे थे। चारों भित्तियों पर विलंबित कदलीमृगों के कृष्ण, रक्तिम एवं श्यामल मृगचर्म अपनी नयनाभिराम शोभा के कारण नयनों को बलात् अपनी ओर आकर्षित कर रहे थे।

संपूर्ण कक्ष में पारस्य देश में विनिर्मित अति कोमल एवं महार्घ रेशमी कालीन बिछे थे, जिन पर पैर रखने से ऐसा प्रतीत होता मानो कालीन ही फूलों के कोमल पुष्पदलों से विनिर्मित हो। इसी कक्ष में एक ओर विश्राम करने हेतु एक महार्घ स्वर्णिम पल्यंक था, जिस पर बिछे कोमल बिछावनों पर सुनहरी कलाकृतियों से सजे कौशेय परिच्छद बिछे थे। इंद्रलोक में रात्रियाँ अत्यंत शीतल होती हैं। अत: निशाकाल में ओढ़ने के लिए मृग-चर्मों और अज-चर्मों से बने प्रावारक भी थे, जो कौशेय वस्त्रों से आच्छादित थे।

सम्राट् सहस्रानीक स्वयं एक वैभवशाली सम्राट् थे और एक समृद्धिशाली साम्राज्य के अधिपति थे। किंतु फिर भी इंद्र का वैभव उनके लिए कौतूहल का विषय था। हिमालय

की पर्वत शृंखलाओं में स्थित होने के कारण देवलोक की भूमि इतनी उर्वरा तो नहीं थी, जितनी कौशांबी और वत्स साम्राज्य की, किंतु फिर भी यहाँ अकूत संपत्ति थी। सम्राट् इसका रहस्य नहीं समझ पा रहे थे। इस प्रकार अनेक ऊहापोह उनके मन को आंदोलित करने लगे। इस विचित्र मानसिक दशा में वे कभी अतिथि-कक्ष में ही घूमने लगते और फिर उसी रजत पीठिका पर बैठ, विचारमग्न हो जाते।

अर्द्धरात्रि का समय होने को था, किंतु अभी तक न तो वे पल्यंकासीन ही हुए थे और न ही उनके नयन ही निद्रा निमीलित थे। अनेक चिंतनों में निमग्न उनका मन कभी वहाँ के प्राकृतिक और अनिंद्य नारी सौंदर्य के विषय में सोचता तो कभी वहाँ के उन्मुक्त समाज के विषय में वे चिंतन करने लगते। अंतरिक्ष यान से ही देवलोक के विलासी जीवन की किंचित झलक जो उन्होंने आज देखी थी, उसने एक झटके में ही देवलोक के प्रति उनके आकर्षण को समाप्त कर दिया।

पल्यंकासीन हो सम्राट् सोचने लगे कि क्या इंद्र के इसी भौतिक वैभव, अकूत संपत्ति, यहाँ की लोकोत्तर सौंदर्यवती अप्सराओं और उच्छृंखल समाज के कारण ही इस उत्तरकुरु को देवलोक की संज्ञा दे दी गई है, जिसे आर्यावर्त का निश्छल एवं भोला मानव समाज भ्रमवश स्वर्ग के नाम से पुकारने लगा है। क्या यह उच्छृंखलता एवं विलासिता ही स्वर्ग लोक की परिभाषा है। क्या यही सर्वशक्तिमान इंद्र है, जिसे असुरों और यवनों के भय से आज भी अपनी सुरक्षा के लिए भारत के आर्य सम्राटों की सहायता अपेक्षित होती है। यह सोचते-सोचते ही न जाने कब वे निद्रा के वशीभूत हो स्वप्न लोक में विचरण करने लगे।

□

8
अमरावती का लालित्य

द्वितीय दिवस सूर्योदय के उपरांत आह्निक क्रियाओं से निवृत हो सम्राट् मातलि के साथ अमरावती के भ्रमण के लिए निकले। इस देवनगरी की अवर्णनीय समृद्धि, भवनों का सौंदर्य और भव्यता हट्टों और पण्यशालाओं में भरी अतुल संपदा को देख सम्राट् सहस्रानीक को आश्चर्य हो रहा था। अब तक उन्हें ज्ञात था कि संपूर्ण आर्यावर्त एवं उत्तरापथ में ही नहीं, वरन् संपूर्ण भारतवर्ष में कौशांबी ही सर्वाधिक समृद्ध नगरी है; क्योंकि पूर्व से पश्चिम और उत्तर से दक्षिण भारत के संपूर्ण व्यापारिक मार्ग कौशांबी होकर ही जाते थे और भारत के अनेक बड़े व्यापारियों के पण्य भंडार भी वहाँ थे और पण्य वीथियाँ सदा व्यापारियों की भीड़ से भरी रहतीं।

मातलि ने सम्राट् को बताया कि महा सिंधु के पश्चिम यवनों और असुरों के प्रदेशों—पारस्य, कंबोज, कोहिस्तान, बाल्हीक आदि देशों का हिमालय की देव जातियों—यक्ष, किन्नर, विद्याधर आदि के साथ व्यापार अमरावती होकर ही होता था। अत: यहाँ कंबोज एवं कश्मीर के मूल्यवान कंबल और ऊनी वस्त्र, कदली मृगों के कृष्ण, रक्तिम एवं श्यामल समूर, वर्ष दंश नामक बिलावों के चमड़े से बने तथा सुनहरी काम हुए वर्ष दंश चैल (वस्त्र), पारस्य देश के बने कीमती कालीन एवं कंबल यहाँ उचित मूल्य में उपलब्ध थे। काश्मीर की कापिशेयी मार्दीक भी वही प्राप्य थी।

सम्राट् ने स्वयं देखा कि हट्टों, चौहट्टों और पण्य वीथियों में क्रय-विक्रय करनेवालों की अपार भीड़ एकत्र थी। किंतु हर स्थान पर था कुछ-न-कुछ वैशिष्ट्य सौंदर्य एवं दर्शनीयता। मातलि सम्राट् को सर्वप्रथम अमरावती के मुख्य राजपथ की ओर ले गए। राजमार्ग प्रस्तरों से विनिर्मित था। राजमार्गों के दोनों ओर स्वच्छ जल की उपकुल्याएँ अपनी कल-कल ध्वनि के साथ प्रवाहित थीं। उभय पार्श्वों में लघु पुष्पोद्यान थे, जहाँ देव-पुरुष एवं देवांगनाएँ आमोद-प्रमोद में निमग्न थीं।

सम्राट् ने देखा कि निराभरण एवं निष्कलंक सौंदर्यवती देवांगनाओं के अतिरिक्त

वहाँ स्त्रियों का एक ऐसा वर्ग भी था, जिनकी सज-धज मूल्यवान थी। उनके अवदात मस्तकों पर के रत्नजटित स्वर्णिम शिरोभूषण एवं कानों में चलदल के दल से झूलते कुंडल, कंठाभरण, वक्षःस्थल पर झूलती हारावली और कलाइयों के कंकण महार्घ रत्नों से जड़े थे। मातलि से पूछने पर ज्ञात हुआ कि वे इंद्र की सभा की नर्तकियाँ थीं, जिन्हें 'अप्सराओं' की संज्ञा दी गई थी। सम्राट् ने देखा कि उनका सौंदर्य अपरिमित था और आर्यावर्त के सम्राटों की राजसभाओं की नर्तकियों के लिए भी ईर्ष्या का विषय था। वास्तव में वे देवलोक की विलास वधुएँ ही थीं। सम्राट् का युवक मन सहज ही उनके सौंदर्य पर मुग्ध होने लगा। उनके मुख की परिवर्तित रेखाओं को मातलि ने भी भाँप लिया, किंतु वे मौन ही रहे।

मातलि ने सम्राट् को इंद्रोद्यान में भी भ्रमण कराया। पुष्पों एवं वृक्षों की सहज गंध से संपूर्ण वातावरण सुवासित था। पारिजात और मंदार के वृक्ष अधिक संख्या में थे। स्थान-स्थान पर हरित स्थल थे। जहाँ बासंतिका, शेफालिका, नीलाकांता, भद्रपर्णा और अंगूर-लतिकाओं के लतालय थे। वहाँ सहस्रानीक ने अनेक युवकों को अप्सराओं के साथ प्रेमालाप में व्यस्त देखा। सम्राट् का भोला युवक मन भी अप्सराओं के साथ प्रणयालाप की कामना करने लगा। पुष्य-भद्रक उद्यान की शोभा भी नंदन वन की शोभा से कम न थी। सारे उद्यान देवलोकवासियों के लिए खुले थे।

उसी रात इंद्र की ओर से सम्राट् सहस्रानीक के स्वागत में उनके मुख्य सभा कक्ष में संगीत, नृत्य एवं सामूहिक भोज का आयोजन किया गया। प्रमुख देव सामंतों ने भी उसमें भाग लिया। नृत्य के कार्यक्रम में इंद्र की सभा की सभी प्रमुख अप्सराएँ उपस्थित थीं। कई घंटों तक नृत्य और संगीत के कार्यक्रम चलते रहे। उन अप्सराओं के लोकोत्तर नृत्य को देख सम्राट् सहस्रानीक अत्यंत चकित हो उठे। अप्सराओं का अनुपम सौंदर्य, उनकी नृत्य निरत अंग-यष्टियाँ, विद्युत् गति से नृत्य करते उनके पदचाप सम्राट् के मन पर सम्मोहन मंत्र का काम कर रहे थे। अंत में उन्होंने देव युवकों का अप्सराओं के साथ सामूहिक नृत्य देखा, जो भारत की परंपराओं से नितांत भिन्न था।

सम्राट् ने अनुभव किया कि अपने इस लोकोत्तर सौंदर्य के कारण ही देवलोक की अप्सराएँ भारत के भोले युवकों के लिए चर्चा एवं आकर्षण का विषय बनी हुई थीं। इन सभी कार्यक्रमों में सम्राट् को एक विलासी जीवन की झलक दिखाई देने लगी। वे सोचने लगे कि आर्यावर्त से दूर, यहाँ के वातावरण से अपरिचित भोले मानव युवक इसी आकर्षण के कारण इनकी कामना करने लगते हैं। उन्होंने देखा कि वहाँ के युवकों का जीवन भारत के कर्मशील युवकों के जीवन से कितना भिन्न है, नितांत उसके विपरीत।

सम्राट् को इन सब से अनासक्ति होने लगी, किंतु फिर भी उनका मन इनसे पूर्ण विरक्त नहीं हो पा रहा था। आसक्ति-अनासक्ति के उद्रेक से आंदोलित उनके मनोभावों को उनकी मुखाकृति से देवराज इंद्र ने भाँप लिया। किंतु इस समय वे मौन ही रहे और सम्राट्

से कुछ भी कहना उचित नहीं समझा। सामूहिक भोजन के उपरांत उत्सव के आयोजन समाप्त हुए और सम्राट् अपने शयन-कक्ष में चले गए।

अनेक विचारों एवं चिंतन में निमग्न सम्राट् कई घंटों तक करवटें बदलते रहे। प्रयत्न करने पर भी आँखों में नींद का नाम न था। दिन में देखे सभी दृश्य एक-एक कर उनके हृदय पटल पर उभरने लगे। प्राय: मानव मन की चिंताओं की परिणति उपचेतना में ही होती है। सम्राट् जान भी न पाए कि कब स्वप्न-सहचरी एवं चिंता-हारिणी निद्रा ने उनको अपने अंक में समेट लिया।

निद्रामग्न होते ही सम्राट् का मन स्वप्न लोक में विचरण करने लगा। उन्होंने देखा कि वे एक स्वच्छ जल के सरोवर के तट पर खड़े थे। हंस, कारंडव और वक जल में तैर रहे थे। सरोवर के चारों ओर फैले कमल वन की शोभा अद्भुत थी। सारी भूमि अनेक प्रकार के विकसित पुष्पों से समाच्छादित थी। वे उस कमल वन की शोभा को देखने में तल्लीन थे। सहसा उस कमल वन में से शनै-शनै उभरती एक मानवी आकृति उनके समक्ष स्पष्ट होने लगी। उन्होंने ध्यान से देखा और उसे पहचानकर और भाव विह्वल होकर वे प्रणय निवेदन के लिए उसी ओर चलने लगे कि वह मानवी आकृति अपनी मधुर मुसकान का सम्मोहन-पाश निक्षेपण करती सी उसी कमल पुष्करिणी में अंतर्हित हो कुछ क्षणों में ही एक समीपवर्ती अन्य पुष्करिणी में प्रकट हो सम्राट् की ओर अपनी मधुर मुसकान की अनुपम आभा विकीर्ण करने लगी। सम्राट् स्वप्न में भी यह तो समझ गए कि वह मानवी उनकी चिर-परिचिता है। किंतु प्रयत्न करने पर भी उसका पुरातन परिचय उनकी स्मृति में स्पष्ट नहीं हो पा रहा था। कतिपय क्षणों तक इसी प्रकार की लुका-छिपी चलती रही।

वह मानवी आकृति कभी किसी पुष्करिणी में से प्रकट होती तो कभी दूसरी पुष्करिणी में से। उस मानवी की सुंदर मुखाकृति पर उभरती रेखाओं से पूर्ण रूप से स्पष्ट हो रहा था कि वह सम्राट् की चिर प्रणयिनी है। कुछ क्षणों में निद्रा भंग होने के कारण सम्राट् उस स्वर्गिक स्वप्न लोक से पुन: इस लोक में आ पहुँचे। उस कृत्रिम विरह वेदना से भी उनका मन शोक से भर गया। उन्होंने भरसक प्रयत्न किया कि वह निद्रा के वशीभूत हो पुन: उसी स्वप्न लोक में पहुँच जाएँ, किंतु विवश मानव मन कामनाओं के सर्जन में स्वतंत्र है न कि उनको साकार करने में। यह तो उसी का अधिकार है, जो सर्व शक्तिमान है, जो संपूर्ण विश्व के क्रिया-कलापों का नियंता है। सत्य ही है, यह कथन कि कभी-कभी स्वप्न में भी प्रत्यक्ष की झलक मिल जाती है।

इस रात्रि के अनंतर प्रत्येक निशा के अंतिम प्रहर में इस स्वप्न की पुनरावृत्ति होने लगी। इन स्वप्नों के कारण सम्राट् की मानसिक दशा विचित्र सी होने लगी। उनका हृदय प्रणय-विभोर होने लगा। दस दिन सम्राट् देवलोक के लालित्य का आनंद लेते रहे, किंतु उस स्वप्न की पुनरावृत्ति से उनकी मानसिक दशा ठीक नहीं थी। दस दिन के उपरांत

उन्होंने स्वयं देवराज इंद्र से आग्रह कि उन्हें कौशांबी भेज दिया जाए। सम्राट् की मनोदशा को इंद्र भलीभाँति समझते थे। उन्होंने सम्राट् की मुखाकृति से सभी कुछ जान भी लिया था। अतः सम्राट् से एक दिन और रुकने का आग्रह किया। सम्राट् ने इसे स्वीकार कर लिया।

आज देवराज इंद्र ने विशिष्ट रूप से सम्राट् से भेंट की। उन्होंने कहा, 'सम्राट्, मैं आपके मनोभावों को भलीभाँति समझता हूँ। देवलोक की अप्सराएँ अप्रतिम सौंदर्य की स्वामिनी हैं। किंतु वे यहाँ की नगर वधुओं की भाँति हैं। वे सर्वजन-भोग्या नहीं हैं। वे देवलोक में प्रेम करने अथवा विलासिता का साधन नहीं। उनका प्रेम भी चिरस्थायी नहीं होता। वे नृत्य संगीत की कलाओं में पारंगत होती हैं। अतः उनका उपयोग अपनी कला से देवसमाज का मनोरंजन करना मात्र है। प्रणयालाप एवं सभी स्थान पर स्वच्छंद भ्रमण के लिए वे स्वतंत्र हैं।

आपको एक दिन और रुकने के लिए मेरे आग्रह का विशिष्ट उद्देश्य है। आपके पूर्व जन्म का रहस्य आपको बता देना चाहता हूँ।

मैं एक बार ब्रह्माजी के दर्शनों के लिए ब्रह्मलोक गया था। मेरे साथ वसु जाति का विधूम भी था। वसु समाज में वह अपनी सुंदरता के लिए प्रसिद्ध था। उस समय महर्षि नारद भी ब्रह्माजी के दर्शनार्थ आए हुए थे। कुछ ही समय में अलंबुसा नाम की अप्सरा भी वहाँ आ पहुँची। उसे ब्रह्मलोक आने-जाने का वरदान प्राप्त था। वह देवलोक की अप्सराओं में सर्वश्रेष्ठ सुंदरी थी।

विधूम और अलंबुसा परस्पर एक-दूसरे की ओर अत्यंत आकर्षित हुए। नारदजी ने जब यह देखा तो उन्होंने इसे ब्रह्माजी के प्रति अवज्ञा समझ मेरी ओर संकेत किया। मैंने भी उसे अनुचित समझ उन्हें शाप दिया कि मानव जन्म में तुम्हारी इच्छाएँ पूर्ण होंगी। आपके रूप में ही विधूम का पुनर्जन्म है। अलंबुसा भी एक राजपरिवार में जन्म ले चुकी है। इस जन्म में भी वह अनन्य सुंदरी है। आप दोनों ही का जन्म एक-दूसरे के लिए हुआ है। शीघ्र ही आप दोनों का मिलन होगा। सारे विश्व के क्रिया-कलापों की नियामिका नियति की देवी स्वयं आप दोनों के मिलन के लिए सचेष्ट हैं।

सम्राट् देवराज से अपने पूर्वजन्म के रहस्य को सुन अनेक विचारों में निमग्न होने लगे। आज उनके मनोभावों की दशा विचित्र थी। अनेक चिंतनों के महार्णव में निमग्न उनके मन को अलंबुसा के अतिरिक्त और कुछ सोचने का समय ही न था। वे यह निश्चित रूप से जान गए कि उनके स्वप्न की नारी आकृति अलंबुसा के पुनर्जन्म की राजकन्या के अतिरिक्त और कोई नहीं। उनका मन उससे मिलने के लिए उद्वेलित हो उठा।

□

9
तिलोत्तमा द्वारा शाप

सम्राट् की देवलोक की यह प्रथम यात्रा थी। अत: उनके लिए वहाँ का समाज, वातावरण, साज-सज्जा, वैभव और अप्सरा-सौंदर्य आदि अनेक बातें कुतूहल का विषय बनी थीं। आज सम्राट् की देवलोक निवास की अंतिम निशा थी। उनका मन भी उद्वेलित था। अत: भोजनोपरांत देवराज इंद्र ने स्वयं सम्राट् को उनके शयन-कक्ष तक पहुँचाया। आज उनके मनोभाव अत्यंत आंदोलित थे।

देवराज इंद्र द्वारा उनके पूर्व जीवन के पृष्ठों के अनावरण ने उनके मन को अत्यंत अशांत बना दिया था, ठीक उसी भाँति जिस प्रकार पूर्ण चंद्र की किरणों में महार्णव की उत्तुंग लहरें और अधिक उच्छृंखल हो उठती हैं। अनेक विचारों में डूबते उतराते न उनके मन को शांति थी और न नयनों में निद्रा।

आज सम्राट् का संपूर्ण चिंतन अलंबुसा के पुनर्जन्म के विषय में था। वे सोचने लगे कि इंद्र के द्वारा कहा हुआ वाक्य कि अलंबुसा इस जन्म में भी अनन्य सुंदरी है अन्यथा नहीं हो सकता। वे स्वप्न में देखी अनन्य सुंदरी से मन-ही-मन अलंबुसा के कल्पित सौंदर्य की तुलना करने लगे और अब पूर्ण निश्चित हो गया कि उनके स्वप्न की सुंदरी अवश्य ही अलंबुसा के इस जन्म की राजकुमारी है।

जब से उन्होंने पूर्व जन्म के रहस्य को देवराज से सुना था, वे निरंतर उसी के विषय में सोच रहे थे। उनका शोक-संतप्त मन निश्चित नहीं कर पा रहा था कि पूर्व जन्म का इंद्र का शाप उनके लिए वरदान था या अभिशाप। विगत जीवन की कुछ घटनाएँ अस्पष्ट रूप से उनके मानसपटल पर उभरने लगीं। कभी-कभी वे सोचते कि पूर्व जीवन की ये स्मृतियाँ उनके चिंतित मन की कल्पनाओं का प्रतिफल मात्र हैं अथवा उनमें कुछ सत्यता भी है। इसी चिंता में निमग्न सम्राट् के नेत्रों में निद्रा का नाम तक न था। हर्ष-विषाद के बीच आंदोलित उनकी मनोदशा अत्यंत विषादमयी हो उठी।

शयन-कक्ष में स्वर्ण पीठिका पर आसीन वे इतने अधिक चिंतित थे और मन इतना

अधिक उद्वेलित था कि वे न अधिक समय तक स्वर्ण पीठिका पर ही बैठ पाते थे और न पल्यंक पर लेटने की इच्छा थी। विवश और अशांत मन से वे कभी-कभी शयन-कक्ष में ही इधर-उधर घूमने लगते। यद्यपि अभी तक उन्होंने अपनी प्रेयसी के दर्शन तक नहीं किए थे, किंतु उनका मन पूर्वानुराग जनित कृत्रिम विरह वेदना से अत्यधिक व्यथित सा होने लगा।

रात्रि का द्वितीय प्रहर था। हिमवान् के इस महा हिमवंत प्रदेश में स्थित देवलोक अत्यंत शीतल प्रदेश था। रात्रि के प्रथम प्रहर के व्यतीत होने से पूर्व ही संपूर्ण देवलोक सर्वजन-आश्रयदायिनी निद्रा के शांत अंक में समाश्रित हो स्वप्नलोक में विचरण करने लगता और चारों ओर नीरवता छा जाती। आज भी चारों ओर नीरवता का साम्राज्य था।

भगवान् हिमांशु संपूर्ण कलाओं से अंतरिक्ष में विराजमान थे और पूरा देवलोक उनकी ज्योत्स्ना के आवरण में श्वेत दिखाई दे रहा था। गवाक्षों और वातायनों से छनकर पूर्ण चंद्र की श्वेत किरणें अतिथि-कक्ष में प्रवेश कर रही थीं, किंतु उनका प्रकाश अतिथि-कक्ष में प्रवेश करते ही मणि-दीपों के प्रकाश में तिरोहित हो जाता। बाहर का दृश्य अत्यंत मनमोहक था, किंतु शीत के आधिक्य के कारण वे अतिथि-कक्ष से बाहर नहीं जाना चाहते थे। अंततः वे स्वर्ण पीठिका पर ही आसीन हो वातायनों में होकर दृष्टिगोचर होते पूर्ण चंद्र के सौंदर्य का निर्निमेष नयनों से पान करने लगे।

देवलोक की एक विशेषता, जिसने सम्राट् को प्रभावित किया था, वह थी वहाँ का दासरहित समाज। उन्होंने देखा कि केवल इंद्र के राजप्रासाद में ही परिचारक एवं परिचारिकाएँ थीं। इसके अतिरिक्त कहीं अन्यत्र उन्होंने कोई दास-दासियाँ नहीं देखी थीं।

इस प्रकार के ऊहापोह एवं अनेक चिंतनों में डूबते-उतराते सम्राट् के नेत्रों में अभी तक निद्रा का नाम भी न था। सहसा अतिथि-कक्ष के द्वार पर धीरे से खटखटाने का स्वर सुनाई दिया। सम्राट् को आश्चर्य हुआ कि इस समय जब संपूर्ण देवलोक निद्रामग्न है, द्वार खटखटाने का साहस किसने किया होगा। कुछ क्षणों के लिए उन्होंने सोचा कि बाहर तीव्र पवन के कारण उस कक्ष के द्वार खटकने लगे हैं, किंतु उसकी पुनरावृत्ति ने सम्राट् को उठने के लिए विवश कर दिया। वे उठे और अर्गला को खोल जैसे ही द्वार को अनावृत्त कपाट किया, वे आश्चर्यचकित हो कुछ क्षणों के लिए किंकर्तव्यविमूढ़ से खड़े रहे। उन्हें अपनी आँखों पर विश्वास नहीं हो रहा था कि सामने खड़ी वह नारी आकृति उनके मन की एक कल्पना है अथवा विश्वसनीय सत्य। उन्होंने देखा उस पूर्ण चंद्र की शुभ्र ज्योत्स्ना में किसी निर्मल जल की पुष्करिणी में विकसित कुमुदिनी के समान चतुर्दिक् अपने अकल्पनीय सौंदर्य की आभा विकीर्ण करती शुभ्र-वसना एवं अति गौरवर्णा एक नारी आकृति। वे अत्यंत विस्मित थे। उन्होंने देखा कि वह देवांगना निश्चय ही अनन्य सुंदरी थी, किंतु उसकी आकृति उनके स्वप्न की सुंदरी से नितांत भिन्न थी। अंततः मौन धारण कर और आश्चर्यनिमग्न हो सम्राट् अपनी स्वर्णपीठिका पर आकर बैठ गए।

कुछ क्षणों तक वह सुंदरी कक्ष में प्रवेश करने की आज्ञा की प्रतीक्षा में द्वार पर ही एक प्रस्तरप्रतिमा की भाँति खड़ी रही, किंतु सम्राट् की ओर से कोई प्रतिक्रिया होती न देख लज्जा का अभिनय करती सी भूमि की ओर नमितानना हो उस अप्रतिम रूप राशि ने अपने नूपुरों एवं कांजीमाला के घुँघुरुओं के क्वणन की कर्णमधुर ध्वनि के साथ शनै-शनै अतिथि-कक्ष में प्रवेश किया और शांत मुद्रा में सम्राट् के समक्ष आकर खड़ी हो गई।

उसके कंठ में लटकी मुक्तामाला उसके उन्मुक्त गौर वक्षस्थल पर झूल रही थी। विद्रुम लता सी अवदात कोमल बाहुओं में केयूर एवं कंकण सुशोभित थे। उसके कानों में कुसुमायुध के कुसुमशर-सदृश दो रत्नजटित स्वर्णिम कर्णफूल झूल रहे थे। दाडिम कलिका से उसके रक्तिम उत्फुल्ल अधरोष्ठ, पुष्प रेणुओं से सुसंस्कारित कपोल, सुगंधित इत्रों से सुवासित केशराशि और उसके कुंचित भृकुटि विलास किसी भी तपस्वी के हृदय को विचलित करने में पूर्ण सक्षम थे। कक्ष में प्रवेश करते ही पुष्पज अंग रागों और इत्रों की तीव्र गंध से सारा कक्ष सुरभित हो उठा। सम्राट् समझ गए कि इन्हीं कामदेव के वाणों का प्रयोग इंद्र ने अनेक ऋषियों, तपस्वियों और मनीषियों को उनकी तपस्या से विचलित करने के लिए किया होगा।

अर्द्धरात्रि का समय, एकांत कक्ष, सामने यौवनामृत से छलछलाती अनुपम रूपराशि, सम्राट् साहस नहीं जुटा पा रहे थे कि किस प्रकार उस सुंदरी से असमय में आने का कारण पूछें। दोनों ही विचारों में मग्न हो मौन थे। सहसा उस नारी ने अपने विशाल एवं मदभरे नेत्रों से एक क्षण के लिए सम्राट् की ओर देखा। दोनों की आँखें एक पल के लिए मिलीं। सम्राट् ने एक ही क्षण में उन नेत्रों की मूक भाषा से बहुत कुछ समझ लिया। उन नेत्रों में थी—प्रणय याचना, वासना विलासिता एवं अपार सम्मोहकता।

सम्राट् समझ नहीं पा रहे थे कि क्या अतिथियों के सत्कार की वहाँ यही परंपरा थी अथवा इस नारी की अपनी स्वयं की धृष्टता कि उसने उस निशीथ की नीरवता में उस एकांत कक्ष में एक अपरिचित के समक्ष प्रवेश किया था। उन्होंने साहस बटोरा और उस कक्ष की नीरवता भंग करते हुए विनम्र वाणी में प्रश्न किया—

'रूपसि, क्या मैं इस लोकोत्तर सौंदर्य-राशि का परिचय प्राप्त कर सकता हूँ?'

तिलोत्तमा—सम्राट्, मैं देवराज इंद्र की सर्वोत्तम नृत्यांगना तिलोत्तमा हूँ। सम्राट् ने आज के नृत्योत्सव में मेरा नृत्य अवश्य देखा होगा।

सम्राट्—हाँ, अवश्य देखा था। ऐसा सुंदर नृत्य हमने जीवन में प्रथम बार ही देखा था। किंतु हमारा ध्यान आपके विद्युत् गति से नृत्य करते चरणचाप की ओर था, न कि इस अद्भुत रूप लावण्य राशि की ओर। मैं केवल आपका ललित लास्य ही देख पाया था।

तिलोत्तमा—तो क्या मैं समझूँ कि सम्राट् को मेरा नृत्य अत्यंत अच्छा लगा।

सम्राट्—अवश्य, आपका नृत्य अलौकिक था, हृदयग्राही था। ऐसा नृत्य आर्य सम्राटों

की राजसभाओं की नर्तकियों के लिए असंभव नहीं तो दुर्लभ अवश्य होता है। देवराज इंद्र ने बताया था कि आप तीन ग्रामों की ताल पर नृत्य करने में सक्षम हैं।

तिलोत्तमा—इस प्रशंसा के लिए मैं सम्राट् की आभारी हूँ।

सम्राट्—प्रशंसनीय की प्रशंसा करना ही तो गुणग्राहकता है।

तिलोत्तमा—क्या सम्राट् की राजसभा में नर्तकियाँ हैं ?

सम्राट्—हाँ, अवश्य हैं और वे नृत्य कला में पारंगत भी हैं। हमारे अतिरिक्त अन्य सभी आर्य सम्राटों की राजसभाओं में नर्तकियाँ हैं। हम उन्हें नृत्य और संगीत की शिक्षा भी दिलवाते हैं और उन्हें हमारे यहाँ राजसम्मान भी प्राप्त है।

तिलोत्तमा—सम्राट् ने अपनी राजसभा की नर्तकियों के अतिरिक्त अन्य सम्राटों की राजसभाओं की नर्तकियों के नृत्य भी अवश्य देखे होंगे।

सम्राट्—प्रायः देखे हैं। मगध सम्राट् तो हमारे पड़ोसी हैं। राजगृह हमारा आना-जाना रहता है। हमारे स्वागत में वहाँ नृत्य के आयोजन भी होते हैं। एक से एक उत्तम नृत्य करनेवाली नर्तकियाँ हमारे यहाँ भी हैं और उनके यहाँ भी।

तिलोत्तमा—संगीत और नृत्य का स्थान तो ललित कलाओं में सर्वश्रेष्ठ माना जाता है।

सम्राट्—सत्य है। हमारी दृष्टि में भी ललित कलाएँ सम्मान की वस्तुएँ हैं। हम सभी आर्य सम्राट् इनकी उन्नति के लिए प्रयत्नशील रहते हैं। हमारी कौशांबी में तो इनकी शिक्षा के लिए एक शिक्षा केंद्र भी है। कला की उन्नति का उत्तरदायित्व तो राज्य पर ही होता है और हम इसके लिए साधनरत भी रहते हैं।

तिलोत्तमा—देवलोक में तो ऐसा कुछ भी नहीं है। हम अप्सराएँ ही भावी अप्सराओं को इनकी शिक्षा देती हैं! हमारे सौंदर्य और कला कौशल के करण ही हमें अप्सराओं की संज्ञा दी गई है।

सम्राट्—हाँ, अप्सराओं का सौंदर्य वास्तव में अनिंद्य एवं अद्भुत होता है। हमारे आर्यावर्त में तो यह उपमान की वस्तु बन गया है। किसी भी नारी की सुंदरता की उपमा हम अप्सराओं के सौंदर्य से करते हैं। जहाँ तक ललित कलाओं का प्रश्न है, वे हमारे समाज में पूजा की वस्तुएँ हैं और मनोरंजन का साधन मात्र हैं। किंतु यहाँ देवलोक में तो वे विलासिता के साधन प्रतीत होती हैं। हमारे यहाँ तो कुलीन स्त्रियाँ भी इसकी शिक्षा ग्रहण करती हैं। किंतु वे राजसभाओं या नाटकों में इसका प्रदर्शन नहीं कर सकतीं। वे या तो परिवार में ही मनोरंजन के साधन होती हैं अथवा प्रतियोगिताओं के आयोजनों में, जहाँ हम उन्हें पारितोषकों से सम्मानित करते हैं और प्रोत्साहन भी देते हैं।

तिलोत्तमा—यह अति सुंदर परंपरा है।

सम्राट्—आर्यावर्त में तो कुलीन परिवारों की अविवाहिता कन्याएँ भी इसकी शिक्षा

ग्रहण करती हैं। किंतु केवल स्वांतः सुखाय। आर्यावर्त में नारियों को अवगुंठन में रखने की परंपरा नहीं है, किंतु वहाँ न तो देवलोक की भाँति उन्मुक्त समाज है और न कलाओं में विलास की भावना।

तिलोत्तमा—किंतु वैशाली जैसे समृद्धिशाली गणराज्यों में तो नगरवधुएँ भी होती हैं। उनका सौंदर्य तो हम देवांगनाओं के लिए भी ईर्ष्या का विषय होता है। क्या सम्राट् की दृष्टि में यह उचित परंपरा है? यह तो आर्यों की पवित्र परंपराओं पर एक कलंक है। क्या उनकी ललित कलाएँ विलासिता का साधन नहीं हैं?

सम्राट्—किंतु यह वज्जि-गणराज्य की अपनी परंपरा है और गणराज्य की स्थापना के उपरांत ही इसका प्रचलन हुआ है। जब तक वहाँ सम्राट् का शासन था, यह परंपरा नहीं थी। अब वहाँ के राजपरिवार को कोई अधिकार प्राप्त नहीं है। वहाँ का शासन गण-परिषद् एवं गणपति के हाथों में है। यह परंपरा किसी-न-किसी दिन वज्जि-गणराज्य के विनाश का कारण भी अवश्य बनेगी। वहाँ के लोग विलासी होते जा रहे हैं। मगध सम्राट् बिंबिसार यह सब जानते हैं। वे अनेक बार वैशाली पर आक्रमण भी कर चुके हैं।

तिलोत्तमा—हाँ, यह परंपरा आर्य-समाज का कलंक है।

सम्राट्—किंतु आर्यावर्त के विषय में आपका ज्ञान प्रशंसा का विषय है।

तिलोत्तमा—हाँ, उत्तरकुरु के पर्यटक आर्यावर्त तक बहुत कम जाते हैं। उनका आना-जाना समीप के जनपदों अथवा देव जातियों के प्रदेशों, यथा—गांधार, देवप्रस्थ, उत्सव संकेत, अभिसार, यक्ष और विद्याधरों के प्रदेशों तक ही सीमित है। हाँ, हिमालय की अन्य देवेतर जातियों का आना-जाना प्रायः आर्यावर्त होता है। उन्हीं से मुझे आर्यावर्त के समाचार मिलते रहते हैं।

सम्राट्—आर्यावर्त के विषय में आपकी जिज्ञासा सराहनीय है।

तिलोत्तमा—किंतु सम्राट् द्वारा मुझ अकिंचन के लिए बार-बार 'आप' शब्द का प्रयोग अच्छा नहीं लगता। आप मुझे 'तुम' शब्द से ही संबोधित करें।

सम्राट्—रूपसि, यह अधिकार तो अपनी पत्नी का ही होता है।

तिलोत्तमा—क्या सम्राट् इस निशीथ की नीरवता में मेरे यहाँ एकाकिनी आने के आशय से अब भी अनभिज्ञ हैं?

सम्राट्—हम आर्यों के ऐसे संस्कार नहीं होते कि किसी पर-स्त्री के विषय में सहसा सोच सकें।

तिलोत्तमा—आप युवक हैं। आपके सौंदर्य एवं अंग सौष्ठव ने मेरे मन को आकर्षित किया है।

सम्राट्—इसके लिए मैं अपने को धन्य समझता हूँ कि देवलोक की सर्वश्रेष्ठ सुंदरी ने मुझे आकर्षण का विषय समझा।

तिलोत्तमा—क्या सम्राट् प्रणय-याचना के मेरे उद्देश्य से अब भी अपरिचित हैं?

सम्राट्—किंतु प्रणय याचना की वस्तु नहीं होता। वह तो सहज प्राप्त होता है।

तिलोत्तमा—क्या पुरुष एवं नारी का सृजन एक-दूसरे के लिए नहीं हुआ? क्या नारी पुरुष भोग्या नहीं होती? क्या अविवाहिता नारी का अविवाहित पुरुष से प्रणय-याचना करना इतना नियम विरुद्ध है? क्या अविवाहिता स्त्री को भी आप पर-स्त्री मानते हैं? क्या हम देवांगनाओं में हृदय नहीं होता? क्या हम में भावनाएँ नहीं होतीं?

सम्राट्—यह सभी कुछ देवलोक के लिए सत्य है, आर्यावर्त के लिए नहीं। यहाँ का समाज उन्मुक्त है, स्वच्छंद है। यहाँ की परंपराएँ आर्यावर्त से भिन्न हैं। वहाँ के समाज में न उन्मुक्तता है, न स्वच्छंदता। हमारे यहाँ नारी आदर और पूजा की वस्तु है, न कि विलास की।

तिलोत्तमा—यहाँ भी नारी न सर्वजन्य भोग्या है और न स्वेच्छाचारिणी। यहाँ नारी स्वयं मनोरंजन की वस्तु नहीं, केवल उसकी कला ही मनोरंजन की वस्तु है। समाज बंधनहीन है, स्वतंत्र है, किंतु यहाँ न स्वच्छंदता है और न उन्मुक्तता। यहाँ भी नारी विलासिता का साधन नहीं। जहाँ तक प्रेम का संबंध है, वह ईश्वर प्रदत्त अधिकार है।

सम्राट्—किंतु हम आर्य लोग पर-स्त्री से प्रेम करना पाप समझते हैं। मेरे लिए एक स्त्री निश्चित हो चुकी है। देवराज इंद्र के अनुसार, मेरा और उसका जन्म एक-दूसरे के लिए ही हुआ है। इसके अतिरिक्त मैं एक साम्राज्य का सम्राट् हूँ। सारी प्रजा के लिए मेरा चरित्र अनुकरणीय होना चाहिए। हमारे यहाँ किंवदंती है, 'यथा राजा तथा प्रजा'। यदि मैं चरित्रभ्रष्ट हुआ तो प्रजा भी चरित्रभ्रष्ट होगी। समाज में वर्णसंकरों की उत्पत्ति होगी और इसका दोषी मैं हूँगा।

तिलोत्तमा—किंतु मैं पर-स्त्री नहीं हूँ। मैं अविवाहिता हूँ। मेरा यौवन अक्षुण्ण है, अखंडित है। हर दृष्टि से सम्राट् के लिए उपभोग्या हूँ। प्रणय-कामना लेकर उपस्थित हुई हूँ। सम्राट् का कर्तव्य है कि मेरी प्रणय-याचना स्वीकार कर मुझे पल्यंक-शायिनी बनाएँ।

सम्राट्—यह याचना नहीं, समर्पण है। स्वीकार न करने के लिए विवश हूँ।

तिलोत्तमा—क्या मेरा उद्दाम यौवन और अप्रतिम सौंदर्य इतना तुच्छ है कि आपको मेरी ओर आकर्षित नहीं करता। क्या यह स्वतः प्राप्त रत्न इतना मूल्यहीन है, क्षुद्र है कि आप उसे यों ही ठुकरा दें।

सम्राट्—मैं आपके अद्भुत सौंदर्य का प्रशंसक हूँ और जीवन भर इस अनुपम रूपराशि को भुला भी न सकूँगा। यह अमूल्य उपहार सहस्रों में से एक को प्राप्त होता है।

तिलोत्तमा—यह नारी का अपमान है।

सम्राट्—नहीं, यह इस अनिंद्य और निष्कलंक सौंदर्य का सम्मान है। सौंदर्य चक्षुओं की तृप्ति का साधन है। उपभोग कर नष्ट करने की वस्तु नहीं। पुष्प का सौंदर्य चक्षुओं की तृप्ति के लिए है, न कि वृंत-भ्रष्ट कर नष्ट करने के लिए।

तिलोत्तमा—मैं इस कथन को अस्वीकार करती हूँ।

सम्राट्—किंतु यह अपने में चिर-सत्य है।

तिलोत्तमा—अपमानिता नारी का क्रोध भयानक होता है, सम्राट्।

सम्राट्—मैं जानता हूँ।

तिलोत्तमा—किंतु उसका प्रतिशोध और भी भयंकर।

सम्राट्—मैं विवश हूँ। जिसकी स्मृति में मैं विह्वल और अधीर हूँ, मेरा चरित्र उसी की धरोहर है।

तिलोत्तमा—कौन है वह ?

सम्राट्—अलंबुसा का पुनर्जन्म।

तिलोत्तमा—वह शापिता, स्वेच्छाचारिणी। मैं शाप दूँगी सम्राट्, आप समझ लें।

सम्राट्—मैं स्वीकार करने को विवश हूँ।

तिलोत्तमा—जिसकी स्मृति में आपने मुझे अपमानित किया है, उससे आपका चौदह वर्ष का वियोग होगा।

और इस प्रकार शाप दे और स्वयं को अपमानिता अनुभव कर अतिक्रोध में आहत सर्पिणी की भाँति दीर्घ नि:श्वास छोड़ती हुई वह एक क्षण में उस कक्ष से बाहर आ पूर्ण चंद्र की ज्योत्स्ना में अदृश्य हो गई और सम्राट् कुछ क्षणों के लिए अवाक् से शोकमग्न हो 'हा दुष्टे, तिलोत्तमे' के वाक्य के साथ निर्जीव की भाँति पल्यंक पर गिर छटपटाने लगे। जिससे अभी मिलन भी नहीं हुआ, उससे वियोग का शाप पहले ही मिल गया।

सारी रात सम्राट् ने निद्राहीन ही व्यतीत की। प्रात:काल उनकी मानसिक दशा अस्थिर थी। उनकी मुखाकृति पर चिंता एवं शोक की रेखाएँ स्पष्ट झलक रही थीं। देवराज इंद्र ने सभी कुछ भाँप लिया और सम्राट् से इसका कारण जानने की इच्छा प्रकट की। सम्राट् ने संकोच के साथ विगत निशा की घटना का वर्णन किया। देवराज को भी इससे दु:ख हुआ, किंतु उन्होंने सम्राट् को सांत्वना दी।

मध्याह्न के पूर्व ही मातलि के साथ देवराज ने सम्राट् को विदा किया और मातलि को आदेश भी दिया कि मनोरंजन के लिए सम्राट् को शुभ्रोदक सरोवर का भ्रमण अवश्य कराएँ।

उस देव-स्यंदन ने शनै-शनै अंतरिक्ष में उठना प्रारंभ किया और दिव्य नगरी की परिक्रमा की, जिससे सम्राट् के चक्षु उस नगरी के दिव्य सौंदर्य का आनंद पुन: प्राप्त कर सकें, किंतु विगत निशा की दु:खद घटना से हुई अन्यमनस्कता के कारण उनके नेत्र देखते हुए भी न कुछ देख ही पा रहे थे और न वहाँ के सौंदर्य का आनंद ही ले पा रहे थे।

उस दिव्य यान ने महासिंधु और चंद्रभागा की परम पावन धाराओं को पार कर यक्ष प्रदेश की ओर गमन किया, जिससे सम्राट् शुभ्रोदक की शोभा का आनंद ले सकें, किंतु उनके शोकाक्रांत मन को कुछ भी अच्छा नहीं लग रहा था। वे नितांत मौन थे। सम्राट् की

इस विचित्र मानसिक दशा पर मातलि भी आश्चर्यचकित थे, किंतु कारण जानने का साहस नहीं जुटा पा रहे थे।

धीरे-धीरे देव-स्यंदन ने गंगोत्री के पवित्र स्थान को पार किया। मातलि ने सम्राट् को परम पावन महिमामयी अलकनंदा की स्वच्छ जलधारा के दर्शन कराए। मातलि और सम्राट् दोनों ही ने श्रद्धा सहित माँ भागीरथी की आदिकारण उस देव सरिता को मन-ही-मन प्रणाम किया। आकाश से ही सम्राट् ने भगवान् बद्रीनाथ और केदारनाथ के पावन तीर्थ स्थलों को प्रणाम किया।

□

10
सरोवर-सुषमा

हिमवान् के वहिर्गिरि में स्थित यक्षराज विद्युद्ध्वज की राजधानी अक्षयपुरी के उपांत यक्ष प्रदेश की नाभि के सदृश शुभ्रोदक का सुंदर सरोवर स्थित था, जो इतना ही प्राचीन था, जितने नगाधिराज हिमालय। सरोवर का प्राकृतिक सौंदर्य अत्यंत मनोहारी था और साथ ही कृत्रिम, किंतु कलात्मक सौंदर्य का सामंजस्य था, जिसने इसकी शोभा को द्विगुणित बना दिया था। सरोवर के श्वेत मरमरी तट एवं सोपान अत्यंत रमणीय थे। इसके चतुर्दिक् अनेक लघु पुष्करिणियाँ थीं, जिनके तट सरोवर के तटों और सोपानों की भाँति ही अति श्वेत मरमर से विनिर्मित थे। इनमें अनेक रंगों के कमल सदा विकसित रहते। सौगंधिक पद्मों का बाहुल्य था, जो पावन विपुल नदी और कुबेर की पुष्करिणी से चुनकर लाए गए थे। इनकी गंध से बोझिल पवन संपूर्ण वातावरण को गंधमय बनाए रखता।

सरोवर के चारों ओर मौलसिरी, मंदार, दिव्यगंधा, पारिजात, दारुचीनी और देवदारु जैसे पादपों की क्रमबद्ध पंक्तियाँ थीं, जिनकी सहज गंध वायुमंडल को सुवासित बनाए रखती। उद्यानों के चतुर्दिक् अरण्य प्रांत में उगे वृक्षों में अमलतास और गुलमोहर जैसे पुष्प-बहुल वृक्ष अधिक संख्या में थे। वसंत ऋतु में जब वे फूलने लगते तो सारी दिशाएँ, उनके पुष्पों से पीताभ और रक्ताभ हो उठतीं। ऐसा लगता मानो प्रकृति ने पीले और लाल छत्र धारण कर लिये हों।

दिन के समय विविध रंगों के विकसित कमल, जूही, चंपक, मालती, शेफालिका नवमल्लिका, सूर्यपर्णा और वासंतिकी लताओं के पुष्प अपनी छटा और गंध वातावरण में बिखरते रहते, तो रात्रि में कुमुदिनी, रजनीगंधा और सोमलताएँ अपने सौरभ से संपूर्ण वातावरण को सुवासित रखतीं। ज्योत्स्ना-स्नात विटपों से आलिंगन में आबद्ध ज्योतिष्मती लताएँ चाँदनी में चमकते अपने पेलव पल्लवों की ओर नयनों को बलात् आकर्षित करती रहतीं। चंद्रपर्णी लताएँ भी रात्रि में ज्योतिपुंज सी चमकने लगतीं। यही कारण था कि पूर्ण चंद्र-चर्चित निशाओं में शुभ्रोदक की शोभा द्विगुणित हो उठती और ऐसी निशाओं में अनेक दर्शक शुभ्रोदक की शोभा का आनंद लेने एकत्र हो जाते।

शुभ्रोदक एक समतल विस्तृत भू-भाग में अवस्थित था और सभी ओर से फलोद्यानों से परिवेष्टित था। उसके चारों ओर सरोवर से नातिदूर लघु पर्वतिकाएँ थीं, जिनका द्रवित हिमजल अनेक लघु जलधाराओं में शुभ्रोदक की ओर सतत प्रवाहित रहता। इसी हिमगलित स्वच्छ जल के कारण शुभ्रोदक यथानाम सार्थक था। उसका जल इतना स्वच्छ एवं पारदर्शी था कि उसके तल में स्थित अति लघु प्रस्तर खंड भी स्पष्ट दिखाई देते थे।

सतत प्रवाहित लघु जलधाराओं के जल को प्रस्तर-विनिर्मित उपकुल्याओं के द्वारा फलोद्यानों की ओर प्रवाहित कर दिया गया था। ये उपकुल्याएँ उद्यान-वीथियों के उभय पार्श्वों में निरंतर प्रवाहित रहतीं और अपनी कलकल के कर्णमधुर संगीत को वायुमंडल में बिखेरती रहतीं।

इन फलोद्यानों में स्थान-स्थान पर लता कुंजों के सुखद एवं शीतल विश्राम स्थल थे, जहाँ विश्राम के लिए श्वेत-प्रस्तर-विनिर्मित पीठिकाएँ स्थापित की गई थीं। यहाँ की सुखद शीतलता श्रांत पथिकों के मार्गजनित श्रम का सहज ही हरण कर लेतीं और वे स्वस्थ अनुभव करने लगते।

सरोवर के तटों पर स्थान-स्थान पर कुशल शिल्पियों द्वारा मानविओं और मराल मयूर आदि विहंगों की कला की प्रतीक मूर्तियों का सर्जन किया गया था। शुभ्रोदक के पारदर्शी निर्मल जल के पटल पर पड़ते उनके सतत प्रकंपित प्रतिबिंब लघूर्मियों की चंचलता के कारण नृत्य निरत से लगते।

सरोवर के पश्चिमी तट पर हिरण के छौने को अपने हाथों से दूर्वादल खिलाती किसी तापसी युवती की स्फटिक मूर्ति सजीव सी लगती और महर्षि कण्व के आश्रम में पलती शकुंतला की प्रतिकृति सी प्रतीत होती। दक्षिणी तट पर बनी मराल-युगल की स्फटिक मूर्तियाँ वास्तविकता के इतने निकट थीं कि कभी-कभी भोले मराल-शावक भ्रमवश उन्हें सजीव जान उनके साथ बालसुलभ क्रीड़ाएँ करने लगते और उन्हें मृणाल-खंड खिलाने का उपक्रम करते।

फलोद्यानों में स्थान-स्थान पर मृग-शावकों के साथ मृगों और मृगियों की प्रस्तर-मूर्तियों का निर्माण भी किया गया था, जो दूर से इतनी वास्तविक सी लगतीं कि कभी-कभी दर्शकगण भी भ्रम में पड़ जाते और मृगों के झुंड भी प्राय: उनके पास एकत्र होने लगते। शुभ्रोदक के जल में तैरते मराल, वक और कारंडव आदि जलविहारी पक्षियों की शोभा भी कम नयनाभिराम नहीं थी। मयूर, कोकिल और चक्रवाक आदि अनेक भाँति के विहगों की केका, कूक और कलरव हर समय वायु में संगीत उँडेलते रहते। दृश्य इतना मनोरम था कि देव जातियों के आकाशचारी पथिक भी यहाँ कुछ समय विश्राम करने और यहाँ की अलौकिक शोभा का आनंद लेने के लोभ का संवरण न कर पाते।

× × ×

प्रात:काल का सुहावना समय था। चंपक, पारिजात और मंदार के श्वेत और पीत पुष्पों से अपनी सघन केश-राशियों को सजा और संपूर्ण विश्व की सुषमा को अपने में समेटती सी दो सद्य प्रस्फुटित यौवनाएँ राजकन्याएँ शुभ्रोदक के पश्चिमी तट पर आसीन हो विनोदालाप में व्यस्त थीं। प्राची में उदीयमान भगवान् अंशुमाली की अरुणिम रश्मि-राशि मेघ मंडल को राग रंजित करने लगी। कुछ ही क्षणों में उन रश्मियों ने क्रमश: हिमाच्छादित पर्वत-शिखरों, वृक्षों की चोटियों और शुभ्रोदक के जल पटल को स्पर्श किया। कुछ क्षणों के लिए संपूर्ण पर्वत-परिवेश ही रंगीन हो उठा।

इस नवोदित सूर्य की अरुणाभा से सुरंजित उन राजकन्याओं के मुखारविंद और अवदात अंग और अधिक सुंदर लगने लगे। सरोवर के सोपान पर आसीन वे अपनी कोमल चरणांगुलियों से सरोवर के हिमोज्वल निर्मल जल को शनै-शनै आंदोलित कर रही थीं। दृश्य चतुर्दिक् मनोरम था। लहरों का कलकल और खगकुल का कलरव एकाकार हो वायुमंडल में अपना संगीत उँडेल रहे थे। चारों ही ओर अत्यंत मनोहारी दृश्य था।

उस परम रमणीय वातावरण की निस्तब्धता को भंग करते हुए, कुसुमपुर के सम्राट् विजयवाहन की पुत्री मृगावती ने अपनी अनन्य सखी यक्षराज दुहिता विद्युत्प्रभा से कहा—'विद्युत्प्रभे! देखो प्रात:काल के उदीयमान सूर्य की अरुणिम रश्मियों से सुरंजित इन मराल, कारंडव और वकों के श्वेत पंख ऐसे प्रतीत होते हैं मानो प्रकृति की देवी ने इनमें अपनी तूलिका से रंग भर दिया हो।

'हाँ, नितांत वैसे ही जैसे सूर्य की रश्मियों में अरुणाभ प्रतीत होते तुम्हारे सुंदर और अवदात मुखारविंद में।'

'किंतु अरविंद तो कमल को कहते हैं। देखो इन पुष्करिणियों में प्रात:काल के प्रभाकर के प्रथम कर-निकरों का स्पर्श पा शनै-शनै विकसित होते इन कमलों पर बैठे ये परिमल रसलोलुप भ्रमर कितने नयनाभिराम प्रतीत होते हैं।'

यक्षराज दुहिता विद्युत्प्रभा ने चुटकी लेते हुए कहा—'ठीक वैसे ही, जैसे तुम्हारे शुभ्रमुखारविंद पर खंजन युगल से ये चंचल एवं विशाल नयन युगल।'

मृगावती ने अपनी परिहासशीला सखी का उत्तर दिए बिना ही उन भ्रमरों की ओर इंगित करते हुए कहा—'निशा पर्यंत कमल कोशों के आलिंगन में आबद्ध रहकर भी अतृप्त तरुणों की भाँति रसलोलुप ये भ्रमर वहाँ से उड़ने का नाम नहीं लेते।'

'हाँ, नितांत वैसे ही जैसे ग्रीष्मकाल में अतृप्त पिपासु पथिक जल से तृप्त होने का नाम नहीं लेता।'

मृगावती ने तुरंत ही शुभ्रोदक की नृत्य-निरत लघु लहरों की ओर अपनी सखी का ध्यान आकर्षित करते हुए कहा—'देखो, प्रिय सखी विद्युत्प्रभे! किस प्रकार सूर्य की अरुणिम रश्मियों ने सरोवर को अपनी अरुणिमा से आवृत्त कर इसके शुभ्र जल को

मंदरगिरि के अरुणोदक सरोवर के सलिल की भाँति अरुणिम सा बना दिया है।'

'और यह भी तो देखो कि सरोवर की प्रत्येक लघु लहर में एक-एक सूर्य प्रतिबिंबित हो रहा है। ऐसा प्रतीत होता है मानो भगवान् भास्कर भी इन लहरों के साथ अनेक-रूप धारण कर नृत्य कर रहे हों।'

'और सरोवर के पारदर्शी जल में होकर ये किरणें सरोवर के तल को स्पर्श करती कितनी सुंदर लग रही हैं। दृश्य कितना मनोरम है।' मृगावती ने कहा।

'यही नहीं, जल में तैरते ये मराल-शावक भी तो लहरों की अरुणिमा से अरुणिम दिखाई दे रहे हैं और आँखों को बलात् अपनी ओर आकर्षित कर रहे हैं।'

दूसरे ही क्षण मृगावती ने विद्युत्प्रभा का ध्यान सरोवर के दूसरे तट पर क्रीड़ा करते मराल-युगल की ओर आकर्षित करते हुए कहा—'देखो वह चटुल मराल किस प्रकार किसी उच्छृंखल युवक की भाँति मरालिनी के मुँह में बलात् मृणाल खंड डालने का प्रयत्न कर रहा है। बार-बार वर्जित करने पर भी उद्धतपन से विरत नहीं होता। मरालिनी उसे छोड़ जल में तैरने लगी है, किंतु वह उद्धत युवक की भाँति उसका पीछा कर रहा है।'

'ऐसी यौवन सुलभ प्रणय लीलाएँ ही तो किसी प्रेमी युगल के जीवन को सुखमय बनाने का सार्थक उपक्रम होती हैं।' विद्युत्प्रभा ने कहा।

मृगावती ने चतुर्दिक् पुष्करिणियों में उदीयमान सूर्य की किरणों के स्पर्श से शनै-शनै अपने पुष्पदलों को खोलते पंकजों की ओर अपनी सखी का ध्यान आकर्षित करते हुए कहा—'कैसी कमनीय है प्रकृति की लीला, देखो किस प्रकार धीरे-धीरे ये कमल-कुसुम सूर्य की किरणों का स्पर्श पा अपनी पाँखों को विकसित कर रहे हैं, ठीक उसी भाँति जैसे कोई मानवशिशु शनै-शनै वृद्धि को प्राप्त होता है।'

'यौवनागम पर मानव मन की अभिलाषाओं का विकास भी तो इसी प्रकार होता है, मृगी।'

'किंतु लज्जाशीला मानवी ललनाएँ अपनी अभिलाषाओं को संयत करने में भलीभाँति कुशल होती हैं, प्रभे।' मृगावती ने उत्तर दिशा।

'किंतु उनकी लज्जाशीलता केवल अभिनय मात्र ही होती है।' विद्युत्प्रभा ने चुटकी लेते हुए कहा।

इसी प्रकार अभिन्न-मन यक्षराज विद्युद्ध्वज की पुत्री विद्युत्प्रभा एवं कुसुमपुर के नरेश विजयवाहन की पुत्री राजकुमारी मृगावती मुक्त परिहासपूर्ण आमोद-प्रमोद में अपना समययापन करतीं और यक्ष राजधानी के चतुर्दिक् उद्यानों, उपवनों एवं लताकुंजों में निर्द्वंद्व घूमती मनोरंजनप्रद अनेक प्रकार की क्रीड़ाएँ करती रहतीं। शुभ्रोदक ही प्रायः उनकी इन यौवन-सुलभ क्रीड़ाओं की क्रीड़ा-स्थली था।

× × ×

नगाधिराज हिमालय के चुल्ल हिमवंत प्रदेश में स्थित एवं गगनचुंबी शैल शिखरों से आसमन्तात् परिवृत्त विद्युद्ध्वज की राजधानी अक्षयपुरी की शोभा देवराज इंद्र की अमरावती से कम न थी। गगनचुंबी हर्म्यों के शिखरों पर लगे स्वर्ण कलश जब प्रात:काल भगवान् अंशुमाली की रंगीन किरणों में अपनी आभा बिखेरते तो उनमें प्रतिबिंबित सूर्य की किरणें आँखों को चौंधिया देतीं।

शीतांत में जब पर्वत शिखरों की हिम द्रवित होने लगती। चारों ओर की पर्वत श्रेणियाँ, ऋतु-जन्य पुष्पों, पौधों एवं हरित झाड़ियों से समाच्छादित हो अति सुंदर लगने लगतीं। विटपों की शाखाएँ नवपल्लवों एवं फलों के भार से अवनत हो भूमि का स्पर्श करने लगतीं।

हिमालय की उपत्यका एवं उत्तराखंड में जब ग्रीष्म का आगमन होता और ऋतुराज बसंत गंगा, यमुना एवं सरस्वती आदि सरिताओं के पावन जल से प्रसिंचित आर्यावर्त, कुरु, पांचाल, मगध एवं कौशल आदि प्रदेशों को छोड़, अपनी संपूर्ण सुषुमा को समेट हिमालय की घाटियों में प्रवेश करते, तभी ऊँचे-ऊँचे शैल-शिखरों की हिम द्रवित होने लगती। हिमजल से प्रक्षालित उनके प्रस्तर शिखर सद्य: स्नात से प्रतीत होने लगते। ऋतुजन्य पुष्पों एवं हरित तृणों से समाच्छादित पर्वतिकाओं का दृश्य अति मनोरम हो उठता और ऐसा प्रतीत होता मानो हरित परिधान एवं स्वर्णाभरणों से सजी प्रकृति कामिनी नृत्य को उद्यत, देवांगनाओं से होड़ ले रही हो।

बसंतागम में द्राक्षा, अखरोट, सेब, अनार, अनन्नास आदि वृक्षों की शाखाएँ फलों के भार से नीचे झुक जातीं। पीले और श्वेत पुष्पों से लदे पारिजात एवं मंदार के वृक्ष चारों ओर अपनी सहज सौंदर्य राशि बिखेरने लगते। अंगूर लतिकाओं की शोभा दर्शनीय हो उठती। पुष्प-गंध से संपूर्ण वातावरण सुवासित हो जाता।

राजकुमारी मृगावती के पिता कुसुमपुर नरेश विजयवाहन का राज्य हिमालय में किन्नर प्रदेश के दक्षिण और उत्तर कौशल की पश्चिमोत्तर दिशा में स्थित था। इनका संबंध श्रावस्ती एवं अयोध्या के इक्ष्याकुवंशी राजाओं से था। उनका राज्य हिमालय के उपगिरि में प्रकृति के शांत अंचल में स्थित था। यहाँ का प्राकृतिक दृश्य वर्ष भर मनोहारी एवं नयनाभिराम रहता। वर्ष भर फूलों एवं हरियाली का बाहुल्य रहता। विहगों के कलरव से संपूर्ण वायुमंडल गूँजता रहता। शीतल एवं सुगंधित वायु प्रवाहित रहती। ऐसा प्रतीत होता मानो धरा के कोलाहल से श्रांत एवं क्षुब्द प्रकृति कामिनी ने यहाँ नितांत एकांत में अपना शांति-निलय बना लिया हो।

हिमतनया विश्रांता के पावन तट पर स्थित उनकी राजधानी कुसुमपुर एक सुंदर नगर था। यहाँ की पर्वत शृंखलाएँ अधिक ऊँची न थीं। वे कभी हिम से आच्छादित भी नहीं होती थीं। यहाँ के प्राकृतिक सौंदर्य से आकर्षित हो सभी देवजातियों के स्त्री-पुरुष यहाँ पर्यटन के लिए आते और यहाँ की नैसर्गिक छटा का आनंद लेते। भारत के पश्चिमोत्तर

स्थित देवलोकों और वाल्हीक, पश्चिमी मद्र आदि यवन प्रदेशों से आर्यावर्त, मगध, चंपा और दक्षिणापथ जाने के मार्ग कुसुमपुर होकर ही थे। अतः सांस्कृतिक, सामाजिक तथा व्यापारिक दृष्टि से यह नगर अत्यंत महत्त्वपूर्ण था।

राजा विजयवाहन एवं यक्षराज विद्युद्ध्वज प्रगाढ़ मित्र थे। जब अक्षयपुरी के चतुर्दिक् पर्वतशिखर हिमाच्छादित हो जाते, विद्युद्ध्वज विजयवाहन के आमंत्रण पर यहाँ कुछ समय व्यतीत करने चले आते। जब उत्तराखंड में ग्रीष्म का पदार्पण होता और भगवान् अंशुमाली की तप्त किरणें वायुमंडल को उष्ण बना देतीं, यक्षराज के आमंत्रण पर राजा विजयवाहन हिमाद्रि की हरी-भरी पर्वत शृंखलाओं का आनंद लेने अक्षयपुरी चले जाते। वहाँ उन दिनों बसंत रहता और ऊँचे-ऊँचे पर्वत शिखरों की हिम द्रवित होने लगती। चारों ओर हरियाली छा जाती और ऋतु जन्य पुष्पों एवं हरीतिमा से चारों ओर की पर्वतिकाएँ आच्छादित हो जातीं। जलवायु अनुकूल होती। परस्पर आवागमन के कारण दोनों राजकन्याओं में भी प्रगाढ़ मित्रता थी। दोनों ही सम वयस्का थीं और केवल कुछ परिचारिकाओं के साथ निर्भय हो उद्यानों में क्रीड़ा करती रहतीं।

□

11

महिमामयी मृगावती

शुभ्रोदक सरोवर से नाति दूर प्रकृति के शांत अंचल में महर्षि हेमांग का आश्रम था, जो पर्वत की घाटी में, और उसके चतुर्दिक् लघु पर्वतिकाओं पर एक विस्तृत भू-भाग में फैला था। यहाँ का प्राकृतिक सौंदर्य दर्शनीय था। फूलों और फलों के भार से भूमि को स्पर्श करती वृक्षों की शाखाएँ आश्रमवासियों की अनेक आवश्यकताओं की पूर्ति करतीं। ऋषियों की तपस्या का स्पष्ट प्रभाव यहाँ दृष्टिगोचर होता था। वृक्ष वर्ष की सभी ऋतुओं में फलते और फूलते रहते। प्रात:काल वृक्ष स्वयं ही ऋषियों की आवश्यकता के अनुसार फल गिरा देते। तपस्या के प्रभाव से जड़ प्रकृति भी चेतन की भाँति ही आचरण करने लगती।

यहाँ की प्राकृतिक शोभा भी अवर्णनीय थी। वर्ष की सभी त्रतुओं में आश्रम के चारों ओर वसंत का निवास रहता। ऐसा प्रतीत होता था मानो विश्व के संपूर्ण प्राकृतिक सौंदर्य को अपने अंचल में समेट अलसायी सी प्रकृति कामिनी हिमवंत के इस प्रशांत अंचल में पुष्पप्रसज्जित अपनी शय्या पर गहन निद्रा में विश्रामरत हो। पर्वतिकाओं के शिखरों पर गगनचुंबी वृक्षों की पंक्तियाँ आश्रम की एक रक्षा प्राचीर का दृश्य उपस्थित करतीं। आश्रम के मध्य एक सुंदर सरोवर भी था, जहाँ ऋषि वर्ग स्नान कर ध्यानमग्न हो बैठते।

आश्रम में एक विशाल यज्ञशाला से अनवरत नि:स्रत सुवासित यज्ञ-धूम से संपूर्ण वायुमंडल सुगंधित बना रहता। चतुर्दिक् अवस्थित तृण-कुटीरों में ऋचाओं के गायन का समवेत स्वर प्रात: से सायं पर्यंत कर्णगोचर होता रहता। धार्मिक सहिष्णुता का ज्वलंत उदाहरण यहाँ देखने को मिलता। विभिन्न मतों के अनुयायी अपनी-अपनी विधि से यहाँ तपस्यारत थे। सभी में बिना किसी द्वेषभाव विचार-विमर्श भी होते रहते।

यह केवल ऋषि आश्रम ही नहीं था, बल्कि यहाँ एक विशाल विश्वविद्यालय भी था, जो कि भारत में ही नहीं, वरन् सुदूर देशों तक विख्यात था। यहाँ सुयोग्य आचार्यों द्वारा सभी विषयों का अध्यापन सतत चलता रहता। यह विद्यालय हिमवंत की तक्षशिला थी। भारत के सभी प्रदेशों के छात्र यहाँ आते थे। उनके अतिरिक्त समीपवर्ती देशों—तिब्बत, चीन,

स्वर्णद्वीप और मध्य एशिया के अनेक देशों के छात्र यहाँ विद्याध्ययन करते और अपने देशों को भारत की संस्कृति का संदेश लेकर जाते।

महर्षि हेमांग ही इस विश्वविद्यालय के उपकुलपति थे। वे एक यशस्वी और महान् तपस्वी ऋषि थे। अनेक विषयों पर उनका समान अधिकार था। वे योगशास्त्र के विशेष ज्ञाता ही नहीं थे, वरन् उस काल में महान् योगियों में उनकी गणना थी। सतत योगाभ्यास के कारण उन्हें तीनों कालों का ज्ञान था। योगशास्त्र और भारतीय दर्शन पर प्राय: उनके प्रवचन होते रहते थे। निकटवर्ती आश्रमों से भी अनेक ऋषि-वृंद उनके प्रवचन श्रवण करने आते। ऐसे महान् तपस्वियों के कारण ही हिमालय को पुण्य भूमि के नाम से पुकारा जाने लगा था। अनेक ऋषियों की तपस्या का प्रभाव यहाँ के वन्य जंतुओं पर भी था और सिंह एवं मृग के एक साथ जल पीने की किंवदंती यहाँ प्रत्यक्ष रूप से चरितार्थ होती देखी जा सकती थी।

दोनों राजकुमारियाँ मृगावती एवं विद्युत्प्रभा भी प्राय: यहाँ आतीं और आश्रम में निर्द्वंद्व क्रीड़ा करतीं। वे आश्रम की ऋषि-पत्नियों के सान्निध्य में भी बैठतीं और आश्रम के शिशुओं, पक्षियों और मृग-शावकों के साथ मनोरंजन करती रहतीं। कभी-कभी वे तपस्या की साक्षात् प्रतिमूर्ति ज्ञानमयी महर्षि-पत्नी माँ तितिक्षा के पावन चरणों में बैठ उनके उपदेश ग्रहण भी करतीं। माँ तितिक्षा भी महर्षि हेमांग की भाँति ही अति वृद्ध थीं, किंतु उनका शरीर शिथिल नहीं था। आश्रम में वे 'माँ' के नाम से ही विख्यात थीं। वास्तव में वे अत्यंत करुणामयी थीं और सभी आश्रमवासियों को उनसे माँ का स्नेह ही मिलता था। दोनों राजकुमारियाँ सरल स्वभाव के कारण माँ तितिक्षा की विशेष स्नेह की पात्र थीं।

सम्राट् विद्युद्ध्वज महर्षि के विशेष भक्तों में थे। सम्राट् विजयवाहन भी महर्षि के ज्ञानोपदेशों से पूर्ण प्रभावित थे। जब कभी वे अक्षयपुरी आते महर्षि हेमांग का आश्रम उनके लिए विशेष आकर्षण का स्थान रहता। प्राय: मध्याह्नोपरांत जब महर्षि अपने शिष्यों के समक्ष वेद मंत्रों की व्याख्या करते या भारतीय दर्शन शास्त्रों के सिद्धांतों का विवेचन करते तो महर्षि की अनुमति से वे भी वहाँ उपस्थित रहते और ध्यानपूर्वक उनके प्रवचनों को श्रवण करते।

गुरुवार को विद्यालय का अवकाश रहता था। उस दिन सभी अंतेवासी प्रात:काल आश्रम के कृषि-कर्मांतों में कार्य करते। आश्रम के चतुर्दिक् पर्वतिकाओं पर सीढ़ी के सदृश कृषि-कर्मांत दूर-दूर तक फैले थे। इन्हीं कृषि-क्षेत्रों में उत्पन्न अन्न से आश्रम के ऋषियों और विद्यार्थियों का भरण-पोषण होता था। सायं काल छात्रों के मनोरंजन का समय था। उस दिन सायंकाल आश्रम के ऋषि वर्ग एवं आचार्य वर्ग महर्षि के प्रवचन सुनने एकत्र होते। इन उपदेशों एवं शास्त्र विवेचन में राजा विजयवाहन भी अवश्य उपस्थित रहते और प्रश्नों द्वारा अपनी शंकाओं का निवारण भी करते।

आज मध्याह्नोपरांत जब राजा विजयवाहन आश्रम पहुँचे तो ज्ञात हुआ कि महर्षि हेमांग आज पातंजलि योगशास्त्र का विवेचन करेंगे। कुछ आश्रमवासी इस विवेचन को सुनने के

लिए एकत्र थे। महर्षि ने विवेचन प्रारंभ करते हुए कहा—'यम, नियम, आसन, प्राणायाम, प्रत्याहार, धारणा, ध्यान और समाधि ये योग के आठ अग हैं।

इनके सतत अनुष्ठान से अविद्याजनित चित्त के सभी दोष दूर होकर चित्त निर्मल होता है। यह चित्त एक दर्पण के समान है, जिसके स्वच्छ होने पर ही आत्मा का विश्व स्पष्ट दिखाई देता है। किंतु चित्त पर विकारजनित धूलि को दूर किए बिना आत्मदर्शन संभव नहीं होता।

इस धूलि को दूर करने के लिए चित्त को स्वच्छ करना आवश्यक है। इसके लिए ही योग के आठ अंग हैं। इनके अनुष्ठान से चित्त की शुद्धि होती है।'

राजा विजयवाहन ने प्रश्न किया—'महर्षि शिरोमणे! यह बताने की कृपा करें कि 'यम' से क्या तात्पर्य है।'

ऋषि ने बताया—ये यम पाँच हैं—'अहिंसा, सत्य, अस्तेय (चोरी न करना), ब्रह्मचर्य, और अपरिग्रह (आवश्यकता से अधिक धन एवं सामग्री एकत्र न करना)।'

यही प्रश्न विजयवाहन ने नियम के विषय में पूछते हुए कहा कि 'नियम से क्या तात्पर्य है?'

महर्षि ने उत्तर दिया—'शौच (पवित्रता), संतोष, तप, स्वाध्याय और ईश्वर प्रणिधान (शरणागति) ये पाँच नियम हैं। यमों के पालन से बाह्य शुद्धि होती है तो नियमों के पालन से अंत:करण की शुद्धि होती है।'

इस प्रकार पर्याप्त समय तक महर्षि ने अष्टांग योग का विवेचन किया। विवेचन की समाप्ति पर सभी श्रोताओं के चले जाने पर राजा ने प्रश्न किया—'क्या चित्त की शुद्धि होने पर भूत, भविष्यत का भी ज्ञान प्राप्त हो जाता है?'

महर्षि ने कहा—'निरंतर अभ्यास करने पर योग के द्वारा सभी कुछ संभव है। योग से आत्मा को महान् शक्ति प्राप्त होती है।'

राजा विजयवाहन अपनी पुत्री मृगावती के विषय में प्रश्न करना चाहते थे, किंतु विलंब के कारण संकोचवश आज वे प्रश्न न कर सके।

मृगावती अब यौवनावस्था में पदार्पण कर चुकी थी। भारत की प्राचीन परंपराओं के अनुसार, यही अवस्था थी, जब आर्यकन्याओं को वैवाहिक सूत्र में प्रतिबद्ध कर दिया जाता था। इसी कारण मृगावती के पिता सम्राट् विजयवाहन को उसके लिए अनुरूप वर की प्राप्ति की चिंता हर क्षण लगी रहती।

आगे आनेवाले गुरुवार की सायं सम्राट् विजयवाहन एवं राजमहिषी चंद्रप्रभा दोनों ही महर्षि के प्रवचन सुनने आश्रम पहुँचे। आज महर्षि का प्रवचन वेदांत और उपनिषदों के विषय पर था। ऋषि ने ब्रह्म की व्याख्या करते हुए बताया—

'प्राचीनकाल से ही ज्ञानवान ब्रह्मण एवं ऋषि लोकेच्छाओं से विरक्त हो आत्म-ज्ञान

एवं ब्रह्म-ज्ञान की प्राप्ति में निरत रहते थे। उन्होंने उपनिषदों की रचना की। उपनिषदों के अनुसार, ब्रह्म केवल एक और अद्वितीय है। वह ब्रह्म सर्वव्यापी, सर्वान्तर्यामी तथा अनंत है। वही सत्य है और नित्य है। वह अविनाशी है। शुद्ध है, निष्पाप है। वही मानव की अंतरात्मा का साक्षी है। संपूर्ण चराचर विश्व उसी में से उत्पन्न हुआ है। उपनिषदों के अनुसार, संपूर्ण विश्व ब्रह्मरूप है। यह आत्मा भी ब्रह्मरूप है। उसी ब्रह्म के शासन में पृथ्वी तथा अंतरिक्ष स्थित रहते हैं। ये उपनिषद् ही जीवात्मा, कर्मवाद, मोक्ष और मोक्षप्राप्ति के साधनों का विवेचन करते हैं।' महर्षि का प्रवचन समाप्त होने पर और सभी श्रोताओं के चले जाने पर भी सम्राट् विजयवाहन एवं राजमहिषी चंद्रप्रभा वहाँ ही ऋषि से वार्त्तालाप करने की प्रतीक्षा में बैठे रहे।

इसके उपरांत महर्षि हेमांग एवं विजयवाहन में भारत की तात्कालिक राजनीतिक एवं धार्मिक स्थितियों पर चर्चा होने लगी।

हेमांग—सुनने में आया है कि आर्यावर्त में श्रमण गौतम ने एक नए धर्म का प्रवर्त्तन किया है। वे यज्ञों और वेदों का विरोध करते हैं। जैन धर्मावलंबी भी तो वेदों में विश्वास नहीं रखते।

विजयवाहन—हाँ, भगवन्! शाक्य वंश के राजा शुद्धोदन के पुत्र सिद्धार्थ ही गौतम बुद्ध हैं। उन्होंने बुद्ध धर्म के नाम से नया धर्म प्रतिपादित किया है। अनेक लोगों ने उनका धर्म स्वीकार किया है। ये लोग न वेदों की महत्ता स्वीकारते हैं और न यज्ञों में विश्वास रखते हैं।

हेमांग—यह तो अनीश्वरवादिता है।

विजयवाहन—दोनों ही चरित्र निर्माण पर बल देते हैं। जैन मतावलंबी पंचमहाव्रत—अहिंसा, सत्य, अस्तेय, ब्रह्मचर्य एवं अपरिग्रह पर बल देते हैं। इन्हीं पाँचों को बौद्ध भी मानते हैं। वे इन पाँचों को पंचशील के नाम से पुकारते हैं।

हेमांग—इन सभी चरित्र निर्माण के सिद्धांतों का तो भगवान् कृष्ण ने गीता के सोलहवें अध्याय में दैवी संपदाओं के रूप में वर्णन किया है। उनमें ये सभी सिद्धांत निहित हैं—अहिंसा, सत्य, अक्रोध, त्याग, शांति, किसी की निंदा न करना, प्राणियों पर दया, विषयों में अनासक्ति आदि।

विजयवाहन—हाँ, भगवन्, किंतु गौतम बुद्ध इन बातों को सामान्य जन की भाषा में समझाते हैं। अत: लोग शीघ्र प्रभावित हो जाते हैं। आर्यावर्त के अनेक राजा भी श्रमण गौतम के धर्म में दीक्षित हो गए हैं। श्रावस्ती के प्रसेनजित, राजगृह के बिंबिसार, अवंति के चंडप्रद्योत आदि सम्राटों ने भी बौद्ध धर्म अपना लिया है।

इस प्रकार एक लंबी वार्त्ता के उपरांत राजा विजयवाहन ने अपनी चिंता का भी ऋषि के समक्ष निवेदन किया—

'भगवन् मेरी पुत्री मृगावती यक्ष-राजकुमारी विद्युत्प्रभा के साथ प्राय: आश्रम में

आती रहती है। वे आश्रम के प्रांगण में क्रीड़ाएँ करती रहती हैं और पूजनीया ममतामयी माँ तितिक्षा के चरणों में बैठ उपदेश एवं आशीर्वचन भी प्राप्त करती हैं। विवाहयोग्य होने के कारण मुझे उसके लिए योग्य वर की प्राप्ति की चिंता हर समय लगी रहती है। राजमहिषी चंद्रप्रभा भी अति चिंतित रहती हैं।'

महर्षि कुछ क्षणों तक अर्द्धनिमीलित नेत्र हो शांत एवं विचारमग्न हो बैठे रहे और तदुपरांत उन्होंने कहा—

'राजन्, आप इस कन्या के सुखद भविष्य के लिए चिंतातुर न हों। मैंने योगदृष्टि से इसके पूर्व जन्म का ज्ञान प्राप्त कर लिया है। विधि ने पहले ही इसका विधान रच दिया है। तुम्हें इस राजकन्या के पूर्व जन्म की एक कथा सुनाता हूँ।'

राजा ने प्रश्न किया—'भगवन्, क्या योग द्वारा यह सबकुछ संभव है?'

'हाँ, योग की साधना के फलस्वरूप त्रिकाल का ज्ञान प्राप्त कर लेना असंभव नहीं ऋषियों और महर्षियों ने योग साधना के द्वारा दिव्य ज्ञान की प्राप्ति की थी और अनेक दुर्लभ ग्रंथों की रचना की थी। वेदांत और दर्शन शास्त्रों का संपूर्ण ज्ञान योग साधना का ही प्रतिफल है।'

महर्षि ने आगे कहा—'आपकी पुत्री मृगावती अपने पूर्व जन्म में इंद्र की सभा की सर्वश्रेष्ठ अप्सरा अलंबुसा थी और वह वसु जाति के विधूम से प्रेम करती थी। एक बार ब्रह्मा के समक्ष जब दोनों ही प्रेम वश एक-दूसरे की ओर आकृष्ट हो देखने लगे तो उन्हीं के संकेत पर इंद्र ने उन्हें शाप दे दिया—'जाओ दोनों ही मानव योनि में जन्म लो। वहाँ ही तुम्हारी आकांक्षाओं की पूर्ति होगी।'

आपकी पुत्री मृगावती उसी अलंबुसा का पुनर्जन्म है और विधूम भी आर्यों के एक राजपरिवार में जन्म ले चुका है। इन दोनों का जन्म एक-दूसरे के लिए ही हुआ है और इन दोनों का परस्पर विवाह संबंध होना भी निश्चित है। आप चिंता न करें। इस विवाह का सुयोग स्वयं ही उपस्थित होगा।'

यह सुनकर सम्राट् विजयवाहन को अति प्रसन्नता हुई और वे राज-दंपती परम संतुष्ट होकर घर लौटे। लौटकर संपूर्ण समाचार यक्षराज विद्युद्ध्वज को निवेदन किया। सभी प्रसन्न थे। इस प्रकार राजपुरुष भी अपनी चिंताओं और समस्याओं के समाधान के लिए प्राय: ऋषियों के पास जाते और उनका उचित समाधान प्राप्त करते।

सम्राट् विजयवाहन अपनी राजधानी लौटना चाहते थे, किंतु सम्राट् विद्युद्ध्वज ने उनसे वहाँ रुकने का आग्रह किया कि संभवत: वह सुयोग वहाँ ही उपस्थित होनेवाला हो। अत: राजा विजयवाहन ने उनका आग्रह स्वीकार कर लिया।

□

12

प्रणय-परिणय

'मृगी, गत वर्ष शिशिर ऋतु मैं जब मैं अपने पिताजी के साथ तुम्हारी राजधानी गई थी, मैंने वहाँ देखा था कि आर्यावर्त की भूमि ही नहीं, वरन् वहाँ की मानवियों का सौंदर्य भी हम यक्ष गंधर्व युवतियों के लिए ईर्ष्या का विषय है।'

'किंतु यक्ष, गंधर्व एवं देवकन्याओं के सौंदर्य का तो हमारे यहाँ के साहित्य में बहुत बढ़ा-चढ़ाकर वर्णन किया जाता है। किसी सुंदर मानवी के सौंदर्य वर्णन के लिए अप्सराओं अथवा यक्ष, गंधर्व एवं किन्नर युवतियों के सौंदर्य से ही उनके सौंदर्य की उपमा दी जाती है।'

'हाँ, देवलोक की अप्सराएँ तो सुंदर होती ही हैं। उनकी सुंदरता के कारण ही उनको अप्सराओं की संज्ञा दी गई है। अब अप्सरा शब्द तो स्त्री सौंदर्य का पर्यायवाची ही बन गया है। किंतु देवसमाज में उनको अधिक आदरणीय स्थान प्राप्त नहीं। वे वहाँ की केवल कुशल नर्तकियाँ मात्र हैं।'

'किंतु वे नृत्य एवं संगीत की कलाओं में पारंगत होती हैं। हमारे यहाँ तो कला को पूजा की वस्तु माना जाता है। वे तो अक्षय-यौवनाएँ भी होती हैं।' मृगावती ने कहा।

'हाँ, यह उत्तरकुरु की कहानियाँ हैं, जिसे भारत के लोग देवलोक कहते हैं। यह बात केवल अप्सराओं के संबंध में ही प्रचलित है, किंतु इसमें कल्पना अधिक है।' विद्युत्प्रभा ने कहा।

'किंतु तुम्हारे पिता की राजसभा में तो मैंने अप्सराएँ जैसी नर्तकियाँ नहीं देखीं।'

'हाँ, इंद्र की राजसभा के अतिरिक्त और कहीं न अप्सराएँ होती हैं और न उस प्रकार की नर्तकियाँ। हमारे यहाँ तो उत्सवों के समय युवक और युवतियों के सामूहिक नृत्य होते हैं।'

'हाँ, हमारा मार्ग किन्नरों के प्रदेश में होकर था। यहाँ आते समय मैंने वहाँ नृत्य और संगीत के विशाल आयोजन देखे थे। उनके नृत्यों में सुंदर कला का प्रदर्शन था।'

'हाँ, हमारे यहाँ इस प्रकार के आयोजन प्राय: होते रहते हैं। तुमने स्वयं कुछ अवसरों पर इन नृत्य संगीत के आयोजनों को देखा है। राजप्रासाद के आयोजनों में तुमने मेरे साथ स्वयं भी भाग लिया था।'

'मुझे बहुत अच्छा लगा।' मृगावती ने कहा।

'गंधर्वों में तो संगीत का इतना अधिक प्रचार है कि 'गंधर्व' शब्द के उच्चारण मात्र से संगीत शब्द मस्तिष्क में कौंध जाता है। यक्ष, गंधर्व, किन्नर, विद्याधर आदि जातियाँ, जो हिमालय में निवास करती हैं, उनमें सामूहिक नृत्य की प्रथा ही प्रचलित है। एकाकी स्त्रियों के नृत्य की प्रथा भी है, किंतु सामान्य जन-समुदाय के समक्ष नहीं। सामूहिक नृत्यों में तो विवाहिता एवं अविवाहिता सभी भाग लेती हैं। यहाँ नर्तकियों का पृथक् वर्ग नहीं होता जैसा कि उत्तरकुरु की देवजाति में है। हमारे यहाँ का समाज उन्मुक्त समाज है। न यहाँ छोटे-बड़े का भेदभाव है और न स्त्रियों पर अनुचित नियंत्रण।' विद्युत्प्रभा ने कहा।

'हमारे यहाँ का समाज उन्मुक्त समाज तो नहीं है, किंतु स्त्रियों पर अनुचित नियंत्रण भी नहीं है। हमारे यहाँ, सौराष्ट्र, महाराष्ट्र आदि प्रदेशों में पर्वों के अवसर पर सामूहिक नृत्य भी होते हैं। हमारे यहाँ स्त्रियाँ स्वतंत्रतापूर्वक यज्ञों में भी भाग ले सकती हैं।' मृगावती ने कहा।

विद्युत्प्रभा ने कहा, 'हाँ, बसंत में होलिकोत्सव के अवसर पर ऐसे अनेक आयोजन मैंने तुम्हारे यहाँ भी देखे थे। तुम्हें स्मरण होगा कि कुछ वर्ष पूर्व होलिकोत्सव पर तुम्हारे पिताजी के विशेष आमंत्रण पर हम सभी तुम्हारे यहाँ गए थे। बहुत सुंदर आयोजन थे।'

मृगावती ने प्रश्न किया, 'क्या तुम कभी देवलोक गई हो?'

'हाँ, देवराज इंद्र के आमंत्रण पर केवल एक बार पिताजी के साथ।'

'सुना है देवलोक बड़ा सुंदर है।'

'हाँ, वहाँ की राजधानी अमरावती सुंदरता में अद्वितीय है। वहाँ का प्राकृतिक दृश्य बहुत मनोरम है! वहाँ की भूमि उर्वरा तो नहीं, किंतु वहाँ पूर्व पश्चिम के व्यापार का केंद्र है। इसीलिए व्यापारिक दृष्टि से वह प्रदेश अधिक समृद्ध है। वहाँ का राजा इंद्र अतुल संपदा का स्वामी है।'

'कुभा, महासिंधु और वक्षु के संगम उत्तरकुरु के समीप ही हैं। गांधार की उत्तरी सीमा से उत्तरकुरु की सीमाएँ मिलती हैं। इस प्रदेश की अद्भुत सुंदरता के कारण ही भारत के लोग उसे देवलोक के नाम से पुकारते हैं। देवलोक के पश्चिम वाह्लीक और पारस्य देशों में रक्त सागर तक यवनों और असुरों का निवास है, जो प्राय: गांधार एवं उत्तरकुरु पर आक्रमण करते रहते हैं। ये ही राज्य भारतवर्ष की उत्तर-पश्चिमी सीमा पर एक दृढ़ एवं जागरूक सुरक्षा प्रहरियों का काम करते हैं।'

'हाँ, देवासुर संग्राम की अनेक गाथाएँ मैंने भी सुनी हैं। आर्यावर्त के सम्राट् भी इंद्र के आमंत्रण पर इन युद्धों में भाग लेने जाते रहते हैं।' मृगावती ने कहा।

'हिमालय में निवास करनेवाली यक्ष, गंधर्व, विद्याधर आदि उप-देव जातियाँ भी यवनो और असुरों के साथ युद्ध में इंद्र की सहायता करती हैं। यवन, असुर एवं हूण बार-बार पराजित होने पर भी आक्रमण करते रहे हैं। यवन सम्राट् यमदंष्ट्र अभी कुछ समय पूर्व ही वीरगति को प्राप्त हुआ है।'

'तक्षशिला भी तो गांधार में है।' मृगावती ने कहा।

'हाँ, यहाँ एक प्रसिद्ध विश्वविद्यालय भी है, जहाँ शास्त्रों की शिक्षा के अतिरिक्त युद्ध कला की शिक्षा भी दी जाती है। सारे जंबूद्वीप के छात्र यहाँ शिक्षा लेने आते हैं।' विद्युत्प्रभा ने कहा।

इस प्रकार मृगावती एवं विद्युत्प्रभा दोनों ही अनन्य सखियाँ शुभ्रोदक के तट पर बैठ बातें करती रहती थीं। शुभ्रोदक का रमणीय तट ही उनकी मुख्य क्रीड़ास्थली था और मराल-शावक उनकी क्रीड़ा के साधन। आज भी पर्याप्त समय तक वे वहाँ ही बातें करती रहीं, किंतु सूर्य की किरणों की प्रखरता के कारण सघन वृक्षों की छाया में एक लताकुंज में चली गईं। यह स्थान शीतल था। यहाँ श्वेत प्रस्तर की पीठिकाएँ भी थीं। दोनों सखियाँ इन्हीं पीठिकाओं पर बैठ बातें करने लगीं।

विद्युत्प्रभा ने बातों का विषय परिवर्तित करते हुए कहा, 'कल सायंकाल तुम्हारे पिताजी महर्षि हेमांग के आश्रम से लौटने पर मेरे पिताजी और माताजी से तुम्हारे विवाह के संबंध में कुछ बातें कर रहे थे। तुम्हारी माताजी भी तो उनके साथ महर्षि के आश्रम गई थीं। वहाँ पूजनीया माँ तितिक्षा भी उपस्थित थीं। ये बातें हम से गोपनीय रखी गई हैं समझ में नहीं आता, क्यों? महर्षि से तुम्हारे विवाह के संबंध में ही बातें की थीं। इतना तो मैंने भी अनुभव किया था कि महर्षि के आश्रम से लौटने के उपरांत उनकी बातों से वे अत्यधिक प्रसन्न थे।'

मृगावती अनेक विचारों में खोई सी मौन थी। किंतु विद्युत्प्रभा ने पुनः कहना प्रारंभ किया—

'मृगी तुम को भी इस विषय में कुछ भी ज्ञात नहीं। सारी बातें तुमसे भी गोपनीय रखी जा रही हैं, क्यों?'

'हमारे यहाँ विवाह की बातें लड़कियों से नहीं की जातीं।' मृगावती ने कहा।

'किंतु मृगी, कुछ दिनों से तुम्हारे व्यवहार में मैंने आकस्मिक परिवर्तन देखा है। तुम कुछ चिंतन-निमग्न रहने लगी हो और मौन रहना चाहती हो। तुम्हारी मुखाकृति पर मैंने उदासीनता एवं अन्यमनस्कता का भी अनुभव किया है। ऐसा प्रतीत होता है तुम मुझसे कुछ छिपा रही हो।'

'हाँ, विद्युत्प्रभे! तुम मेरी अंतरंग सखी हो, किंतु तुम को भी बताने का साहस नहीं हो रहा। बताना चाहती हूँ, किंतु लज्जा के वशीभूत हो कुछ नहीं बता पा रही हूँ।'

'नहीं, प्रिय सखी मृगी, मुझसे भी अपने मन की बातें न कहोगी तो फिर और किससे कहोगी ? चिंता का समाधान तो मित्रों से ही प्राप्त होता है।'

'कई दिनों से बताने का प्रयत्न भी किया है, किंतु विवश सी हो जाती हूँ। भय होता है कि गुरुजनों के कानों तक कोई बात न पहुँचे।'

'नहीं, मृगी! लज्जा न करो, निर्भय होकर कहो।'

'विद्युत्प्रभे, कई रात्रियों से मैं अंतिम प्रहर में स्वप्न में एक युवक विशेष को देखती हूँ। वह सुंदर भी है और आकर्षक भी। मैंने जीवन में इससे पूर्व उसे कहीं भी और कभी भी नहीं देखा है। किंतु फिर भी वह चिर-परिचित सा लगता है।'

'क्या एक ही आकृति का युवक प्रति रात्रि तुम्हारे स्वप्न में आता है ?'

'हाँ, वही एक युवक, वही आकृति, वही प्रणय-निवेदन, वही प्रणय-याचना मैं उससे उदासीन होना चाहती हूँ, लेकिन नहीं हो सकती, उसे झिड़कना चाहती हूँ, किंतु विवश हो जाती हूँ और यह संभव नहीं हो पाता।'

'क्या उसी आकृति का कोई अन्य पुरुष तुमने अन्यत्र कभी देखा था ? कभी-कभी ऐसा भी होता है कि किसी व्यक्ति विशेष के व्यक्तित्व से हम इतने प्रभावित हो जाते हैं कि उसी के विषय में सोचते रहते हैं।'

'नहीं, मैंने उस आकृति का और इतना सुंदर पुरुष कभी साक्षात् जीवन में नहीं देखा। किंतु फिर भी उसकी आकृति मुझे चिर-परिचित सी लगती है। प्रति निशावसान के समय वही स्वप्न आता है। वही युवक, वही अभिनय और वही राजसी वस्त्राभूषण।'

'क्या पूजनीया माँ तितिक्षा से इसका रहस्य पूछें। वे अवश्य ही उस रहस्य के अनावरण में सक्षम होंगी। तुम्हारी चिंता भी कम हो जाएगी।'

'नहीं, विद्युत्प्रभे! उनसे कहने का साहस नहीं होता। न जाने वे मेरे विषय में क्या अन्यथा सोचने लगें।'

इस प्रकार दोनों ही सखियाँ वार्त्तालाप में मग्न थीं। दोनों ही के मुखों पर चिंता की रेखाएँ उभरने लगी थीं। दोनों ही निस्तब्ध थीं। उसी समय विद्युत्प्रभा की सखी माधवी ने आकर सूचित किया—

'भर्तृदारिके! एक देव-स्यंदन धीरे-धीरे आकाश से भूमि पर उतर रहा है, शुभ्रोदक के पश्चिमी तट के निकट।'

विद्युत्प्रभा जिज्ञासावश लतागुल्मों में अंतर्हित हो ध्यान से उस देव-स्यंदन को अपलक देखने लगी। उसने देवराज इंद्र के इस विमान को पहचान लिया और मृगावती को बताया

'मृगी, देखो, यह देवराज इंद्र का विमान भूमि पर उतरा है। इसके सारथी देवपुरुष मातलि को मैंने पहचान लिया है। संभवत: वे शुभ्रोदक के सौंदर्य का आनंद लेना चाहते

हैं। उनके साथ एक सुंदर मानव युवक भी है। इसे मैं नहीं पहचानती, किंतु अपने व्यक्तित्व एवं राजसी साज-सज्जा से वह कोई आर्य सम्राट् या राजकुमार प्रतीत होता है। आकृति से तो वह ऐसा ही सुंदर प्रतीत होता है जैसा कि तुम बता रही हो। कहीं यही तो तुम्हारे स्वप्न का युवक नहीं? कहते हैं कि प्रात:काल के स्वप्न सत्य होते हैं। मेरे पास आकर ध्यान से देखो। इसकी आकृति मुझे तो तुम्हारे बताए स्वप्न के युवक के अनुरूप ही लगती है।'

'नहीं, विद्युत्प्रभे! तुम्हीं देखो। मैं नहीं देखूँगी, मेरा साहस नहीं होता।'

'देखो, यौवन से भरपूर उसके अंग प्रत्यंग, उन्नत स्कंध, विशाल वक्ष:स्थल एवं कमलोपम नयनयुगल—निश्चित ही इस बात के प्रतीक हैं कि वह कोई राजपुरुष है।'

वे दोनों ही व्यक्ति विमान से उतर उद्यान की शोभा देखने लगे। विद्युत्प्रभा लतागुल्मों में छिप उनकी बातें सुनने का प्रयत्न करती रही।

सम्राट्—भद्र मातले, निश्चय ही यहाँ की प्राकृतिक शोभा अत्यंत नयनाभिराम है। देवदारु, दारुचीनी, पारिजात, मंदार, शालपर्णी, दिव्यगंधा, लवंग एवं अशोक के वृक्षों की पंक्तियाँ कितनी सुंदर लगती हैं। कुछ अन्य देशों से लाए गए अलभ्य जाति के वृक्ष भी यहाँ हैं। इनको कितने कलात्मक ढंग से पंक्तिबद्ध आरोपित किया गया है। श्वेत मरमर से विनिर्मित ये उद्यान-वीथियाँ, उनके उभय पार्श्वों में प्रवाहित ये द्रवित हिम जल की उपकुल्याएँ, नूपुरों के क्वणन सा उनकी कल-कल का कर्ण मधुर स्वन मन एवं हृदय दोनों ही को आह्लादित बना रहा है। इनके सौंदर्य से आँखें भी तृप्त हो रही हैं और मेरा अशांत अन्यमनस्क मन भी आह्लादित हो रहा है। पीत पुष्पों के बाहुल्य के भार से झुकी सुपर्णकों की शाखाएँ भी कितनी सुंदर प्रतीत हो रही हैं। इच्छा होती है, यहाँ ही चिरनिवास कर मानसिक शांति प्राप्त करूँ।

मातलि—हाँ सम्राट्, संभवत: आपकी अन्यमनस्कता को देखकर ही देवराज इंद्र ने मुझे आदेश दिया था कि आपको शुभ्रोदक के पर्यटन का लाभ अवश्य प्रदान कराया जाए।

सम्राट्—मैं देवराज इंद्र के द्वारा किए गए अपने स्वागत के लिए उनका अतीव अनुग्रहीत हूँ और स्वागत के लिए आभारी हूँ। कौशांबी से लौटने पर आप मेरी ओर से उनका आभार अवश्य व्यक्त करें।

मातलि—अवश्य निवेदन करूँगा, सम्राट्।

सम्राट् और मातलि पर्याप्त समय तक उद्यानों की शोभा का आनंद लेने में निमग्न हो उन सुंदर उद्यान-वीथियों में भ्रमण करते रहे। सम्राट् सहसा किसी भी वृक्ष के नीचे रुककर खड़े हो जाते और उस वृक्ष की प्राकृतिक शोभा को देख नयनों को तृप्त करते। इन उद्यान-वीथियों के चतुष्पथों पर कहीं-कहीं पशुओं और पक्षियों की श्वेत प्रस्तरों से बनी कृत्रिम मूर्तियाँ स्थापित की गई थीं। सम्राट् उन्हें बड़े ध्यान से देखते। एक स्थान पर सूर्य की किरणों में चमकती सूर्यपर्णी लताओं से बने लताकुंज में स्थापित श्वेत मरमर पीठिका

पर बैठ उस लता के प्राकृतिक सौंदर्य को बड़े ध्यान से देखते रहे। विद्युत्प्रभा कुतूहलवश लतागुल्मों की ओट में ओझल हो निरंतर उनके वार्त्तालाप को ध्यान से सुन रही थी। सम्राट् को वहाँ भ्रमण करना बहुत अच्छा लग रहा था। उन्होंने कहा—'भद्र मातले! यद्यपि कौशांबी चतुर्दिक् सुंदर उद्यानों से परिवेष्टित है, किंतु सौंदर्य की दृष्टि से इन उद्यानों के समक्ष वे लगभग नगण्य हैं। वास्तव में वहाँ केवल फलों के उद्यान हैं, भ्रमण व मनोरंजन की दृष्टि से न तो सुंदर वृक्षों का चयन किया गया है और न उद्यान-वीथियाँ ही इतनी सुंदर हैं। मैं अवश्य ही कौशांबी के उपांत में इन उद्यानों और शुभ्रोदक की प्रतिकृति का निर्माण कराऊँगा। यहाँ के सौंदर्य को देख ऐसा प्रतीत होता है मानो प्रकृति की देवी—अनंत काल के अभिनय से परिश्रांत हो इस शांत-निलय में चिर-विश्रामरत हो। मैं स्वयं इसका कारण नहीं समझ पा रहा हूँ कि क्यों इस स्थान के प्रति स्वभावत: ही मेरा आकर्षण इतना अधिक बढ़ता जा रहा है।'

मातलि—इस स्थान के प्रति आकर्षण का कारण यहाँ का प्राकृतिक सौंदर्य ही है, सम्राट्। यहाँ प्राकृतिक और कृत्रिम सौंदर्य का अद्‍भुत सामंजस्य है। जहाँ तक कौशांबी में इन उद्यानों की प्रतिकृति का प्रश्न है, वह तो 'यमुना का पावन तट और सम्राट् की इच्छा' इन दो बातों के कारण पूर्ण संभव है। किंतु वत्स जैसे महान् साम्राज्य के शासक को मानसिक शांति की कामना करना क्या उचित है? उसकी प्राप्ति संभव होना केवल कल्पना ही हो सकती है। किंतु आपकी यह अप्रत्याशित अन्यमनस्कता मेरे लिए भी कुतूहल का कारण बनी हुई है।

सम्राट् और मातलि में इस प्रकार वार्त्तालाप चल रहा था और विद्युत्प्रभा लतागुल्मों में अंतर्हित हो निरंतर उनकी बातें बड़े ध्यान से सुन रही थी। आज मृगावती के स्वप्नों को सुनकर कौशांबी-सम्राट् की बातों में उसकी जिज्ञासा और अधिक बढ़ने लगी थी। उनकी अब तक की बातों से उसे निश्चित हो गया कि मातलि के साथ का युवक निश्चय ही कौशांबी-सम्राट् सहस्रानीक है।

विद्युत्प्रभा ने मृगावती के पास जाकर उसको सूचित किया कि मातलि के साथ का युवक कौशांबी के सम्राट् सहस्रानीक ही हैं, क्योंकि भद्र मातलि बार-बार उनको सम्राट् कहकर संबोधित कर रहे हैं। उसने यह भी बताया कि कौशांबी के सम्राट् शतानीक अभी कुछ समय पूर्व ही देवासुर संग्राम में वीरगति को प्राप्त हुए हैं और उनके स्थान पर उनके युवक राजकुमार सहस्रानीक को कौशांबी का सम्राट् बनाया गया है।

मातलि एवं सम्राट् भ्रमण करते-करते स्वत: ही शुभ्रोदक के तट पर आ पहुँचे। सम्राट् कुछ क्षणों के लिए आश्चर्यचकित हो विस्फारित नेत्रों से वहाँ की शोभा को निहारने लगे। उन्होंने वहाँ प्राकृतिक और कृत्रिम सौंदर्य का अद्‍भुत सामंजस्य देखा। उन्होंने सरोवर के चतुर्दिक् वहाँ से नाति दूर एवं हरीतिमा से समाच्छादित अनेक पर्वतिकाओं को भी देखा

और शुभ्रोदक के तटों पर विनिर्मित अनेक कलाकृतियों को भी देखा। वे निर्निमेष नेत्रों से वहाँ की शोभा को पर्याप्त समय तक देखते रहे। वहाँ की पूर्ण शांति एवं सौंदर्य की तुलना में देवलोक की सुंदरता भी कुछ क्षणों के लिए तुच्छ सी लगने लगी।

सम्राट् और मातलि दोनों ने ही शुभ्रोदक के स्वच्छ जल में आचमन किया। वहाँ का हिम द्रवित जल कितना स्वच्छ, शीतल एवं पारदर्शी था कि सरोवर के जल की प्रत्येक वस्तु स्पष्ट दिखाई देती थी। कुछ क्षणों के लिए विगत निशा के शाप-जनित-विषाद के काले मेघों की छाया उनके मानसपटल से हटने लगी। वे वहाँ के अपरिमित सौंदर्य को देख अवाक् से खड़े रहे।

तदुपरांत मातलि एवं सम्राट् दोनों ही शांत मुद्रा में प्रस्तर पीठिका पर आसीन हो, वहाँ की शोभा का आनंद लेने लगे। सम्राट् ने वहाँ दुग्ध-धवल पंखों वाले मराल युगलों, वकों, कारंडवों, मयूरों और विभिन्न प्रकार के पक्षियों को क्रीड़ा करते देखा। वे मन-ही-मन उन मराल युगलों के प्रेममय जीवन से अपने अभिशप्त एवं एकाकी जीवन की तुलना कर विकल मन एवं विह्वल हृदय हो शांत मुद्रा में मौन बैठे रहे। अनेक प्रकार के भाव उनके मन में उठते और तिरोहित हो जाते। कुछ क्षणों तक मौन रहने के उपरांत सम्राट् का ध्यान भंग करते हुए मातलि ने कहा—

'सम्राट! यहाँ के प्राकृतिक सौंदर्य के कारण ही अनेक देव-पुरुष समय-समय पर पर्यटन एवं मनोरंजन के उद्देश्य से प्राय: यहाँ आते रहते हैं। आपके पिता स्वर्गीय सम्राट् शतानीक भी देवलोक से लौटते समय कुछ समय यहाँ अवश्य व्यतीत किया करते थे।'

सम्राट्—भद्र मातले! यहाँ के प्राकृतिक सौंदर्य को देख ऐसा प्रतीत होता है कि प्रकृति की देवी विश्व के पुंजीभूत सौंदर्य को समेट यहाँ के परम सुषुमित वातावरण में विलसित है। यहाँ बासंतिका, शेफालिका, नीलकांता, द्राक्षालता और सूर्य लताओं के लताकुंजों का निर्माण कितने कलात्मक ढंग से किया गया है। मन चाहता है कि मैं इसी एकांत एवं शांत वातावरण में कुछ दिनों निवास करूँ और सांसारिक चिंताओं से मुक्त हो विश्राम करूँ।

मातलि—हाँ सम्राट्, यहाँ का शांत वातावरण इसी प्रकार के भाव मन में उत्पन्न तो करता है, किंतु कौशांबी जैसे महान् साम्राज्य के सम्राट् की यह विरक्ति और इस यौवन में; दोनों ही बातें परस्पर कितनी विपरीत हैं। क्या सम्राट् अपने और अपने पूर्वजों के आराध्य देव भगवान् कृष्ण के कर्म योग को विस्मृत कर बैठे हैं?

सम्राट्—भद्र मातले! मैं स्वयं नहीं जान पाया हूँ कि क्यों सहसा ही इस स्थान के प्रति मेरे मन में मोह उत्पन्न हो गया है। अनायास ही उत्पन्न हुई इस आसक्ति का कोई दैवी कारण अवश्य होगा। मेरा मानव मन इसे समझने में अशक्त हो रहा है।

सम्राट् उस प्रस्तर पीठिका से उठ इधर-उधर सरोवर के तट पर भ्रमण करने लगे।

वहाँ के सौंदर्य को देख उनका हृदय गद्गद हो उठा।

सम्राट्—भद्र मातले! इस सरोवर के चतुर्दिक् विकसित अलम्य सौगंधिक पंकजों की तीव्र गंध से बोझिल शीतल एवं मंद-मंद प्रवाहित वायु शरीर एवं मन को अपार आह्लाद प्रदान कर रही है।

मातलि—हाँ सम्राट्, इस ऋतु में यहाँ की शोभा कई गुनी बढ़ जाती है। दृश्य और अधिक मनोरम हो जाता है।

इस प्रकार सरोवर तट पर भ्रमण करते सम्राट् को समीप के लताकुंज से कुछ कन्या-जन-सुलभ वार्त्तालाप का स्वर सुनाई दिया। उन्होंने वहाँ कुछ यक्ष कन्याओं को भी देखा, जो सभी विद्युत्प्रभा की सखियाँ थीं।

सम्राट् एवं मातलि ने सरोवर के तट पर भ्रमण करते हुए चतुर्दिक् विनिर्मित पुष्करिणियों को देखा। इन पुष्करिणियों में विकसित अनेक रंगों के पंकजों की शोभा अत्यंत मनोहारिणी थी और वहाँ के प्राकृतिक सौंदर्य में मानो चार चाँद लगा रही थी। सम्राट् का ध्यान सहसा उस कमल वन की ओर गया। वे बड़े ध्यान से उस कमल वन की शोभा देखने लगे। मातलि से वार्त्तालाप बंद कर वे आश्चर्यचकित हो इधर-उधर देखने लगे। उनकी मुखाकृति परिवर्तित होने लगी। आज के प्रातःकाल के स्वप्न की स्मृति क्षण भर के लिए उनके मस्तिष्क में कौंध गई। उन्हें और कुतूहल हुआ और वे पुनः शुभ्रोदक की ओर देखने लगे। क्षण भर में ही उनके मनोभाव किसी महार्णव में उठे ज्वार की भाँति आंदोलित होने लगे।

मातलि ने सम्राट् के व्यवहार में आए इस विचित्र परिवर्तन को भाँप लिया। उन्होंने देखा कि सम्राट् सहसा उद्विग्न से हो गए हैं और बार-बार उस कमल वन को और पुनः शुभ्रोदक को बड़े ध्यान से देख रहे हैं। संभवतः उनकी आँखें कुछ खोजने का प्रयत्न कर रही हैं।

आज के स्वप्न की स्मृति की रेखाएँ, अब स्पष्ट रूप से सम्राट् के मानसपटल पर उभरने लगीं और उन्हें पूर्ण निश्चय हो गया कि यह वही सरोवर है और यह वही कमल वन है, जो उन्होंने अनेक बार स्वप्न में देखा है। वे यह सोचकर विचलित होने लगे कि जब उनके स्वप्न का सरोवर और यह कमल वन ज्यों-के-त्यों प्रत्यक्ष रूप में उनके समक्ष हैं तो उनके स्वप्न की सौंदर्यवती प्रणयिनी भी अवश्य यहाँ होगी। उनके चंचल एवं विकल से नेत्र युगल इधर-उधर देख उसे खोजने का प्रयत्न करने लगे। इंद्र के द्वारा उनके विगत जीवन के रहस्योद्घाटन ने उनके स्वप्न की सत्यता के प्रति उन्हें और अधिक आश्वस्त कर दिया। वे विक्षिप्त की भाँति उद्विग्न-मन से चीखने लगे—

'भद्र मातले, यह वही कमल वन है और यह वही सरोवर है, जो मैंने स्वप्न में देखे थे और यहाँ ही मैंने अपनी उस चिर-परिचिता मानवी प्रणयिनी को देखा था। वह भी अवश्य यहाँ होगी।'

मातलि ने देखा कि सम्राट् कुछ क्षणों के लिए मानसिक संतुलन ही खो बैठे हैं। उन्हें न सम्राट् के स्वप्न के विषय में ही कुछ ज्ञात था और न वे सम्राट् के व्यवहार में आए इस विचित्र परिवर्तन का कारण ही समझ पाए। उन्होंने विस्मित हो प्रश्न किया, 'सम्राट्, क्या आपने अपने प्रत्यक्ष जीवन में उसे कहीं अन्यत्र देखा है? क्या स्वप्न भी कभी सत्य होते हैं? वास्तव में मानव मन अनेक कल्पनाएँ करता रहता है। वे कल्पनाएँ ही कभी-कभी स्वप्न में साकार सी हो जाती हैं।'

सम्राट् ने कहा, 'नहीं, मैंने उसे कभी नहीं देखा है। केवल स्वप्न में ही देखा है। किंतु वह मेरी चिर-परिचिता है। मेरा स्वप्न सत्य है। वह अवश्य ही यहीं कहीं होगी। मैं उससे मिलना चाहता हूँ। उसके बिना मैं नहीं रह सकता। मेरे पूर्व जन्म की चिर प्रणयिनी अलंबुसा एक राजकुमारी के रूप में जन्म ले चुकी है। वह अवश्य यहाँ ही है।'

सम्राट् और अधिक उद्वेलित हो उठे।

मातलि ने देखा कि सम्राट् की मानसिक दशा ठीक नहीं है। उन्होंने सांत्वना देते हुए कहा—

'सम्राट्, स्वप्न कभी सत्य नहीं होते। यह केवल आपका मनोविकार है। आप धैर्यवान् हैं। इस प्रकार अधीर होना आपको शोभा नहीं देता।'

'नहीं, भद्र मातले! वह स्वप्न अवश्य था, किंतु वह मेरे लिए प्रत्यक्ष सत्य था, जैसा कि यह कमल वन और सरोवर।'

विद्युत्प्रभा और उसकी सखियों ने भी सम्राट् की उद्विग्नता को देखा। लतागुल्मों में छिपी वे अति जिज्ञासा से उन दोनों की बातें सुन रही थीं। विद्युत्प्रभा ने तुरंत भाँप लिया कि मृगावती और सहस्रानीक की मानसिक दशाएँ और उनके स्वप्न भी नितांत समान हैं, और वे संभवत: एक-दूसरे के परिपूरक हैं।

विद्युत्प्रभा की सभी सखियाँ भी लतागुल्मों में छिप सम्राट् के उस प्रलाप को ध्यान से सुन रही थीं। वे समझ नहीं पा रही थीं कि वह राजकीय वस्त्राभरणों से विभूषित सुंदर युवक क्यों सहसा इतना उद्विग्न एवं उद्वेलित हृदय हो अर्द्धविक्षिप्तों की भाँति आचरण कर रहा है। किंतु विद्युत्प्रभा ने उस परिस्थिति को भलीभाँति समझ लिया। वह देख रही थी कि वृद्ध देवपुरुष मातलि की सांत्वना का भी सम्राट् सहस्रानीक पर कोई प्रभाव नहीं हो रहा था।

विद्युत्प्रभा ने मृगावती को बताया, 'देव-स्यंदन के सारथि मातलि के साथ का युवक कौशांबी के सम्राट् सहस्रानीक ही हैं। वे यहाँ का दृश्य देख सहसा प्रलाप करने लगे हैं और स्वप्नगत किसी प्रेयसी की खोज में चकित और विस्फारित नेत्रों से चारों ओर देख रहे हैं। तुम्हारे दोनों के स्वप्न नितांत समान हैं।'

विद्युत्प्रभा की बातें सुन मृगावती का उद्विग्न मन और भी अधिक अशांत हो उठा। विद्युत्प्रभा के आग्रह से विवश हो उसने साहस बटोरा और लतागुल्मों की ओट से उस

युवक को देखा। उस युवक का स्वर परिचित सा प्रतीत हुआ। उसने और अधिक ध्यान से उस युवक को देखा और उसे पूर्ण निश्चय हो गया कि यह वही युवक है, जिसे उसने बार-बार स्वप्न में देखा है। उसने देखा कि वही प्रलाप, वही स्वर, वही आकृति और वही वेशभूषा।

वह अत्यधिक उद्विग्न और विह्वल हो विद्युत्प्रभा को गाढ़ालिंगन में बाँध-असंयत हो चीखने लगी, 'विद्युत्प्रभे, मुझे यहाँ से अन्यत्र ले चलो। मैं उसकी ओर और अधिक नहीं देख सकती। यह युवक वही है, जो मैंने स्वप्न में देखा था। वही स्वर, वही आकृति और वही वेशभूषा।'

विद्युत्प्रभा मृगावती को सांत्वना देने लगी, किंतु मृगावती अर्द्धमूर्च्छित अवस्था में उसकी बाँहों में झूल गई। विद्युत्प्रभा ने उसे धीरे से लताकुंज में स्थित प्रसार पीठिका पर लिटा दिया और एक लघु कदली दल ले उसका पंखा झलने लगी। उसने अपनी सखी पल्लवी को आदेश दिया कि वह तुरंत सरोवर का जल लाकर उसके मुँह पर छिड़के। मृगावती की तंद्रा दूर हुई, किंतु वह अशक्त की भाँति उसी प्रस्तर पीठिका पर लेटी रही। विद्युत्प्रभा ने शेफालिका द्वारा मृगावती की दशा की सूचना यक्षराज विद्युद्ध्वज और सम्राट् विजयवाहन को भिजवा दी।

मातलि ने जब कन्याजनों को उद्विग्नता के साथ इधर-उधर दौड़ते देखा तो वे जिज्ञासावश उसी लताकुंज में आ पहुँचे, जहाँ विद्युत्प्रभा मृगावती की शुश्रूषा में तल्लीन थी। उन्होंने मृगावती को प्रस्तर पीठिका पर उद्विग्न अवस्था में पड़े देखा और विद्युत्प्रभा से उसका कारण जानना चाहा।

विद्युत्प्रभा ने अपना परिचय देते हुए उस देवपुरुष का अभिवादन किया और पल्लवी को मृगावती के समीप रहने का आदेश दे निकटवर्ती लतागुल्म में ले जाकर मातलि को मृगावती की दशा का वर्णन किया। वे सोचने लगे कि मृगावती और सहस्रानीक की अंत: कथाएँ नितांत समानांतर हैं। अब वे इंद्र के उस आदेश का रहस्य भी समझ गए, जिसमें उन्होंने कहा था कि मार्ग में सम्राट् को शुभ्रोदक के दर्शन अवश्य कराए जाएँ।

कुछ ही समय में यक्षराज विद्युद्ध्वज और राजा विजयवाहन भी शुभ्रोदक के तट पर आ पहुँचे। वे मृगावती की दशा पर अत्यंत चिंतित थे। मृगावती को स्वस्थ दशा में देख दोनों ने संतोष की साँस ली। विद्युत्प्रभा ने मृगावती के अकस्मात् मूर्च्छित होने का समाचार भी सुनाया और उन्हें इससे अवगत कराया कि किसी विचित्र स्वप्न के कारण ही उसकी मनोदशा ठीक नहीं। किंतु लज्जावश वास्तविक बात को छिपा लिया। उसने दोनों राजपुरुषों को मातलि और सहस्रानीक के आने का समाचार भी दिया।

मातलि और विद्युद्ध्वज परस्पर परिचित थे। अत: उन्होंने तुरंत एक-दूसरे को पहचान लिया। विद्युद्ध्वज ने उन वृद्ध देव पुरुष को प्रणाम किया और राजा विजयवाहन

से उनका परिचय कराया। मातलि ने दोनों राजपुरुषों को सहस्रानीक का परिचय दिया और सहसा उनकी मनोदशा में परिवर्तन होने का समाचार भी सुनाया। उन्होंने सम्राट् के विचित्र स्वप्न के विषय में भी उनको बताया। दोनों ही राजपुरुष अत्यंत आश्चर्यचकित थे। उन्होंने मातलि के साथ सम्राट् सहस्रानीक से साक्षात्कार किया। मातलि ने उन दोनों राजपुरुषों का सम्राट् सहस्रानीक को परिचय दिया। उन्होंने आदरपूर्वक दोनों का अभिवादन किया। सम्राट् की दशा को देख दोनों को ही कुतूहल था। यक्षराज विद्युद्ध्वज ने महर्षि हेमांग द्वारा वर्णन किया गया मृगावती के पूर्व जन्म का रहस्य भी मातलि को सुनाया। सभी को निश्चय हो गया कि मृगावती और सहस्रानीक की विस्मयकारी कथाएँ नितांत समानांतर हैं।

सहस्रानीक ने दोनों राजपुरुषों से प्रस्तर पीठिका पर बैठने का निवेदन किया।

यक्षराज ने मातलि से प्रार्थना की कि वे आज उनका आतिथ्य स्वीकार करें और महर्षि हेमांग के दर्शन भी करें, क्योंकि वे हर समस्या का समाधान करने में पूर्ण सक्षम हैं। महर्षि हेमांग का आश्रम शुभ्रोदक के पूर्व और वहाँ से केवल कुछ दूरी पर स्थित था। यक्षराज के आग्रह पर सम्राट् सहस्रानीक भी महर्षि के दर्शन करने को सहमत हो गए। सम्राट् ने वही पहुँचकर देखा कि महर्षि का आश्रम अनेक पर्वतिकाओं से परिवेष्टित प्रकृति के शांत अंचल में स्थित था। स्थान अत्यंत रमणीक था। साथ वायुमंडल यज्ञ के धूम्र से सुवासित था। सभी ने आश्रम पहुँचकर महर्षि के चरणों में प्रणाम किया। यक्षराज ने सम्राट् सहस्रानीक का परिचय महर्षि को दिया। महर्षि ने सम्राट् का स्वागत किया।

महर्षि कुछ क्षण अर्द्धनिमीलित नयनों से शांत मुद्रा में बैठे रहे। उन्होंने सम्राट् से कहा—

'कौशांबी नरेश, हमने सारा समाचार जान लिया है। देवराज इंद्र ने आपके पूर्व जन्म की कथा से आपको अवगत करा दिया है और हमने कुसुमपुर नरेश राजा वियजवाहन को उनकी पुत्री मृगावती के पूर्व जन्म की कथा का परिचय भी दे दिया है। आप दोनों का ही जन्म एक-दूसरे के लिए हुआ है। इसलिए आप आर्य सम्राटों की परंपराओं का उल्लंघन न करें। शीघ्र ही आप दोनों का परिणय-सूत्र-बंधन का कार्य संपादित होगा।'

सम्राट् अब आश्वस्त थे। महर्षि के सान्निध्य में केवल कुछ क्षण बैठने का अद्भुत प्रभाव सम्राट् की मनोदशा पर हुआ। वे अब पूर्ण रूप से सामान्य मानसिक दशा में थे। तपस्या के उस विस्मयकारी प्रभाव को देख सभी राजपुरुष ही नहीं, वरन् देव पुरुष मातलि भी महर्षि के प्रति अति श्रद्धावान् हो उठे। महर्षि ने सभी को विदा किया।

सम्राट् विद्युद्ध्वज, विजयवाहन एवं देवपुरुष मातलि ने कुछ क्षण परामर्श किया कि महर्षि के आदेश का पूर्ण रूप से पालन किया जाए।

इसके उपरांत मातलि एवं सहस्रानीक ने कौशांबी को प्रस्थान के लिए यक्षराज से आज्ञा ली।

× × ×

सूर्यास्त से पूर्व ही मातलि और सम्राट् सहस्रानीक को लेकर देव-स्यंदन कौशांबी के अतंरिक्ष में आ पहुँचा। उस यान ने सर्वप्रथम अतंरिक्ष में ही इस नगरी की दो बार परिक्रमा की और शनै-शनै शुभ्र-पद्म-प्रासाद के सामने के विस्तृत प्रांगण में भूमि-स्पर्श की। सभी मंत्रियों, सेनानायकों और राजपुरुषों ने मातलि और सम्राट् का स्वागत किया। सभी को सम्राट् के आगमन से अति प्रसन्नता थी, किंतु सम्राट् की मनोदशा को सभी ने आसानी से भाँप लिया और सभी मंत्रीगण विस्मित थे। देवपुरुष मातलि ने सभी को शुभ्रोदक की घटना से परिचित करा दिया। यद्यपि महर्षि के आश्वासन से सम्राट् शांत और संयमित थे, किंतु फिर भी सभी मंत्रीगण एवं राजपुरुष अधिक चिंतित थे। सम्राट् की मुखाकृति पर विषाद की रेखाएँ स्पष्ट झलकती दिखाई दे रही थीं।

देवपुरुष मातलि ने सुरुचि, युधामन्यु, सुप्रतीक और युगंधर को एकत्र कर देवलोक और शुभ्रोदक की घटनाओं से उन्हें परिचित करा दिया। देवराज इंद्र के द्वारा सम्राट् के पूर्व जीवन का रहस्योद्घाटन, शुभ्रोदक पर राजकुमारी मृगावती की मनोदशा, जैसी कि उन्होंने स्वयं अपने नेत्रों से देखी थी—सभी को कह सुनाई। उन्होंने राजकुमारी मृगावती का भी परिचय दे दिया कि वह कुसुमपुर के आर्य-सम्राट् विजयवाहन की पुत्री हैं और सम्राट् एवं मृगावती की विगत जीवन की कहानियाँ भी समानांतर हैं। उन्होंने महर्षि हेमांग का आदेश भी बता दिया। सम्राट् से मृगावती का विवाह अवश्य होगा। इन दोनों का जन्म एक-दूसरे के लिए ही हुआ है। तिलोत्तमा के शाप की घटना जैसी देवराज इंद्र ने मातलि को बताई थी वह भी उन्होंने सभी के समक्ष वर्णन कर दी। जो सभी के लिए अत्यंत चिंता एवं कौतूहल का विषय थी। मातलि ने यह भी बता दिया कि उस शाप की छाया निरंतर सम्राट् के मानसपटल पर है और उनकी उद्विग्नता का मुख्य कारण शाप की घटना ही है।

युगंधर—किंतु भद्र मातले! विवाह तो सम्राट् विजयवाहन की सहमति पर निर्भर है।

मातलि—अवश्य, किंतु महर्षि हेमांग ने मृगावती के पूर्व जन्म के विषय में पूरा रहस्योद्घाटन सम्राट् विजयवाहन से कर दिया है। वे सहमति अवश्य प्रदान कर देंगे।

युगंधर—किंतु मेरी सूचना के अनुसार, मृगावती के सौंदर्य की कहानी सुनकर बिंबिसार ने उसका विवाह अपने साथ करने का प्रस्ताव प्रेषित किया है और विवाह न करने पर आक्रमण की धमकी भी दी है। किंतु बिंबिसार विवाहित है। अतः इस दशा में सम्राट् विजयवाहन मृगावती का विवाह उनके साथ करने को सहमत नहीं हैं। इस परिस्थिति में मगध सम्राट् की ओर से बाधा उत्पन्न होने की पूरी संभावना है।

सुप्रतीक—मगध सम्राट् की ओर से आप किसी प्रकार का भय न करें। हमारी सेनाएँ उनका प्रतिरोध करने में पूर्ण सक्षम हैं। साथ ही यह सर्वविदित है कि बिंबिसार के पिता भूमित्र ने मगध सम्राट् का वध करके राजगद्दी प्राप्त की थी। यह उनका अपने

स्वामी के साथ विश्वासघात था। अत: सम्राट् विजयवाहन किसी भी दशा में बिंबिसार से अपनी पुत्री का विवाह करने को सहमत नहीं होंगे। वे शुद्ध सूर्यवंश से हैं।

युगंधर—किंतु बिंबिसार बल प्रयोग के लिए सन्नद्ध है।

सुप्रतीक—इसका उत्तरदायित्व आप मुझ पर छोड़ दें। मैं उनकी सेनाओं को शोणभद्र के इस पार ही न आने दूँगा और न उन्हें विजयवाहन पर आक्रमण करने के लिए गंगा पार ही करने दूँगा। मुख्य प्रश्न है मृगावती के विवाह की, हमारे सम्राट् के साथ करने की, सम्राट् विजयवाहन की सहमति प्राप्त करना।

मातलि—यह आप मेरे ऊपर छोड़ दें। वे अवश्य ही इस विवाह संबंध के लिए सहमत होंगे। महर्षि हेमांग उनको इस विवाह का परामर्श दे चुके हैं। सम्राट् विजयवाहन उनके आदेश का उल्लंघन नहीं करेंगे।

युगंधर—किंतु मेरी सूचना के अनुसार, इस समय सम्राट् विजयवाहन राजधानी कुसुमपुर में नहीं हैं। उनके मंत्री अरण्यसेन ही राज्य संचालन कर रहे हैं।

मातलि—कल मध्याह्न पूर्व तक सम्राट् विजयवाहन अवश्य राजधानी कुसुमपुर पहुँच जाएँगे। इसका उत्तरदायित्व आप मेरे ऊपर छोड़ें। आप लोग किसी योग्य मंत्री के द्वारा विवाह का प्रस्ताव शीघ्र भिजवाने का प्रबंध करें।

इसके उपरांत मातलि ने सम्राट् के पास जाकर देवलोक जाने के लिए विदा ली। उन्हें हर प्रकार से विवाह संपन्न होने का आश्वासन भी दिया।

देवपुरुष मातलि कौशांबी से प्रस्थान कर अक्षयपुरी पहुँचे। नगर के उपांत में इस दिव्य वायुयान ने भूमि स्पर्श की। मातलि ने सम्राट् विद्युद्ध्वज एवं कुसुमपुर नरेश विजयवाहन से साक्षात्कार किया। उन्होंने राजकुमारी की मनोदशा पर सभी को अधिक चिंतित पाया। वह बार-बार प्रलाप कर उठती थीं। मातलि ने देखा कि उसकी वही दशा थी जैसी कि शुभ्रोदक पर उन्होंने देखी थी। देवपुरुष ने राजकुमारी को सांत्वना दी।

मातलि ने राजा विजयवाहन को उचित परामर्श भी दिया कि कौशांबी भारत के प्रमुख जनपदों में है। वह एक समृद्ध और शक्तिशाली राज्य है। कौशांबी नरेश सहस्रानीक एक सुंदर युवक है और शुद्ध कुरुवंशी है। वे कुरु सम्राट् पांडु के वंशज हैं। अत: आर्यों की परंपरा के अनुसार, सम्राट् सहस्रानीक राजकुमारी मृगावती के लिए योग्य वर हैं। उन्होंने इंद्र और महर्षि हेमांग द्वारा उन दोनों की पूर्व जन्म के रहस्योद्घाटन की स्मृति दिलाई। कौशांबी के मत्रियों द्वारा लिये गए निर्णयों से भी दोनों सम्राटों को अवगत कराया।

इस दशा में सम्राट् विद्युद्ध्वज के परामर्श पर राजा विजयवाहन ने तुरंत कुसुमपुर लौटने का निर्णय लिया। उस रात मातलि ने यक्षराज का आतिथ्य स्वीकार कर अक्षयपुरी में ही निवास किया। प्रात:काल उसी दिव्य स्यंदन से उन्होंने राजा विजयवाहन को सपरिवार कुसुमपुर पहुँचाया। इसके उपरांत उन्होंने सीधे अमरावती की ओर प्रस्थान किया। वहाँ

पहुँच मातलि ने शुभ्रोदक की घटनाओं सहित संपूर्ण समाचार देवराज इंद्र को निवेदन किए।

मातलि के जाने के उपरांत सम्राट् की दशा से दु:खी हो तत्काल ज्येष्ठत्रय, महामंत्री युगंधर और सेनापति सुप्रतीक ने निर्णय लिया कि महर्षि शांडिल्य से अवश्य परामर्श किया जाए और मार्गदर्शन की प्रार्थना की जाए। कुलगुरु श्रुताचार्य ने बताया कि हमारी आर्य परंपराओं के अनुसार, ऋषियों और महर्षियों के आशीर्वाद से सभी शुभ कार्य निर्विघ्न संपादित होते हैं। इस निर्णय के अनुसार, युगंधर एवं सुप्रतीक महर्षि की सेवा में उपस्थित हुए और सारी परिस्थिति से उनको अवगत कराया। महर्षि ने योगबल से सभी कुछ जान लिया और सम्राट् के पूर्व जन्म की कथा सभी को सुनाई और आश्वासन दिया कि यह विवाह अवश्य होगा और सम्राट् विजयवाहन स्वयं भी आपके प्रस्ताव की प्रतीक्षा में हैं, किंतु मगध सम्राट् से वत्स का संघर्ष निकट भविष्य में ही अवश्यंभावी है। आप लोग सन्नद्ध रहें।

सभी मंत्रियों ने महर्षि के परामर्श के अनुसार, आगे का कार्यक्रम निश्चित किया।

× × ×

द्वितीय दिवस प्रात:काल पाँच सशस्त्र अश्वारोहियों के साथ एक श्वेतकेशी भद्र पुरुष ने नौकाओं से यमुना को पार किया और मध्याह्नोपरांत उसी दल ने भगवती भागीरथी को पार कर श्रावस्ती जानेवाले राजमार्ग से यात्रा प्रारंभ की। दल का प्रत्येक सैनिक सजग था। उनके अश्व उत्तमकोटि के थे। यात्रा तीव्र गति से थी। दल के सदस्य केवल रात्रि में ही विश्राम करते। इस लघु अश्वारोही दल का नायक एक योग्य सेनानायक शक्तिदेव था। सभी सैनिक कवच और शिरस्त्राण से सुसज्जित थे। श्वेतकेशी भद्र पुरुष मंत्री सत्यकेतु यद्यपि प्रौढ़ावस्था को पार करने के कगार पर थे, किंतु अशक्त नहीं थे और उनके कटिबंध से लटका खड्ग इस बात का स्पष्ट द्योतक था कि आवश्यकता पड़ने पर वे आत्मरक्षा के लिए शस्त्र प्रयोग में भी सक्षम थे।

मार्ग अधिकतर सुनसान था। कभी-कभी यात्रियों के दल मिल जाते थे। यह वह समय था, जब यात्री दलों में ही यात्रा करते थे। मार्ग में लुटेरों का भय था। मार्ग कहीं-कहीं निर्जन अरण्य प्रांत में होकर भी था। कहीं-कहीं सार्थवाहों से भी भेंट हो जाती। श्रावस्ती तक यात्रा निर्विघ्न थी। थकान के कारण श्रावस्ती में इस दल ने एक दिन और दो रात विश्राम किया। इसके उपरांत दो दिनों में ही इस दल ने कुसुमपुर में प्रवेश किया।

जैसा कि देवपुरुष मातलि ने निवेदन किया था, उसी के अनुसार, सम्राट् विजयवाहन कौशांबी के राजदूतों के आने की प्रतीक्षा में थे। जैसे ही उन्होंने मंत्री सत्यकेतु के आने का समाचार सुना, वे अति प्रसन्न हुए और राजसभा में ही उनका स्वागत किया। सम्राट् विजयवाहन ने विवाह की स्वीकृति तुरंत दे दी। संपूर्ण कार्यक्रम मातलि के समक्ष पहले ही निश्चित हो चुके थे।

कुसुमपुर के सेनापति मयंक द्वारा बिंबिसार के आक्रमण की धमकी का संदर्भ भी

दिया गया, किंतु मंत्री सत्यकेतु ने स्पष्ट कर दिया कि उस दशा में कौशांबी की सशक्त सेनाएँ मगध की सेनाओं का प्रतिरोध करेंगी। उन्होंने स्पष्ट कर दिया कि सेनापति सुप्रतीक की योजनानुसार मगध की सेनाएँ भागीरथी के इस पार नहीं आ पाएँगी।

राजा विजयवाहन ने कुलगुरु गौरवाचार्य से विवाह की तिथियाँ निश्चित करा अपने सदेशवाहक द्वारा विवाह की तिथियों की सूचना कौशांबी प्रेषित कर दी। उचित समय पर सम्राट् सहस्रानीक एवं मृगावती का विवाह धूमधाम के साथ संपन्न हुआ और इस प्रकार दो चिर वियुक्त आत्माओं का मिलन हुआ। सारे वत्स साम्राज्य में उत्सव और प्रसन्नता का वातावरण छा गया। चारों ओर नृत्य और संगीत के कार्यक्रम चलते रहे। सारी प्रजा अत्यंत प्रसन्न थी। कौशांबी में एक पक्षपर्यंत आलोक-पर्व मनाया गया। शाम होते ही चारों ओर जलते हुए दीपकों का प्रकाश गगन पटल पर फैलने लगता और प्रत्येक निशा पूनमी निशा की भाँति ज्योत्स्ना से प्रक्षालित सी लगने लगती। जब दीपमालाओं से आलोकित कौशांबी की गगनचुंबी अट्टालिकाओं का प्रतिबिंब कलिंदात्मजा यमुना के जल में पड़ता तो ऐसा लगता कि यमुना भी कौशांबी की इस प्रसन्नता में पूरी तरह सहभागिनी हो उत्सव मना रही हो। सारी प्रजा प्रसन्न थी और राज-दंपती से सुख की कामना करती। सम्राट् एवं साम्राज्ञी में अनन्य प्रेम था। सम्राट् ने कुछ समय के लिए तिलोत्तमा के शाप को भी पूरी तरह भुला दिया।

साम्राज्ञी मृगावती के सौंदर्य की कथाएँ सारे वत्स साम्राज्य में स्वयं ही प्रचारित हो दूर-दूर तक पहुँच गईं, किंतु इससे भी अधिक प्रचार हुआ, उनकी उदारता और करुणार्द्रता का। सम्राट् राजनीति में व्यस्त रहते तो राजमहिषी प्रजा के हित चिंतन में। एक स्त्रियों का दल ले वे प्रजा में घूमतीं तथा निर्धनों और रुग्णों की सहयता करतीं। उन्होंने सारे साम्राज्य में राजकीय औषधालय और विद्यालयों की स्थापना की। वत्स की सारी प्रजा ऐसी उदारमना साम्राज्ञी पा सुख और गौरव का अनुभव करती।

किंतु इस परिणय का समाचार जैसे ही राजगृह पहुँचा सम्राट् बिंबिसार प्रतिशोध की ज्वाला में जलने लगे। मृगावती के लोकोत्तर सौंदर्य का समाचार सुन उसे प्राप्त करना वे अपना लक्ष्य बना चुके थे। यद्यपि मगध सम्राट् के रनिवास में तीन रानियाँ थीं, किंतु सम्राटों को बहु-विवाह से रोकने के लिए न समाज में कोई नियम था और न उन पर था कोई नैतिक नियंत्रण। यह वह समय था, जब सम्राट् लोग सारे राज्य की संपत्ति पर एकाधिकार मान उसे विलासिता और स्वार्थपूर्ति का साधन मानते थे। उन्होंने कौशांबी से इसका प्रतिशोध लेना अपना लक्ष्य बना लिया।

□

13

मगध से युद्ध

मगध का साम्राज्य वत्स के पूर्व में स्थित था। आधुनिक बिहार का प्रदेश मगध साम्राज्य के ही अंतर्गत था। शोणभद्र वत्स और मगध की सीमा का निर्माण करती थी। भारत के संपूर्ण जनपदों में संपत्ति की दृष्टि से मगध का साम्राज्य सबसे अधिक समृद्धिशाली समझा जाता था। उस समय इसकी राजधानी गिरिव्रज थी, जो पाँच पर्वतिकाओं से परिवेष्टित होने के कारण शत्रुओं के आक्रमण से सुरक्षित थी। ये पाँच पर्वतिकाएँ गिरिव्रज के प्राकृतिक परकोट का कार्य करती थीं। मगध के पश्चिमी भाग में राजगृह का नगर था, जो मगध के पश्चिमी भाग की राजधानी थी। इस समय बिंबिसार मगध के सम्राट् थे, जो एक विशाल सेना के बल पर भारत के एकच्छत्र सम्राट् बनना चाहते थे। अत: पड़ोसी राज्यों बज्जी गणराज्य, चंपा, काशी और वत्स पर उनकी गृध्रदृष्टि हर समय लगी रहती थी और इन राज्यों पर प्राय: उनके आक्रमण होते रहते थे। किंतु वत्स की सैन्य शक्ति भी मगध से कम न थी और वत्स उनकी योजनाओं की पूर्ति में सबसे बड़ा बाधक था।

महामात्य युगंधर को गुप्तचरों ने सूचना दी कि मगध सम्राट् बिंबिसार की सेनाएँ अंग की राजधानी चंपा की ओर प्रस्थान कर चुकी हैं। बिंबिसार अत्यंत महत्त्वाकांक्षी सम्राट् थे और निरंतर अपने साम्राज्य की सीमाओं के विस्तार का प्रयत्न करते रहते थे। अंग एक छोटा राज्य था, किंतु वहाँ की राजधानी चंपा भारत का एक अत्यंत समृद्ध एवं प्रसिद्ध समुद्रपत्तन था। यवद्वीप, सुवर्णद्वीप, ब्रह्मदेश, सिंहपुर, कंबोडिया आदि पूर्वी देशों और द्वीपों के साथ संपूर्ण भारत का व्यापार चंपा होकर ही था। अत: यहाँ भारतवर्ष के सभी प्रदेशों के सार्थवाहों का आवागमन हर समय लगा रहता था। यहाँ की पण्य-शालाएँ और पण्यागार निर्यात किए जानेवाले और विदेशों से आयात किए गए विदेशी पण्यों से परिपूर्ण रहतीं। पत्तन में सैकड़ों जलयान प्रतिदिन आते और भारत के उत्पादों को ले विदेशों की यात्रा पर जाते। अत: अंग एक छोटा राज्य होते हुए भी समृद्धिशाली राज्य था। यही कारण था कि बिंबिसार की गृधदृष्टि हर समय चंपा के समुद्रपत्तन की ओर लगी रहती।

बिंबिसार को ज्ञान था कि चंपा पर अधिकार होने का तात्पर्य पूर्वी देशों के साथ होनेवाले भारत के व्यापार पर उनका एकाधिकार होना है और देश तथा विदेशों से आकर अतुल संपत्ति का मगध में एकत्र होना है। अत: अनेक बार उनके पिता भूमित्र ने और स्वयं बिंबिसार ने अंग राज्य पर अधिकार करने के प्रयत्न किए। कौशांबी सम्राट् और महामात्य भी जानते थे कि अंग पर मगध के अधिकार का अर्थ होगा मगध की शक्ति का अत्यधिक बढ़ना और वत्स की सुरक्षा और स्वतंत्रता के लिए आशंका उत्पन्न होना। अत: जब कभी मगध-सम्राट् अंग पर आक्रमण करते, कौशांबी सम्राटों को विवश हो अंग की सहायता के लिए अपना सैन्य दल प्रेषित करना पड़ता। इस प्रकार कौशांबी की सेनाएँ मगध सम्राटों के साम्राज्य-विस्तार के मार्ग में सबसे बड़ी बाधा थीं।

बिंबिसार का परंपरागत वैर भी अंगराज के साथ था। बिंबिसार के पिता भूमित्र ने अंग पर अधिकार करने के लिए आक्रमण किया था। उस समय अंग के शासक दधिवाहन थे, जिन्होंने युद्ध में भूमित्र को पराजित ही नहीं किया, वरन् इस युद्ध में भूमित्र वीरगति को भी प्राप्त हुए। अंग पर बिंबिसार के इस आक्रमण का उद्‌देश्य केवल अंग पर अधिकार करना ही नहीं था, किंतु इसके अतिरिक्त अपने पिता भूमित्र की मृत्यु का प्रतिशोध लेना भी था। अत: उन्होंने अंग पर आक्रमण करने के लिए विशाल सैन्य दल प्रेषित किया।

अंगराज दधिवाहन ने राजधानी चंपा के बाहर ही मगध की सेना का प्रतिरोध करने का निश्चय किया और नगर से आधा योजन की दूरी पर चंपा के तट पर ही अपने सैन्य शिविर की स्थापना की।

सायंकाल का समय था। भगवान् अंशुमाली अस्ताचल के समीप पहुँचने वाले थे। उसी समय दो सशस्त्र क्षत्रिय वेशधारी युवक एक अष्टादश वर्षीय अति सुंदरी कन्या के साथ शिविर के पास पहुँचे। उन्होंने शिविर की सुरक्षा के लिए नियुक्त सैन्य अधिकारी से सम्राट् दधिवाहन से मिलने की आज्ञा देने की प्रार्थना की। अधिकारी ने उन्हें शस्त्रहीन कर केवल एक ही युवक को उसकी बहन के साथ सम्राट् के दर्शन करने की आज्ञा दी और द्वितीय युवक को सतर्क प्रहरियों की देख-रेख में बंदी के रूप में रखा गया।

युवक ने सम्राट् को सूचित किया कि वे क्षत्रिय कुमार हैं और शस्त्र विद्या में कुशल हैं। उन्हें सम्राट् अपनी सेना में नियुक्त कर मगध की सेना से युद्ध करने का अवसर प्रदान करें और उनकी बहन को युद्ध की समाप्ति तक साम्राज्ञी की देख-रेख में रखा जाए। सम्राट् उस युवती के सौंदर्य से प्रभावित हुए बिना न रह सके। सत्य ही कहावत है कि कामदेव के वाणों ने किसे घायल नहीं किया। प्रार्थना स्वीकार कर ली गई।

सम्राट् ने आदेश दिया कि उन दोनों युवकों को प्रात: सेनापति के समक्ष उपस्थित किया जाए और रात्रि को उस युवती को शिविर में सम्राट् की परिचारिकाओं के सान्निध्य में रखा जाए तथा दूसरे दिन प्रात:काल उसे साम्राज्ञी के पास प्रेषित किया जाए।

उसी रात्रि को प्रात:काल सूर्योदय से पूर्व शिविर में समाचार फैलने लगा कि सम्राट् दधिवाहन की रहस्यमय परिस्थिति में मृत्यु हो गई है। वह युवती और युवक अदृश्य थे। विषकन्या द्वारा सम्राट् दधिवाहन की मृत्यु से काश्यप और मगध के महामात्य वर्षकार की कुटिल योजना सफल हो चुकी थी।

राजकुमार ब्रह्मदत्त ने तुरंत ही सेना को चंपा वापस ला नगर के परकोट के प्रवेश द्वारों को बंद करा दिया और कौशांबी सम्राट् के पास सहायता की प्रार्थना प्रेषित की।

जब इस आक्रमण का समाचार कौशांबी पहुँचा तो सम्राट् सहस्रानीक ने मंत्रियों से परामर्श कर एक विशाल सैन्य दल सेनापति सुप्रतीक के नेतृत्व में अंगराज की सहायता के लिए प्रेषित किया। बिंबिसार राजगृह वापस जा चुके थे और मगध की सेनाओं का नेतृत्व सेनापति चंडभद्रिक के हाथों में था।

सुप्रतीक एक अद्वितीय सेनापति थे। उनके आने का समाचार सुन चंडभद्रिक का साहस टूटने लगा। वे स्वयं भी अंग पर अधिकार के उपरांत वहाँ के शासक बनना चाहते थे। कौशांबी की सेनाओं ने अंग की सेनाओं के साथ मिलकर मगध की सेनाओं पर दो ओर से आक्रमण किया। चंडभद्रिक जैसे कुशल सेनानायक के होते हुए भी मगध की सेनाओं की पूर्ण पराजय हुई और अंत में चंडभद्रिक को युद्ध भूमि से पलायन करना पड़ा। मगध की सेनाओं को अंग की सीमाओं से बाहर खदेड़ दिया गया। सेनापति सुप्रतीक ने ब्रह्मदत्त को अंग के राज्यसिंहासन पर अभिषिक्त किया और वे विजय के साथ कौशांबी लौटे। कौशांबी में उनका भव्य स्वागत किया गया और विजयोत्सव मनाया गया।

किंतु बिंबिसार जैसा महत्त्वाकांक्षी सम्राट् शांत होकर बैठने वाला नहीं था। वह इस पराजय का प्रतिशोध कौशांबी से ही लेना चाहता था और अब इस बार उसने सीधा कौशांबी पर आक्रमण करने की योजना बना ली।

यह वही समय था, जब महात्मा बुद्ध को बुद्धत्व की प्राप्ति हुई थी और उन्होंने उत्तरी भारत में अपने नवीन धर्म का प्रचार प्रारंभ किया था। उन्होंने सर्वप्रथम समाज के धनी वर्ग और राजघराने के सदस्यों को अपने धर्म में दीक्षित करने का निश्चय किया और अपनी इसी योजना के अनुसार, वे राजगृह भी आए। बिंबिसार महत्त्वाकांक्षी होते हुए भी धार्मिक मामलों में उदार थे। उन्होंने महात्मा बुद्ध का स्वागत भी किया और विहारों के निर्माण के लिए धन भी दिया। उसने और उसके पुत्र अजातशत्रु ने बौद्ध धर्म स्वीकार भी कर लिया।

बिंबिसार कुछ दिन शांत रहे, किंतु युद्ध की तैयारियाँ बराबर चलती रहीं। तथागत ने उनको युद्ध की नीति से विरत करने का प्रयत्न किया और समझाया।

'राजन्, मैं चाहता हूँ कि आप युद्ध की नीति का परित्याग करें और प्रेम से जनता का हृदय जीतने का प्रयत्न करें। युद्ध में महाविनाश होता है। यह हिंसा है, महापाप है। इससे मानव हत्याएँ होती हैं। समाज में कितनी युवतियाँ विधवा हो जाती हैं और कितनी माताएँ

पुत्रहीन हो जाती हैं। समाज में वर्ण-संकर जन्म लेते हैं। महाभारत के पश्चात् यही सारे भारत में हुआ। महाविनाश हुआ। युद्ध मानव समाज के लिए अभिशाप है। वह राजाओं की महत्त्वाकांक्षाओं का द्योतक है। युद्ध में नर हत्याएँ होती हैं, जिन्हें वे अपनी वीरता का प्रमाण मानते हैं। विजय के मद में झूम जाते हैं। अपने द्वारा की गई विनाश-लीला पर गर्व करते हैं। किंतु निरीह मानव-समाज उन्हें कभी क्षमा नहीं कर सकता। सम्राट् हो या निर्धन, जीवन की अंतिम गति सबकी समान है। सम्राट् को भी उसी भूमि पर शयन करना होता है, जिस पर एक निर्धन शयन करता है। विजयी और विजित में कोई अंतर नहीं रहता। पंचशील का पालन करो और महत्त्वाकांक्षाओं का परित्याग करो।'

किंतु बिंबिसार ने तथागत के उपदेश को एक ही वाक्य में निरस्त कर दिया—'भंते तथागत, निर्बल को संसार में जीवित रहने का कोई अधिकार नहीं है। मेरा लक्ष्य है भारत को एक राष्ट्र के रूप में प्रतिबद्ध करना।'

बिंबिसार के महामात्य वर्षकार एवं वैज्ञानिक आचार्य काश्यप भी इतने ही कुटिल व्यक्ति थे, जितना बिंबिसार। वैज्ञानिक आचार्य काश्यप ने विनाशकारी द्रव्यों का प्रयोग कर अनेक प्रकार के शस्त्रों का निर्माण किया था। मगध के नीति निर्धारक महामात्य वर्षकार भारत के कुटिलतम महामात्य थे। चंपा, वैशाली और कौशांबी का अस्तित्व उनके लिए असहय था। किंतु कौशांबी के महामात्य युगंधर की कुशल राजनीति के समक्ष उनकी सारी योजनाएँ निष्प्रभावी हो जातीं।

कौशांबी में निरंतर समाचार प्राप्त हो रहे थे कि राजगृह में उच्च स्तर पर युद्ध की तैयारियाँ चल रही हैं। नवीन सैनिकों को सेना में भरती किया जा रहा है। उनको युद्ध का प्रशिक्षण भी दिया जा रहा है और साथ ही नौकाओं के एक विशाल बेड़े का निर्माण भी किया जा रहा है।

वास्तव में गंगा एवं यमुना के बीच के प्रदेश पर अधिकार करने की मगध के सम्राटों की राज्यलिप्सा सदा से थी। किंतु कौशांबी की शक्ति के आगे यह इच्छा कभी पूरी नहीं हो सकी। यह प्रदेश आर्यावर्त का हृदय माना जाता था। यहाँ की भूमि उर्वरा थी और तीर्थराज प्रयाग भी यहाँ थे। कौशांबी को पददलित कर बिंबिसार उत्तराखंड के एकच्छत्र सम्राट् बनना चाहते थे। कौशांबी ही उनकी महत्त्वाकांक्षाओं की पूर्ति में पूर्ण बाधक था। अत: उन्होंने कौशांबी से अपनी पराजय का प्रतिशोध लेने का मन बना लिया।

मगध के समाचारों ने कौशांबी के राजपुरुषों को भी सतर्क कर दिया। अत: कौशांबी में भी मगध के आक्रमण का प्रतिरोध करने के प्रयत्न अपनी चरम सीमा पर थे। कामंदक को सहायता के लिए आमंत्रित किया गया। उसने दो सौ हाथियों का दल एवं एक सहज उत्तम कोटि के धनुर्धरों का सैन्य दल सहायतार्थ प्रेषित किए। ये सभी सैनिक हाथियों पर से अपने तीव्र शरों द्वारा अचूक प्रहार करने में पूर्ण सक्षम थे।

वर्षकार और बिंबिसार की योजना थी कि वर्षा का समय दोआब के प्रदेश पर अधिकार करने के लिए अधिक उपयुक्त होगा, क्योंकि यमुना में बाढ़ के समय कौशांबी का सैन्य-दल उसे सहज ही पार नहीं कर सकेगा।

वर्षा ऋतु प्रारंभ हो चुकी थी। उत्तराखंड की संपूर्ण नदियों में वर्षा का जल उमड़ कर तटबंधों को भी परिप्लावित कर रहा था। चरों से सूचना प्राप्त हुई कि मगध के एक सैन्य दल ने शोणभद्र को पार कर काशी की ओर कूच किया है। काशी उन दिनों मगध का करद राज्य था। सूचना के अनुसार रात्रि के अंतिम प्रहर में मगध की नौकाएँ गंगा के मार्ग से प्रयाग की ओर कूच करेंगी। कौशांबी का सैन्य-दल पूर्ण सतर्क था। सम्राट् स्वयं युद्ध भूमि में उपस्थित थे। पूर्व निश्चित योजना के अनुसार हाथियों के विशाल दल ने रात्रि के प्रथम प्रहर में प्रयाग की ओर कूच किया और अंतिम प्रहर से पूर्व ही यह सैन्यदल प्रयाग पहुँच गया। गंगा के किनारे इस सैन्य दल ने मोर्चा जमाया। रात्रि के अंधकार में ही सेना ने प्रस्थान किया था, अत: शत्रु के गुप्तचरों को इसकी कोई सूचना प्राप्त नहीं हो सकी थी।

कौशांबी के सैन्य दल को गंगा के तट पर सन्नद्ध देख बिंबिसार सकते में आ गए। उनकी नावें गंगा की मध्य धार में थीं। गंगा की बाढ़ अपनी चरम सीमा पर थी। कौशांबी के सहस्त्रों धनुर्धरों ने शत्रु के नौका दल पर अग्निवाणों की वर्षा प्रारंभ कर दी। नौकाएँ अग्निसात् होने लगीं। अनेक सैनिक युद्ध में मरने लगे। नौकाओं में आग लगने से अधिकांश सैनिक जल में कूद तैरने का उपक्रम करते, किंतु इनमें से अधिकांश कामंदक के सैनिकों के अचूक वाणों का लक्ष्य बन प्राण त्याग देते। कौशांबी की तटवाहिनी के अचूक शरों की वर्षा से विवश हो मगध सम्राट् ने अपनी नौकाओं को तुरंत लौटने का आदेश दिया। उनकी योजना पूर्णरूपेण असफल सिद्ध हुई। उन्हें इस पराजय का हार्दिक दु:ख था।

यह भारत के इतिहास का वह युग था, जब भारत के सम्राटों की महत्त्वाकांक्षाओं के समक्ष, निर्धन, भाग्यहीन, विवश एवं निरीह सैनिकों के जीवन का मूल्य केवल कतिपय स्वर्णपणों के अतिरिक्त और कुछ न था। वे उनकी महत्त्वाकांक्षाओं की पूर्ति के साधन मात्र थे। वे सम्राटों की इच्छाओं पर अपने जीवन का बलिदान करते और सम्राट् उन निरीह मानवों की हत्याओं को गर्व के साथ अपना वीरोचित कार्य समझते। उनके रक्त से लिखे विजय के इतिहास पर गर्व करते। संपदाओं का उपभोग सम्राट् करते। उनकी यशोगाथाएँ समाज में गाई जातीं। उनका नाम इतिहास में अमर होता, किंतु जिनके बलिदान से वे विश्व विजेता बनते उनका कोई नाम तक स्मरण न करता और युद्ध भूमि में उनको एक घूँट पानी तक उपलब्ध न हो पाता। यह थी उन निरीह एवं विवश मानवों के भाग्य की विडंबना।

कितने वीर सैनिकों ने इस युद्ध में बलि दी, कितने निरीह और निर्धनों को प्राणों से हाथ धोने पड़े। कितनी माताओं ने अपने वार्द्धक्य के आश्रय खो दिए, कितनी यौवनाएँ विधवा हुईं और उनके जीवन ही अर्थहीन हो गए, किंतु इसका पारितोषिक मिला उस

महत्त्वाकांक्षी क्रूर हृदय, किंतु बुद्ध धर्म के पंचशील के पालन का ढोंग रचने वाले उस सम्राट् बिंबिसार को—केवल 'पराजय' और 'पराभव'। उनका हृदय निरंतर ईर्ष्या की ज्वाला में जलने लगा।

किंतु बिंबिसार शांत होनेवाला व्यक्ति नहीं था। उसको वर्षकार जैसा कुटिल मंत्री और काश्यप जैसा वैज्ञानिक परामर्श देने एवं कुटिल योजनाओं का निर्माण करने के लिए उपलब्ध थे। उनके पास अकूत संपत्ति एकत्र थी। राजकुमार अजातशत्रु भी पिता की ही भाँति कुटिल और महत्त्वाकांक्षी था। अत: वे पराजय का प्रतिशोध लेने के लिए योजना का निर्माण करने लगे।

इस बार राजकुमार अजातशत्रु एवं महामंत्री वर्षकार के परामर्श पर पांचालराज से मिलकर दो दिशाओं से वत्स पर आक्रमण करने की योजना तैयार की गई। किंतु महामात्य युगंधर के गुप्तचर सभी ओर सक्रिय थे और सुप्रतीक एक अत्यंत कुशल सेनानायक थे। अत: कौशांबी भी प्रतिशोध के प्रतीकार के लिए उद्यत थी। किंतु कौशांबी के संपूर्ण आयोजन इतने गुप्त थे कि शत्रुओं को इसका आभास भी नहीं हो पाया।

□

14
राज-दंपती के स्वप्न

शरद पूर्णिमा की निशा का अंतिम प्रहर था। रात धीरे-धीरे ढल रही थी, अरुणोदय निकट था और संपूर्ण दिशाएँ अब भी निशीथ की भाँति नीरव एवं शांत थीं। रजनीगंधा की मधुर गंध से बोझिल मंद-मंद बहता शीतल पवन अपने सुखद स्पर्श से शरीर एवं मन दोनों को ही आह्लादित बना रहा था। शुभ्र-पद्म-प्रासाद में अनेक रंगों के पुष्पों का संचय किया गया था, जो धीरे-धीरे अस्ताचल की ओर बढ़ते शरच्चंद्र की धवल चंद्रिका में अत्यंत सुंदर प्रतीत हो रहे थे। कमल कुसुम अपने प्रेमी भ्रमरों को कोशों के आलिंगन में आबद्ध कर अब भी वृंतों पर निश्चल से थे। निद्रालु खगकुल अपने शावकों को पंखों के आवरण में ढाँप नीडों में अब भी अचेत से सूर्योदय की प्रतीक्षा में थे।

संपूर्ण धरा-मंडल को अपने विस्तृत वितान की परिधि में समेट क्षीण तारामंडल से भरा नीलाकाश अब भी अस्तोन्मुख निशानाथ की क्षीण किरणों से आलोकित था। सभी चर एवं अचर, जड़ और चेतन निद्रा के वशीभूत हो सोये पड़े थे। चारों ओर नीरवता थी। कभी-कभी यमुना में स्नान के लिए जाते ऋषियों और बटुकों के स्रोत्र-गायन के स्वर निशांत की नीरवता को भंग कर देते थे, किंतु राजप्रासाद तो अभी भी निद्रा निमग्न हो नीरव एवं शांत था।

राजप्रासादों में प्राय: आए दिन उत्सव एवं समारोह होते ही रहते थे। चारों ओर से एकत्र होती अकूत संपत्ति एवं समृद्धि के साथ यह नितांत स्वाभाविक था। वत्स का राज-परिवार भी इससे अछूता न था। अत: कौशांबी के राजप्रासाद में भी आए दिन उत्सवों के आयोजन होते रहते थे। शरद पूर्णिमा की रात्रि में राजप्रासाद के अंत:पुर में प्रतिवर्ष शरदोत्सव मनाया जाता। यह केवल अंतपुर का ही उत्सव था और इसका आयोजन भी साम्राज्ञी मृगावती की अध्यक्षता में ही होता था।

अन्य वर्षों की भाँति आज भी रात्रि के द्वितीय प्रहर की समाप्ति तक उत्सव के कार्यक्रम बड़ी धूमधाम से चलते रहे थे। राज-परिवार की परिचारिकाएँ नृत्यांगनाएँ और

गायिकाएँ बड़ी सज-धज एवं उत्साह से इसमें भाग ले रही थीं। चारों ओर चहल-पहल थी। नृत्य और संगीत के कार्यक्रम अर्द्धरात्रि पर्यंत चलते रहे। किंतु अन्यमनस्का साम्राज्ञी मृगावती को इन कार्यक्रमों में किसी भी प्रकार की रुचि नहीं थी और रात्रि के द्वितीय प्रहर की समाप्ति पर वे उत्सव के कार्यक्रमों से विरक्त हो अपने शयन-कक्ष में चली गईं।

साम्राज्ञी के चले जाने पर उत्सव के कार्यक्रम स्वयं ही समाप्त हो गए और उत्सव के श्रम से परिश्रांत परिचारिकाएँ और नृत्यांगनाएँ वहीं उत्सव के स्थान पर अस्त-व्यस्त दशा में वीणा और मृदंग आदि वाद्यों को अपने पार्श्व में रख निद्रा के वशीभूत हो भूमि में ही शयन करने लगीं। यद्यपि रात्रि का अंतिम प्रहर धीरे-धीरे समाप्ति की ओर बढ़ रहा था। किंतु वे सभी अब भी अस्त-व्यस्त दशा में निद्रा के वशीभूत हो अचेत थीं।

रात्रि का तृतीय प्रहर भी समाप्त हो चुका था। किंतु चिंतामग्न मृगावती की आँखों में नींद का नाम तक न था। अपनी फेनिल कोमल शय्या पर पड़ी न जाने कितने समय तक वे इधर-उधर करवटें बदलती रहीं। उनकी चिंता का कारण था, उनकी स्वयं की अनपत्यता। सहस्रानीक एवं मृगावती दोनों ही युवावस्था को पार कर प्रौढ़ावस्था में प्रवेश कर चुके थे, किंतु अभी तक उनको कोई संतान न थी। इतने बड़े साम्राज्य का कोई उत्तराधिकारी न होने के कारण राजा और रानी दोनों ही अधिक चिंतित रहते। पांडवों के प्रख्यात राजवंश में केवल सम्राट् सहस्रानीक ही एकमात्र उत्तराधिकारी थे। चिंता थी इतने बड़े साम्राज्य के उत्तराधिकारी की और राजवंश के आगे चलने की।

सहस्रानीक प्रजावत्सल थे और अपने पूर्वज युधिष्ठिर की भाँति ही धर्मनिष्ठ थे। वे सदा ही धर्म के नियमों का पालन करते थे। सारी प्रजा राजभक्त थी। यही कारण था कि केवल राज-दंपती ही नहीं, वरन् संपूर्ण प्रजा राज्य का उत्तराधिकारी न होने से दुःखी थी। पर्याप्त समय तक चिंता निमग्न रानी के मन में अनेक प्रकार के भाव उठते और तिरोहित होते रहे। इस प्रकार उद्विग्नमना रानी को निद्रा ने अनजाने ही रात्रि के अंतिम प्रहर में अपने अंक में समेट लिया और कुछ समय के लिए वे चिंतामुक्त हो स्वप्न लोक में विचरण करने लगीं।

एक रोते हुए शिशु को माँ के सुखद एवं शीतल अंक में ही शांति एवं संतोष मिल पाता है और वह अपने कष्टों को भूल मुसकराने लगता है। दुःखी एवं चिंतित मानव मन की भी ठीक यही दशा होती है। निद्रा के शीतल कर का स्पर्श संतप्त मानव मन पर एक सुखद औषधि के लेप का काम करता है और वह कुछ क्षणों के लिए संपूर्ण सांसारिक कष्टों को भूल एक अकल्पनीय सुख एवं शांति का अनुभव करने लगता है। उस स्वप्न लोक में विचरण करते मानव मन को कतिपय क्षणों के लिए न सांसारिक कष्टों का आभास रहता है और न अपने परिवेश का ही ज्ञान रहता है। किंतु फिर भी उसके अचेतन मन का पूर्ण विच्छेद अपने वातावरण से नहीं हो पाता।

जागृति की उस अर्द्ध-चेतनावस्था में मानव मन जिस प्रकार दिवास्वप्न के शीतल छायांचल के तले कतिपय क्षणों के लिए संपूर्ण कष्टों को भूल और कल्पना के पंखों पर तैर अनंताकाश के सुदूर छोरों को छूने का उपक्रम करता है, ठीक उसी प्रकार कुछ क्षणों के लिए सबकुछ भूल स्वप्न के क्षणिक और अस्तित्व-हीन जगत् में विचरण करता हुआ असंभाव्य को भी संभाव्य समझ वह सुख का अनुभव करने लगता है। आँखें झपकते ही स्वप्न-लोक में विचरण करती रानी के चिंतित मन की भी यही दशा थी। रानी ने स्वप्न में देखा—

'प्रात:काल का सुहावना समय था। संपूर्ण गगन मंडल उदीयमान सूर्य की स्वर्णिम रश्मियों से आलोकित था। वृक्षों के ऊँचे-ऊँचे शिखर, भवनों की गगनचुंबी अट्टालिकाएँ और राजप्रासाद के शुभ्र शिखर प्रात:कालीन सूर्य की स्वर्णिम आभा से सुरंजित हो अति सुंदर लग रहे थे। आकाश में उड़ते विहंग-वृंदों की अनगिनत पंक्तियों में मानो क्षितिज के सुदूर छोरों को छूने की होड़ लगी थी। उनके कर्णमधुर कलरव से संपूर्ण आकाशमंडल मुखरित था। संपूर्ण दिशाएँ अनुपम आभामयी थीं। मृगावती राजप्रासाद की छत पर इस मनोरम दृश्य का आनंद लेने में निमग्न थीं। सहसा उन्हें उत्तर दिशा में आकाश से पृथ्वी की ओर आती हुई कुछ मानवीय आकृतियाँ दृष्टि-गोचर हुईं।

वायु में लहराती उनकी मेघवर्णी केश-राशियाँ, पवन वेग से आंदोलित उनके कौशेय परिधान प्रात:कालीन सूर्य रश्मियों में आभायुक्त उनके गौर अंग प्रत्यंग तथा आँखों को चकाचौंध करते उनके रत्नजटित आभूषण उस स्वप्न लोक को और अधिक मनोरम एवं दर्शनीय बना रहे थे। आकाश-मंडल से पृथ्वी की ओर शनै-शनै अवतरित उन आकृतियों को रानी निर्निमेष नेत्रों से निहारती रहीं। कुछ और समीप आने पर रानी को वे आकृतियाँ परिचित सी लगीं और अधिक समीप आने पर रानी को उन्हें पहचानने में कोई विलंब नहीं हुआ। वे कोई अन्य नहीं, वरन् उसकी अनन्य सखी विद्युत्प्रभा एवं उसकी अभिन्न सखियाँ शेफालिका, माधवी, पल्लवी एवं शशिप्रभा ही थीं।

क्षण भर में ही सारा वातावरण उन यक्षकन्याओं के अंगों की अवदात आभा एवं सहज गंध से गंधमय एवं आभामय हो उठा। वे यक्ष कन्याएँ आज भी अक्षुण्ण यौवनाएँ सी लगतीं। विद्युत्प्रभा और उसकी सखियों का अनंत उद्दाम यौवन आज भी ऐसा ही था, जैसा मृगावती ने आज से बीस वर्ष पूर्व अपने बाल्य एवं यौवन काल में देखा था। स्वप्न में भी मृगावती का मानसिक संबंध यथार्थ जगत् से पूरी तरह विच्छिन्न नहीं हुआ था। अत: स्वप्न लोक में भी उसे उन सखियों के सान्निध्य में घटित अतीत की अनेक घटनाओं का स्मरण हो आया।

पाँचों ही यक्ष कन्याएँ शुभ्र-पद्म-प्रासाद की छत पर आ खड़ी हुईं। विद्युत्प्रभा ने अपनी अनन्य सखी मृगावती को अपनी अवदात भुजवल्लरियों के प्रगाढ़ आलिंगन में आबद्ध कर प्रेम प्रदर्शित किया। दोनों ही इस पुनर्मिलन की हर्षानुभूति से अभिभूत थीं।

सभी यक्ष कन्याएँ मृगावती को अपने बीच में ले उनके चारों ओर नृत्य करती रहीं और उसके उपरांत उनका हाथ पकड़ उन्हें अंतरिक्ष मार्ग से अपने साथ ले उत्तर दिशा की ओर चली गईं।

कुछ ही क्षणों में उनका दल शुभ्रोदक के तट पर पहुँचा। मृगावती ने देखा सबकुछ वही था, जो पहले था। कुछ भी परिवर्तन नहीं था। वही चिर-परिचित मृगों का झुंड, वे ही मराल एवं मयूर जिन्हें अंक में ले वे क्रीड़ा करती रहती थीं। वे ही कमल वन, वे ही लताकुंज और वे ही श्वेत और स्वच्छ सरोवर-तट।

कुछ समय तक वे सभी सखियाँ सरोवर के तट के समीप के उद्यानों में दौड़ती रहीं और लताकुंजों में आँखमिचौनी खेलती रहीं। मृगावती भूल गई कि वह एक विवाहिता प्रौढ़ा है। किंतु स्वप्न लोक में वह अब भी अनुभव कर रही थी कि आज भी वह वही युवती है, जो बीस वर्ष पूर्व थी।

कितने लोकोत्तर एवं अद्भुत होते हैं, ये स्वप्नलोक के क्षणिक दृश्य। वास्तविक जगत् से दूर, किंतु कितने सुखद, कितने शीतल, कितने कोमल और क्षण भर के लिए कितने स्थिर। स्वप्न लोक में मानव मन के विहग अपनी सारी सीमाओं को लाँघ क्षितिज के छोरों को भी पार करने का सफल उपक्रम करने लगते हैं। दिवास्वप्न की सैकत-भित्तियाँ, निशा-स्वप्न में प्रस्तर भवन वन शाश्वत सी प्रतीत होने लगती हैं और भोला मानव मन कतिपय क्षणों के लिए पुलकित हो सबकुछ भूल जाता है। ऐसी ही होती हैं अचेतन मन की अनुभूतियाँ। आज स्वप्न के इस क्षणिक संसार में रानी मृगावती के हृदय का उल्लास सारी सीमाओं को लाँघ अनंत के छोरों को छूने का उपक्रम करने लगा।

इसके उपरांत सभी सखियों ने सरोवर के प्रांजल जल में विहार किया। जल में तैरते मराल शावकों के साथ मनोरंजन किया। स्नानोपरांत सभी सखियाँ सरोवर के तट पर एक श्वेत प्रस्तर पीठिका पर शांत मुद्रा में समासीन परम शांति की साक्षात् प्रतिमूर्ति सी परम पूजनीया ऋषि पत्नी माँ तितिक्षा के चरणों में जा बैठीं। मृगावती ने देखा उनके श्वेत केश अब भी ऐसे ही हैं और अब भी वे वैसी ही क्षीण काय हैं, जो पहले थीं। उनके करुणापूर्ण नयनों में अब भी वही वात्सल्य, वही सभी की कल्याण कामना, वही कृपाभाव और वही सौम्यता थी, जो आज से दो दशक पूर्व थी। माँ तितिक्षा कुछ क्षणों तक अपलक नयनों से मृगावती को निहारती रहीं, किंतु लज्जावनतनयना मृगावती को उनकी ओर देखने का साहस नहीं हुआ।

'तू अति चिंतित रहती है री, मृगी, क्यों?'

मृगावती गद्गद कंठ हो शांत बैठी रहीं। वे कुछ भी बोलने का साहस नहीं जुटा पा रही थीं। उनके नयनों से अश्रु ढलकने लगे।

माँ तितिक्षा ने पुनः कहा, 'तू काहे को चिंता करती है। शीघ्र ही तेरी अभिलाषा पूर्ण होगी और तुझे शीघ्र ही एक विश्वविश्रुत यशस्वी पुत्र की प्राप्ति होगी।'

यह कहकर ऋषि पत्नी ने अंगूर लता से कुछ अंगूर लाकर उसको दिए और खाने का आदेश दिया। मृगावती ने अंगूर खाते समय अनुभव किया कि उनका स्वाद अद्‌भुत है। इससे पूर्व अंगूरों में इतना मधुर रसास्वाद का उसने कभी अनुभव नहीं किया था। वह अति प्रसन्न थी, जानती थी कि ऋषि पत्नी का अशीर्वाद अमोघ है। उसने ऋषि पत्नी के चरणों में सिर रख प्रणाम किया और उन्होंने मृगावती के सिर पर हाथ रख आशीर्वाद दिया। उनके शीतल कर के स्पर्श से उन्हें अनंत आनंद की अनुभूति हो रही थी, किंतु उसी क्षण यमुना की ओर स्नान के लिए जाते एक बटुक के प्रार्थना के स्वरों ने उनकी निद्रा भंग कर दी।

रानी उस स्वप्न लोक से वास्तविक जगत् में लौट कुछ क्षणों तक अपने सिर पर ऋषि पत्नी की कोमल उँगलियों का स्पर्श अनुभव करती रहीं। आज का दिव्य स्वप्न इतना सुखद था कि कतिपय क्षणों के लिए उन्हें ऐश्वर्य सुख से भरा अपना वास्तविक जगत् सार विहीन सा लगने लगा। पर्याप्त समय तक वे जाग्रत् अवस्था में ही अपनी शय्या पर लेटी रहीं और उनका मन कल्पना-जगत् में ही खोया रहा। आज उनको उठने की इच्छा ही नहीं हो रही थी और बार-बार आँखें बंद कर प्रयत्न करतीं कि उनको वही स्वप्न पुनः आने लगे।

वातायनों से छनकर आती प्रातःकाल की सूर्य रश्मियाँ उनकी शय्या पर पड़ रही थीं। किंतु वे उठने का नाम नहीं ले रही थीं। सहसा परिचारिका ने ससम्मान सूचित किया कि अपने अनुचर द्वारा सम्राट् ने जानने की इच्छा प्रकट की है कि क्या रात्रि के उत्सव के श्रम से परिश्रांत साम्राज्ञी की निद्रा भंग हो चुकी है और क्या वे शैया-त्याग कर चुकी हैं।

× × ×

उसी रात्रि के अंतिम प्रहर में सम्राट् ने भी एक ऐसा ही सुखद स्वप्न देखा। वे जानते थे कि प्रातःकाल के स्वप्न का फल भी शुभ और अक्षुण्ण होता है। अतः वे विशेष प्रसन्न थे। उनके चिंतित मानव मन को उनके स्वप्न ने एक संबल का काम किया। आज के स्वप्न से उनको विश्वास हो गया कि उन्हें अवश्य ही चिर अभिलषित पुत्र-रत्न की शीघ्र प्राप्ति होगी। इसीलिए वे रानी को अपना स्वप्न सुनाने के लिए आतुर थे। दूसरी ओर रानी की भी यही दशा थी और वे भी अपना स्वप्न सम्राट् को सुनाने के लिए उतनी ही उत्सुक थीं।

परिचारिका से रानी के पल्यंक त्याग के समाचार की प्राप्ति के उपरांत सम्राट् रानी के शयन-कक्ष में आ पहुँचे। सम्राट् की मुखाकृति और उनकी भावभंगिमा से रानी ने समझ लिया कि सम्राट् अत्यधिक प्रसन्न हैं और कोई प्रसन्नता का समाचार सुनाना चाहते हैं, क्योंकि इससे पूर्व निकट अतीत में उनके मुखारविंद पर इतनी अधिक प्रसन्नता का रानी ने कभी अनुभव नहीं किया था। सम्राट् ने कहा—

'राजमहिषी, मैं जानता था कि रात्रि के द्वितीय प्रहर की समाप्ति तक चलते रहे शरदोत्सव के कार्यक्रमों के कारण तुम्हारे सोने में अवश्य विलंब हुआ होगा और अभी

तुम अवश्य ही निद्राभिभूत हो, सुखद स्वप्नों के जगत् में विचरण कर रही होंगी। किंतु मिलने की लालसा इतनी प्रबल थी कि न चाहने पर भी विवश मन मुझे यहाँ खींच ही लाया। आज प्रात:काल जो स्वप्न देखा है, उसे सुनाने के लिए मैं अधीर था। तुम्हारी निद्राभंग करने का मुझे खेद है।'

'नहीं, आर्यपुत्र, यह मेरा सौभाग्य है कि आपने यहाँ आकर कृतार्थ किया। आप अपने स्वप्न का वर्णन करें। मेरे कान भी उस शुभ स्वप्न को सुनने के लिए उतने ही लालायित हैं, जितने आप सुनाने के लिए।' रानी ने कहा।

सम्राट् ने अपना स्वप्न सुनाते हुए कहा, 'आज रात्रि के अंतिम प्रहर में सहसा मेरी निद्रा भंग हुई और मैं अपनी शय्या पर उठकर बैठ गया। मेरी मनोदशा अत्यंत विचित्र थी। न तो मैं यही जान सका कि क्या मैं जाग्रत् हूँ और न मैं यही समझ पा रहा था कि क्या मैं अब भी सुषुप्त हूँ। वास्तव में मैं अब भी निद्राभिभूत था। तुम पार्श्व में ही गंभीर निद्रा में अचेत थीं, वातायनों से छनकर शयन-कक्ष में प्रवेश करती पूर्णिमा के चंद्रमा की शुभ्र किरणें स्पष्ट बता रही थीं कि भगवान् हिमांशु अपनी संपूर्ण कलाओं से अंतरिक्ष में स्थित हो सारे विश्व को अपनी शीतल किरणों से अनिर्वचनीय सुख प्रदान कर रहे हैं। सारा विश्व ही उनकी ज्योत्स्ना में शुभ्र दिखाई देता था। राजप्रासाद ही नहीं, वरन् संपूर्ण नगर, भवनों की अट्टालिकाएँ, वृक्ष, वाटिकाएँ, वन, उपवन, जड़ और चेतन सभी भगवान् शीतांशु की किरणों की श्वेतिमा में पूर्ण स्नात थे।

'सबसे विचित्र एवं अद्भुत दृश्य था चंद्रमा की वातायन से छनकर कक्ष में आती उन श्वेताभ रश्मियों का जिनसे तुम्हारा सारा मुखारविंद पूर्ण आलोकित हो अत्यंत सुंदर लग रहा था और जो तुम्हारे मुख और कंठ के मार्ग से तुम्हारे उदर में अंतरतम तक प्रवेश करती प्रतीत हो रही थीं। तुम्हारे वस्त्रों में होकर भी उन उदरस्थ किरणों का आलोक मुझे स्पष्ट दिखाई दे रहा था। यह था एक अद्भुत चमत्कार जो नितांत कल्पनातीत होता हुआ भी उस समय मेरी आँखों के सामने स्पष्ट था। संपूर्ण दृश्य इतना नयनाभिराम और सुखद था कि मैं तुम्हें जगाकर उस आनंद से अपने को वंचित नहीं करना चाहता था। न जाने कितने समय तक मैं तुम्हें उस दशा में देखता रहा। मैं सोच रहा था कि वह संभवत: हमारे इस चंद्रवंश के आदि कारण भगवान् चंद्रमा की महती अनुकंपा ही थी।

'उसी क्षण गवाक्षों से अंदर आती किरणों में से पवनवेग से झंकृत किसी वीणा की तंत्रिकाओं के अति मंद स्वर सा एक क्षीण, किंतु स्पष्ट श्रवणीय स्वर मैं अपने श्रवणरंध्रों में प्रविष्ट होता हुआ अनुभव कर रहा था। 'महान् वेदज्ञ, कर्मकांड के पंडित एवं साक्षात् वेदस्वरूप महर्षि शांडिल्य की शरण में जाओ और उन्हीं से पुत्रेष्टि यज्ञ का आयोजन कराओ। शीघ्र ही यशस्वी पुत्र की प्राप्ति होगी और तुम्हारी कामना पूर्ण होगी।'

'मैं कितना आह्लादित था और कितना आनंदित कह नहीं सकता। तुम्हें जगाने का

उपक्रम कर ही रहा था कि किसी स्वर से मेरी आँखें खुलीं और में जागकर अपनी शय्या पर बैठ गया। मैंने देखा तुम शयन-कक्ष में मेरी शय्या पर नहीं थीं। अब मैंने अनुभव किया कि वह केवल मेरा स्वप्न था, किंतु कितना सुंदर और कितना सुखद।

'रात्रि का अंतिम प्रहर भी समाप्ति की ओर था और अस्तोन्मुख चंद्रमा की क्षीण किरणें अब भी शयन-कक्ष में प्रवेश कर रही थीं। प्रात:काल निकट ही है, यह सोचकर और शय्या त्याग सूर्योदय की प्रतीक्षा में मैं उठकर खड़ा हुआ, प्रात:काल की दैनिक क्रियाओं में व्यस्त हो गया, किंतु तुम्हें अपना स्वप्न सुनाने के लिए मैं अत्यंत अधीर था।'

रानी ने कहा, 'आर्यपुत्र, ऐसा ही एक सुखद स्वप्न अभी-अभी रात्रि के अंतिम प्रहर में मैंने भी देखा है, ठीक ब्रह्म-मुहूर्त में।'

रानी ने आद्योपांत आज का अपना स्वप्न राजा को कह सुनाया कि किस प्रकार यक्ष कन्याएँ आकाशमार्ग से आकर राजप्रासाद की छत पर उतरीं और संगीत नृत्योपरांत उसे आकाश मार्ग से शुभ्रोदक पर ले गईं। सम्राट् को यह भी बताया कि किस प्रकार ऋषि पत्नी माँ तितिक्षा से उन्होंने पुत्र-प्राप्ति का आशीर्वाद प्राप्त किया और ऋषि पत्नी ने स्वयं अपने हाथों से उन्हें अंगूर खाने को दिए, जिनका स्वाद अद्‌भुत था और जो केवल अनुभवगम्य था, और वाणी के द्वारा वर्णन से परे था। रानी ने बताया कि वे अब भी उन अंगूरों के स्वाद का प्रत्यक्ष सा अनुभव कर रही थीं।

सम्राट् ने आज राजसभा में मंत्रियों के अतिरिक्त गुरुजनों को भी ससम्मान आहूत किया। सभी के समक्ष अपने और रानी के स्वप्नों का भी वर्णन किया। कुलगुरु श्रुताचार्य ने स्वप्नों के फल का वर्णन करते हुए बताया कि रात्रि रहे अंतिम प्रहर के स्वप्न कभी निष्फल अथवा असत्य नहीं होते और अवश्य ही उन्हें शीघ्र ही पुत्र की प्राप्ति होगी। सभी के परामर्श से राज-दंपती ने मुनि शांडिल्य के आश्रम में जाकर उनसे यज्ञ कराने की प्रार्थना करने का निश्चय किया। सभी मंत्रीगण अत्यंत प्रसन्न थे।

दूसरे ही दिन राजा और रानी शांडिल्य मुनि के आश्रम गए और उनसे पुत्रेष्टि यज्ञ कराने की प्रार्थना की। मुनि ने सभी तीर्थों का जल मँगाकर राजा और रानी का अभिषेक किया और राजा से पुत्रेष्टि यज्ञ कराया। ऋषियों द्वारा संपन्न कराए गए धार्मिक कृत्य कभी निष्फल नहीं होते। शीघ्र ही रानी ने गर्भ धारण किया। यह शुभ समाचार सारे नगर में फैल गया। चारों ओर प्रसन्नता की लहर फैल गई। ऋषि ने गर्भधारण के तृतीय मास में विधिवत् पुंसवन संस्कार भी कराया।

इसी समय प्रधानमंत्री युगंधर और प्रधान सेनापति सुप्रतीक के यहाँ से भी इसी के समान प्रसन्नता के समाचार प्राप्त हो चुके थे। युगंधर और सुप्रतीक के यहाँ भी पुत्रों के जन्म हुए।

□

15
संगम-स्नान

रानी के गर्भ धारण करने के कुछ मास उपरांत ही सुरसरित् भागीरथी, सूर्यतनया यमुना एवं ब्रह्मसुता सरस्वती के पावन संगम-स्थल पर प्रयाग में कुंभ के पावन पर्व का अवसर आ उपस्थित हुआ। भारत के सुदूर प्रदेशों तक से इस पावन पर्व के शुभ अवसर पर संगम-स्नान का पुण्य-लाभ प्राप्त करने की लालसा से वर्षा ऋतु में उमड़ते किसी विशाल नद के जल-प्लावन की भाँति अनवरत पंक्तियों में अपार जन समुदाय का संगम की ओर आगमन प्रारंभ हुआ। सामान्य जन समुदाय के अतिरिक्त अनेक मतावलंबी साधु-संतों के समुदाय भी संगम पर एकत्र होने लगे।

अपने राज्य की सीमा में ही उस पावन संगम-स्थल के स्थित होने का गौरव वत्स साम्राज्य को प्राप्त था। अत: ऐसे पर्वों के अवसर पर साम्राज्य की ओर से तीर्थ यात्रियों के रात्रि निवास की व्यवस्था भी की जाती थी और मोटे-मोटे वस्त्रों के विशाल मंडपों का निर्माण भी किया जाता था, जहाँ शिशिर के कंपाने वाले शीत में निशा-समय तीर्थ यात्री सुखपूर्वक शयन एवं विश्राम कर सकें। संतों और निर्धनों के लिए नि:शुल्क भोजन-व्यवस्था भी साम्राज्य की ओर से की जाती थी।

साम्राज्ञी मृगावती एक धर्म-निष्ठ महिला थीं। वह अत्यंत प्रजा वत्सल थीं और प्रजा के हित के कार्यों में व्यस्त रहती थीं। धार्मिक पर्वों के अवसर पर वह संगम-स्नान के लोभ का संवरण न कर पातीं। संगम-स्थल से नाति दूर भागीरथी के तट पर प्रतिष्ठानपुर में सम्राट् के पूर्वजों द्वारा निर्माण कराया गया एक दुर्ग था, जहाँ साम्राज्य की ओर से एक सैन्यदल एवं दुर्गपाल नियुक्त थे। ऐसे पर्वों के अवसर पर यह दुर्ग ही रानी का विश्राम-स्थल रहता। किंतु उनका अधिकांश समय तो महर्षि भरद्वाज के आश्रम में धार्मिक कृत्यों और यज्ञों में भाग लेने अथवा ऋषियों के सान्निध्य में ही व्यतीत होता था।

रानी ने सम्राट् के समक्ष संगम-स्नान की इच्छा प्रकट की। कुछ राजनीतिक कारणों से सम्राट् स्वयं रानी के साथ जाने में असमर्थ थे, किंतु उन्होंने रानी के जाने की समुचित

व्यवस्था कर दी। मुख्य पर्व से एक दिन पूर्व रानी ने अपनी परिचारिकाओं और अंग-रक्षक दल के साथ संगम की ओर प्रस्थान किया। द्वितीय दिवस प्रात:काल ब्रह्म-मुहूर्त में सूर्य का मकर राशि में प्रवेश होनेवाला था और यही समय था, जब संगम-स्नान का विशेष महत्त्व माना जाता था। संगम-स्थल पर एकत्र जन समुदाय सावधान रहते कि स्नान के सही क्षण निकल न जाएँ।

माघ के महीने की कंपाने वाली शीतल वायु प्रवाहित थी। किंतु उसकी चिंता न कर प्रात:काल ब्रह्म-मुहूर्त में ही स्नानार्थियों का अपार समुदाय संगम-स्थल पर एकत्र होने लगा। कड़ाके की ठंड थी। जल में हाथ डालना भी कष्टकर था। किंतु ठीक मुहूर्त में संगम में स्नान करने के पुण्य-फल को प्राप्त करने के इच्छुक स्नानार्थियों को इस ठंड की कोई चिंता न थी। इसी पुण्य-फल की प्राप्ति के लिए ही तो वे सैकड़ों योजनों की यात्रा कर और मार्ग के अनेक कष्टों को सहन कर यहाँ तक पहुँचे थे। अत: वे इस पुण्य-फल से अपने को क्योंकर वंचित करते।

शीत पवन शरीर के जोड़ों में प्रवेश कर कंपा रहा था, किंतु फिर भी स्नानार्थी साहस बटोर संगम के शीतल जल में प्रवेश करते, डुबकियाँ लगाते और जल से बाहर आ वस्त्र धारण कर भजन-कीर्तन करते और तदुपरांत अक्षयवट के दर्शन और पूजा-अर्चना कर अक्षय पुण्य का फल प्राप्त करते।

साम्राज्ञी मृगावती को भी उत्कट लालसा थी कि वे उचित मुहूर्त में ही संगम-स्नान करें। अत अंग-रक्षक और उनकी परिचारिकाएँ अपार जन-समुदाय के मध्य मार्ग बनाते हुए उनको संगम-स्थल तक लेकर गईं। परिचारिकाओं ने स्वयं रानी के साथ जल में प्रवेश कर उन्हें स्नान कराया और जल से बाहर लाकर उनको नवीन वस्त्र धारण कराए। यद्यपि अभी सूर्योदय में विलंब था, किंतु इसी समय रानी ने विप्रों, याचकों और साधु-सतों को स्वयं अपने हाथों से दान दिए। उनकी इच्छा थी कि कोई याचक खाली हाथ न लौटे। तदुपरांत उन्होंने अनेक साधु-संतों के दर्शन कर आशीर्वाद ग्रहण किए और अक्षयवट की विधिवत् अर्चना कर वे महर्षि भरद्वाज के आश्रम पहुँचीं, जहाँ उन्होंने यज्ञ में भी भाग लिया और महर्षि के मुखारविंद से धार्मिक प्रवचनों का श्रवण भी किया।

महर्षि भरद्वाज के आश्रम में अनेक उच्च कोटि के संतों और मनीषियों का समुदाय एकत्र था। आश्रम में यज्ञों, प्रवचनों और श्रीमद्भागवत की कथा के आयोजन दिन भर चलते रहे। इन कथाओं का संबंध सम्राट् सहस्रानीक के पूर्वजों और उनके इष्टदेव भगवान् कृष्ण के जीवन से था, अत: वे उन कथाओं में विशेष रुचि लेतीं। इन्हीं कथा प्रसंगों में एक दिन प्रवचन करनेवाले एक विद्वान् मनीषी ने भागीरथी गंगा के पावन तट पर स्थित संपूर्ण तीर्थ स्थलों में स्नान करने की महती महत्ता का वर्णन किया। प्रवचनकर्ता उन मनीषी संत ने विष्णु पुराण का संदर्भ देते हुए बताया कि गंगाजी में जहाँ कहीं भी स्नान किया जाए,

वह कुरुक्षेत्र के स्नान से दस गुना अधिक पुण्य-फल देने वाला है। भगवान् विश्वनाथ की परम पावन नगरी काशी में गंगाजी में स्नान करने का महत्त्व अत्यधिक बढ़ जाता है। यों तो गंगाजी सर्वत्र ही पुण्य-फल प्रदायिनी है, किंतु गंगाद्वार, प्रयाग और गंगासागर-संगम, इन तीन तीर्थ स्थलों पर गंगा में स्नान करने का माहात्म्य अत्यधिक है। गंगाद्वार में कुशावर्त तीर्थ में स्नान करने से सात राजसूय यज्ञों और दो अश्वमेघ यज्ञों का पुण्य-फल प्राप्त होता है। नितांत इसके समान ही पुण्य-फल की प्राप्ति गंगासागर में स्नान करने से होती है। इस प्रवचन को सुन रानी का आस्थावान् मन इतना अधिक प्रभावित हुआ कि उन्होंने गंगासागर में स्नान करने का मन बना लिया। उन्होंने सोचा कि गंगासागर में स्नान करने के पुण्य का फल उनके गर्भस्थ शिशु को भी अवश्य प्राप्त होगा।

कितनी सत्य है प्राचीन उक्ति कि जो अवश्यंभावी है, वह अवश्य घटित होके रहती है। भोला मानव मन जान भी नहीं पाता कि भाग्य की कुटिल योजनाएँ कितनी अदृष्ट, अंतर्हित और अज्ञात होती हैं। उसको उनका किंचित् भी पूर्वाभास नहीं हो पाता। भाग्य ठीक उस सँपोले की भाँति है, जो हरित तृणों में अंतर्हित हो घात लगाए बैठा रहता है और अवसर पाते ही असावधान और भोले प्राणी के शरीर में अपने घातक विष का वमन कर सहज ही उसके प्राणों का अपहरण कर लेता है। रानी ने क्रूर नियति की निकृति के विषय में क्षण मात्र भी नहीं सोचा और स्वयं ही उसके जाल में फँसने का निर्णय ले लिया, और वे सोचती भी क्यों, उनके मन में न कोई अन्यथा की आशंका ही थी और न इसके लिए उनके पास समय ही था। भाग्य इतना असावधान कभी नहीं रहता कि मानव को यह जानने का अवसर प्रदान कर दे कि कब कहीं और क्या होनेवाला है। इसका निर्णय वह स्वयं लेता है और स्वयं इसका उत्तरदायी होता है। उसके समक्ष मनुष्य की संपूर्ण बुद्धि, विद्या और पौरुष कुठित हो जाते हैं।

रानी ने पाँच दिन तक मेले में निवास किया। अनेक कलाकारों की क्रीड़ाओं से मनोरंजन किया और स्नान, यज्ञ, हवन और प्रवचन आदि धार्मिक कृत्यों में भाग भी लिया। इस प्रकार पुण्य-लाभ भी प्राप्त किया। इसके उपरांत वे कौशांबी लौटीं। वे अपनी यात्रा का वर्णन सम्राट् को सुनाना चाहती थी, किंतु वे राज्य के कार्यों में अधिक व्यस्त थे। अत: सूक्ष्म में ही उनकी बातें सुन सके। सम्राट् ने समय मिलने पर उनकी पूरी बातें सुनने का आश्वासन दिया। साम्राज्ञी ने गंगासागर में स्नान करने की इच्छा सम्राट् के समक्ष प्रकट कर दी।

□

16
रानी का दुराग्रह एवं गंगासागर-यात्रा

मृगावती के संगम-स्नान से लौटने के उपरांत कुछ दिनों सम्राट् सहस्रानीक को राज कार्यों से इतना अवकाश नहीं मिल पाया कि वे साम्राज्ञी के पास अधिक समय बैठ उनकी पूरी बात सुन सकें। वह बहुत कुछ कहना चाहती थीं, किंतु व्यस्तता के कारण सम्राट् को अवकाश नहीं मिल पा रहा था और रानी उनकी व्यस्तता को उपेक्षा समझ मन-ही-मन अत्यंत क्षुब्ध थीं। राज कार्यों से अवकाश मिलने पर जब वे रानी के पास आए तो उन्हें क्षुब्ध देख, वे कुछ समय के लिए सहमे, किंतु उन्होंने रानी को अपनी व्यस्तता एवं विवशता का कारण बताया और क्षोभ न करने का आग्रह किया। वास्तव में अनन्य प्रेम से अभिभूत दो मानव मनों का क्षोभ क्षणिक ही होता है। उसमें वास्तविकता कम होती है, किंतु अभिनय अधिक। यहाँ भी ऐसा ही था।

रानी अपना क्रोध त्याग एक अबोध जिज्ञासु बालिका की भाँति संगम के दृश्य का वर्णन करने लगी। 'संगम-स्थल पर स्नान के समय स्नानार्थियों की इतनी अधिक भीड़ थी कि केवल राजपुरुषों द्वारा की गई उचित व्यवस्था के कारण ही पर्व के सही समय पर स्नान करना संभव था। महर्षि भरद्वाज के आश्रम में अनेक मनीषियों द्वारा किए गए प्रवचनों में मैंने सुना था कि माघ मास में, जब सूर्य मकर राशि में प्रवेश करते हैं, प्रयाग में त्रिवेणी के संगम-स्थल पर स्नान करने का अक्षुण्ण फल होता है। अत: मेरी भी उत्कट अभिलाषा थी कि सही समय पर संगम-स्नान करूँ।

सम्राट्—आपको मेले में बहुत अच्छा लगा होगा। कोई असुविधा तो नहीं हो पाई।

मृगावती—हाँ, चारों ओर चहल-पहल थी और इतना कोलाहल था कि मुनष्य अपने स्वयं का स्वर भी नहीं सुन सकता था। चारों ओर भजन-कीर्तन थे। अनेक संतों एवं ऋषियों के अपने स्वयं के पंडाल थे, जहाँ अनेक धार्मिक प्रवचन सुनने को मिलते थे। मैं इस अवस्था में अधिक तो नहीं घूम सकती थी, किंतु महर्षि भरद्वाज के आश्रम में आयोजित लगभग सभी कार्यक्रमों में मैंने भाग लिया। महर्षि के रहते असुविधा का प्रश्न ही नहीं उठता।

सम्राट्—वे तो हमारे परिवार पर पहले से ही अत्यंत कृपालु हैं।

मृगावती—हाँ, उनको मेरी इतनी अधिक चिंता थी कि हर समय उनके शिष्य पूछने आते कि कुछ आवश्यकता तो नहीं। उन्होंने मेरे लिए अनेक सुख-सुविधाओं के साधन जुटा दिए थे। वास्तव में महर्षि का प्रभाव अनंत है।

सम्राट्—तुमने वहाँ अक्षयवट के दर्शन किए अथवा नहीं?

मृगावती—मुझको महर्षि ने स्वयं बताया कि अक्षयवट की पूजा और दर्शनों का फल भी अक्षय होता है और मुझे अक्षयवट की पूजा का आदेश भी दिया था। मैंने स्नानोपरांत प्रतिदिन वहाँ अर्चना की। मैंने देखा अक्षयवट के प्रति तीर्थ यात्रियों में अपार श्रद्धा थी।

सम्राट्—कहते हैं त्रेता में भी यह अक्षयवट वहाँ था और राम के वन गमन के समय सीताजी ने इस अक्षयवट की पूजा की थी और वन से सकुशल लौटने के लिए वरदान भी माँगा था। ऐसा ही अक्षयवट परम पावन शिप्रा के तट पर उज्जयिनी में भी है। उसके विषय में भी प्रचलित है कि वह अनादि है और अक्षय है।

मृगावती—मेरी भी इच्छा है कि उज्जयिनी में भगवान् महाकालेश्वर और माँ हरसिद्धि देवी के दर्शन किए जाएँ और शिप्रा स्नान के उपरांत अक्षयवट की अर्चना की जाए।

सम्राट्— समय आने पर अवश्य तुम्हारी इच्छा की पूर्ति होगी। अवंति सम्राट् से हमारी राजनीतिक प्रतिद्वंद्विता है, किंतु भगवान् के दर्शनों के लिए तो वे सहर्ष हमारा राजोचित स्वागत ही नहीं, वरन् पूरी व्यवस्था भी करेंगे।

मृगावती—महर्षि भरद्वाज के आश्रम में मैंने एक विद्वान् पंडित के प्रवचनों में सुना था कि गंगाद्वार प्रयाग में संगम स्थल और गंगासागर में स्नान करने का महत्त्व अन्य तीर्थ स्थलों पर स्नान करने की अपेक्षा सौ गुना होता है। मेरी भी उत्कट अभिलाषा है कि मैं भी गंगासागर में स्नान करूँ। उस पावन स्थल पर किए गए स्नान का प्रभाव मेरे गर्भस्थ शिशु की मनोभावना पर भी अवश्य होगा और गंगासागर में स्नान करने के पुण्य-फल का भागीदार वह भी अवश्य होगा। गंगाद्वार पर तो अपनी सखी विद्युत्प्रभा के साथ स्नान कर ही चुकी हूँ और अब महान् पर्व के समय संगम-स्नान भी कर लिया है।

सम्राट्—इस दशा में इतनी दूर की यात्रा करना तुम्हारे स्वास्थ्य के लिए अहितकर भी हो सकता है। अत: शिशु के जन्म के उपरांत उसकी व्यवस्था कर दी जाएगी। इस समय राजनातिक परिस्थितियों के कारण मैं भी तुम्हारे साथ चलने में असमर्थ हूँ। मगध सम्राट् हमारे शत्रु बने हुए हैं।

सम्राट् ने रानी को पूरी तरह समझाने का प्रयत्न किया, किंतु वे अपना दुराग्रह त्यागने को तैयार न थीं। नारी-हठ प्रसिद्ध है। आज सम्राट् के समक्ष भी वही समस्या थी। सम्राट् के संपूर्ण प्रयत्न असफल सिद्ध हुए। वे समझ गए कि रानी अदृष्ट के हाथों में खेल रही हैं। अंत में उन्होंने रानी को आश्वासन दिया कि वृद्धजनों और मंत्रियों से मंत्रणा कर

कार्यक्रम निश्चित करेंगे। सम्राट् ने अनुभव किया कि वे कितने विवश और अक्षम थे स्त्री-हठ के समक्ष।

कितना विवश है मानव उस निष्ठुर नियति के समक्ष और कितना अनभिज्ञ है, वह उसकी कुटिल और अदृष्ट योजनाओं से, नितांत उस भोले और निरीह विहग-शावक सा जो व्याध के कपट-कणों को पहचान नहीं पाता और केवल कतिपय अन्न के दानों के लोभ को संवरण न कर उसके बिछाए जाल में स्वयं जाकर फँस जाता है और जितना ही स्वतंत्र होने का प्रयत्न करता है, उतने ही उसके बंधन उसे और अधिक सुदृढ़ता से कसते जाते हैं। आज ठीक वही दशा थी रानी के भोले मानव मन की। रानी एक बुद्धिमती महिला थीं, किंतु आज अदृष्ट ने उनकी बुद्धि का अपहरण कर निष्ठुर नियति के जाल में फँसने को विवश कर दिया था। वे सोच भी नहीं सकीं कि उनका दुराग्रह उनके जीवन के बसंत को पतझड़ में भी परिवर्तित कर सकता है। मनुष्य जिन आशाओं को मन में संजोकर कार्य करता है, उनकी परिणति नितांत उनसे विपरीत होती है। यही रही है सदा से मानव के भाग्य की विडंबना और नियति की क्रूरता।

सम्राट् के अनेक प्रयत्न करने पर भी रानी अपना दुराग्रह त्यागने को तैयार न थीं। अत: दूसरे दिन प्रात: ही मंत्रणा-कक्ष में सभी मंत्रियों और गुरुजनों, सुरुचि, युधामन्यु एवं कुलगुरु श्रुताचार्य से भी उपस्थित होने की प्रार्थना की गई। जिस मंत्रणा कक्ष में अति गंभीर राजनीतिक समस्याओं का समाधान सुगमता से हो जाता था, आज वहाँ एक सामान्य पारिवारिक समस्या का समाधान होना भी कठिन था। राज्य के बुद्धिमान् मंत्रीगण, जो किसी भी राजनीतिक समस्या को सुलझाने में सक्षम थे, वे एक नारी-हठ का हल निकालने में पूर्णतया विवश एवं अशक्त थे। आज क्रूर नियति ने अपनी योजना को कार्यान्वित करने के लिए, रानी की बुद्धि का अपहरण कर लिया था। वह किसी की भी शिक्षा मानने को तैयार न थीं। उनके इस दुराग्रह ने स्त्री-हठ की कहावत को सार्थक कर दिया था।

मंत्रियों एवं गुरुजनों में से किसी ने भी इस यात्रा का समर्थन नहीं किया। अनेक प्रकार की शकाएँ सम्राट् के मन को आक्रांत किए थीं। सबसे अधिक भयानक शंका थी तिलोत्तमा के शाप के सच होने की। उसकी स्मृति मात्र उनके हृदय को प्रकंपित करने को पर्याप्त थी। सम्राट् ने अनेक शकाएँ रानी के समक्ष प्रकट कीं, किंतु उनके न मानने पर सम्राट् ने विवश हो स्त्री-हठ के समक्ष अब आत्मसमर्पण कर दिया।

आज सम्राट् ने अनुभव किया कि वे एक शक्तिशाली सम्राट् होते हुए भी भाग्य के समक्ष कितने विवश और शक्तिहीन हैं, ठीक वधशाला के उस पशु की भाँति, जो जानते हुए भी वधिक के गंडासे को देख उसके समक्ष अपनी गरदन झुका भाग्य की विडंबना को सहज ही स्वीकार लेता है। आज उन्होंने स्वीकार लिया कि भाग्य कितना दुर्जेय है। भवितव्यता होके रहती है। मनुष्य की सबसे बड़ी विवशता तो यह है कि न तो वह भाग्य

के विधान को ही जान पाता है और न वह होनी को रोकने में समर्थ है। वह पूर्णतया परिस्थितियों का दास है, यद्यपि स्वयं ही उन परिस्थितियों का निर्माता भी है। होनी होकर रहती है और अंत में विवश मानव मन भाग्य को कोसकर संतोष कर लेता है कि भाग्य में ऐसा ही लिखा था, और भाग्य के समक्ष अपनी पराजय स्वीकार कर लेता है।

उस युग में भारत में न तो उत्तम कोटि के राजमार्ग थे, जिनसे यात्रा करना सुखद और कष्टहीन हो और न वे सुरक्षित ही थे। उन दिनों भारत का अधिकतर व्यापार जल के मार्गों से होता था। वे अधिक सुविधा पूर्ण थे। यही कारण था कि बड़ी-बड़ी नदियों के तटों के समीप अनेक समृद्ध नगर थे, जो व्यापार का केंद्र थे। बड़ी-बड़ी नौकाओं अथवा लघु आकार के जलपोतों के द्वारा नदियों के मार्ग से ही व्यापार होता था। चंपा से राजगृह तक व्यापारियों के जलपोत हर समय आते-जाते रहते थे। चंपा ही पूर्वी देशों और द्वीपों के साथ होनेवाले व्यापार का केंद्र थी। मंत्रियों की सम्मति के अनुसार, यही निर्णय लिया गया कि रानी को जलमार्ग से ही भेजा जाए। सम्राट् ने महामंत्री युगंधर को आज्ञा दी कि रानी के लिए सभी आवश्यक सुविधाओं से संपन्न जलपोत की व्यवस्था की जाए। इस जलपोत के आगे और पीछे दो लघुपोत सैनिकों के होंगे। यह वह समय था, जब गंगा और यमुना के तल अपेक्षाकृत अधिक गहरे थे और छोटे-छोटे जलपोत आसानी से कौशांबी तक आते-जाते थे। व्यापार भी अधिकतर इन जल मार्गों से ही होता था।

महामंत्री युगंधर ने अपने स्वयं के निरीक्षण में साम्राज्ञी एवं परिचारिकाओं के लिए आवश्यक सुविधाओं से संपन्न एक जलपोत की व्यवस्था की। इसमें रानी के विश्राम के लिए एक सुविधा-संपन्न शयन-कक्ष भी था। दिन के समय खुले स्थान पर बैठकर नदी तटों के दृश्यों का आनंद लेने के लिए उचित व्यवस्था भी थी। ऋतु अनुकूल थी। बसंत का सुहावना मौसम था। न विशेष शीत न विशेष गरमी। फाल्गुन मास का समय था। अत: यात्रा में अधिक कष्ट की संभावना भी नहीं थी।

जलपोतों में हर प्रकार की सुविधाएँ जुटाई गई थीं। आवश्यक वस्तुएँ क्रय करने के लिए पर्याप्त धन की व्यवस्था थी। गंगा तट पर स्थित नगरों से आवश्यक वस्तुएँ क्रय की जा सकती थीं। पूर्ण उत्तरदायित्व के साथ बुद्धिमान् मंत्री सत्यकेतु को यात्रा में साथ जाने के लिए नियुक्त किया गया। समुचित व्यवस्था के उपरांत सम्राट् ने शोकाकुल हृदय से रानी के दल को गंगासागर की यात्रा के लिए विदा दी, किंतु उनका मन अनेक आशंकाओं से भरा था। तिलोत्तमा के शाप का स्मरण कर अदृष्ट की कोई संभावित दु:खद घटना बार-बार उनके मस्तिष्क में कौंध जाती और वे अधीर हो जाते। अत: रानी को विदा करते समय उनका हृदय शोक-विह्वल हो उठा। वे अत्यंत भावुक हो उठे और उनके चक्षुओं में अश्रुविंदु झलक उठे।

यात्रा प्रारंभ हुई और निर्विध्न चलती रही। रानी रात्रि में शयन-कक्ष में विश्राम करतीं। समय-समय पर जलपोतों को तट के समीप खड़ा कर समीप के नगरों में उचित स्थान

की व्यवस्था कर विश्राम भी करतीं, क्योंकि जलपोतों में लहरों की चंचलता के कारण निरंतर स्पंदन होना स्वाभाविक था, जिसके कारण गंभीर निद्रा लेना संभव न होता। दिन में जलपोत में खुले स्थान पर बैठकर वे किनारे के दृश्यों का आनंद लेतीं। स्थान-स्थान पर नदी तट के दोनों ओर स्थित उद्यानों और पुष्प-वाटिकाओं के दृश्य देखने को मिलते, जो उनके मनोरंजन के साधन थे।

रानी ने काशी पहुँचकर एक दिन का विश्राम किया, मणिकर्णिका घाट पर स्नान किया और भगवान् विश्वनाथ के दर्शन कर विधिवत् पूजा अर्चना की। ब्रह्मणों और भिक्षुओं को दान भी दिए। काशी से चलकर दूसरा पड़ाव रानी ने राजगृह में किया। उन्होंने मगध की इस राजधानी के विषय में बहुत कुछ सुना था। अत: उन्हें नगर को देखने की अभिलाषा थी। दो दिन की यात्रा से अति श्रांत होने के कारण वे किसी शांत स्थान पर विश्राम भी करना चाहती थीं। अत: उन्होंने मंत्री सत्यकेतु को आदेश दिया कि एक दिन के लिए यात्रा रोककर उनके विश्राम की उचित व्यवस्था करें। द्वितीय दिवस उन्होंने राजगृह के समृद्ध हाटकों, पण्यवीथियों, पण्यशालाओं, भव्य प्रासादों, सुंदर क्रीड़ा-उपवनों, पुष्प-वाटिकाओं, पुष्पित पद्म वनों, सरोवरों और उद्यानों को देखा। रानी का दूसरा पड़ाव गिरिव्रज में था। मार्ग में गंगा और शोणभद्र के संगम में स्नान कर तृतीय दिवस यात्रा गिरिव्रज पहुँची। यह नगर रानी को अति सुंदर लगा। यहाँ राजगृह जैसा शोरगुल नहीं था। नगर वृषभ, वाराह, ऋषभगिरि, ऋषिगिरि और बैहार नाम की पाँच पर्वतिकाओं से परिवेष्टित था।

इस प्रकार जब कभी रानी को पोत की यात्रा से कष्ट प्रतीत होता, वे नदी तट के समीप किसी नगर या पत्तन में रुककर विश्राम करतीं। यात्रा की गति धीमी थी। द्रुतगामी अश्वारोही सैनिक नित्य आते और सम्राट् को समाचार निवेदन करते। वे इन समाचारों से कुछ समय के लिए आश्वस्त हो जाते, किंतु अदृष्ट से अब भी भयभीत थे।

यात्रा में रानी का हृदय अति प्रसन्न था, किंतु कभी-कभी विदा के समय की सम्राट् की शोकाकुल आकृति की स्मृति उनके मस्तिष्क में कौंध जाती और उनका उदास मन और अधिक विह्वल हो उठता। कभी-कभी वे यह भी मन में सोचतीं कि सम्राट् की आज्ञा न मानकर क्या उन्होंने कोई अकार्य किया है। कौशांबी में उनको विदा करते समय सम्राट् की, जो विवश और शोकाकुल मुखाकृति थी, उसे वे प्रयत्न करने पर भी विस्मृत नहीं कर पा रही थीं। जब कभी उन्हें सम्राट् के अश्रुपूरित नेत्रों का विचार आता तो उनका हृदय अत्यधिक उद्वेलित हो उठता।

यात्रा तो निर्विघ्न चल ही रही थी, 'किंतु अदृष्ट में क्या निहित है, जो अपरिहार्य है और अवश्यंभावी है', इसे सोचने का न रानी के पास समय ही था और न उनका भोला मन इसके सोचने की आवश्यकता ही समझता था। मार्ग में जहाँ कहीं भी गंगा के साथ अन्य नदियों के संगम मिले रानी ने वहीं यात्रा रोककर स्नान किया। मार्ग में सदानीरा,

कोसी, गंडक आदि सरिताओं के भगवती भागीरथी के साथ हुए संगमों पर उन्होंने स्नान कर पुण्य-फल की प्राप्ति की।

सम्राट् को रानी की सुरक्षा के समाचार निरंतर प्राप्त हो रहे थे, किंतु वे क्षण भर के लिए ही आश्वस्त हो पाते और पुन: सोचने को विवश हो जाते कि अदृष्ट अमित शक्तिशाली है। उसे जानना मानव बुद्धि से परे है। वह मानव को अपने कार्यों की पूर्व सूचना देने और उसे सावधान होने का अवसर कभी प्रदान नहीं करता। तिलोत्तमा के शाप की छाया प्रयत्न करने पर भी उनके स्मृति-पटल से नहीं हट पाती थी। ऐसे क्षणों में वे अधिक विकल मन हो शोकाकुल हो उठते। इतना छोटा परिवार और उसमें भी इतने विघ्न।

अब रानी की यात्रा वज्जिगण संघ के प्रदेश में होकर थी। गंगा में यात्रा करते समय उनके दाहिनी ओर मगध का प्रदेश था, किंतु वाम पार्श्व में वज्जि गणराज्य का प्रदेश था। इस गणराज्य की राजधानी वैशाली भारत के समृद्धतम नगरों में से एक थी। भगवती गंगा की पावन धारा इसी गणराज्य की दक्षिणी सीमा बनाती थी। नदी के दोनों तटों के निकट लहलाते धानों के खेत इस प्रदेश की समृद्धि के द्योतक थे। रानी की इच्छा वैशाली को देखने की थी। वैशाली का विशाल एवं समृद्ध नगर सिही (गंडक) के तट पर स्थित था। अत: सिही और भगवती भागीरथी के संगम पर यात्रा स्थगित की गई और रानी के लिए एक सुविधा-संपन्न नौका की व्यवस्था की गई। उस नौका से रानी वैशाली पहुँचीं। वहाँ रानी ने रात्रि को विश्राम किया। द्वितीय दिवस नगर का भ्रमण किया और प्रसिद्ध नील पद्म-प्रासाद को भी देखा। वैशाली के भवनों की विशालता और समृद्धि को देख वे आश्चर्यचकित थीं। वैशाली में उनकी यात्रा को गुप्त ही रखा गया। किंतु किवंदती है कि रत्न गुदड़ी में भी नहीं छिपते। जब साम्राज्ञी पण्यवीथियो में भ्रमण कर रही थीं तो वहाँ के धनी श्रेष्ठियों ने जान लिया कि वह कोई विशिष्ट महिला हैं और उनके सेवक स्थान-स्थान पर उन्हें उनकी पण्यशालाओं में आमंत्रित करते। सायंकाल मंत्री सत्यकेतु ने यही उचित समझा कि सिही और गंगा के संगम पर अपने पड़ाव लौट जाएँ। उसी दिन सायं रानी संगम को लौटीं।

आगे की यात्रा प्रारंभ हुई। लगभग एक सप्ताह में यात्रा कालीपत्तन (कलकत्ता) के पास पहुँची, जहाँ आदि देवी भगवती काली का प्रसिद्ध मंदिर है। मान्यता थी कि वहाँ भगवती काली प्रत्यक्ष रूप में निवास करती थीं। यह मंदिर महाभारत काल से भी पूर्व का था। रानी ने मंदिर में भगवती के दर्शन किए और अर्चना की। तदुपरांत काली माँ से सम्राट् की सुरक्षा का वरदान भी माँगा। अब उनकी यात्रा अपने अंतिम चरण में थी और अब सुंदर वन का प्रदेश प्रारंभ हो चुका था।

□

17
दुर्घटना

अर्द्धरात्रि का समय था। सुखद एवं शीतल पवन प्रवाहित था। शुभ्र चंद्रिका सभी दिशाओं को अपनी श्वेतिमा से शुभ्रता प्रदान कर दृश्य को अति नयनाभिराम बना रही थी। रानी के जलपोत में स्वयं रानी और उनकी परिचारिकाएँ निद्रामग्न थीं। केवल नाविक सचेत थे। सैनिकों के जलपोतों में नाविकों और प्रहरियों के अतिरिक्त सभी निद्रा के वशीभूत अचेत थे। सभी दिशाएँ शांत थीं।

विपत्तियाँ कभी भी पूर्व सूचनाएँ देकर नहीं आतीं और न मनुष्य को सावधान होने का अवसर प्रदान करती हैं। सहसा उत्तर दिशा से घने एवं गहरे काले मेघों के दल उठते दिखाई दिए। केवल कतिपय क्षणों में ही संपूर्ण गगन-मंडल उनकी कालिमा से समाच्छादित हो गया। चारों ओर घना अंधकार छा गया। इन काले मेघों में तिरोहित चंद्रमा की छाया तक दिखाई नहीं दे रही थी। किसी क्रूर आक्रमणकारी जैसे भयंकर झंझावात एवं अंधड़ ने सारे वायुमंडल को उद्वेलित कर चारों ओर उथल-पुथल मचा दी। तट के दोनों ओर वृक्ष भयंकर रूप से हिल रहे थे। अनेक वृक्ष जड़ों से उखड़ धराशायी होने लगे। अनेक वृक्षों के विशाल तने और मोटी-मोटी शाखाएँ भग्नसात् हो रही थीं। अंधड़ का भयंकर नाद था। शीघ्र ही मूसलधार वर्षा प्रारंभ हुई। जलपोत लहरों पर उछलने लगे। कोई वस्तु स्थिर नहीं थी। रानी मृगावती स्वयं अपने पर्यंक से नीचे गिर गईं। यही दशा उनकी परिचारिकाओं की थी। सैनिकों ने अपने जलपोतों को भयानक कठिनाई से तट के समीप लगाया।

सैनिकों के दोनों जलपोतों पर प्रहरी सजग थे, किंतु रानी के जलपोत पर नाविकों के अतिरिक्त न कोई प्रहरी थे और न कोई सैनिक। किसी को विपत्ति की आशंका तक नहीं थी। नाविक न तो उस जलपोत के पालों को नीचे गिरा सके और न जलपोत को स्थिर रख सके। अंधकार में कुछ भी दिखाई नहीं दे रहा था। झंझावात की गति प्रलयकारी थी। रानी के जलपोत के एक नाविक ने मसाल पर चढ़कर पाल गिराने का प्रयत्न किया। किंतु वायु वेग से वह स्वयं जल में गिर गया। अंधड़ के कारण कोई स्वर सुनाई नहीं देता

था। गंगा की धारा अत्यंत अशांत एवं आंदोलित थी और उससे भी अधिक आंदोलित था रानी का जलपोत।

नाविकों ने जलपोत को तट के समीप लाने का प्रयत्न किया, किंतु तट के समीप पहुँचने के पूर्व ही वायु के भयानक वेग से वह जलपोत उलट गया और उसका मस्तूल तट की भूमि को स्पर्श करने लगा। जिसकी आशा न थी, वह क्षण भर में घटित हो गया। मनुष्य की संपूर्ण शक्तियाँ और युक्तियाँ भाग्य के समक्ष निष्फल सिद्ध हुईं। प्रकृति की महान् शक्ति के समक्ष सभी विवश एवं अशक्त थे। कोई भी कुछ न कर सका।

आक्रमणकारी आते हैं, निरीहों और निरपराधों की हत्याएँ करते हैं, संपत्तियों को लूटते हैं, भवनों को अग्निसात् करते हैं और चले जाते हैं, अपने पीछे छोड़कर अपने दुष्कृत्यों और महा विनाशकारी तांडव के प्रमाण-स्वरूप रोती-बिलखती विधवाएँ, चीत्कार करते शिशु और अग्नि से सुलगते घर। प्राकृतिक विपदाएँ भी इन मानवकृत विपदाओं से कम विनाशकारी नहीं होतीं। झंझावात और अंधड़ आते हैं। अति वर्षाएँ होती हैं, बाढ़ें आती हैं, गाँव-के-गाँव बह जाते हैं, भूस्खलन होते हैं, आगें लगती हैं और आते हैं महाविनाशकारी भूचाल, केवल कुछ क्षणों के लिए, किंतु छोड़ जाते हैं अपने पीछे महाविनाश के चिह्न-भग्न एवं भूमिसात् वृक्ष, ध्वस्त एवं भग्नसात् भवन, उजड़े नगर, क्षत-विक्षत शव, विलाप, रोदन, चीत्कार, भुखमरी, शोक और निराशा। यही है प्रकृति के समक्ष विवश मानव की पराजय, घोर निराशा एवं उसकी क्रूर नियति। वह योजनाएँ बनाता है, न जाने क्या-क्या सोचता है, उसके हृदय में महत्त्वाकाक्षाएँ पलती हैं और सँजोता है, मन में बड़ी-बड़ी आशाएँ, किंतु होता वही है, जो विधि का विधान है, जिससे वह भोला मानव मन नितांत अनभिज्ञ होता है।

झंझावात आया केवल कुछ क्षणों के लिए, चला गया और छोड़ गया विनाश के चिह्न। तट के दोनों ओर वृक्ष उखड़े पड़े थे। अनेक वृक्षों के तने उनके बीच से टूट उनके सिरे भूमि स्पर्श कर रहे थे। निर्धनों की झोंपड़ियों की छतें उड़ गई थीं। स्थान-स्थान पर वृक्षों की विशाल डालियाँ टूटी पड़ी थीं। असंख्य पक्षी वृक्षों के नीचे मृत पड़े थे। पशु भी मृत्यु से बच नहीं पाए थे। कितनी भयंकर थी क्रूर प्रकृति की विनाश लीला और नियति की कुटिल क्रीड़ा।

कौशांबी के सैनिकों के जलपोत सुरक्षित थे, क्योंकि अंधड़ आते ही उन्होंने पाल खोलकर जलपोत तट के समीप लाकर खड़े कर दिए थे, किंतु जब तक वे रानी के जलपोत के नाविकों की सहायता करते परिस्थिति और भयानक हो चुकी थी। झंझावात की तेज वायु जलपोत के पालों में भर गई और जब तक वह पोत तट के समीप पहुँचता, उससे पूर्व ही उलट गया और उसका शिखर नदी तट को स्पर्श करने लगा।

मूसलधार वर्षा हो रही थी, मानो मेघों ने आज अपना संपूर्ण जल उड़ेलने की शपथ ले ली हो। झंझावात और तीव्र हो उठा, नदी में जल स्तर तेजी से बढ़ने लगा और लहरें और

अधिक उग्र हो उठीं। उस घनीभूत अंधकार में कुछ भी देखना संभव न था। किंतु प्रत्येक सैनिक और मंत्री सत्यकेतु को अपने प्राणों की चिंता न थी, चिंता थी केवल राजमहिषी के प्राणों की और उनकी सुरक्षा की। एक भी सैनिक ऐसा न था, जो जल में न कूदा हो। वे रानी के जलपोत तक पहुँचने के लिए प्रयत्नरत थे और लहरें उन्हें पीछे धकेलने के लिए। रानी की परिचारिकाएँ चीत्कार कर रही थीं। सैनिक उन्हें खींचकर तट के समीप लाए। राजमहिषी की पूरी खोज की गई। प्रत्येक लहर को खोजा, किंतु राजमहिषी का न शव मिल पाया और न वह जीवित ही मिल पाईं।

एक संभावना शेष थी कि राजमहिषी जीवित, मृत या मूर्च्छित अवस्था में अवश्य पोत के अंदर ही होंगी।

झंझावात धीरे-धीरे थमने लगा, वायु का वेग कम हुआ। नदी की उग्र लहरें शांत होने लगीं और अपने पहले रूप में आने लगीं। आकाश में धीरे-धीरे मेघ छँटने लगे और स्वच्छ नीलाकाश दिखाई देने लगा। तारागण पुनः आकाश में चमचमाने लगे और चंद्रमा ने पुनः अपनी आभा बिखेरना प्रारंभ कर दिया। अब ज्योत्स्ना में सभी कुछ स्पष्ट दिखाई देने लगा। तटवर्ती गाँव से नाविकों और कुछ और व्यक्तियों को एकत्र किया गया। उल्टे हुए जलपोत को सीधा किया गया। रानी के शव की खोज की गई, किंतु सभी प्रयत्न व्यर्थ सिद्ध हुए। सभी परिचारिकाओं के शरीर अर्द्धमूर्च्छित दशा में मिले।

भगवान् की लीला विचित्र है। उसका कोई पार नहीं पा सकता। उसे जिसकी रक्षा करनी है, उसे दैव भी मार नहीं सकता और उसे जिसको नष्ट करना है, उसे कोई बचा नहीं सकता। सारी परिचारिकाएँ मूर्च्छित एवं अर्द्धमूर्च्छित अवस्था में थीं। राज-वैद्य साथ में थे, मूर्च्छितों का उपचार किया गया। एक-एक कर सभी की मूर्च्छा भंग होने लगी और वे होश में आने लगीं। किंतु रानी का शव नहीं मिला। जिसके लिए यह सारा उपक्रम था, वही अदृश्य थी। यह थी मानव योजनाओं की विफलता और नियति की सफल निकृति। कितना अक्षम एवं अशक्त है मानव भावी को रोकने में। सभी अत्यंत शोकमग्न थे।

धीरे-धीरे नदी का जल उतरने लगा। प्रातःकाल होते-होते भगवती भागीरथी अपने शांत रूप में प्रवाहित होने लगी। सभी कुछ स्पष्ट दिखाई देने लगा। जलपोत नदी तट के निकट ही उलटा था अतः परिचारिकाओं के मूर्च्छित शरीरों के साथ ही जलपोत का सारा सामान भी नदी तट के पास ही मिल गया। नाविकों और सैनिकों ने गोते लगाए। दूर-दूर तक जाल डाले गए। किंतु संपूर्ण प्रयत्न निष्फल रहे। न रानी का शव ही मिला और न जीवित ही मिलीं। सभी शोकमग्न थे, सभी उदास थे। न किसी में बातें करने का साहस था और न इस दशा में कौशांबी लौटने का। सबसे अधिक शोचनीय दशा थी मंत्री सत्यकेतु की। न उनके पास सम्राट् को देने के लिए उचित उत्तर ही था और न विलाप करते हुए सम्राट् को देखने का साहस।

साम्राज्ञी मृगावती को विदा करते समय बार-बार सम्राट् के मन में शंका उत्पन्न होती थी कि कहीं तिलोत्तमा के शाप के सत्य सिद्ध होने का समय तो नहीं आ गया। अन्यथा रानी इतना आग्रह कभी न करती, वह शंका अक्षरशः सत्य सिद्ध हुई। होनी को कोई नहीं रोक सकता। गुरु वसिष्ठ का कथन कितना सटीक और कितना अटल था 'सुनहु भरत भावी प्रबल,' क्योंकि जब सर्वशक्तिमान मर्यादा पुरुषोत्तम राम भावी को नहीं रोक पाए तो सामान्य जन की क्या विसात। राजा और रानी का वियोग होना ही था। इस वियोग की सीमा भी निर्धारित थी। अत: रानी की मृत्यु होने पर तो वे शाप के वाक्य असत्य सिद्ध होते। संभवत: इन्हीं शाप के वाक्यों को सत्य सिद्ध करने के लिए ही भाग्य ने इतने विनाशकारी नाटक की रचना की थी। नियति का क्रूर कृत्य घटित होकर रहा और छोड़ गया अपने पीछे शोक संताप और निराशा।

× × ×

घटना स्थल से एक योजन की दूरी पर ही सुंदर वन था, जहाँ भगवती भागीरथी अपनी अनेक भुजाएँ प्रसार प्रियतम सागर से प्रणय-मिलन के लिए अति उद्वेजिता सी अनेक तीव्र धाराओं में प्रवाहित होने लगती है। नितांत उस चिर वियुक्ता सी, जो सहसा प्रियतम को निकट पा दोनों भुजाएँ प्रसार प्रेमालिंगन के लिए आतुर हो जाती है।

बाढ़ के प्रबल वेग से उमड़ती गंगा के तीव्र प्रवाह में मूर्च्छा की दशा में प्रवाहित रानी मृगावती का शरीर सुंदरवन में पहुँच गंगा के तट से जा लगा। कितने सत्य हैं यह आप्त-वाक्य 'भगवान् को जिसकी रक्षा करनी है, वह अरक्षित होकर भी सुरक्षित रहता है। और वन में परित्यक्त अरक्षित भी जीवित रहता है।'

वास्तव में अनेक प्रकार की घटनाओं से युक्त यह मानव जीवन एक नाटक की भाँति है। और यह विश्व है, उस रंग स्थली सा, जहाँ होता रहता है उस नाटक का सतत मंचन और प्रत्येक मानव नाटकों के पात्रों की भाँति निरंतर सुख और दु:ख के अभिनय करता ही रहता है। संसार की रंग स्थली में नियति नटी के अभिनय एवं सम्मोहक नृत्य निरंतर चलते ही रहते हैं। न उसके कार्य कलापों की कभी परिणति ही होती है और न वे एक क्षण के लिए भी कभी रुक ही पाते हैं। किंतु सभी कुछ मानव की सीमित बुद्धि से परे। कौन कभी जान पाया है कि दूसरे ही क्षण क्या घटित होनेवाला है। 'आकांक्षा और अभिलाषाओं का अंत' ही होता है मानव-जीवन की इस करुणामयी गाथा का सुनिश्चित उपसंहार। यही था विवश रानी का भाग्य और उनकी अभिलाषाओं का कारुणिक अंत।

प्रात:काल का समय था। शीतल एवं मंद पवन प्रवाहित था। पवन की शीतलता रानी के जलार्द्र शरीर को और अधिक शीतल बना रही थी। रानी अर्द्धमूर्च्छित थीं। वस्त्र उनके शरीर से चिपटे थे। शीतलता के कारण उनका शरीर थर-थर काँप रहा था। प्राची में भगवान् भास्कर की प्रथम किरण प्रस्फुटित हुई। कुछ ही क्षणों में वे अपनी संपूर्ण

रश्मियों की अरुणिमा से विश्व को रागरंजित कर चतुर्दिक् अपनी आभा विकीर्ण करने लगे। समस्त जड़-जंगम में नवजीवन का संचार होने लगा। सूर्य की किरणों से रानी को भी ऊष्मा प्राप्त हुई और शनै-शनै उनकी मूर्च्छा समाप्त होने लगी। वे जल से बाहर आ बालुका तट पर लेट गईं।

सूर्य की किरणों में और अधिक उष्णता आने लगी। रानी के शरीर को और अधिक ऊष्मा प्राप्त हुई और उनके शरीर में शक्ति-संचरण होने लगी। उनका कंपन रुका और धीरे-धीरे मानसिक चेतना भी आने लगी, किंतु संपूर्ण शरीर अब भी शिथिल था।

चैतन्य होने पर रानी के नेत्र स्वयं ही खुल गए। उन्होंने चारों ओर नेत्रों को घुमाया और उस निर्जन अरण्य प्रांत में अपने को नितांत एकाकी देख वे भयभीत हो उठीं। शरीर आहत था। संभवत: सिर में पर्याप्त चोटें लगी थीं। इससे उनकी स्मरण शक्ति भी बहुत कुछ नष्ट हो चुकी थी। वे पीड़ा का अनुभव कर रही थीं। उन्हें यह भी स्मरण नहीं हो पा रहा था कि उनके साथ क्या हुआ है। प्रयत्न करने पर भी पूरी स्मृति वापस नहीं आ रही थी। जीवन की अधिकांश घटनाएँ स्मृति के पटल से तिरोहित हो चुकी थीं। किंतु उन्हें अपनी सुरक्षा की चिंता अब भी थी। उस निर्जन में एकाकी होने का भय मन में व्याप्त था। राजप्रासाद में रहनेवाली, अनेक परिचारिकाओं से परिसेविता और रक्षकों से पूर्ण सुरक्षिता एक राजमहिषी आज निर्जन में थीं, नितांत एकाकी और सर्वथा असहाय। भय से उनका शरीर प्रकंपित होने लगा।

सहसा रानी की दृष्टि अपनी ओर आते एक विशालकाय अजगर पर पड़ी, जो अपने मुँह को किसी गिरिगुहा के प्रवेश द्वार की भाँति पूर्ण आकार में प्रसार उनकी ओर तीव्र गति से चला आ रहा था। भयाक्रांता रानी चीत्कार करने लगीं और संपूर्ण अरण्य उनके करुण क्रंदन से गुंजायमान हो उठा। सुरक्षा के लिए वे इधर-उधर दौड़ने लगीं। रानी की गति के साथ ही अजगर की गति भी और तीव्र हो उठी। उसकी असाधारण गति को देख यह प्रतीत होता था कि वह अजगर के रूप में कोई महादानव है। जैसे-जैसे रानी दूर भागने का प्रयत्न करतीं अजगर की गति और अधिक तीव्र होने लगती। वह रानी का पीछा नहीं छोड़ना चाहता था। रानी को अब पूर्ण निश्चय हो गया कि वह अवश्य ही अजगर के रूप में कोई महान् दैत्य है, जो उनके प्राणों का अपहरण करने के लिए आया है और अब ये उनके जीवन के अंतिम क्षण हैं।

भयभीत रानी के विलाप से वृक्ष भी करुणार्द्र होते प्रतीत होने लगे। संपूर्ण अरण्य उनकी चीत्कार से गूँजने लगा। किंतु उनका यह करुण रुदन केवल अरण्य-रोदन ही नहीं था, क्योंकि विश्व की नियंता वह महान् शक्ति, जो कण-कण में व्याप्त है और जड़-जंगम सभी की रक्षक है, वह उस निर्जन कानन के तरु-तरु और तृण-तृण में भी व्याप्त थी और वह करुण दृश्य को देख अधिक तटस्थ नहीं रह सकी।

सहसा वृक्षों के झुरमुट से प्रकट होता एक दिव्य पुरुष दृष्टिगोचर हुआ। उसने रानी को आश्वासन दिया कि वे अधिक भयभीत न हों और शीघ्र ही उस दिव्य पुरुष ने अपने खड्ग से उस विकराल अजगर पर आक्रमण किया। अजगर भयानक नि:श्वास छोड़ता प्रत्याक्रमण की मुद्रा में उस दिव्य पुरुष की ओर तीव्रता से झपटा, किंतु उस खड्गपाणि के खड्ग की तीव्र धार के प्रहारों से उस दीर्घकाय अजगर का शरीर खंड-खंड हो गया। उस दिव्य पुरुष ने रानी को आश्वस्त किया कि वह भयभीत न हों, वह मानवभक्षी दानव था, किंतु अब उनका भय टल चुका है। इससे पूर्व ही कि रानी अपनी सुरक्षा और चिंता के विषय में कुछ कहें, वह पुरुष वृक्षों के झुरमुट में तिरोहित हो अदृश्य हो गया। रानी का करुण-क्रंदन रुका और वे शांत हो इधर-उधर देखने लगीं।

भयभीत नेत्रों से रानी ने देखा कि समीप ही हाथियों का एक विशाल दल जल में क्रीड़ा निरत था। वे जानती थीं कि कभी-कभी अरण्य गज भयानक हो उठते हैं। अत: वह भयभीत होने लगीं, किंतु दूसरे ही क्षण उन्होंने यह भी देखा कि व्याघ्रों का एक दल टकटकी लगाए आक्रमण की मुद्रा में उनकी ओर देख रहा है। वे पुन: कातर दृष्टि से सुरक्षा के लिए पुकार करने लगीं। अपनी ओर घात लगाकर देखते हुए उन हिंस्र पशुओं की ओर देखने का उनको साहस नहीं हो रहा था। वे अत्यंत भयभीत थीं। किंतु उस विश्व नियंता के अनंत रूप हैं, वह स्वयं अनंत है और उसकी लीलाएँ भी अनंत हैं। कौन जान सका है कि वह कहाँ किस रूप में विद्यमान है। उसे जिसकी रक्षा करनी है, उसके लिए वह निर्जन अरण्य में भी प्रकट हो जाता है।

रानी को कुछ भी नहीं सूझ रहा था कि वे क्या करें। डूबता तिनके का सहारा लेता है। व्याघ्रों से भयभीत रानी हस्तियों के दल की ओर दौड़ीं। उन्होंने सोचा भी नहीं कि वे क्या करने जा रही हैं। सोचने के क्षण भी कहाँ थे। यह केवल अंत:प्रेरणा ही थी।

जिस महान् विश्व के कण-कण में व्याप्त और छोटे-से-छोटे कार्य का नियंता स्वयं वही एक सर्वशक्तिमान हो कभी-कभी असंभाव्य का घटित होना आश्चर्यजनक भले ही हो, किंतु असंभव नहीं होता और मानव मन को विवश हो उस पर विश्वास करना ही होता है। कभी निर्जन में सोते हुए मानव-शिशु पर सर्प अपने फन को फैला उसकी छाया करता है तो कभी वृकों का झुंड मानव-शिशु को अपना भोजन न बना, उसके साथ क्रीड़ाएँ करता है। ऐसी अनेक विचित्र घटनाओं का मानव स्वयं प्रत्यक्षदर्शी होता है।

सहसा जल में से एक विशालकाय हाथी निकला। वह आक्रमण की मुद्रा में तीव्र गति से व्याघ्रों के दल की ओर दौड़ा। व्याघ्रों का दल पीछे की ओर भागने लगा। किंतु वह जानते थे कि रानी उनका भोजन है अत: वह अभी दूर नहीं गए। शीघ्र ही हाथियों का संपूर्ण दल अपने नेता के साथ ही जल के बाहर आ और रानी को चारों ओर से घेर एक वृत्त के रूप में खड़े हो गए। व्याघ्रों का साहस नहीं था कि वे रानी पर आक्रमण करें।

कुछ समय प्रतीक्षा कर विवश हो व्याघ्रों का दल वहाँ से चला गया।

अब रानी को विश्वास होने लगा था कि हस्ति-दल उनका भक्षक न होकर अवश्य ही रक्षक है। उस विशालकाय हाथी ने अपनी शुंड के विस्तारित अग्रभाग को रानी के समीप लाकर और उन्हें उठाकर अपनी पीठ पर बैठा लिया। दल के अन्य हाथी उसके चारों ओर खड़े हो गए।

रानी सुरक्षित अवश्य थीं, किंतु भय के कारण निरंतर चीख रही थीं। हाथियों का दल उनकी सुरक्षा के लिए तत्पर था। विपत्ति में भगवान् किसी-न-किसी रूप में असहाय की सहायता करने आ ही जाते हैं।

उस स्थान से कुछ योजन की दूरी पर ही उदयाद्रि पर महर्षि जमदग्नि का आश्रम था। यहाँ तपस्वियों की एक बहुत बड़ी संख्या निवास करती थी। दिन-रात यज्ञों-हवनों और प्रवचनों के आयोजन होते रहते थे। चारों दिशाओं में वनों से परिवेष्टित यह आश्रम एक शांति-निकेतन जैसा था। विद्या की दृष्टि से यह विद्यालय पूर्वांचल की तक्षशिला था। महर्षि जमदग्नि के शिष्य प्राय: इन वनों में घूमते रहते थे।

ठीक उसी समय अपनी यात्रा से लौटते हुए मुनि कृतयाग ने अपने एक शिष्य के साथ उसी वन प्रांत में प्रवेश किया और रानी का करुण-क्रंदन सुना। वे दोनों ही आश्चर्यचकित हो उठे। उनके मन में जानने की जिज्ञासा हुई कि उस निर्जन अरण्य प्रांत में एक नारी के रोदन का स्वर कहाँ से आया। वे इस स्वर को लक्ष्य बना, उसी दिशा में चलने लगे। शीघ्र ही उन्होंने एक विशालकाय हाथी पर बैठी रोती और बिलखती स्वल्प-वसना एक परम सुंदरी युवती को देखा। कुछ क्षणों के लिए उन्हें अपने नेत्रों पर विश्वास ही नहीं हुआ। किंतु उस मुनि को समझने में देर नहीं लगी कि अवश्य किसी-न-किसी विपत्ति के कारण ही उस युवती की ऐसी दशा हुई थी। रानी के रूप-लावण्य और आभूषणों को देख वे यह भी समझ गए कि वह सामान्य नारी नहीं थी। उस मुनि का हृदय दयार्द्र हो उठा और उन्हें तुरंत ही अपने कर्तव्य का ज्ञान भी हुआ।

वह मुनि हस्ति सम्मोहन की विद्या में पारंगत थे। उन्होंने रानी को बार-बार आश्वस्त किया कि वे निर्भय हों और करुणा-क्रंदन न करें। उनके जीवन को अब कोई भय नहीं। रानी का करुण-क्रंदन रुका, किंतु वे अपने विषय में कुछ भी कहने में असमर्थ थीं। मुनि कृतयाग ने यह भी समझ लिया कि वह कोमलांगी उस कंटकाकीर्ण अरण्य-पथ में उनके साथ पदाति यात्रा नहीं कर सकती। अत: उन्होंने उस विशालकाय हाथी पर सम्मोहन मंत्र का प्रयोग कर उसे अपना अनुगामी बना लिया और उसे महर्षि जमदग्नि के आश्रम की ओर ले जाने लगे। हाथियों का शेष दल भी अपने नेता का अनुगमन करने लगा। रानी भी उन मुनियों को देख अपनी सुरक्षा के प्रति आश्वस्त होने लगीं। कुछ घटिकाओं की यात्रा के उपरांत ही वे मुनि उस हस्तिदल के साथ आश्रम के निकट आ पहुँचे।

यह अटूट सत्य है कि मंत्रों और तपस्या में अपार शक्ति होती है। मंत्र-मुग्ध हाथी पूर्ण रूप से उस मुनि के वशीभूत था। आश्रम के निकट पहुँच मुनि कृतयाग ने उस हाथी को भूमि पर बैठने के लिए प्रेरित किया और स्वयं अपने हाथ का आश्रय दे रानी को भूमि पर उतारा।

मध्याह्नोपरांत का समय था। भगवान् जमदग्नि सायंकाल की याज्ञिक क्रियाओं से निवृत्त होने के लिए यज्ञशाला में उपस्थित थे। मुनि कृतयाग जब रानी को साथ ले महर्षि की यज्ञशाला में पहुँचे तो उन्हें कुछ क्षणों के लिए आश्चर्य हुआ। किंतु तुरंत ही अर्द्ध-निमीलित नेत्रों से ध्यानमग्न हो उन्होंने सारी परिस्थिति को समझ लिया। उन्होंने ऋषि पत्नी को आज्ञा दी कि तुरंत ही उस स्त्री को वस्त्र दिए जाएँ और उसके रहने की उत्तम व्यवस्था की जाए। उसके लिए उचित भोजन की व्यवस्था तुरंत की जाए और उसको इतना प्रेम प्रदर्शित किया जाए कि वह भयमुक्त हो स्वस्थ अनुभव करने लगे। ऋषि कन्या वेदांतिनी, जो अब प्रौढ़ावस्था में थीं, उनको रानी की देखभाल के लिए नियुक्त किया गया।

□

18
महर्षि जमदग्नि का आश्रम

हिमवान् के पूर्वांचल में उदयाद्रि पर स्थित महर्षि शिरोमणि जमदग्नि का पावन आश्रम केवल एक तपोभूमि ही नहीं, वरन् एक शिक्षा केंद्र भी था। यहाँ भारत के दर्शन शास्त्रों, वेदों, उपनिषदों, आयुर्वेद, धनुर्वेद, ज्योतिषशास्त्र आदि अनेक विषयों का अध्ययन अध्यापन निरंतर चलता रहता था। शिक्षा की दृष्टि से यह विद्यालय विश्वविख्यात था। देश और विदेशों में इसकी प्रसिद्धि तक्षशिला एवं नालंदा से कम न थी। भारत के पूर्व में स्थित ब्रह्मदेश, मलय द्वीप, यवद्वीप, सिंहपुर, सुवर्णद्वीप, कंबोडिया आदि सभी देशों के छात्र यहाँ विद्याध्ययन के लिए आते और अपने-अपने देश लौटकर ख्याति अर्जित करते। महर्षि जमदग्नि स्वयं अनेक विषयों के विद्वान् थे और इस विद्यालय के कुलपति भी थे।

आश्रम के चारों ओर ऋषियों की पर्णशालाएँ दूर-दूर तक फैली दिखाई देती थीं। इन पर्ण कुटियों में अनेक विषयों के अध्ययन-अध्यापन निरंतर चलते रहते। आश्रम में स्थान-स्थान पर यज्ञ मंडप बने थे, जिनमें से हर समय उठता अग्निहोत्र का सुगंधित धूम वायुमंडल को सुगंधित बनाए रखता। प्रात: एवं सायं बटुकों का ऋचाओं के गायन का समवेत स्वर वायुमंडल में अनुगुंजित रहता।

आश्रम में एक विशाल गौशाला थी, जहाँ तेजस्वी तपीगण श्रमदान कर गौओं की सेवा करते। इसी गौशाला के द्वारा आश्रम में यज्ञ के लिए घी एवं तपस्वियों के लिए दूध की पूर्ति होती। कुछ तपस्वी अविवाहित एवं विरक्त थे, किंतु अनेक ऋषियों के परिवार भी थे। आश्रम के चारों ओर सुदूर लौं जौ के खेत और फलोद्यान थे, जहाँ फलों के वृक्षों की डालियाँ भूमि को छूती थीं। इन प्रकृतिजन्य फलों के वृक्षों से आश्रमवासियों को हर ऋतु में फल उपलब्ध रहते।

आश्रम पावन सरिता भद्रावती के तट पर एक विस्तृत भू-भाग में फैला था। इसके चारों ओर अरण्याच्छादित पर्वत शृंखलाएँ थीं, जहाँ से आश्रम की अनेक आवश्यकताओं की पूर्ति होती थी। पावन भद्रावती की जलधारा नीलाचल की पर्वत शृंखलाओं से समुद्गमित

हो आश्रम से कुछ दूरी पर ही ब्रह्मपुत्र में विलीन हो जाती थी। आश्रम के उत्तर में ब्रह्मपुत्र की धारा भी आश्रम से अधिक दूर न थी। आश्रम ब्रह्मपुत्र एवं भद्रावती के मध्य विस्तृत भू-भाग में स्थित था।

आश्रम की सीमा में ही ब्रह्मसर नाम का एक सुंदर सरोवर था। इसके तटों और सोपानों का निर्माण उदयाद्रि के पास से मिलने वाले प्रस्तर खंडों से किया गया था। यह सरोवर मानवकृत न होकर प्राकृतिक था। इसके तटों और सोपानों का निर्माण महर्षि के अनेक राजकुमार शिष्यों के योगदान से हुआ था। ब्रह्मपुत्र के पावन जल को ब्रह्मसर तक लाने के लिए एक कुल्या का निर्माण किया गया था और दूसरी ओर ब्रह्मसर के जल को एक अन्य कुल्या द्वारा भद्रावती में प्रवाहित कर दिया गया था। अत: सरोवर हर समय ब्रह्मपुत्र के पावन एवं स्वच्छ जल से आपूरित रहता था। यहाँ आश्रमवासी ऋषि और छात्र प्रात: स्नान करते और चतुर्दिक् प्रतिस्थापित अनेक प्रस्तर पीठिकाओं पर कुशाओं के आसन बिछा सिद्धासन लगा घंटों भगवान् के ध्यान में निमग्न हो मनन करते और योग साधना में तल्लीन रहते। चारों ओर छायादार वृक्षों का बाहुल्य था, जहाँ वनमल्लिकाएँ, कल्पलताएँ, सोमलताएँ और अनेक बासंतीलताएँ पास के वृक्षों का आश्रय ले झूलती रहतीं। विविध रंगों के कुसुमों से समाच्छादित ये लताएँ यहाँ की प्राकृतिक शोभा को और अधिक आकर्षक बना देतीं।

भारत की पावन भूमि को अनगिनत प्रख्यात महर्षियों और तपस्वियों को जन्म देने का श्रेय प्राप्त है। ये ऋषि वनों के अंचल में प्रकृति की गोद में अपने आश्रम स्थापित कर विरक्त एवं संयमित जीवन बिताते। उनकी भौतिक इच्छाएँ जीवन की अनिवार्य आवश्यकताओं तक ही सीमित थीं। तपस्या, संयमित जीवन और योगाभ्यास से वे अपार आध्यात्मिक शक्तियाँ प्राप्त करते और उन्हीं के बल पर त्रिकाल का ज्ञान प्राप्त करते। उन्हीं आरण्यक पर्णकुटियों में बैठ उसी आध्यात्मिक शक्ति के द्वारा उन्होंने संपूर्ण ब्रह्मांड की खोज की और विविध ग्रंथों की रचना की। उन ऋषियों को सारे ब्रह्मांड का ज्ञान करतल स्थित आमलक की भाँति था। महर्षि जमदग्नि भी त्रिकालदर्शी थे और उनका प्रभाव अकल्पनीय था। वे महान् योगी थे।

अत: जब मुनि कृतयाग रानी को ले महर्षि के समक्ष पहुँचे तो विषादग्रस्त रानी को देख वे कुछ क्षणों के लिए ध्यानावस्थित हुए और रानी के जीवन का सारा चित्रपट उनके मानस-चक्षुओं के समक्ष तत्क्षण की घटना की भाँति स्पष्ट होने लगा। उनका कोमल हृदय रानी की दशा पर करुणार्द्र हो उठा। वे रानी के विषय में अभी किसी को अधिक नहीं बताना चाहते थे। रानी स्वयं वहाँ उपस्थित थीं और अपने को विस्मृत कर चुकी थीं। महर्षि जानते थे कि अभी रानी को स्वयं का परिचय प्राप्त हो जाने से उनकी मानसिक दशा एक विक्षिप्त की भाँति हो जाएगी और क़ौशांबी जाने को अधीर हो उठेंगी। इसलिए उन्होंने ऋषि पत्नी को इतना ही आदेश दिया कि उस विषादग्रस्त स्त्री के खाने और रहने का अति उत्तम प्रबंध किया जाए और किसी भी समय उसे एकाकी न छोड़ा जाए। वह अंतर्वती (गर्भवती) भी है।

महर्षि की आज्ञा का अक्षरशः पालन किया गया। उनके प्रभाव से स्वयं ही सुख के सभी आवश्यक साधन सुलभ हो गए। संपूर्ण आश्रमवासियों के लिए रानी एक कुतूहल का विषय बन गईं। उनके विषय में किसी को कुछ भी ज्ञात न होने के कारण आश्रम में वे गंगापुत्री के नाम से जानी जाने लगीं। जो देखता उसी को रानी के प्रति सहानुभूति उत्पन्न हो जाती। उन्हें शोकाकुल देख सभी अधीर हो जाते और संवेदना प्रकट करते, किंतु साम्राज्ञी मानसिक एवं शारीरिक आघात के कारण सभी कुछ विस्मृत कर चुकी थीं और उन्हें इतना भी स्मरण न था कि वे कौन हैं और वहाँ कैसे पहुँच गईं। महर्षि की पत्नी की आज्ञा से कुछ ऋषि-पत्नियाँ और ऋषि-कन्याएँ हर समय रानी के पास उपस्थित रहतीं और उनका मन बहलाने का प्रयत्न करतीं, जिससे रानी विचारमग्न हो शोकसंतप्त अनुभव न करें। जैसे-जैसे समय बीतता जाता, रानी का शरीर स्वस्थ होता जाता, किंतु सिर में लगी चोट के कारण स्मरण शक्ति पूरी तरह क्षीण हो चुकी थी।

कुछ समयोपरांत एक दिवस जब सायंकाल के समय आश्रम की परंपरा के अनुसार, तपस्वी-वर्ग एवं ऋषि-पत्नियाँ दैनिक क्रियाओं से निवृत्त हो महर्षि जमदग्नि के चतुर्दिक् वृत्ताकार में बैठ महर्षि के वचनामृतों का श्रवण कर रहे थे, सभी के मन में उस तथाकथित गंगापुत्री के विषय में जानने की अत्यधिक जिज्ञासा उत्पन्न हुई। कुछ वृद्ध तपस्वियों ने साहस बटोर महर्षि जमदग्नि से प्रार्थना की कि सभी आश्रमवासी आश्रम की नवागंतुका गंगापुत्री के विषय में जानने के लिए जिज्ञासु हैं। भगवन् कृपा कर उसके संबंध में कुछ बताएँ, जिससे सभी की जिज्ञासा शांत हो।

महर्षि कुछ क्षणों तक अर्द्धनिमीलित नेत्र हो शांत मुद्रा में बैठे रहे। नेत्र खोलकर उन्होंने रानी का परिचय देते हुए बताया कि आश्रम की नवागंतुका गंगापुत्री वस्तुतः एक सामान्य स्त्री न होकर कौशांबी सम्राट् सहस्रानीक की पत्नी और वत्स राज्य की राजमहिषी मृगावती हैं। वत्सराज की ओर से प्रायः अन्न और गौओं का दान समय-समय पर इस आश्रम को प्राप्त होता रहा है। अतः वत्स सम्राट् हमारे परिवार के ही हैं। इसीलिए उनके प्रति हमारा उत्तरदायित्व और भी अधिक बढ़ जाता है कि यहाँ रानी की देखभाल एवं सेवा शुश्रूषा उचित रीति से हो।

श्रोताओं को यह सुनकर अत्यंत आश्चर्य हुआ और रानी के विषय में और अधिक जानने के लिए सभी का कुतूहल अत्यधिक बढ़ गया। महर्षि ने सभी की जिज्ञासा शांत करते हुए बताया कि जब सम्राट् नितांत युवावस्था में थे, इंद्र के आमंत्रण पर वे देवलोक की यात्रा पर गए। वहाँ इंद्र ने सम्राट् के स्वागत में नृत्य और गायन का आयोजन किया। इंद्र की राजसभा की अप्सरा तिलोत्तमा उनके लोकोत्तर अंग-सौष्ठव एवं सौंदर्य को देख उनकी ओर आकर्षित हुई। रात्रि के समय वह इंद्र के अतिथि-कक्ष में गई, जहाँ सम्राट् ठहरे थे, सम्राट् ने उसकी प्रणय-याचना को अस्वीकार किया और उसने क्रोधित हो सम्राट् को शाप दिया

कि उनका अपनी साम्राज्ञी से चौदह वर्ष का वियोग होगा। सम्राट् तब तक अविवाहित ही थे। यह उसी शाप का परिणाम है। चौदह वर्ष की अवधि पूरी होने तक रानी को विवश हो, इसी आश्रम में एक निर्वासिता की भाँति जीवनयापन करना पड़ेगा। महर्षि ने जलपोत वाली दुर्घटना का भी वर्णन किया और साथ ही आदेश भी दिया कि उनके साथ समुचित व्यवहार किया जाए और अत्यधिक प्रेम प्रदर्शित किया जाए। उन्हें भद्रावती में स्नान को न ले जाएँ।

महर्षि ने सभी को उस आश्चर्यजनक घटना का वर्णन किया कि किस प्रकार हाथियों के झुंड ने हिंस्र पशुओं से रानी की रक्षा की और किस प्रकार मुनि कृतयाग उन्हें उस घोर निर्जन स्थान से आश्रम तक लेकर आए। महर्षि ने यह भी बताया कि शाप की अवधि समाप्त होने पर उनके कौशांबी वापस जाने की परिस्थितियाँ स्वत: ही उपस्थित हो जाएँगी।

भगवान् जमदग्नि से रानी की जीवन-गाथा सुनकर सारे आश्रमवासियों को रानी के प्रति अत्यधिक संवेदना और सहानुभूति उत्पन्न होने लगी और सभी उनके प्रति सदय और विनम्र हो उठे तथा रानी के रहन-सहन में रुचि लेने लगे। विशेषकर रानी की समवयस्का ऋषि-पत्नियाँ उनके सान्निध्य में बने रहने का प्रयत्न करतीं और ऋषि-कन्याएँ उन्हें प्रसन्न रखने के लिए उनके साथ अनेक प्रकार की क्रीड़ाएँ करतीं। महर्षि की आज्ञा से रानी की इच्छानुसार उनके अनुकूल भोजन एवं रहन-सहन की व्यवस्था पहले ही से थी।

धीरे-धीरे रानी के तन-मन स्वस्थ होने लगे। वे सभी कुछ समझने और जानने लगीं। वे आश्रमवासियों में रुचि लेने लगीं और उनके साथ घुल-मिल गईं। उनके व्यवहार एवं आचरण में भी सौम्यता आने लगी। किंतु अभी तक उनकी पूरी स्मृति वापस नहीं आ रही थी। हाँ, इतना अवश्य था कि कभी-कभी विगत जीवन की घटनाएँ एक अर्द्धविस्मृत स्वप्न की भाँति क्षण भर के लिए उनके मानसपटल पर आतीं और तिरोहित हो जातीं। ऐसे क्षणों में वे शोक-विह्वल हो उठतीं और विविध भाँति से विलाप और प्रलाप करने लगतीं। ऋषि-पत्नियाँ अनेक प्रकार से उनके संतप्त मन को शांत करतीं और उन्हें प्रसन्न रखने का प्रयत्न करतीं। उन्हें अपने साथ उद्यानों में ले जातीं और कभी उद्यानों में और कभी ब्रह्मसर के तट पर उनके साथ क्रीड़ाएँ कर उन्हें प्रसन्न रखने का प्रयत्न करतीं। किंतु रानी प्राय: गंभीर रहतीं और बहुत कम बातें करतीं।

रानी का अधिक समय ब्रह्मसर के तट पर ही व्यतीत होता। रानी को यही स्थान अत्यधिक प्रिय था। यहाँ कभी वे ऋषि कन्याओं के साथ लताकुंजों में घूमतीं और कभी पुष्प चयन कर मालाएँ गूँथ ऋषि कन्याओं को सजातीं। प्रात:काल प्राय: इसी सरोवर के तट पर पूर्वाभिमुख हो उदीयमान सूर्य को निहारती रहतीं। यहाँ की शोभा अक्षयपुरी के शुभ्रोदक से कम न थी। यहाँ विद्युत्प्रभा तो नहीं थी, किंतु प्राकृतिक सौंदर्य की धनी, दया और सहानुभूति की साक्षात् प्रतिमूर्तियाँ ऋषि-कन्याएँ एवं ऋषि-पत्नियाँ तो थी हीं, जो उनके साथ हर समय प्रेम प्रदर्शित करतीं और छाया की भाँति उनके साथ लगी रहतीं। वे रानी के

जीवन में अधिक रुचि लेतीं और रानी भी धीरे-धीरे उनमें घुल-मिल रही थीं।

कभी-कभी रानी कल्पलताओं और सोमलताओं के कुंजों में चली जातीं, जहाँ शीतलता रहती। वहाँ बनी प्रस्तर पीठिकाओं पर विश्राम करने लगतीं। सरोवर के तट पर छायादार और फलों के वृक्षों का बाहुल्य था। अधिकतर वृक्ष सदाबहार के थे। पारिजात, गुलमोहर, देवदारु, मौलश्री, सेब एवं आम्र वृक्षों की पंक्तियाँ थीं। रानी इनकी छाया में घूमती रहतीं।

भगवान् शिव का परम धाम कैलाश उदयाद्रि से उत्तर दिशा में हिमवान् के पूर्वांचल में पंचाशत योजन की दूरी पर स्थित था। कैलाश की पर्वत-शृंखलाओं से परिवेष्टित परम-पावन मानसरोवर के तट पर रहनेवाले हंसों के झुंड प्राय: ब्रह्मसर तक आ जाते थे। कुछ हंसों ने तो ब्रह्मसर को ही अपना स्थायी निवास बना लिया था। उनके अतिरिक्त बक, कारंडव, मयूर, चक्रवाक आदि पक्षियों का बाहुल्य था। कई प्रकार के मृग भी यहाँ घूमते रहते थे, जो आश्रम में हिंस्र पशुओं से सुरक्षित रहते। रानी को इनके साथ क्रीड़ा करना बहुत अच्छा लगता। कभी वे मयूरों के साथ क्रीड़ा करतीं, कभी हंसों के साथ विनोद करतीं और हंस-शावकों को पकड़कर अंक में ले बैठी रहतीं और कभी दूर्वादल का मुट्ठा अपने हाथों से मृग-शावकों को खिलाती रहतीं। आश्रम के पशु-पक्षी आश्रमवासियों से हिले थे। अत: रानी उन्हें आसानी से पकड़ लेतीं।

आश्रम का शिशु वर्ग भी रानी से घुल-मिल गया था। अत: वे भी रानी के साथ क्रीड़ा करते, किंतु रानी के व्यवहार में अब भी कुछ अन्यमनस्कता थी और कभी-कभी वे सहसा गंभीर और मूक बनकर बैठ जातीं। दूसरे ही क्षण ऋषि-कन्याओं को वृक्षों में पानी डालते देख स्वयं भी एक छोटा सा मृद्भांड ले उनका अनुकरण करने लगतीं। इस प्रकार ऋषि-पत्नियों और ऋषि-कन्याओं के सान्निध्य में उनका समय व्यतीत हो रहा था, किंतु उनकी दशा भी एक अर्द्ध विकसित मस्तिष्क वाली नारी की भाँति थी, क्योंकि विगत जीवन के विषय में अभी भी उनकी विस्मृति बनी थी।

एक दिन प्रात:काल रानी ब्रह्म सरोवर के तट पर बैठ उदीयमान सूर्य की ओर दृष्टिपात किए थीं। आसपास तपस्वी और बटुक स्नान भी कर रहे थे। कुछ तपस्वी भगवान् के ध्यान में मग्न थे। रानी ने एक सुंदर मराल-शावक को जल में तैरते देखा। प्रात:काल की अरुणिम रश्मियों में उसके पंख भी अरुणिम दिखाई दे रहे थे। रानी को वह इतना सुंदर प्रतीत हुआ कि वे सहसा उसे जल में पकड़ने का प्रयत्न करने लगीं। इसी उपक्रम में उनको कुछ ध्यान नहीं रहा और एक सोपान से पैर फिसलकर वे अथाह जल में जा गिरीं और तुरंत अदृश्य हो गईं। दो ऋषि-कन्याएँ उनके साथ थीं, वे चीखने लगीं, 'गंगापुत्री सरोवर में डूब गई हैं।' दो तरुण तपस्वी तुरंत ही जल में कूदे और रानी को खोज निकाला। वे उन्हें तट पर ले आए।

एक आयुर्वेदज्ञ ऋषि ने रानी का उपचार किया। कुछ ही घड़ियों में उनकी संज्ञा लौटी

और वे स्वस्थ अनुभव करने लगीं। किंतु इस घटना से एक महान् चमत्कार हुआ कि रानी की सारी स्मृति लौट आई। वे चीखने लगीं, 'मैं यहाँ कैसे आई? मेरा जलपोत कहीं है? परिचारिकाएँ कहाँ हैं? साथ के सैनिक कहाँ गए?' सभी को आश्चर्य होने लगा। ऋषियों और ऋषि-पत्नियों ने उन्हें सांत्वना दी। किंतु रानी निरंतर विलाप करतीं और चीखतीं। अंत में इसकी सूचना महर्षि जमदग्नि को दी गई।

महर्षि ने तुरंत रानी को अपने सामने लाने की आज्ञा दी। रानी ने महर्षि को सादर प्रणाम किया। महर्षि ने राजमहिषी कहकर उनको संबोधित किया और सारी घटना का उनको स्मरण कराया। उन्होंने स्वयं स्वीकार किया कि एक घोर झंझावात में उनका पोत गिर गया था और उन्हें पोत के उलट जाने का भी स्मरण है। इसके अनंतर क्या हुआ, उसका उन्हें कोई ज्ञान नहीं है।

महर्षि ने उनके साथ हुई सारी दुर्घटना का वर्णन किया कि किस प्रकार गंगा के तीव्र प्रवाह में बहता हुआ, उनका शरीर एक घोर निर्जन स्थान में स्वयं ही तट पर आ लगा और किस प्रकार वन्य हाथियों के झुंड ने व्याघ्रों से उनकी रक्षा की। कृतयाग मुनि ने बताया कि किस प्रकार हाथियों की सहायता से वे उन्हें आश्रम तक लेकर आए।

अब रानी को सारी बातें स्मरण हो आईं। वे सम्राट् के पास जाने का आग्रह करने लगीं। किंतु महर्षि ने रानी को हर प्रकार से सांत्वना दी और तिलोत्तमा के शाप की कथा भी उनको सुनाई। दुष्यंत और शकुंतला की कहानी सुनाते हुए महर्षि ने उन्हें बताया कि उनका अधिक आग्रह और शाप की अवधि से पूर्व कौशांबी जाने का प्रयत्न कल्याणकारी नहीं होगा। उन्होंने हर प्रकार से रानी को सांत्वना दी कि शाप की अवधि समाप्त होने पर सम्राट् स्वयं उनको लेने आएँगे। उस समय तक उनको आश्रम में ही रहना उचित होगा। उनके लिए आश्रम में हर प्रकार की सुविधा की व्यवस्था की जाएगी।

महर्षि ने सम्राट् के विषय में भी रानी को बताया कि वे उनके वियोग में अत्यंत शोक संतप्त हैं, किंतु इंद्र की आज्ञा से मातलि ने आकर तुम्हारे विषय में उन्हें आश्वस्त कर दिया है कि तुम जीवित हो और शाप की अवधि समाप्त होने पर अवश्य दोनों का मिलन होगा। अत: उन्हें सम्राट् की चिंता नहीं करनी चाहिए। सारे मंत्रीगण भी उन्हें सांत्वना देते रहते हैं। महर्षि ने यह भी बताया कि वे एक अति उत्तम गुणों वाले विश्व-विश्रुत पुत्र को जन्म देने वाली हैं। अत: उन्हें हर समय प्रसन्न मुद्रा में रहना चाहिए।

अब रानी प्राय: संध्या समय महर्षि के सान्निध्य में जा बैठतीं और प्रवचनों का श्रवण करतीं, किंतु महर्षि द्वारा निरंतर सांत्वना देने पर भी सम्राट् से वियुक्त होने का दु:ख हर समय उनके मन को सालता रहता।

□

19

शोक संतप्त सम्राट्

सम्राट् को हर दो या तीन दिन के उपरांत साम्राज्ञी के समाचार निरंतर मिलते रहते थे। किंतु आज चार दिन से उनको कोई समाचार नहीं मिला। रह-रहकर उनके बाएँ अंग भी फड़क उठते थे, जो अशुभ के सूचक थे। अत: वे अत्यधिक चिंतित और सशंकित होने लगे कि अवश्य कोई-न-कोई अशुभ समाचार मिलने वाला है। न वे दिन में कोई काम कर सकते थे और न रात्रि में सो सकते थे। महामंत्री युगंधर उनके समवयस्क थे। उनसे सम्राट् अपने हृदय की संपूर्ण वेदना निस्संकोच कह सकते थे। युगंधर उन्हें बार-बार ढाढ़स बँधाने का प्रयत्न करते, किंतु इसका प्रभाव विपरीत होता।

चिंतित मानव मन दु:ख में किसी आत्मीय की सहानुभूति से और अधीर हो उठता है। यही दशा सम्राट् की थी। जितना ही आत्मीय जन ढाढ़स बँधाते, उतना ही अधिक सम्राट् भावुक हो उठते और उनके नेत्र सजल हो जाते। आज समाचार न मिलने का पाँचवाँ दिन था। चिंतित सम्राट् रात-भर जागते रहे। केवल रात्रि के अंतिम प्रहर में ही उन्हें निद्रा ने अपने अंक में समेट लिया और वे स्वप्न जगत् में विचरण करने लगे।

उन्होंने देखा कि वे यमुना के तट पर खड़े हैं और राजमहिषी उसमें स्नान कर रही हैं। सहसा नदी का प्रवाह अत्यधिक तीव्र होने लगा और उसका जल तटों को परिप्लावित करने लगा। रानी धार के प्रवाह में बहने लगीं और चीत्कार करने लगीं। सम्राट् जल में कूदे और बड़ी तीव्र गति से रानी की ओर तैरने का प्रयत्न करने लगे। किंतु जितनी तीव्र गति से वे तैरने का प्रयत्न करते, उतनी ही अधिक तीव्रता नदी की धारा में आती और उतनी ही आगे रानी बहती जा रही थीं। यद्यपि रानी गर्व के साथ कहा करती थीं कि वे एक ही साँस में शुभ्रोदक को तैरकर पार कर सकती थीं, किंतु आज उनका सारा साहस व्यर्थ सिद्ध हो रहा था। अनेक प्रयत्न करने पर सम्राट् भी साम्राज्ञी के पास पहुँचने में असमर्थ थे।

सम्राट् ने देखा कि स्थान निर्जन था, न कोई सहायक था, न कोई साधन, न कोई अंगरक्षक था, न कोई सैनिक। साम्राज्ञी की चीत्कार उन्हें पास आने को आह्वान कर रही

थी, किंतु केवल कुछ हस्तपर्यंत की दूरी को पार करने में वे असमर्थ थे।

सम्राट् की वे बलिष्ठ भुजाएँ, जिन पर उन्हें गर्व था और जो एक सहज हस्तपर्यंत शल्य का प्रक्षेपण कर शत्रु को धराशायी कर सकती थीं और अपने कठोर कोदंड से सुदूर लक्ष्य को बेधने में समर्थ थीं तथा गदा प्रहार से प्रस्तरों को चकनाचूर कर सकती थीं, आज वे जल में तैरकर रानी की रक्षा करने में भी असमर्थ थीं। यह थी उनकी महती विवशता। सहसा उनकी निद्रा भंग हुई और सारा दृश्य उनके नेत्रों के सामने से तिरोहित हो गया। किंतु रानी की चीत्कार का स्वर अब भी वे अपने कर्णरंध्रों में गूँजता सा अनुभव कर रहे थे। वे उस दुःस्वप्न का स्मरण कर काँप उठे। अब उन्हें निश्चित हो गया कि कोई-न-कोई अशुभ समाचार मिलने वाला है।

साम्राज्ञी का समाचार न मिलने से वे और अधिक चिंतित होते जा रहे थे। अब उनका धैर्य भी विगलित होने लगा था। बार-बार वे यही सोचते कि क्या तिलोत्तमा का शाप सत्य सिद्ध होगा। क्या उसके सही होने का समय आ पहुँचा है। किसी के भी समझाने का उनके मन पर कोई भी प्रभाव नहीं हो रहा था। वे संदेश-वाहकों की प्रतीक्षा में बेचैन थे। प्रेम के आधिक्य में इस प्रकार की चिंता होना स्वाभाविक था।

उधर अन्य दिनों की भाँति आज जो समाचार-वाहक गंगा-तट पर घटना-स्थल पर पहुँचे, वहाँ के वातावरण को देख उनके हृदय आशंकाओं से भर गए। वहाँ के शोकपूर्ण वातावरण को देख उन्हें दुर्घटना का अनुमान लगाने में अधिक समय नहीं लगा। बिना कहे ही बहुत कुछ उनकी समझ में आ गया। सारे सैनिक और परिचारिकाएँ असहाय की भाँति निक्रिय बैठी थीं। समाचार-वाहकों ने सेनानायक से सारा समाचार विस्तार से जानना चाहा, जिससे राजा को सारी घटना की सही जानकारी दी जाए।

सेनानायक ने उन समाचार-वाहकों को बताया कि विगत रात्रि में द्वितीय प्रहर की समाप्ति से कुछ पूर्व पश्चिम दिशा से द्रुतगति से आते घने काले बादलों के समूह ने किस प्रकार सारे गगनमंडल को कुछ ही क्षणों में समाच्छादित कर लिया और शीघ्र ही प्रलयंकारी झंझावात प्रवाहित होने लगा। चारों ओर प्रलय के जैसा दृश्य उपस्थित हो गया। झंझावात इतना तीव्र था जैसा कि हमने न कभी आँखों से देखा था और न कानों से सुना था। किनारे के वृक्ष टूट-टूटकर गिर रहे थे।

कुछ ही क्षणों में भीषण वर्षा प्रारंभ हुई। प्रकृति की विनाश लीला कुछ ही क्षणों में इतनी तीव्र हो गई कि न हम कुछ समझ ही पाए न कोई सुरक्षा का प्रबंध ही कर पाए। चारों ओर घना अंधकार छा गया। नौकाओं और जलपोत का नियंत्रण नाविकों की शक्ति से परे था। नदी में पानी बड़ी तेजी से बढ़ने लगा। सैनिकों के जलपोत सुरक्षित नदी तट के पास पहुँच गए, किंतु साम्राज्ञी का जलपोत नदी तट के पास पहुँचने से पूर्व ही झंझावात के वेग के कारण पलटकर जलमग्न हो गया।

शत्रु होता तो चाहे कितना ही शक्तिशाली होता, हम युद्ध करते, किंतु प्रकृति की इस प्रलयंकारी विनाश लीला के समक्ष हम पूर्ण रूप से नि:शक्त एवं विवश थे। सेनानायक ने यह भी बताया कि प्रकृति की यह विनाशलीला शीघ्र ही समाप्त भी हो गई। रानी का मृत या मूर्च्छित शरीर किसी भी दशा में नहीं मिल पाया। ऐसा लगता था कि प्रकृति की यह सारी विनाश लीला एक रानी के लिए ही थी।

दैवी विपत्तियों के समक्ष मानव सदा से अपनी पराजय स्वीकार करता आया है। मानव शक्ति तो वहाँ ही सफल होती है, जहाँ विधाता प्रतिकूल नहीं होता।

इस दु:खद घटना को सुनकर समाचार-वाहक भी शोकाभिभूत हो अधीर हो उठे। कोई भी सैनिक कौशांबी वापस जाने को तैयार न था। वे अपने को अपराधी अनुभव कर रहे थे कि वे रानी की रक्षा न कर सके और इस प्रकार अपना उत्तरदायित्व पूरा करने में असफल रहे। सबसे अधिक आश्चर्य तो यह था कि सारी परिचारिकाओं के मूर्च्छित शरीर सुरक्षित मिल गए, किंतु केवल एक साम्राज्ञी ही अदृश्य थीं।

समाचार-वाहकों और सैनिकों ने निश्चय किया कि रानी की खोज में गंगासागर तक चला जाए। कहीं-न-कहीं, कुछ-न-कुछ रानी का समाचार अवश्य मिलेगा।

कुछ सैनिकों को परिचारिकाओं, नौकाओं और जलपोत की रक्षा के लिए नियुक्त कर शेष सैनिकों और समाचार-वाहकों ने अपने को दो दलों में विभक्त किया और गंगा के दोनों तटों पर यात्रा प्रारंभ की। इस अभियान में स्थानीय जनता से भी सहयोग प्राप्त किया गया। गंगा के तटवर्ती ग्रामों एवं अरण्य-पत्तनों में भी पूछताछ की गई और गंगासागर के तटवर्ती गाँवों में भी पता लगाया गया, किंतु रानी का कहीं कोई पता नहीं चल पाया। सारे प्रयत्न निष्फल सिद्ध हुए। गंगा में रानी के शरीर के लुप्त होने की पूर्ण आशंका भी नहीं थी। इस अभियान में तीन दिन का समय लगा। किंतु कोई सफलता नहीं मिल पाई।

सभी निराश और विवश थे। सैनिक कौशांबी वापस जाने को तैयार न थे। अत: समाचार-वाहकों ने निर्णय लिया कि शीघ्र कौशांबी पहुँचकर सारा वृत्तांत सम्राट् को निवेदन किया जाए। दूतों ने द्रुतगति से यात्रा की और दो दिन, दो रात के समय में कौशांबी पहुँच गए। अत्यंत अधीर सम्राट् उनकी प्रतीक्षा में थे। उनके हृदय में अनेक आशंकाएँ रह-रहकर उठ रही थीं।

समाचार-वाहकों ने साहस बटोरा और वे सम्राट् के समक्ष उपस्थित हुए। उनकी शोकाभिभूत मुखाकृतियों से सम्राट् वास्तविकता को समझ गए। समाचार-वाहकों ने रुँधे कंठ से सारा समाचार सम्राट् को निवेदन कर दिया।

राजमहिषी मृगावती की संभावित मृत्यु की आशंका एवं उनके अदृश्य होने का समाचार सुनकर सम्राट् अति विह्वल हो अनेक प्रकार से विलाप एवं प्रलाप करने लगे। कभी वे अपने भाग्य को कोसते तो कभी तिलोत्तमा को उसके शाप के लिए कोसते—'हा

पापिष्ठे, पापाचारिणी सर्पिणि, तिलोत्तमे! अंततः तूने मेरे जीवन को डस ही लिया।'

वे अपने हाथों को मस्तक पर रखकर, निष्क्रिय हो और शोकाकांत हृदय से विलाप करते हुए शय्या पर पड़ गए। विगत जीवन की अनेक अविस्मरणीय घटनाएँ एक-एक कर चित्रपट के चलचित्रों की भाँति उनके मस्तिष्क में आने लगीं। उन घटनाओं का स्मरण कर वे रह-रहकर प्रलाप करने लगे। अपनी विह्वलता में कुछ समय के लिए उनकी विचार शक्ति ही नष्ट हो गई। उचित-अनुचित का भी ध्यान न रहा। कभी एकांत की घटनाओं का बखान करने लगते, कभी रानी के सौंदर्य का वर्णन करते और कभी उनके अगाध प्रेम का वर्णन करते। दूसरे ही क्षण भागीरथी को उपालम्भ देने लगते।

'हे सुरसरिते, भागीरथी! तुम तो करुणा की सागर और भक्त वत्सला हो, अमृतमयी हो। कैसे तुम इतनी निष्ठुर हो सकी कि तुमने उस कोमलांगी तन्वंगी को अपने में आत्मसात् कर लिया।'

'हा दैव! तुम कितने पाषाण हृदय एवं निष्ठुर हो। किसी के प्राण लेने में तुमको कोई संकोच नहीं। तुमने एक ही आघात में तीन प्राणों का अपहरण कर लिया, मेरा, साम्राज्ञी और भावी शिशु का।'

किसी को साहस नहीं होता था कि सम्राट् के समक्ष आकर उन्हें सांत्वना दे। सम्राट् को न दिन में चैन था, न रात्रि में। रात्रि में उनके नेत्रों में निद्रा का नाम भी नहीं था। यदि क्षण भर के लिए निद्रा आती भी थी तो स्वप्न में स्वयं के प्रलापित वाक्यों और दुःख भरे निःश्वासों से उनकी निद्रा भंग हो जाती।

सनी के गंगा में डूब जाने का शोक समाचार कुछ ही क्षणों में संपूर्ण राजप्रासाद में व्याप्त हो गया। सारा ही अनुचर वर्ग शोक संतप्त हो उठा। धीरे-धीरे यह दुःखद समाचार संपूर्ण नगर में भी आग की तरह फैलने लगा। प्रजा जन भी त्राहि-त्राहि करने लगे। स्त्रियों का हृदय कोमल होता है, वे विलाप करने लगीं। पुरुष ढाढ़स बँधाते, किंतु सब व्यर्थ।

उसी समय आकाश मार्ग से आते देवराज इंद्र के दूत मातलि के आगमन की सूचना सम्राट् को दी गई। राजप्रासाद में ही सम्राट् ने मातलि से भेंट की। मातलि ने इंद्र का संदेश सम्राट् को दिया और सांत्वना दी कि तिलोत्तमा के शाप का इंद्र को ज्ञान है और उन्होंने संदेश भेजा है कि शाप एक निश्चित अवधि के लिए है और उस अवधि की समाप्ति पर निश्चय ही राजमहिषी एवं राजपुत्र से आपकी भेंट होगी। तब तक वियोग के कष्ट को सहना ही पड़ेगा। आप महान् धैर्यवान् हैं। धीरज के साथ शाप की अवधि के पूरे होने की प्रतीक्षा करें। रानी एक सुरक्षित स्थान पर पहुँच चुकी हैं। वे एक महान् तपस्वी महर्षि के संरक्षण में हैं, जहाँ उनका कोई अकल्याण नहीं हो सकता।

सभी वृद्धजनों एवं मंत्रियों ने भी राजा को सांत्वना दी। राजा ने राज्य का सारा कार्यभार युगंधर और सुप्रतीक पर छोड़ राजकार्य से संन्यास सा ले लिया और एकांत में

अपना समय व्यतीत करने लगे। मंत्रियों ने राजमहिषी मृगावती के इस प्रकार विलुप्त होने का समाचार कुसुमपुर राजा विजयवाहन के पास भी प्रेषित कर दिया। मातलि के द्वारा लाए गए इंद्र के समाचार से अब सभी को इस बात का पूर्ण विश्वास हो गया कि रानी जीवित हैं और एक समय ऐसा अवश्य आएगा कि वे वहाँ वापस आ जाएँगी।

साम्राज्ञी के अदृश्य होने का समाचार कुसुमपुर पहुँचा तो चारों ओर शोक छा गया। राजा विजयवाहन अक्षयपुरी गए। यह समाचार सुनकर विद्युत्प्रभा, यक्षराज महिषी एवं विद्युद्ध्वज को भी अति शोक हुआ। सभी ने महर्षि हेमांग के आश्रम में उपस्थित हो सारी घटना का वर्णन ऋषि से किया। अर्द्धनिमीलित नेत्र हो महर्षि ने ध्यान किया और तिलोत्तमा के शाप की बात बताई। यह भी बताया कि शाप की अवधि समाप्त होने पर रानी एवं राजपुत्र से राजा की अवश्य भेंट होगी।

वहाँ से लौटने के बाद राजा विजयवाहन एवं रानी दोनों ही कौशांबी आए और सम्राट् सहस्रानीक को सांत्वना दी। कुछ समय तक राज-दंपती ने कौशांबी में ही निवास किया और सम्राट् के शोक की तीव्रता कम होने पर और इस प्रकार उनका मानसिक संतुलन सामान्य होने पर ही उन्होंने कुसुमपुर के लिए प्रस्थान किया।

□

20

कुमार जन्म

रानी की स्मृति वापस आते ही उन्हें अपने पूर्व जीवन और परिवेश का ज्ञान हो गया और उनकी दशा अधिक शोचनीय होने लगी। अब वे अपने को देवलोक से निष्कासिता एवं शापिता किसी देव-वधू की भाँति एकाकी एवं अभागिनी समझने लगीं। सम्राट् सहस्रानीक से बिछुड़ने की हार्दिक वेदना से उनका अंतर्मन चीत्कार कर उठा। वे हर समय उन्हीं का ध्यान करती रहतीं। यद्यपि ऋषि-पत्नियाँ और ऋषि-कन्याएँ उन्हें प्रसन्न रखने का प्रयत्न करतीं, किंतु फिर भी वे कभी-कभी शोकाभिभूत हो विह्वल मन से अनेक प्रकार से प्रलाप करने लगतीं। उनकी यह दशा और करुण-क्रंदन पास में बैठी तापसियों को भी अधीर बना देते। वे रानी को शांत करने का प्रयत्न करतीं। रानी को जितनी स्वयं की चिंता थी, उतनी ही सम्राट् की भी थी।

विगत जीवन की सारी घटनाएँ चलचित्रों की भाँति एक-एक कर उनके मानसपटल पर उभरती रहतीं और वे अन्यमनस्का हो, विचारों में निमग्न घंटों शोक सतप्त मन से कभी लताकुंजों में और कभी ब्रह्मसर के तट पर बैठी रहतीं। अपने द्वारा की गई भूलों और त्रुटियों के लिए पश्चात्ताप करती रहतीं और सोचती रहतीं कि 'यह सबकुछ उनकी नारी हठ के कारण हुआ है। सम्राट् का इसमें कोई दोष नहीं। यह केवल उनके भाग्य का दोष है और सम्राट् की आज्ञा की अवज्ञा कर वे ठीक ही दंडित हुई हैं।'

जब वे अधिक चिंतित होतीं तो महर्षि जमदग्नि के पास जा बैठतीं और उन्हें अपनी हृदय-वेदना सुनाने लगतीं। महर्षि उन्हें आश्वस्त करते और इतना वात्सल्य प्रकट करते कि कुछ क्षणों के लिए वे अपने सारे दुःख भुला देतीं!

महर्षि ने दो शिष्यों को कौशांबी के समाचार लाने को भेजा था। पैदल यात्रा करने के कारण मुनि के शिष्यों को आने-जाने में कई माह का समय लग गया। उन शिष्यों को आज्ञा थी कि वे वहाँ रानी के विषय में कुछ भी न कहें। वहाँ से वापस आने पर उन्होंने सारे समाचार महर्षि को निवेदित कर दिए। महर्षि ने शिष्यों की कौशांबी यात्रा के विषय में

रानी को कुछ भी नहीं बताया, किंतु रानी को आश्वस्त कर दिया कि कौशांबी में सबकुछ ठीक है। सम्राट् अवश्य तुम्हारे वियोग में इतने दुःखी हैं कि वे राज्य कार्य को मंत्रियों पर छोड़ अधिकतर समय एकांत में व्यतीत करते हैं। उनके राज्यकार्य से उदासीन होने पर सभी दुःखी हैं। किंतु तुम्हें सम्राट् की चिंता नहीं करनी चाहिए। वे मानसिक वेदना से अवश्य आहत हैं, किंतु शरीर से पूर्ण स्वस्थ हैं। वे तुम्हारे पुनर्मिलन के प्रति आश्वस्त हैं।

एक दिन प्रात:काल के समय रानी ब्रह्मसर के तट पर बैठ सूर्योदय का आनंद ले रही थीं। धीरे-धीरे बहता शीतल सुखद समीर अंग-प्रत्यंगों को ताजा बना रहा था। बक, कारंडव आदि जल-विहंगों का झुंड सरोवर के जल में मछलियों की तलाश में तैर रहा था। कुछ हंस चारों ओर बनी पुष्करिणियों में मृगालदंड खाने में लगे थे। मयूर, शुक और कपोत आदि पक्षी ऋषि-कन्याओं द्वारा विकीर्णित अन्न कणों को चुगने में व्यस्त थे। सारा वातावरण नयनाभिराम था। सहसा एक मृग-शावक आकर रानी के पास खड़ा हो गया। यह मृग-शावक रानी से इतना हिल-मिल गया था कि प्राय: रानी के पास आ जाता और उनके हाथों से दूर्वादल खाता रहता था।

रानी ने पास बैठे एक तापस बटुक के द्वारा कुछ दूर्वादल मँगाए और अपने हाथों से उसे खिलाने लगीं। इस मृग-शावक को दूर्वादल खिलाते-खिलाते सहसा उनको कौशांबी के राजकीय उद्यान में घटित एक घटना का स्मरण हो आया। एक सायं जब वे सम्राट् के साथ राजकीय उद्यान में घूम रही थीं तो सहसा एक मृग-शावक उनके पास आ गया। मृगी कुछ ही दूर खड़ी थी। रानी उस मृग-शावक को पकड़ने को दौड़ीं। मृग-शावक डर कर दूर भागने लगा। इस उपक्रम में रानी गिर गईं। सम्राट् ने उन्हें उठाया और मृग-शावक को पकड़कर रानी को दे दिया। इस घटना की स्मृति आते ही रानी विचलित हो उठीं। विद्युल्लेखा नाम की एक प्रौढ़ा तापसी ने रानी को सांत्वना दी। उसने रानी को दुष्यंत और शकुंतला की कथा का आद्योपांत वर्णन किया।

उस विवेकशीला तापसी ने समझाया, 'काल अनादि है, अनंत है। यह विश्व भी अनंत है और इसमें अनेक समानांतर घटनाएँ घटित होती रहती हैं और इतिहास की पुनरावृत्ति होती है। आज युगों लंबे अंतराल के अनंतर तुम्हारे जीवन में उसी इतिहास की पुनरावृत्ति हो रही है, जो तुम्हारे ही पूर्वज भरत और उनकी माँ शकुंतला के जीवन में हुई थी। महर्षि दुर्वासा के शापवश परित्यक्ता शकुंतला भी दुस्सह पति वियोग में महर्षि कश्यप के आश्रम में जीवन के अनेक वर्ष व्यतीत करने को विवश थीं और वहीं उसने अपने पुत्र भरत का पालन किया था, एक अति विवेकशीला माँ की भाँति। वही भरत एक विश्व-विश्रुत सम्राट् हुए और भारत का नामकरण उन्हीं के नाम पर हुआ। शकुंतला की भाँति तुम्हें भी धैर्य धारण करना चाहिए। शाप की अवधि समाप्त होने पर जिस प्रकार शकुंतला के कष्टों का अंत हुआ था और पति से संयोग हुआ था, उसी प्रकार शाप की अवधि समाप्त

होने पर सम्राट् स्वयं आश्रम में आ पहुँचेंगे। भरत की भाँति तुम्हारा पुत्र भी विश्व-विश्रुत सम्राट् होगा। मेरे शब्दों पर विश्वास करो।' उसने रानी को समझाया, 'भाग्य द्वारा दी गई यातनाओं के सहने के लिए मानव विवश होता है। तुम्हें धैर्य रखना चाहिए। इस वियोग का अंत तुम्हारे भावी शिशु के लिए कल्याणप्रद होगा। तुम्हारा गर्भ धीरे-धीरे विकसित हो रहा है और ऐसी दशा में शोक संतप्त रहने का प्रभाव तुम्हारे भावी शिशु की मानसिक दशा पर भी पड़ सकता है। अत: तुम्हें सदा प्रसन्नचित्त रहना चाहिए।'

उस विदुषी तापसी ने साम्राज्ञी को बताया कि ऋषि आश्रम में उनके भावी शिशु का पालन-पोषण और दीक्षा अति उत्तम ढंग से होगी, क्योंकि महर्षि जमदग्नि को लोकोत्तर सिद्धियाँ प्राप्त हैं।

तापसियों के समझाने पर रानी को कुछ समय के लिए सांत्वना अवश्य मिल जाती, किंतु वास्तविकता को कैसे भुलाया जा सकता था। यद्यपि महर्षि ने रानी को समझाया था कि सैकड़ों योजन पर्यंत विस्तृत अरण्य-क्षेत्र में हिंस्र पशुओं का बाहुल्य था और उन घने वनों में होकर यात्रा करना अत्यंत कष्टकर था। किंतु फिर भी वे एक विक्षिप्त की भाँति छिपकर वहाँ से पलायन करने की सोचती रहतीं। उन्होंने सोचा कि यदि वे गंगा तट पर पहुँच जाए तो किसी भी सार्थवाह के साथ कौशांबी पहुँच सकती थीं। यह सोचते समय न उन्हें हिंस्र पशुओं का ध्यान आता और न मार्ग के लुटेरे-किरातों और भीलों का भय रहता।

रानी ने एक-दो बार आश्रम से पलायन करने का प्रयत्न किया, किंतु हाथियों के झुंड ने, जिसने रानी की व्याघ्रों से रक्षा की थी, हर बार उनका मार्ग रोक उनका आश्रम से बाहर जाना असंभव बना दिया। अब वे पूरी तरह समझ गईं कि उस हाथियों के दल के द्वारा उनका बार-बार मार्गावरोध किसी दुर्घटना का ही पूर्व संकेत है। अब उन्हें यह भी विश्वास होने लगा कि दैवी शक्तियाँ कभी निष्क्रिय नहीं रहतीं। वे ही मानव के सभी वर्तमान एवं भावी कार्यकलापों की नियंता होती हैं। इस विश्व के रंगमंच पर मानव दैवी प्रेरणा के अनुसार, ही अभिनय करने को विवश है। नियति ही इस सारे अभिनय की सूत्रधार है, और अंतत: रानी ने भाग्य पर संतोष कर ही लिया।

धीरे-धीरे रानी के प्रसव के दिन समीप आने लगे। भगवान् जमदग्नि की आज्ञा से रानी की अवस्था के अनुकूल ही खाने-पीने का प्रबंध था। उनकी तपस्या के प्रभाव से सभी साधन सुलभ थे। आयुर्वेद के विद्वान् ऋषियों ने उनके लिए फलों और दूध के अधिक सेवन का परामर्श दिया था। कुछ वयोवृद्ध तापसियों को विशेष रूप से उनकी देखभाल के लिए नियुक्त किया गया था। वे हर समय उनके खाने का उचित प्रबंध भी करतीं और देखभाल भी रखतीं।

आश्रम में आयुर्वेद की प्रयोगशालाएँ थीं। वहाँ वनस्पति-उद्यान भी था, जहाँ अनेक प्रकार की दुर्लभ जड़ी-बूटियाँ उगाई जाती थीं। औषधियों का निर्माण होता रहता था।

आयुर्वेदज्ञ ऋषियों द्वारा रानी का परीक्षण होता रहता था। उन्हें शक्ति प्रदान करनेवाली औषधियों का सेवन कराया जाता। प्रातः एवं सायं रानी को घूमने का विशेष निर्देश दिया गया था। कुछ तापसियाँ उन्हें अपने साथ ले जातीं। समय-समय पर महर्षि उन्हें पास बुलाकर उनके स्वास्थ्य का समाचार पूछते और उन्हें सांत्वना भी देते कि उनके पति वियोग की परिणति सुखद होगी।

प्रसव के दिन समीप आने लगे। रानी अधिक आलस्य का अनुभव करतीं। नवरात्र का पावन पर्व प्रारंभ हो चुका था। इन दिनों आश्रम में भी ऋग्वेदोक्त देवी-सूक्त का पाठ निरंतर चलता रहता। विशेष यज्ञों के आयोजन भी होने लगे। आश्रम में एक नवीन चेतना जाग्रत् हो उठी। शरद के प्रारंभ होते ही प्रकृति में भी नया जीवन फूट पड़ा। मानव की प्रसन्नता में प्रकृति भी तटस्थ नहीं रहती। वह भी उसमें बराबर की सहभागिनी होती है। ऋतु सुहावनी थी। आज नवरात्र का चतुर्थ दिवस, आश्विन शुक्ला चतुर्थी थी। माँ वेदांतिनी के आग्रह पर आज रानी भी कुछ समय के लिए यज्ञ के आयोजनों में सम्मिलित हुईं।

रात्रि का प्रथम प्रहर था। रानी की मानसिक दशा अस्थिर थी। उनके चिंतित मन में अनेक प्रकार के भाव उठते और तिरोहित होते। वे अपनी तृणकुटीर में कोमल तृणों से बनी उस कोमल तृण शय्या पर लेटी निरंतर करवटें बदल रही थीं। उनकी दशा पर वेदांतिनी भी चिंतित थीं। वे दिन में भी और रात्रि में भी छाया की भाँति रानी के साथ रहतीं। सहसा रानी स्वप्न जगत् में विचरण करने लगीं।

स्वप्न अत्यंत सुखद था। उन्होंने देखा रात्रि का प्रथम प्रहर था। भगवान् शीतरश्मि अपनी पूर्ण कलाओं से अंतरिक्ष में स्थित हो चतुर्दिक् अपनी श्वेत आभा विकीर्ण कर रहे थे और वे सम्राट् के सान्निध्य में राजप्रासाद की छत पर निर्निमेष नयनों से प्रकृति की शोभा का आनंद ले रही थीं। चारों दिशाएँ शशांक की रश्मियों की श्वेतिमा से समाच्छादित हो सुशोभित हो उठी थीं। राज-दंपती ने अपने कुल का आदि कारण जान भगवान् हिमांशु को प्रणाम किया। देखते-ही-देखते हिमांशु की पुंजीभूत किरणें रानी के अंक में समाहित होने लगीं और कुछ ही क्षणों में दोनों ने देखा कि उन किरणों ने रानी के अंक में एक सुंदर शिशु का रूप धारण कर लिया। दोनों ही वास्तविक जगत् की प्रत्यक्ष घटना की भाँति सभी कुछ सत्य समझ शिशु को प्यार करने लगे। किंतु वह स्वप्न ही था और वेदना से शीघ्र रानी की निद्रा भंग हुई। वे स्वप्न की स्मृति कर विह्वल हो उठीं। वेदना तीव्र थी। ब्रह्म-मुहूर्त का समय था। पंचमी तिथि का प्रारंभ था। कुछ ही समय के उपरांत वेदांतिनी ने स्वयं महर्षि को शिशु के जन्म का शुभ समाचार सुनाया।

□

21
कौशांबी में नवरात्र पर्व

आश्विन मास रही अमावस्या को श्राद्ध पक्ष की समाप्ति के उपरांत शरद् काल के नवरात्र का पावन पर्व प्रारंभ हुआ। इन दिनों कोई घर ऐसा न होता, जहाँ भक्त-वत्सला एवं दुष्ट-संहारिका माँ दुर्गा की पूजा के विशेष आयोजन न होते हों। उत्तर से दक्षिण और पूर्व से पश्चिम संपूर्ण भारत में एक नया जीवन फूट पड़ता। कौशांबी में भी नवरात्र का पर्व धूम-धाम से मनाया जाता था। घर-घर में, स्थान-स्थान पर अग्निहोत्र और रात्रिजागरण के आयोजन होते, जब संपूर्ण रात्रि भक्तगण जागकर माँ भगवती की पूजा एवं प्रार्थना में तल्लीन रहते। संगीत वाद्यों पर प्रार्थनाएँ गाई जातीं और स्त्रियों द्वारा मंगल गान भी होते। धूपदानों में धूप और अगरबत्तियाँ जलती रहतीं। अग्नि में गुग्गुल और लौंग चढ़ाई जातीं। सारा वातावरण ही इन सुगंधित द्रव्यों की गंध से महक उठता। इस वर्ष अधिक धूम-धाम तो नहीं थी, क्योंकि राजकुल में शोक था, किंतु माँ भगवती की पूजा में कोई कमी भी न थी।

अनेक घरों में घट की स्थापना कर माँ की पूजा होती। वीथियों में शुभ्रवसना एवं मुक्तकुंतला गृहणियों की पंक्तियाँ देवालयों की ओर जाती दिखाई देतीं। लोगों का विश्वास था कि भक्तवत्सला माँ दुर्गा त्वरित फलदायिनी हैं। वही आदि शक्ति हैं। कौशांबी में कामाक्षी देवी का एक विशाल एवं दर्शनीय मंदिर था। वही कौशांबी के राजपरिवार की अधिष्ठात्री देवी थीं। नवरात्र में वहाँ निरंतर पूजा-पाठ चलते। दीपाधारों पर घी के अखंड दीपक जलते जिनके प्रकाश में सारा देवालय जगमगाता रहता। धूप और गुग्गुल की गंध से वातावरण सुरभित रहता। 'ज्ञानिनामपि चेतासि' और 'जयंती-मंगला काली भद्र काली कपालिनी' का स्वर गूँजता रहता। सम्राट् भी नवरात्र व्रत रखते और भगवती की अर्चना करते।

राजप्रासाद में भी इस अवसर पर पूजा का आयोजन होता था। विद्वान् पंडितों के द्वारा निरंतर भगवती का पाठ चलता रहता। इस वर्ष रानी मृगावती एवं भावी राजकुमार की सुरक्षा की दृष्टि से कुलपुरोहित श्रुताचार्य की देख-रेख में इसका विशेष आयोजन किया

गया था। सम्राट् स्वयं इसमें रुचि ले रहे थे। दिन-रात अखंड पाठ चल रहे थे। ब्रह्मणों को भोजन कराया जाता और निर्धनों को दान दिए जा रहे थे।

कामाक्षी देवी के दोनों पार्श्वों में माँ काली एवं अष्टभुजी दुर्गा के मंदिर थे। क्योंकि कौशांबी इस समय युद्ध के कगार पर था। अतः इन दोनों ही देवियों की पूजा के लिए पृथक् से पंडितों को नियुक्त किया गया था।

सम्राट् स्वयं दोनों समय देवालय में उपस्थित होते और केवल एक बार फलाहार करते। माँ दुर्गा से रानी एवं भावी राजकुमार की सुरक्षा की प्रार्थना करते रहते। उन्हें पूर्ण विश्वास था कि यही समय रानी के प्रसव का होना चाहिए। इसीलिए वे कभी-कभी अधिक चिंतित से हो उठते। अधिक चिंतित होने पर माँ दुर्गा के चरणों में बैठ 'सर्व मंगल मांगल्ये शिवेसर्वार्थ साधिके' का निरंतर जप करने लगते। इससे उनके मन को अधिक शांति मिलती।

पंचमी के प्रातःकाल का समय था। प्रत्येक घर में भक्तजन माँ दुर्गा की पूजा में व्यस्त थे। प्रार्थनाएँ गाते और अपनी-अपनी कामनाओं की पूर्ति का वरदान भी माँगते। देवालयों में अधिक भीड़ थी और घंटाओं की निरंतर ध्वनि गूँजती रहती थी। अन्य दिनों की भाँति राजप्रासाद में भी निरंतर पूजा चल रही थी। सम्राट् भी माँ की पूजा में व्यस्त थे। उसी समय राजप्रासाद के तोरण द्वार पर श्वेत अधोशुक एवं उत्तरीय धारण किए एक परिव्राजक आ उपस्थित हुआ, शांति की नितांत प्रतिमूर्ति एवं भव्य व्यक्तित्व का धनी।

उस यति के प्रकंपित अधरों से अश्रव्य प्रार्थना के स्वर निरंतर निःस्रत हो रहे थे। उसका व्यक्तित्व प्रभावशाली था। उसके तेजोमय मुखमंडल पर अद्‌भुत तेज था। अभी तक उसने प्रौढ़ावस्था में पदार्पण नहीं किया था। उसके गौर वर्ण के विशाल मस्तक पर त्रिपुंड सुशोभित था। उस अदृष्टपूर्व महान् व्यक्तित्व के समक्ष वहाँ नियुक्त राजपुरुष एवं राजसेवक स्वयं ही नतमस्तक हो उठे। प्रधान राजपुरुष ने उनके पादप्रक्षालन कर उचित आसन दे आज्ञा देने की प्रार्थना की।

परिव्राजक—हमें फलाहार का साधन चाहिए।

राजपुरुष ने तुरंत नतमस्तक हो उनके समक्ष फल उपस्थित किए।

परिव्राजक—नहीं, हम केवल सम्राट् के हाथों से ही फल ग्रहण करेंगे।

राजपुरुष—भगवन्, सम्राट् माँ भगवती की पूजा में व्यस्त हैं। उनका नवरात्र का व्रत है।

परिव्राजक—हम उनकी पूजा की समाप्ति तक उनके आने की प्रतीक्षा करेंगे।

राजपुरुष करबद्ध हो उनके समक्ष खड़ा हो गया। उस कठिन परिस्थिति की सूचना सम्राट् को दी गई। सम्राट् पूजा में व्यस्त थे। कुछ समयोपरांत पूजा समाप्त कर सम्राट् स्वयं स्वर्णपात्र में फल लेकर उस यति के समक्ष उपस्थित हुए। उसके महान् व्यक्तित्व को देख सम्राट् का मस्तक स्वयं ही झुक गया।

सम्राट्—विलंब के लिए क्षमा प्रार्थी हूँ भगवन्।

परिव्राजक—इसकी आवश्यकता नहीं सम्राट्। भगवती की पूजा आपको कल्याणकारक होगी।

सम्राट्—राजपुरुषों के द्वारा कोई अवज्ञा तो नहीं हुई, भगवन्।

परिव्राजक—नहीं, वे विनीत और श्रद्धालु हैं। दान लेना गृहस्वामी के हाथों से ही उचित है। इसलिए आपको कष्ट दिया गया।

सम्राट्—यह तो मेरा सौभाग्य है भगवन्। इससे तो मुझे आपके दर्शन का सौभाग्य प्राप्त हुआ। यदि आपकी कृपा हो सके तो भगवन् नवरात्र में कौशांबी में ही निवास करें। निवास की उचित व्यवस्था कर दी जाएगी।

परिव्राजक—नहीं, गुरु की आज्ञा नहीं है। किंतु हम स्वर्णपात्र में भिक्षा ग्रहण नहीं कर सकते। सम्राट् केवल कुछ फल हमारे कमंडलु में रख दें।

सम्राट् ने आज्ञा का पालन किया। परिव्राजक ने आशीर्वाद दिया कि आपको शीघ्रातिशीघ्र पुत्ररत्न की प्राप्ति होगी। आपको राजमहिषी और राजकुमार को देखने की अत्यधिक लालसा होगी। स्वप्न में आपकी यह इच्छा भी पूर्ण होगी। इसके उपरांत वे वहाँ से चल दिए।

सम्राट् अवाक् से उस यति को देखते रहे। उन्होंने तुरंत कुछ राजपुरुषों को उनके विषय में और अधिक जानने के लिए प्रेषित किया। किंतु उन्होंने कुछ समय के उपरांत आकर सम्राट् को सूचना दी कि वहाँ से जाने के उपरांत संपूर्ण कौशांबी में उस यति को किसी ने नहीं देखा।

सम्राट् आश्चर्यचकित थे और दिनभर उस यति के विषय में सोचते रहे। रात्रि को शय्या पर लेट जाने के उपरांत भी उस यति का ध्यान बार-बार उनके मस्तिष्क में आता। निद्रा देर से ही आ सकी। अपने दैनिक नियम के अनुसार, सम्राट् ब्रह्म-मुहूर्त में ही शय्या छोड़ देते और दैनिक क्रियाओं में व्यस्त हो जाते। भगवती कामाक्षी और माँ दुर्गा के दर्शन और पूजा उनका प्रातःकाल का दैनिक कार्यक्रम था। रानी से वियोग होने के पश्चात् उनका जीवन अत्यंत संयमित हो गया था। सारे वैभव और साधनों से परिपूर्ण राजप्रासाद में भी वे एक विरक्त यति का सा जीवन व्यतीत करने लगे थे।

ब्रह्म-मुहूर्त का समय था। सम्राट् के शय्या त्याग का काल होने पर भी अभी वे निद्रामग्न हो स्वप्नलोक में विचरण करने लगे। उन्होंने देखा कि एक अष्टवर्षीय अद्भुत रूपवती गौरवर्णा एवं शुभ्रवसना कन्या एक अति सुंदर नवजात शिशु को अंक में लिये उनके समक्ष आकर खड़ी हो गई और बड़ी मधुर मुसकान के साथ सम्राट् की गोद में उस शिशु को देते हुए उनसे कहने लगी—'लो देखो कितना सुंदर शिशु है।'

वह कन्या कतिपय क्षणों तक सम्राट् के समक्ष शिशु की ओर प्रेम से निहारती खड़ी

रही और शीघ्र ही अलक्षित हो गई। शिशु सम्राट् के अंक में मुसकराने लगा। प्रात:काल का समय होने के कारण सम्राट् की निद्रा भंग हुई, किंतु फिर भी वे शय्या पर पड़े उस स्वप्न के विषय में ही सोचते रहे।

दैनिक क्रियाओं के उपरांत सम्राट् भगवती दुर्गा की पूजा को देवालय में उपस्थित हुए। माँ दुर्गा की आकृति को देख बार-बार यही विचार आता कि स्वप्न की कन्या माँ दुर्गा की पूर्णरूपेण प्रतिकृति थी। जितना ही वे माँ दुर्गा की ओर देखते, उतना ही उनका विश्वास दृढ़ होता कि कन्या निश्चित ही माँ दुर्गा ही थीं।

पूजा के उपरांत राजसभा का आयोजन किया गया। सभी मंत्री, वृद्धजन एवं ज्योतिषी पंडितों को भी आमंत्रित किया गया। राजा ने उन दिव्य यति का जो गत दिवस भिक्षा ग्रहण करने आए थे और ब्रह्म-मुहूर्त में देखे अपने सुखद स्वप्न का सभी के समक्ष वर्णन किया। गणकों से प्रार्थना की गई कि उनकी उत्सुकता का समाधान करें। उन्होंने गणना कर निश्चित रूप से आश्वासन दिया, 'आज ब्रह्म-मुहूर्त में जब उन्होंने स्वप्न देखा था, ठीक उसी समय राजकुमार का जन्म हुआ है। रानी के विषय में पूछने पर वे केवल इतना ही बता सके कि वे पूर्णरूपेण सुरक्षित हैं।

उससे लगभग एक वर्ष पूर्व ही युगंधर, सुप्रतीक एवं उनके एक मित्र ब्रह्मण मंत्री के यहाँ भी पुत्रों के जन्म हो चुके थे। युगंधर के पुत्र का नामकरण यौगंधरायण, सुप्रतीक के पुत्र का नामकरण रुमण्वान और ब्रह्मण मित्र के पुत्र का नामकरण बसंतक किया जा चुका था।

स्वप्न का फल शुभ मानकर सम्राट् ने राजप्रासाद में विशेष यज्ञ का आयोजन करने की आज्ञा दी और नवमी के दिन तक यह यज्ञ निरंतर चलता रहा। गौओं और अन्न के दान भी विप्रों को और निर्धनों को दिए गए।

अब सम्राट् को पूर्ण निश्चित हो गया कि राजकुमार का जन्म हो चुका है और साम्राज्ञी एवं नवजात शिशु दोनों ही सुरक्षित स्थान पर हैं, किंतु शाप के कारण संभवत: शाप की अवधि समाप्त होने तक वे न उनसे मिल पाएँगे और न नवजात शिशु को देख अपने हृदय की कामना ही पूर्ण कर पाएँगे। अब उनका हृदय हर समय और अधिक चिंतित रहने लगा। कभी-कभी वे एकांत में अत्यधिक उद्वेलित हो उठते।

इस मनोवैज्ञानिक सत्य को नकारा नहीं जा सकता कि जब मानव मन अत्यधिक चिंतित होता है तो वे विचार प्राय: स्वप्न में भी अचेतन मन में बने रहते हैं।

रात्रि का तृतीय प्रहर समाप्ति पर था। सम्राट् चिंताओं के कारण गहरी निद्रा नहीं सो पाए थे। सोच रहे थे कि उनका इतना छोटा परिवार और उसको भी विधाता सुखी नहीं देख पाए। जिस शिशु के जन्म के लिए वर्षों से मन में कामना संजोयी थी और कितने यज्ञ और दान किए थे, किंतु उसको देख भी न पाए। विरह का समय तो कितना लंबा

है। यह सोचते-सोचते कुछ क्षण के लिए निद्रा के वशीभूत हो स्वप्न लोक में विचरण करने लगे और देखा एक ऋषि आश्रम और एक पर्णकुटी के समक्ष एक कुशासन पर बैठी तापसी वेश में साम्राज्ञी मृगावती को, जो एक नवजात शिशु को अपने अंक में निधाय निरंतर उसके चंद्रानन को एकटक नेत्रों से निहार रही थीं। उनके कृशकाय शरीर और चिंतित मुखारविंद ने उनके मन को उद्वेलित कर दिया। किंतु जैसे ही वे रानी की ओर बढ़े कि स्वप्न भंग होने के कारण सारा दृश्य उनके नेत्रों के सामने से तिरोहित हो गया। इस स्वप्न के दृश्य ने सम्राट् के मन को इतना उद्वेलित कर दिया कि वर्षों तक यह दृश्य उनकी स्मृति से तिरोहित नहीं हो पाया और जब कभी यह दृश्य उनकी स्मृति में आता, वे विह्वल हो उठते।

सम्राट् को इतना विश्वास तो अवश्य था कि यति का आशीर्वाद असत्य नहीं हो सकता। उन्होंने स्वप्न में निश्चय ही रानी और शिशु को उसी परिवेश में देखा है, जिसमें वे रह रहे हैं। उन्हें यह भी निश्चय हो गया कि रानी अवश्य ही किसी ऋषि आश्रम में जीवनयापन कर रही हैं।

□

22

संस्कार एवं शैशव

शरद ऋतु के निशांत का शांत और सुहावना समय था। नवरात्र के दिन थे। यज्ञों और हवनों के विशेष कार्यक्रम चल रहे थे। इसी ब्रह्म–मुहूर्त में सभी ने यह समाचार सुना कि आश्रम में रहनेवाली गंगापुत्री ने एक सुंदर शिशु को जन्म दिया है। संपूर्ण आश्रम में एक प्रसन्नता की लहर व्याप्त हो गई। अधिकांश तापसियाँ गंगापुत्री की पर्णशाला की ओर चल दीं। सभी प्रसन्न थीं और परस्पर बधाइयाँ दे रही थीं। प्रसन्नता एवं बधाइयों का कारण यह भी था कि एक राजमहिषी ने अपने प्रथम पुत्र को जन्म दिया है और नवजात शिशु एक साम्राज्य का उत्तराधिकारी है।

आर्य परंपराओं के अनुसार, पुत्र का जन्म होते ही सर्वप्रथम पिता के द्वारा उसका जातकर्म संस्कार किया जाता है। पिता की अनुपस्थिति में महर्षि–पत्नी पूर्णिमा ने शिशु का जातकर्म संस्कार किया। एक काष्ठ की सींक लेकर और इस पर मधु लगाकर उससे इस शिशु की जिह्वा पर 'ॐ' शब्द लिखा। इसके उपरांत शिशु का नालोच्छेद कर उसको स्नान कराया गया।

शिशु का जन्म होते ही महर्षि जमदग्नि ने आश्रम में स्थित विश्वविद्यालय के ज्योतिष विभाग के आचार्यों को बुलाकर शिशु के जन्मकाल की घड़ियों का वर्णन कराया। उनकी भविष्यवाणी के अनुसार,, 'यह निश्चय ही एक प्रतापी सम्राट् होगा। इसका जन्म माता और पिता सभी के लिए अत्यंत शुभ है। यह दीर्घायु होगा और वैदिक धर्म का पूर्णरूपेण अनुयायी और उन्नायक होगा।'

इस शिशु के जन्म के उपलक्ष्य में आश्रम में दस दिन तक उत्सव मनाया गया। विशेष यज्ञों के आयोजन किए गए। आश्रम की तापसियों द्वारा मंगलगान भी किए जाते। वैदिक परंपराओं के अनुसार, ब्रह्मण शिशु का नामकरण सस्कार दसवें दिन और क्षत्रिय शिशु का नामकरण संस्कार ग्यारहवें दिन होता था। अत: ग्यारहवाँ दिन ही इस शिशु के नामकरण संस्कार के लिए निश्चित किया गया।

शिशु के पालन-पोषण को महर्षि जमदग्नि अपना विशेष उत्तरदायित्व समझते थे, क्योंकि वे जानते थे कि वह शिशु एक बहुत बड़े साम्राज्य का अकेला ही उत्तराधिकारी था। उसके नामकरण संस्कार के दिन विशेष उत्सव का आयोजन किया गया। एक विशाल यज्ञ भी हुआ और आश्रम में सभी आश्रमवासियों के लिए विशिष्ट भोजन की व्यवस्था की गई। पूर्ण वैदिक रीति से शिशु का नामकरण संस्कार कराया गया। स्वयं के और शिशु के शुद्धि स्नान के उपरांत रानी ने पूजन-मंडप में शिशु के साथ पदार्पण किया। सम्राट् के उपस्थित न होने के कारण रानी को आंतरिक दु:ख तो अवश्य था, किंतु फिर भी अब उन्होंने परिस्थितियों से समझौता कर लिया था और विपत्ति को नियति समझ स्वीकार कर लिया था।

भारतीय संस्कृति में नाम का विशेष महत्त्व है, क्योंकि नाम से ही मनुष्य को कीर्ति एवं सम्मान की प्राप्ति होती है। राशि के अनुसार, एवं जन्म स्थान को ध्यान में रखकर शिशु का नामकरण 'उदयन' किया गया, क्योंकि उसका जन्म स्थान पावन उदयाद्रि था। संस्कार-कर्ता ऋषि के द्वारा घोषित भी किया गया कि वह अपने पूर्वजों का पूर्णरूपेण अनुकरण करनेवाला होगा। अब रानी को इस शिशु के रूप में किसी निर्वासिता के जीवन की भाँति अपने इस वियोग के जीवन काल को सुविधापूर्ण बिताने के लिए एक संबल प्राप्त हो गया।

महर्षि जमदग्नि ने ऋषि-पत्नी पूर्णिमा को विशेष रूप से आदेश दिया कि वे शिशु के पालन-पोषण का पूरा ध्यान रखें। शिशु धीरे-धीरे शुक्लपक्ष के चंद्रमा की भाँति बढ़ने लगा और उसका रूप भी निखरने लगा। शिशु को गंगापुत्री की सर्वसाधन संपन्न पर्णकुटी और उसके परिवेश में ही रखा जाता। जन्म को अब चार माह होनेवाले थे। वह परिवेश को और माँ को पहचानने भी लगा था।

माघ शुक्ला पंचमी को जब बसंत ऋतु प्रारंभ होनेवाली थी, शिशु का निष्क्रमण संस्कार किया गया। इस संस्कार में जन्म से चतुर्थ मास में किसी शुभ नक्षत्र एवं तिथि में शुद्ध वायु का सेवन कराने हेतु शिशु को घर से बाहर उद्यानादि में ले जाया जाता है। आज बसंत पंचमी का शुभ दिन था। आज के दिन शिशु को रानी की पर्णकुटी के परिवेश से बाहर उद्यान में ले जाया गया। इसके उपरांत छठे मास के प्रारंभ में शिशु का अन्न-प्राशन संस्कार कराया गय: और उसे इस शुभ मुहूर्त में अन्न भी दिया गया। माँ पूर्णिमा ने स्वयं अपने हाथों से शिशु को दुग्ध और चावल से तैयार की गई खीर खिलाई।

प्रथम वर्ष की समाप्ति से पूर्व जन्म के एकादश मास में शिशु का चूड़ाकर्म संस्कार भी कर दिया गया। सम्राट् की अनुपस्थिति में माँ पूर्णिमा ने ही पिता का कार्य संपादित किया।

शिशु धीरे-धीरे वृद्धि को प्राप्त होने लगा। उसके शरीर की वृद्धि आश्रम के अन्य शिशुओं की अपेक्षा अधिक त्वरित गति से हो रही थी। वह आश्रम के पक्षियों और

मृगशावकों के पीछे भी दौड़ता और उन्हें पकड़ने का प्रयत्न करता। शरीर की वृद्धि के साथ उसका मानसिक विकास भी हो रहा था। रानी उसकी क्रीड़ाओं को देख अधिक प्रसन्न रहतीं और अब उनका समय भी आसानी से बीत रहा था और उन्होंने अपना मन भी परिस्थितियों के अनुकूल बना लिया था।

रानी स्वयं बालक उदयन को अपने साथ उद्यान में ले जातीं और मृगशावकों और मयूरों के पीछे दौड़ने को उत्साहित करतीं। उस बालक का स्वास्थ्य समवयस्क तापस शिशुओं में सभी से अच्छा था। रानी ने चार साल की अवस्था में ही एक छोटी कमान बनाकर उसको दे दी और उसे तीर चलाने की शिक्षा देने लगीं। पाँच साल की अवस्था में ही वह किसी भी समीपवर्ती लक्ष्य पर सटीक निशाना लगा सकता था। जैसे-जैसे उम्र बढ़ती गई, उसके रूप-लावण्य में भी निखार आता गया।

शैशव से ही बालक उदयन की रुचि संगीत के प्रति होने लगी थी। जब साम्राज्ञी तापसी बासंती से वीणावादन की शिक्षा ग्रहण करतीं, वह एक जिज्ञासु की भाँति ध्यान से उन्हें देखता रहता। दोनों ही उसकी जिज्ञासा को देख आश्चर्यचकित हो उठतीं। जब माँ उसे अंक में ले प्यार करतीं, वात्सल्य की वर्षा होने लगती।

पाँच वर्ष की अवस्था में ही राजकुमार का विद्यारंभ का पूजन भी कराया गया और महर्षि ने आश्रम के विद्यालय में उन्हें प्रवेश दिलाया। बालक अति तीव्र बुद्धि था। जो कुछ विद्यालय में पढ़ता, वह उसकी बुद्धि में समा जाता।

अपनी पर्णकुटी पर भी माँ की शिक्षा चलती ही रहती थी। वे पौधों में पानी डालतीं तो बालक को भी इसके लिए प्रेरित करतीं और वह माँ का अनुकरण करता। बाल-सुलभ क्रीड़ाओं में वह तापस शिशुओं में सर्वश्रेष्ठ था। सभी आश्रमवासी उससे प्रसन्न रहते और उसकी कुशलता की कामना करते। राजकुमार के बलिष्ठ शरीर को देख महर्षि जमदग्नि को भी संतोष था कि एक दिन उसके बलिष्ठ स्कंध और आजानुबाहुएँ वत्स जैसे राज्य का भार वहन करने में अवश्य ही सक्षम होंगी। सात वर्ष की अवस्था में वह तैरकर ब्रह्मसर को आसानी से पार कर सकता था।

बालक ने सात वर्ष की अवस्था पार कर आठवें वर्ष में प्रवेश किया। महर्षि ने शुभ मुहूर्त में उसका उपनयन संस्कार कराया और उससे दूसरे ही दिन उसका वेदारंभ संस्कार कराया। ब्रह्मचारी के वेश में बालक उदयन गुरु के समक्ष उपस्थित हुआ। देवस्तुति के पश्चात् ब्रह्मचारी को गायत्री मंत्र की शिक्षा दी गई और विधिवत् वेदमंत्रों का पाठ कराना प्रारंभ किया गया। अब तक बालक का इतना मानसिक विकास हो चुका था कि वह वेदमंत्रों का लेखन और स्मरण सरलता से कर सकता था।

किंतु महर्षि को पूरी चिंता थी कि बालक को भावी जीवन में किसी तपस्वी का जीवन न जीकर एक सम्राट् का जीवन जीना है। अब तक बालक का जीवन आर्यों के

सनातन संस्कारित जीवन के रूप में ढल चुका था। किंतु अब आवश्यकता थी उसको राजनीति, धनुर्वेद और युद्ध विद्या की शिक्षा की। ये ही विषय उसके भावी जीवन के लिए अनिवार्य थे। महर्षि ने इनकी शिक्षा का उचित प्रबंध किया। आश्रम में ऋषि पिंडलाक्ष, जिन्हें आश्रम में विपुलास्त्र भी कहते थे, धनुर्वेद और युद्ध विद्या के आचार्य थे। उनसे प्रार्थना की गई कि वे उस बालक को इसकी शिक्षा दें। योग्य शिष्य पाकर वे भी प्रसन्न थे। विधिवत् शिक्षा प्रारंभ कर दी गई। युद्ध विद्या में वह खड्ग युद्ध और शल्य प्रहार में पूर्ण पारंगत हो गया। त्रयोदश वर्ष की अवस्था में वह युवकों के साथ प्रतियोगिताओं में भाग लेता और विजयी होता। उसके लक्ष्य वेध अचूक थे।

□

23
सम्राट् की श्रीवस्ती-यात्रा

रानी मृगावती के वियोग से संतप्त सम्राट् सहस्रानीक की दैनिकचर्या पूर्णरूपेण परिवर्तित हो चुकी थी। राजप्रासाद में होनेवाले सारे रागरंग एवं संगीत-नृत्य के कार्यक्रम तथा अन्य उत्सव भी रानी के आने तक के लिए स्थगित कर दिए गए। वे सारे कार्यक्रम रानी की उपस्थिति में ही मनोरंजन के साधन थे, रानी की अनुपस्थिति में मनोरंजन के स्थान पर मानसिक संताप ही प्रदान करने लगे थे। सम्राट् राजसभा में भी बहुत कम उपस्थित होते। राज्य के कार्यों से कुछ सीमा तक उन्होंने संन्यास सा ही ग्रहण कर लिया था।

युगंधर उनके नीति निर्देशक और योग्य महामात्य थे और उनके पथ-प्रदर्शन के लिए उनके पिता भूतपूर्व महामात्य सुरुचि जीवित थे। अत: प्रशासन का सारा भार युगंधर के कंधों पर डाल वे निश्चिंत हो गए। साथ ही महाबलाधिकृत सुप्रतीक भी योग्य एवं अनुभवी सेनानायक थे। भूतपूर्व महाबलाधिकृत युधामन्यु उनके पथ-प्रदर्शन के लिए थे। अत: राज्य की सुरक्षा का भार सुप्रतीक के कंधों पर डाल निश्चिंत हो अपना अधिकतर समय एकांत में व्यतीत करने लगे। कोई विशेष समस्या आने पर ही वे मंत्रियों से भेंट करते और केवल विशेष अवसरों पर ही वे राजसभा में उपस्थित होते। उनका अधिकांश समय विगत जीवन की स्मृतियों में ही व्यतीत होने लगा।

अब उन्होंने संतोष कर लिया था कि मनुष्य का भाग्य चक्र रथ के पहिए की भाँति ही निरंतर घूमता रहता है, कभी उन्नत कभी अवनत। मानव जीवन में उसी प्रकार सुख-दु:ख का क्रम है। दु:ख के बाद सुख का आना अवश्यंभावी है, ठीक दिन और रात के क्रम के समान ही। संयोग के अनंतर वियोग और वियोग के अनंतर संयोग का क्रम चलता ही रहता है। वे सोचते रहते कि भगवान् इतना निष्ठुर कभी नहीं हो सकता कि उनसे मृगावती को छीन ले। इसी आशा में उनके दिन व्यतीत होने लगे।

रानी मृगावती के अदृश्य होने और राज्यकार्यों से सम्राट् के विरक्त होने का समाचार भारत के सारे जनपदों के राजघरानों तक पहुँच गया। यद्यपि मातलि के माध्यम से देवराज

इंद्र से आश्वासन मिल चुका था कि रानी अत्यंत सुरक्षित स्थान पर पहुँच चुकी हैं और उनके और भावी राजकुमार के जीवन के लिए किसी प्रकार के अनिष्ट की आशंका नहीं है तथा प्रयत्न करने पर भी वियोग की अवधि पूर्ण होने से पूर्व रानी से उनकी भेंट नहीं होगी, किंतु वे फिर भी रानी की खोज में इधर-उधर दूत भेजते रहते। देवराज के आश्वस्त करने पर भी कि वियोग की परिणति सुखद होगी, वियोग का कष्ट उनके लिए असह्य था।

उत्तर कौशल के सम्राट् ब्रह्मदत्त महाकौशल को भी अपने गुप्तचरों के द्वारा कौशांबी के समाचार प्राप्त हो चुके थे। उन्होंने शीघ्र सम्राट् सहस्रानीक को आमंत्रण भिजवाया कि वे कुछ समय के लिए श्रावस्ती आकर अपने समवयस्क कौशल के राजकुमार प्रसेनजित के सान्निध्य में सुखपूर्वक अपना समययापन कर सकते हैं। यद्यपि इस उदार आमंत्रण का रहस्य समझ में नहीं आ रहा था, किंतु फिर भी यह सोचकर कि कौशल-सम्राट् अपने इस आमत्रण की अवहेलना को अपना अपमान न समझ बैठें सुरुचि, युधामन्यु, युगंधर एवं सुप्रतीक के द्वारा राज्य की ओर से पूर्ण आश्वस्त हो उन्होंने श्रावस्ती जाने की सहमति प्रदान कर दी। अंगरक्षकों के दल के साथ सम्राट् की यात्रा का प्रबंध कर दिया गया।

श्रावस्ती में सम्राट् सहस्रानीक का स्वागत बड़े उत्साह से किया गया। उनके रहने की उचित व्यवस्था की गई। राजकुमार प्रसेनजित प्राय: उनके सान्निध्य में रहते और वार्त्तालाप के द्वारा उन्हें प्रसन्न रखने का प्रयत्न करते। सम्राट् का भी वियोग का संताप कुछ कम होने लगा। कभी-कभी ऐसे कार्यक्रमों के आयोजन भी किए जाते, जिनसे सम्राट् का मनोरंजन हो। श्रावस्ती सम्राट् ब्रह्मदत्त के यहाँ हंसावली नाम की प्रसिद्ध नर्तकी थी। उसका नृत्य देखने के लिए बड़े-बड़े सम्राट् लालायित रहते थे। बड़े प्रयत्न से प्रसेनजित ने सहस्रानीक से उसका नृत्य देखने की सहमति प्राप्त कर ली। हंसावली के नृत्य का आयोजन राजसभा में न होकर राजप्रासाद में कराना अधिक उपयुक्त समझा गया, जिससे सारा राजपरिवार भी वहाँ उपस्थित हो सके और राजपरिवार से सम्राट् सहस्रानीक का परिचय भी हो सके। राजप्रासाद के एक विशाल कक्ष में इसका आयोजन किया गया।

सम्राट् सहस्रानीक ने देखा कि उस विशाल कक्ष की साज-सज्जा कितनी मूल्यवान थी। सारी भित्तियाँ श्वेत मरमर से बनी थीं। चारों ओर अलभ्य काष्ठ से बनी पीठिकाएँ पंक्तिबद्ध स्थित थीं। उन पर व्याघ्र चर्म बिछे थे। संपूर्ण कक्ष में पारस्य देश की बनी मूल्यवान रेशमी कालीनें बिछी थीं। कक्ष जाज्वल्यमान प्रकाश से जगमगा रहा था। सम्राट् सहस्रानीक की बाईं ओर राजकुमार प्रसेनजित और दहिनी ओर सम्राट् ब्रह्मदत्त स्वयं उपस्थित थे। उनके दक्षिण पार्श्व राजकुमारी महाकौशला, जिसे राजपरिवार में प्रेमवश बासवी कहते थे—बैठी थी। कौशल-सम्राट् ने स्वयं ही राजकुमारी महाकौशला से सहस्रानीक का परिचय कराया। तदनंतर राजपरिवार के अन्य सदस्यों एवं राजमहिषी चंद्रकांता से उनका परिचय कराया गया।

बासवी के अपरिमित सौंदर्य को देख सम्राट् कुछ क्षणों के लिए अवाक् रह गए और सोचने लगे कि क्या मानवियों में भी अप्सराओं जैसा लोकोत्तर सौंदर्य संभव है। रह-रहकर सम्राट् के मस्तिष्क में यह विचार आता और वे मौन हो, उस अनुपम मानवी सौंदर्य के चिंतन में निमग्न होने लगते। आज के कार्यक्रम की ओर उनका ध्यान कम और बासवी के सौंदर्य की ओर अधिक था।

हंसावली ने कुछ अन्य नर्तकियों के साथ धीरे-धीरे उस कक्ष में प्रवेश किया। वह केवल अपने अलौकिक नृत्य के लिए ही प्रसिद्ध न थी, बल्कि उसकी रूप माधुरी भी अलौकिक थी। क्योंकि नृत्य राजपरिवार में था, अत: वीणावादकी और मृदंगवादकी भी नर्तकियाँ ही थीं। यह वह युग था, जब राजपरिवारों में विलासिता घर कर चुकी थी।

धीरे-धीरे वाद्यों की स्वर लहरी प्रारंभ हुई, नर्तकी के पैरों में स्पंदन होने लगा और नृत्य प्रारंभ हुआ। नृत्य वास्तव में अद्‌भुत था। तिलोत्तमा के नृत्य की नितांत अनुकृति। हंसावली की सुंदरता भी उससे कम न थी। तंतुवाद्यों की स्वर लहरी और मृदंग के मंद्र घोष पर नृत्य करते उसके पदचाप की गति देखते ही बनती थी। उसकी अनाच्छादित अवदात युगल बाहुएँ विषधर सर्पों की भाँति वायु में लहराने लगीं। मृणालदंडिका सी कोमल उँगलियों का अद्‌भुत-परिस्पंदन मन मोहने लगा। सर्पिणी की भाँति लहराती उसकी अंगयष्टि हृदय-ग्राहिणी थी। सारा कक्ष ही उसके घुंघुरुओं के क्वणन की प्रतिध्वनि से तरंगित हो उठा।

नृत्य समाप्त हुआ। सम्राट् अतिथि-कक्ष में शयन करने चले गए। अतिथि-कक्ष सभी ऐश्वर्य के साधनों से परिपूर्ण था। नृत्य में अर्द्धरात्रि का समय तो हो ही चुका था, किंतु फिर भी सम्राट् के नेत्रों में अभी तक निद्रा का स्पर्श मात्र तक न था। आज उनकी वैसी ही दशा थी, जैसी इंद्रलोक के अतिथि-कक्ष में थी। वहाँ उनके चिंतन का विषय उनकी भावी पत्नी थी, जिसके विषय में आज इंद्र ने रहस्योद्‌घाटन किया था, किंतु यहाँ उनके चिंतन का विषय हंसावली का नृत्य न होकर राजकुमारी बासवी थी। उसका अद्‌भुत रूप-लावण्य आकर्षण का केंद्र था और निश्चय ही वह अनुपम सुंदरी थी, किंतु वे एक पत्नीव्रत की शपथ मृगावती के समक्ष ले चुके थे और होगी भी क्यों न, उन दोनों का मानव योनि में जन्म भी तो एक-दूसरे के लिए ही हुआ था।

राजप्रासाद में नृत्य के आयोजन से वे समझ गए कि उनके श्रावस्ती आने के आमंत्रण में अवश्य ही कौशल सम्राट् का बासवी से विवाह के प्रस्ताव का उद्‌देश्य निहित होगा। संभवत: इसी उद्‌देश्य से राजपरिवार से उनका परिचय कराया गया था। वे जानते थे कि कौशल सम्राट् की ओर से विवाह का प्रस्ताव आने पर यदि उसे अस्वीकार किया जाता है तो यह कौशल सम्राट् की उपेक्षा और उनका अपमान होगा। इससे रुष्ट होकर वे युद्ध की घोषणा भी कर सकते हैं, जो उस युग की सामान्य बात थी। पार्श्ववर्ती जनपद पांचाल

एवं मगध पहले से ही वत्स से द्वेष रखते थे। ऐसे में कौशल सम्राट् को रुष्ट करना अत्यंत अहितकर हो सकता था।

प्रात:काल राजकुमार प्रसेनजित ने अतिथि-कक्ष में प्रवेश किया। सम्राट् ने उनका स्वागत किया।

प्रसेनजित—आपको हंसावली का नृत्य कैसा लगा, सम्राट ?

सहस्रानीक—उसका नृत्य एवं रूप-लावण्य दोनों ही अद्भुत थे।

प्रसेनजित—तो सम्राट् उसके नृत्य और रूप दोनों ही के प्रति आकर्षित हैं। यह समाचार हंसावली तक पहुँचा दिया जाएगा।

सहस्रानीक—वास्तविकता का वर्णन तो स्वत: ही होने लगता है, राजकुमार।

प्रसेनजित—किंतु ऐसा रूप-लावण्य तो सम्राटों के लिए उपभोग्य होता ही है।

सहस्रानीक—हंसावली के रूप-लावण्य की प्रशंसा को अन्यथा न लें राजकुमार! वास्तविकता का वर्णन तो सहज ही हो जाता है।

प्रसेनजित—वत्स राजमहिषी मृगावती के वियोग की अवधि बहुत लंबी है। क्या इतनी लंबी अवधि आप सरलता से काट पाएँगे ?

सहस्रानीक—इसके लिए मैं विवश हूँ राजकुमार।

प्रसेनजित—विवशता अशक्तों के लिए होती है राजन्, सम्राटों के लिए नहीं।

सहस्रानीक—मैं मृगावती के समक्ष एक पत्नीव्रत की शपथ ले चुका हूँ।

प्रसेनजित—ऐसी शपथ का विशेष मूल्य नहीं होता। इस वियोग की परिस्थिति के विषय में आपने पहले से सोचा भी न होगा।

सहस्रानीक—तिलोत्तमा के शाप को मैं कभी नहीं भूला था। मैं जानता था कि कोई-न-कोई दिन अवश्य आएगा, जब मृगावती से मेरा वियोग होगा।

प्रसेनजित—तिलोत्तमा का शाप! कैसा शाप ?

सहस्रानीक—मेरी देवलोक की यात्रा के समय देवराज इंद्र ने मुझे बताया था कि मेरा विधूम का और मृगावती का अलंबुसा का पुनर्जन्म है। शापवश ही हम दोनों का जन्म मानव योनि में हुआ है। आश्चर्य की बात नहीं। ऐसी घटनाएँ विस्मयकारी हो सकती हैं, किंतु असंभव नहीं।

प्रसेनजित—क्या सम्राट् पुनर्जन्म में विश्वास करते हैं ? यह तो अंधविश्वास है।

सहस्रानीक—किंतु मेरे और मृगावती के जन्म इसके प्रत्यक्ष प्रमाण हैं।

प्रसेनजित—क्या आप विश्वास करते हैं ?

सहस्रानीक—अविश्वास के लिए स्थान ही कहाँ है राजकुमार। हम दोनों पूर्व जन्म की एक-दूसरे की आकृतियों को भी पहचानते हैं। फिर भगवान् कृष्ण का वाक्य तो अटल है कि मृत्यु में आत्मा जीर्ण शरीर को त्याग पुनर्जन्म में नवीन शरीर ग्रहण करती है।

प्रसेनजित—तिलोत्तमा ने क्यों शाप दिया?

सहस्रानीक—देवलोक में मेरे निवास के समय उसने मेरे कक्ष में आकर पल्यंक शायिनी होने की याचना की। मेरे अस्वीकार करने पर उसने शाप दिया।

प्रसेनजित—क्या आप रानी के जीवन के विषय में आश्वस्त हैं?

सहस्रानीक—हाँ, मातलि के द्वारा देवराज इंद्र ने आश्वस्त किया है कि रानी सुरक्षित है।

प्रसेनजित—यह कहानी आश्चर्यजनक है।

सहस्रानीक—किंतु सत्य भी। मृगावती का रूप-लावण्य और आकृति नितांत वही है, जो पूर्व जन्म में थी।

प्रसेनजित—तो आप जानते हुए भी मानव समाज में क्यों हैं?

सहस्रानीक—क्योंकि यह मानव योनि उस देव योनि से अधिक श्रेष्ठ है।

प्रसेनजित—आपके विचार आश्चर्यजनक लगते हैं।

सहस्रानीक—वे देव योनियाँ उपभोग के लिए हैं। मानव योनि कर्म के लिए। कर्म उपभोग से कहीं अधिक श्रेष्ठ है। श्रीमद्भगवद्गीता में भगवान् कृष्ण ने कर्म योग का प्रतिपादन किया है। मानव जीवन कर्म करने के लिए ही होता है। कर्म योग और ज्ञान योग के द्वारा ही महर्षियों ने असंभव शक्तियाँ प्राप्त की हैं।

प्रसेनजित—कुसुमपुर के सम्राट् विजयवाहन का संबंध हमारे परिवार से ही है।

इस वार्त्तालाप से प्रसेनजित को स्पष्ट हो गया कि सहस्रानीक से बासवी का विवाह संभव नहीं।

इस प्रकार दोनों समवयस्क राजकीय मित्र जब वार्त्तालाप में व्यस्त थे द्वारपाल ने संदेश दिया कि कौशांबी से एक राजदूत आया है और सम्राट् के दर्शन करने की आज्ञा चाहता है। दूत के आने के समाचार से सम्राट् के मन में अनेक आशंकाएँ उठने लगीं और उन्होंने दूत को अंदर लाने की आज्ञा दी। सम्राट् एवं दूत की वार्त्ता के समय अपनी उपस्थिति को अनावश्यक समझ और सम्राट् की आज्ञा ले राजकुमार प्रसेनजित अतिथि-कक्ष से बाहर चले गए।

दूत ने अतिथि-कक्ष में प्रवेश कर सम्राट् को अभिवादन किया और एक राजकीय पत्र-मंजूषा सम्राट् को समर्पित की। इस पर महामात्य युगंधर के हस्ताक्षर एवं वत्स जनपद का राजकीय चिह्न अंकित था।

सम्राट् को इस पत्र से ज्ञात हो गया कि पांचाल जनपद के सम्राट् अग्निमित्र वत्स पर आक्रमण के आयोजन में जुटे हैं और उन्होंने मगध सम्राट् बिंबिसार से सहायता की प्रार्थना की है। मगध महामात्य वर्षकार की ओर से सहायता का आश्वासन भी उन्हें प्राप्त हो गया है। कौशांबी में भी युद्ध की तैयारियाँ की जा रही हैं। पुलिंदक से अचूक लक्ष्य-

वेध करनेवाले एक सहस्र योद्धा तुरंत भेजने का आग्रह किया गया है। अंगराज से भी शीघ्र सहायता की प्रार्थना की गई है। सहायता का आश्वासन मिल चुका है।

इस पत्र को पढ़कर सम्राट् की भौंहें कुंचित हो उठीं। क्रोध से मस्तक पर रेखाएँ उभरने लगीं। अधर प्रकंपित हो उठे। उन्होंने अंगरक्षकों को तुरंत प्रस्थान के लिए सन्नद्ध होने की आज्ञा प्रेषित की। स्वयं भी सम्राट् ब्रह्मदत्त के समक्ष आज्ञा लेने के लिए उपस्थित हुए।

मार्ग में सम्राट् की सुरक्षा की समुचित व्यवस्था की गई थी। सम्राट् की यात्रा का मार्ग भी कौशांबी के अमात्यों ने निर्देशित कर दिया था। मार्ग में स्थान-स्थान पर सुप्रतीक के सैनिक नियुक्त थे। सम्राट् ने तीव्र गति से यात्रा की और तृतीय दिवस ही वत्स की सीमा में प्रवेश किया।

सम्राट् के कौशांबी पहुँचते ही चारों ओर हर्ष की लहर फैल गई। मंत्रियों और सेनानायकों का उत्साह द्विगुणित हो गया। मंत्रणाएँ होने लगीं और शत्रुओं को उचित पाठ पढ़ाने की तैयारियाँ होने लगीं।

वत्स जनपद की पश्चिमी सीमाएँ अवंति जनपद की सीमाओं से मिलती थीं। अवंति सम्राट् चंडप्रद्योत भी उसी प्रकार वत्स के शत्रु थे, जिस प्रकार मगध सम्राट् बिंबिसार। यद्यपि मगध सम्राट् दो बार वत्स की सेनाओं से पराजित हो चुके थे, किंतु वे अब भी चंडप्रद्योत को वत्स के विरुद्ध प्रोत्साहन देते रहते थे।

भगवान् महाकालेश्वर, काल भैरव एवं हरसिद्धि देवी की नगरी, उज्जयिनी अवंति जनपद की राजधानी थी। यह एक विशाल और समृद्ध नगरी थी, जो भारत का केंद्रबिंदु कहलाती थी और भारत के मानवाकार चित्र के केंद्र में नाभि के रूप में अवस्थित थी। भारत के प्राचीनतम पर्वत शिरोमणि, विंध्यगिरि के कटि प्रदेश के पठार में मालवा का प्रदेश है, जो वैदिक काल में भी मालव प्रदेश के नाम से विख्यात था। यही प्रदेश अवंति जनपद था। हमारे कथानक के समय उज्जयिनी एक महान् तीर्थ स्थल होने के अतिरिक्त अपनी रमणीयता एवं उद्यानों के बाहुल्य के कारण एक विश्वप्रसिद्ध भ्रमण स्थल भी था। विदेशी पर्यटक भी यहाँ आते थे।

एक पावन तीर्थ स्थल होने के कारण उज्जयिनी में मंदिर इतनी संख्या में थे कि जब प्रात:काल की सूर्यरश्मियाँ इन मंदिरों के शिखरों पर स्थापित कनक-कलशों में प्रतिबिंबित हो शून्य में अपनी आभा विकीर्ण करतीं तो ऐसा अद्भुत एवं नयनाभिराम दृश्य उपस्थित होता कि जन समुदाय छतों पर चढ़ इस दृश्य का आनंद लेने लगते। इन कनक-कलशों के सौंदर्य एवं बाहुल्य के कारण ही इस नगरी का कनकश्रृंगा नाम सार्थक था।

यह नगरी रत्नों और मोतियों के व्यापार का केंद्र थी। यहाँ रत्नों को काटने, छाँटने और उनको अधिक चमत्कृत बनाने के लिए अनेक कार्यशालाएँ थीं। पण्यशालाओं में करोड़ों मूल्य की महार्घ रत्न मालाएँ लटकी रहतीं, जिनके मध्य में नील मणियाँ भी पिरोई

रहतीं। देश और विदेश के रत्न व्यापारियों का विशाल समुदाय इन पण्यशालाओं में एकत्र रहता और कोटिक स्वर्ण मुद्राओं का क्रय-विक्रय प्रतिदिन होता।

अवंति का प्रदेश चारों ओर से सघन वनों से परिवेष्टित था, जो महाकाल वन के नाम से प्रसिद्ध था। अनेक लघु सरिताओं के पावन जल से निरंतर प्रसिचिंत होने के कारण यहाँ की भूमि अत्यंत उर्वरा थी। इन वनों में निवास करनेवाली वन्य जातियाँ छोटे-छोटे वर्गों में विभाजित थीं। ये सभी वन्य जातियाँ विंध्यकेतु और चंडप्रद्योत के प्रभाव में थीं। इस समय वत्स के गुप्तचर बराबर सूचना दे रहे थे कि सीमा पर उपद्रव की आशंका है, क्योंकि कुछ वन्य जातियों के समूह वत्स की सीमा के पास स्थित वन्य प्रदेशों में एकत्र होते देखे गए थे। सम्राट् ने मंत्रणागृह में सभी मंत्रियों और राज्याधिकारियों को आहूत किया। ज्येष्ठत्रय भी उपस्थित थे। मंत्रणा इस प्रकार प्रारंभ हुई—

सहस्रानीक—महामंत्री युगंधर, आपके गुप्तचर क्या मगध और अवंति में सक्रिय हैं? सीमाओं की ओर से कुछ विवादास्पद समाचार आ रहे हैं। आपकी इस विषय में क्या सूचना है?

युगंधर—सम्राट्, यद्यपि साम्राज्ञी मृगावती के पिता के परिवार के द्वारा अवंति सम्राट् आपके संबंधी हैं, किंतु हमसे उन्हें कोई प्रेम अथवा सहानुभूति नहीं है। वे सदा हमारा अहित सोचते रहते हैं। उन्हीं के प्रोत्साहन से सीमा पर कुछ वन्य जातियों के द्वारा उपद्रव करने की आशंका है।

सुप्रतीक—अवंति से आनेवाले कुछ व्यापारियों के द्वारा ज्ञात हुआ है कि अपनी युवावस्था में ही सम्राट् चंडप्रद्योत राजयक्ष्मा के असाध्य रोग से पीड़ित हैं।

युगंधर—आप सत्य कहते हैं। मेरे गुप्तचरों की भी यही सूचना है। किंतु मगध सम्राट् बिंबिसार ने अपने राज्यभिषक कौमार मृत्यजीवक को महात्मा बुद्ध के आदेशानुसार सम्राट् चंडप्रद्योत के उपचार के लिए उज्जयिनी प्रेषित किया है। उनके उपचार से चंडप्रद्योत स्वास्थ्य-लाभ भी कर रहे हैं। स्वयं सम्राट् बिंबिसार सहानुभूति प्रदर्शन के लिए उज्जयिनी गए थे। यद्यपि उन्होंने श्रमण गौतम बुद्ध से दीक्षा ली है, जो देवी-देवताओं का विरोध करते हैं, किंतु फिर भी उज्जयिनी में उन्होंने भगवान् महाकालेश्वर, हरसिद्धि देवी और काल भैरव के दर्शन भी किए थे और वहाँ पूजा-अर्चना भी की थी।

सहस्रानीक—हाँ, कुछ बुद्ध श्रमणों ने इसकी निंदा भी की है। किंतु धर्मराज युधिष्ठिर एवं अर्जुन से लेकर आज तक भगवान् कृष्ण ही हमारे परिवार के इष्ट देव रहे हैं। भगवान् ने स्वयं ही गीता में कहा है—'अपने धर्म में तो मृत्यु भी कल्याणकारी है और दूसरे धर्म में रहकर मृत्यु भी भयावह होती है। वास्तव में धर्म-परिवर्तन महापाप है और यह आर्य परंपराओं के विरुद्ध है।

सुप्रतीक—किंतु सम्राट् बिंबिसार और उनके पुत्र अजातशत्रु दोनों ही ने बुद्ध धर्म

स्वीकार किया है। संभवत श्रमण गौतम का बिंबिसार को उज्जयिनी प्रेषित करने का मुख्य ध्येय चंडप्रद्योत को प्रभावित करना ही होगा, जिससे वे बुद्ध धर्म की दीक्षा ग्रहण कर लें।

सहस्रानीक—महासेनापति सुप्रतीक का अनुमान पूर्णतया सत्य प्रतीत होता है।

युगंधर—हाँ सम्राट्, बिंबिसार के कहने से ही चंडप्रद्योत और उनके पिता महामंत्री पुणिक ने ही नहीं, बल्कि उनके वेदज्ञ राजपुरोहित महाकात्यायन ने भी बौद्ध धर्म की दीक्षा ग्रहण की है और वे सभी श्रमण गौतम के शिष्य बन गए हैं।

सहस्रानीक—यह एक प्रकार का अंधविश्वास है। महात्मा बुद्ध की शिक्षाओं में ऐसी कौन सी नई बात है, जो हमारे आर्ष ग्रंथों में नहीं। उनके पंचशील के सभी नियम भगवान् कृष्ण द्वारा प्रतिपादित श्रीमद्भगवद्गीता की शिक्षाओं में निहित हैं।

युगंधर—हाँ सम्राट्, हमारा आर्य-धर्म तो सनातन है। संसार का कोई धर्म-सिद्धांत ऐसा नहीं, जो हमारे धर्म-ग्रंथों में न हो, किंतु सर्वाधिक आश्चर्यजनक सूचना यह है सम्राट् बिंबिसार अवंति से चंडप्रद्योत द्वारा भेंट स्वरूप दी गई परम सुंदरी गणिका पद्मावती को भी अपने साथ राजगृह ले आए हैं। श्रमण गौतम के शिष्यों ने उसे अभय माता की उपाधि दी है। क्या यही है बौद्ध धर्म का पंचशील और उसका रहस्य?

सहस्रानीक—किंतु अवंति और मगध के इन संबंधों का वत्स की सुरक्षा पर क्या प्रभाव होगा। इसका विवेचन होना अत्यावश्यक है।

युगंधर—सम्राट् को पूर्णरूपेण ज्ञात है कि अभी कुछ दिन पूर्व कुछ गुप्तचरों के साथ वेश बदलकर मैंने विंध्यकांतार के कुछ प्रदेशों की गुप्त यात्रा की थी। सत्पुड़ा की पश्चिमी उपत्यका में ताप्ती के कछारों में तालजंघा नाम की वन्य-जाति निवास करती है। इनका नेता कामंदक का मित्र है। अवंति जनपद की जनता इनसे आतंकित है। चंडप्रद्योत ने कुछ तालजंघाओं को बंदी बनाकर उनका वध करा दिया था। वेताल ने इन जघन्य हत्याओं के प्रतिशोध स्वरूप चंडप्रद्योत के पुत्र राजकुमार कुमारसेन का अपहरण कर उसका वध किया था। अत: चंडप्रद्योत इनसे अत्यंत रुष्ट है, किंतु घने वनों के कारण उनकी सेना भी इनका दमन करने में असमर्थ है। कामंदक के हमारे मित्र होने के कारण पुलिंदों से सम्राट् चंडप्रद्योत को कोई सहायता प्राप्त नहीं हो रही। यदि अवंति की सेना हमारे प्रदेशों की ओर प्रस्थान करती है तो वेताल उनके प्रदेशों में अवश्य उत्पात मचाएगा।

सहस्रानीक—ये अनियंत्रित वन्य जातियाँ तो हमारे लिए भी समस्या बन सकती हैं।

युगंधर—नहीं सम्राट्! कामंदक के कारण वेताल ने हमें पूरा आश्वासन दिया है कि उसकी सेनाएँ कभी भी वत्स की सीमाओं में प्रवेश नहीं करेंगी और न वह हमारी सीमाओं में कोई आतंक फैलाएगा। वैसे भी उनका वन्य प्रदेश हमारी सीमाओं से इतना दूर है कि वे हमारे लिए समस्या नहीं बन सकते। मेरी यात्रा का मुख्य लक्ष्य था वेताल को अवंति की सीमाओं पर आतंक फैलाने के लिए प्रेरित करना। इसका उत्तरदायित्व कामंदक को

सौंपा गया है। वह हमारा सच्चा मित्र है। मेरी योजना यही थी कि अवंति की सेनाएँ मगध की सहायता न कर पाएँ।

सहस्रानीक—किंतु बिंबिसार ने उज्जयिनी में बैठ अवश्य किसी कुटिल योजना का सूत्रपात किया होगा।

युगंधर—वे निकट भविष्य में हमसे युद्ध नहीं चाहते, इस समय उनका लक्ष्य वैशाली गणराज्य और अंग पर अधिकार करना है।

इस प्रकार युगंधर की योजना से आश्वस्त हो सम्राट् सहस्रानीक ने सुप्रतीक को आदेश दिया कि वे सीमाओं के समाचार राजधानी तक त्वरित गति से पहुँचाने के लिए अपने गुप्तचरों को और अधिक सजग कर दें। उनका मंतव्य था कि प्रजाजनों को कोई असुविधा न हो। उन्होंने स्वयं भी सारा प्रबंध देखने का आश्वासन दिया।

□

24
युद्ध परिषद् की मंत्रणा

सीमापार से बराबर सूचना प्राप्त हो रही थी कि मगध की राजधानी राजगृह और पांचाल की राजधानी अहिच्छत्र में युद्ध की तैयारियाँ चल रही हैं। सीमापार दुर्गों की मरम्मत की जा रही है। वहाँ अतिरिक्त शस्त्रों का भंडार किया जा रहा है। दोनों ओर से वत्स पर आक्रमण की आशंका थी। अत: मंत्रणा कक्ष में मंत्रणा का आयोजन किया गया।

महाबलाधिकृत सुप्रतीक ने शक्तिदेव को आदेश दिया कि गुप्तचरों से प्राप्त सूचनाओं से सभी को अवगत कराएँ।

सेनानायक शक्तिदेव शरीर से अत्यंत बलिष्ठ थे और उनका व्यक्तित्व भी आकर्षक था। वे अभी नितांत युवक थे। किंतु एक योग्य सेनानायक थे। उनके केश और दाढ़ी के बाल काले थे। वे गुप्तचर विभाग के अध्यक्ष थे।

शक्तिदेव—इस युद्ध की योजना पांचाल-नरेश अग्निमित्र ने बनाई है। वे अपने पिता की पराजय का बदला लेना चाहते हैं। उन्हीं की प्रेरणा से मगध सम्राट् बिंबिसार और राजकुमार अजातशत्रु उनकी ओर से इस युद्ध में भाग ले रहे हैं। अवंति सम्राट् भी गुप्त रूप से सहायता कर सकते हैं।

सुप्रतीक—किंतु मगध सम्राट् से तो आजकल हमारे कोई मतभेद नहीं हैं।

शक्तिदेव—किंतु इस बार तो उनका उद्देश्य पांचाल नरेश की सहायता करना और अवसर से लाभ उठाना है, वैसे उनकी राज्य लिप्सा भी असीमित है।

सुप्रतीक—हमारे सीमांत दुर्गों की क्या दशा है? क्या वे आकस्मिक आक्रमण को रोकने में सक्षम हैं?

सुकर्ण—हमारे सीमांत दुर्गों में किसी भी वस्तु की कमी नहीं। हमारे शस्त्रागार में इस समय लगभग चत्वारिंशत् सहस्र भटों को सुसज्जित करने के लिए उत्तम कोटि के सभी प्रकार के युद्धोपयोगी शस्त्रों का पर्याप्त भंडार है। आवश्यकता के समय शत्रु के दुर्गों के प्रवेश द्वारों को भग्नसात् करने के लिए आवश्यक यंत्र भी हैं। हमारे शस्त्रकार

शिल्पी अति कुशल हैं और निरंतर शस्त्र निर्माण में व्यस्त हैं। हमारे पास आचार्य मांडव्य द्वारा तैयार किए गए विषैले बाणों का भी पर्याप्त भंडार है। वे तो केवल युद्ध के समय ही सैनिकों को दिए जा सकते हैं। मगध के युद्ध का निर्णय तो धनुर्धरों की कुशलता के आधार पर ही होगा।

सुप्रतीक—हमारी सूचना के अनुसार, एक सहस्र अचूक लक्ष्य वेध करनेवाले भटों के साथ कामंदक स्वयं हमारी सहायता करने आ रहे हैं। महादुर्गपाल रिपुंजय! कृपा कर बताएँ कि सीमांत दुर्गों में नियुक्त सेना की क्या स्थिति है?

रिपुंजय—दुर्गों की मरम्मत करा दी गई है। दुर्ग सुदृढ़ एवं सुरक्षित हैं। वहाँ कुशल सैनिक नियुक्त हैं। अन्न और शस्त्रों का भंडार पर्याप्त है।

सुप्रतीक—मगध की नौसेना की क्या स्थिति है?

उत्पलाक्ष—उन्होंने हमारा अनुकरण कर ही अपनी नौसेना का निर्माण किया है, जिससे आवश्यकता पड़ने पर वे गंगा के मार्ग से हम पर आक्रमण कर सकें। उनके विनाश के लिए हमारे अग्निवाण अधिक सहायक होंगे।

सुप्रतीक—किंतु हमारी नौसेना मगध की नौसेना से संख्या में कम है। इसकी पूर्ति केवल नौसैनिकों की कुशलता से ही हो सकती है।

उत्पलाक्ष—हाँ, हमारी नौकाएँ छोटी हैं, किंतु त्वरित् गामिनी हैं। हमारी नौकाओं में सैनिकों की संख्या कम है, किंतु वे अत्यंत ज्वलनशील रसायन वाले अग्निबाणों से सुसज्जित हैं। हमने अपनी नौकाओं के अग्र भागों में लंबे लौह शल्य जड़वा दिए हैं, जिनसे शत्रुओं की नौकाओं को नष्ट किया जा सके।

सुप्रतीक—गज सेना को भी अग्निबाणों और विषैले बाणों से सुसज्जित किया जाए।

शक्तिदेव—ऐसा ही किया गया है सेनापति।

इसी प्रकार अश्वारोही सैन्यदल का भी विवेचन किया गया। युद्ध की तैयारियों से सम्राट् आश्वस्त थे और उन्होंने इच्छा प्रकट की कि मगध के विरुद्ध युद्ध का वे स्वयं संचालन करेंगे। किंतु इससे न प्रधान सेनापति सहमत थे और न अन्य सेनानायक। सुप्रतीक ने मगध के विरुद्ध सैनिक अभियान का उत्तरदायित्व स्वयं अपने ऊपर लिया। पांचाल के साथ युद्ध के संचालन का उत्तरदायित्व रिपुंजय और शक्तिदेव को दिया गया।

सभी सदस्यों ने इस योजना को उचित ठहराया और सम्राट् की ओर से योजना को उचित ढंग से कार्यान्वित करने के सुझाव के साथ युद्ध परिषद् की मंत्रणा समाप्त हो गई।

□

25
आचार्य विश्वकीर्ति मांडव्य

कौशांबी के उपांत गगनचुंबी विटपों और झाड़ियों से परिवेष्टित नितांत एकांत में एक प्राचीन भवन था। इसकी बाह्य दशा से यह अति प्राचीन प्रतीत होता था, किंतु इसका भीतरी भाग स्वच्छ एवं सुविधा-संपन्न था। वृक्षों से आच्छन्न होने के कारण बहुत कम व्यक्तियों का ध्यान इस ओर जा पाता था। नगर से अधिक दूर न होने पर भी यह न तो सामान्यजनों से सहज गम्य था और न वे सहसा वहाँ जाने का साहस ही जुटा पाते थे। इस भवन के संबंध में प्रेतात्माओं से संबंधित अनेक जनश्रुतियाँ समाज में प्रचलित थीं, जो सामान्यजनों को भयभीत बनाए रखती थीं।

भवन निर्जन नहीं था, किंतु उसमें निवास करनेवाले व्यक्तियों की आवश्यकताओं की पूर्ति के लिए कुछ विशिष्ट राज-सेवक नियुक्त थे, अतः उन्हें नगर में जाने की अधिक आवश्यकता नहीं होती थी। भवन के चतुर्दिक् वातावरण में एक विचित्र सी गंध व्याप्त रहती जो अनेक किंवदंतियों का कारण बनी हुई थी।

इस भवन में एक विशाल कक्ष था, जहाँ विभिन्न आकार के मृद्भांडों की पंक्तियाँ लगी थीं। इन मृदभांडों पर चिपकी कागज की चिटों पर सांकेतिक भाषा में इनमें रखे हुए द्रव्यों और द्रवों के नाम अंकित थे। कुछ भांड भूमि पर पंक्तिबद्ध रखे थे और कुछ काष्ठ पीठिकाओं पर टिके थे। यही कक्ष आचार्य मांडव्य की रसायनशाला थी, जहाँ वे स्वयं और उनके शिष्य, संभवतः जिनकी संख्या चार-पाँच से अधिक न थी, विभिन्न रसायनों पर प्रयोग करते रहते थे। रात्रि का प्रथम प्रहर था। लगभग एक घड़ी रात ही व्यतीत हो पाई होगी। भवन के बाह्य द्वार के समीप कवच एवं शिरस्त्राण धारण कर तथा अस्त्रों से सुसज्जित कुछ सैनिक सजग थे और किसी भी आकस्मिक घटना का सामना करने के लिए सन्नद्ध मुद्रा में खड़े थे। उनके हाथों में बरछे और कटि में खड्ग लटके थे। रात्रि की नीरवता में भी उनका कोई शब्द सुनाई नहीं देता था। उनके अश्व एक ओर वृक्षों से बँधे थे। पास ही एक सुसज्जित राजकीय रथ भी खड़ा था। संभवतः वे किसी महत्त्वपूर्ण व्यक्ति के अंगरक्षक थे।

आचार्य मांडव्य की रसायनशाला के पार्श्व में एक लघु कक्ष था, जो स्वच्छ था और काष्ठ विनिर्मित भद्रपीठिकाओं से सजा था। आचार्य मांडव्य एक भद्रपीठिका पर आसीन थे। उनका व्यक्तित्व प्रभावशाली था। उनके सिर एवं दाढ़ी के लहराते बाल शरच्चंद्र की चंद्रिका की भाँति श्वेत थे। उनका तेजस्वी गौर मुखमंडल दीपों के प्रकाश में भी आभा बिखेरता प्रतीत होता था। उनकी मुखाकृति गंभीर थी और वाणी मधुर एवं प्रभावोत्पादक थी। वे मितभाषी थे और प्राय: मंद स्वर में ही बातें करते थे। उनका बातें करने का ढंग उनकी महानता का परिचायक था।

आचार्य मांडव्य के समक्ष मूल्यवान कौशेय परिधान धारण किए दो व्यक्ति मृगचर्म पर बैठे थे और उनके साथ किसी गंभीर विषय पर वार्त्तालाप में व्यस्त थे। दोनों ही का व्यक्तित्व असाधारण रूप से प्रभावशाली था और दोनों ही के विशाल ललाटों पर चिंता की रेखाएँ उभरती देखी जा सकती थीं। मंत्रणा मंद स्वर में थी और आचार्य उनकी जिज्ञासाओं को शांत करने के प्रयत्न में लगे थे।

मांडव्य—आज धैर्य के प्रतीक महामात्य और शौर्य के प्रतीक महाबलाधिकृत दोनों ही को चिंतित देख मेरा आश्चर्यचकित होना स्वाभाविक है।

युगंधर—आचार्यपाद को असमय में कष्ट देने के लिए क्षमाप्रार्थी हैं। परिस्थितियाँ गंभीर हैं भगवन्। राज्य को दो सीमांतों पर एक साथ युद्ध करना है।

मांडव्य—महामात्य मेरा कार्य ही जनपद का हित करना है। मैं तो हर समय राज्य का हित ही सोचता हूँ और राज्य के हित के कार्यों में ही रत रहता हूँ। अवसर की गंभीरता मुझसे छिपी नहीं है।

युगंधर—किंतु भगवन् राजगृह में आचार्य काश्यप भयानक रासायनिक पदार्थों और विषैले शस्त्रों के आविष्कार करने में व्यस्त हैं। ज्ञात नहीं उन्हें कहाँ तक सफलता प्राप्त हुई है। हमारा गुप्तचर उनकी प्रयोगशाला में नियुक्त एक सेवक के साथ घुल-मिल गया है। उससे प्राप्त सूचनाएँ अत्यंत चिंता का विषय हैं।

मांडव्य—किंतु आप काश्यप से ही नहीं महामात्य वर्षकार से अधिक सावधान रहें। मैं दोनों ही से भलीभाँति परिचित हूँ। वर्षकार अत्यंत कुटिल है और उसकी चालों का रहस्य सहसा ज्ञात नहीं होता। तक्षशिला में दोनों ही मेरे सहपाठी थे।

युगंधर—तब तो आचार्यपाद उन्हें भलीभाँति जानते ही हैं।

मांडव्य—हाँ, राजकुमार बिंबिसार की शिक्षा भी तक्षशिला में हुई है और छात्रावस्था में ही उन्होंने वर्षकार को राज्य का मंत्री बनाने की योजना बना ली थी।

सुप्रतीक—आचार्यपाद, जितने हम वर्षकार की कुटिल चालों से भयभीत हैं, महामात्य युगंधर भी उनके लिए उतना ही भय का कारण बने हैं, किंतु हम उनकी भाँति कपट के निम्नतम स्तर तक पतित नहीं हो सकते।

मांडव्य—किंतु वे इसी को राजनीति का सही पर्याय मानते हैं। वे प्रतिद्वंद्वी राजाओं को मरवाने के लिए विष-कन्याओं का प्रयोग भी करते हैं। पतन की पराकाष्ठा है। राजकुमार बिंबिसार को उसी ने पड़ोसी राज्यों को हड़पने के लिए प्रोत्साहन दिया है। सम्राट् भूमित्र के जीवनकाल में ही वह बिंबिसार को मगध सम्राट् बनाना चाहता था।

युगंधर—आचार्यपाद की सूचनाएँ नितांत विश्वसनीय हैं। हम प्रति क्षण सजग हैं। भगवन्! मगध से आनेवाले प्रत्येक व्यक्ति पर हमारे गुप्तचरों की दृष्टि रहती है। दो दिन पूर्व ही व्यापारियों के वेश में आए वहाँ के दो गुप्तचरों को हमने कारागार में बंद किया है।

मांडव्य—आचार्य काश्यप भी वर्षकार की योजनाओं में सहभागी रहते हैं। तक्षशिला में अध्ययन काल में भी वे भयानक आविष्कारों के बारे में सोचते रहते थे। वहाँ रसायन विज्ञान उनके अध्ययन का मुख्य विषय था।

युगंधर—अब तो उन्हें अपनी इच्छाओं को कार्यरूप में परिणत करने का पूरा अवसर प्राप्त हो गया है। उनके सैनिक युद्ध में अग्निबाणों का प्रयोग करने लगे हैं। हमें नौकाओं के युद्ध में उनसे हानि की आशंका है।

मांडव्य—वे अपने अग्निवाणों में ऐसे रासायनिक द्रव्यों का प्रयोग करते हैं कि हवा में आधे ही सफल हो पाते हैं। हमने अपने अग्निबाणों में जिस रसायन का प्रयोग किया है, वे अत्यंत ज्वलनशील हैं और वे स्वयं ही वायु में प्रज्वलित हो उठते हैं। उन्हें किसी अन्य साधन से जलाने की आवश्यकता ही नहीं होती। युद्ध में वे अधिक उपयोगी सिद्ध होंगे।

युगंधर—हम इसके लिए आचार्यपाद के आभारी हैं।

मांडव्य—प्रजा की क्या दशा है ?

युगंधर—प्रजा राजभक्त है और युद्ध में भाग लेने को सन्नद्ध है। राज्य की ओर से उन्हें शस्त्र वितरित कर दिए गए हैं। हमारे सैनिक युवकों को युद्ध की शिक्षा भी दे रहे हैं। किंतु वे द्वितीय पंक्ति में रहेंगे।

सुप्रतीक—आचार्यपाद ने आविष्कार के विषय में सूचित किया था। सम्राट् जानने के लिए उत्सुक थे। उन्हें सूचित कर दिया जाएगा। किंतु शिल्पियों को भी उसका ज्ञान देने की आवश्यकता है।

मांडव्य—हमारी ओर से सम्राट् को आश्वस्त करें कि वे चिंता न करें। हम भरसक प्रयत्न राज्य की सहायता के लिए करेंगे। हमारे अग्निबाण मगध की नौसेना को नष्ट करने में पूर्णरूपेण सक्षम होंगे। हमारे शिष्यों ने राज्य के प्रधान शिल्पियों को उस प्रकार के अग्निबाणों के निर्माण के लिए शिक्षित भी कर दिया है। रसायन की पूर्ति हमारी ओर से कर दी गई है। हमने विनिर्मित बाणों का परीक्षण भी कर लिया है। हमारा रसायन इतना ज्वलनशील है कि बाणों के नावों में गिरते ही उन्हें भस्मसात् कर सकते हैं।

सुप्रतीक—सम्राट् इसके लिए अति कृतज्ञ होंगे, आचार्यपाद!

मांडव्य—हमने तीव्र विष का प्रयोग कर कुछ विषैले तीरों का निर्माण भी शिल्पियों से कराया है। विष की पूर्ति हमारी ओर से कर दी गई है, किंतु इनका प्रयोग कम ही किया जाए। यह अति विनाशकारी हैं। कुछ शिल्पी इनके निर्माण में लगे हैं। इतना तीव्र विष पण्यशालाओं में क्रय-विक्रय के लिए उपलब्ध नहीं कराया जा सकता।

सुप्रतीक—आचार्य के आदेश का पूर्णरूपेण पालन किया जाएगा।

मांडव्य—अग्निबाणों के संधान के लिए अति बलिष्ठ एवं कुशल धनुर्धरों की आवश्यकता है, जिनके लक्ष्य अचूक और सटीक हों।

सुप्रतीक—हमारे पास ऐसे धनुर्धर हैं। आचार्यपाद।

इसके उपरांत महामात्य एवं महाबलाधिकृत ने आचार्यपाद को प्रणाम किया और नगर वापस जाने के लिए विदा ली। अब दोनों ही आश्वस्त थे और चिंतामुक्त थे, किंतु आगे की योजना पर विचार की आवश्यकता थी।

□

26
युद्ध

युद्ध अवश्यंभावी था। सेनानायकों की योजनानुसार पांचाल के साथ आक्रामक युद्ध होना था और मगध के सैन्य दल के साथ सुरक्षात्मक। मगध के साथ युद्ध संचालन का उत्तरदायित्व सेनापति सुप्रतीक पर था। किंतु पांचाल के साथ युद्ध का संचालन उपसेनापति रिपुंजय को करना था। मगध की ओर से सेनापति चंडभद्रिक स्वयं सैन्य संचालन करनेवाले थे।

सुप्रतीक की भाँति रिपुंजय भी वीर, साहसी, सुविक्रम एवं कुशल सेनापति थे। वास्तव में वे यथा नाम तथा गुण थे। उनकी कुशलता और वीरता पर सभी को पूर्ण विश्वास था। उनके पास आत्मबलिदानी एक शतसंख्यक सैनिक दल था। उस दल में अति बलिष्ठ एवं कुशल सैनिकों को ही लिया जाता था। उस दल का प्रत्येक सैनिक तीन सौ हस्तपर्यंत बरछा फेंककर सटीक लक्ष्य-वेध कर सकता था। शल्य और खड्ग युद्ध में वे अप्रतिम थे। सभी युवक थे और उन सभी सैनिकों को शिरस्त्राण और कवच से सुसज्जित किया गया था। यह छोटा सा दल एक सहस्त्र सैनिकों के साथ युद्ध करने में सक्षम था। पहाड़ की चोटी पर चढ़ना या कोई भी दुस्साहसिक कार्य करना इनके लिए सुगम था। मानव सीढ़ी बनाकर वे दुर्ग की दीवार पर भी चढ़ सकते थे। कुशल एवं साहसी सेनानायक शक्तिदेव इस दल के नायक थे। इस दल को सुविक्रांत नाम से पुकारा जाता था।

उपसेनापति रिपुंजय ने शक्तिदेव को पांचाल के सीमांत दुर्ग को विजय करने का कार्य दिया। यह दुर्ग शत्रुओं के लिए अलंघ्य था। इस दुर्ग के एक ओर यमुना की धार और दूसरी ओर शुक्तिमती की धार प्रवाहित थी। शुक्तिमती के तट की ओर दुर्ग की दीवार एक अलंघ्य प्रस्तर-चट्टान पर बनी थी। अत: इस ओर से दुर्ग पर आक्रमण होने की कोई आशंका नहीं हो सकती थी। इस दुर्ग में पांचाल राज्य के दो सहस्त्र सैनिक नियुक्त थे और एक बहुत विशाल शस्त्रागार था। यह सभी आयोजन वत्स पर आक्रमण करने के लिए थे।

सौ सैनिकों के दल के अतिरिक्त शक्तिदेव को एक सहस्र सैनिक और दिए गए थे।

उन्होंने अत्यधिक मानव संहार की आशंका के कारण रात्रि के अधंकार में आक्रमण की योजना तैयार की। शुक्तिमती की धार की ओर से ही दुर्ग पर चढ़ना संभव था, क्योंकि उस ओर से प्रहरी निश्चिंत थे। उस ओर दुर्ग पर चढ़ना मानव शक्ति से परे समझा जाता था।

इस सीमांत दुर्ग से तीन योजन की दूरी पर जहाँ वत्स और पांचाल की सीमाएँ मिलती थीं, पांचाल की विशाल सेना एकत्र थी। मगध की सेना के आक्रमण के साथ ही इस सैन्य दल को कौशांबी की ओर प्रस्थान करना था। रिपुंजय को वत्स की अश्वारोही सेना और पुलिंदक के भेजे एक सहस्त्र धनुर्धर सैनिकों के साथ इस सेना पर रात्रि के अंधकार में आक्रमण करना था। पुलिंदक के सभी सैनिकों को वत्स की ओर से शल्य भी दे दिए गए थे, क्योंकि रात्रि में तीरों से आक्रमण संभव न था। यहीं पांचाल की मुख्य सेना थी।

शक्तिदेव ने एक नौका की सहायता से अपने बीस सैनिकों को दुर्ग के पीछे की दीवार के नीचे उतार दिया। अंधकार घना था। किसी को उस ओर से आक्रमण का संदेह न था। प्रथम कार्य चट्टान पर चढ़ना था और दूसरा दुर्ग की दीवार पर। शक्तिदेव ने मानव सीढ़ी तैयार की और सैनिकों के कंधे पकड़ खड्ग मुँह में दबा तथा हाथ में रस्सी का सिरा ले चट्टान पर चढ़ने में सफलता प्राप्त कर ली। वहाँ रस्सी के सहारे उसने अपने बीस सैनिकों को खड्ग और शल्यों के साथ चट्टान पर चढ़ा दिया। इसके उपरांत इसी विधि से उसने दुर्ग की दीवार पर चढ़ने में सफलता प्राप्त कर ली। अब उसके लिए आगे का कार्य सुगम था।

शक्तिदेव ने देखा केवल पाँच प्रहरी छत पर थे, जो शुक्तिमती की ओर से निश्चिंत थे। वे जानते थे कि अकेले ही पाँच के लिए पर्याप्त हैं। किंतु उन्होंने शेष सैनिकों को भी रस्सी के सहारे चढ़ा लेना अधिक आवश्यक समझा। उनके सभी सैनिक धीरे-धीरे दीवार पर चढ़ने लगे। शक्तिदेव स्वयं छाती के बल सरककर आगे बढ़ने लगे। उनके पीछे अन्य सैनिक भी आगे खिसकने लगे।

पहला सैनिक जो बरछे के सहारे खड़ा ऊँघ रहा था, बरछे के आकस्मिक प्रहार से घायल हो दुर्ग की दीवार से नीचे गिर गया। अन्य प्रहरी सजग हो समझने का प्रयास कर ही रहे थे कि उनके सिर खड्ग प्रहारों से कट-कटकर गिरने लगे। शक्तिदेव के अन्य सैनिकों ने बड़ी तीव्र गति से नीचे जा दुर्ग के मुख्य द्वार के पास नियुक्त प्रहरी का वध करके दुर्ग के द्वार को अनाहत कपाट कर दिया। नीचे सैनिक अब सजग होने लगे थे। उधर शक्तिदेव के सैनिक दुर्ग में प्रवेश कर उन सैनिकों पर प्रहार करने लगे। पांचाल के सैनिक उस आकस्मिक आक्रमण से घबरा उठे और सैकड़ों सैनिक घायल होकर चीत्कार करने लगे। अग्निबाणों से सामान जलने लगा। पांचाल के अधिकतर सैनिक जान बचाने के लिए इधर-उधर दौड़ने लगे।

अंत में शेष सैनिकों ने आत्मसमर्पण कर दिया। वहाँ का शस्त्रागार लूट लिया गया।

पांचाल के शेष सैनिकों को नि:शस्त्र कर दुर्ग के एक भाग में बंदी बना दिया गया। द्रुतगामी दूतों के द्वारा सम्राट् एवं उपसेनापति रिपुंजय को विजय का समाचार प्रेषित कर दिया गया। दुर्ग पर वत्स का केसरिया ध्वज फहरा दिया गया।

रिपुंजय का कार्य कठिन था। पांचाल की सेना सतर्क थी और वत्स की सेना की गतिविधि की पूरी सूचना उनको मिलती रहती थी। सीमांत दुर्ग के पतन से वहाँ की सेना में रोष भी था और निराशा भी। शत्रु का सैन्य दल संख्या में बड़ा भी था। वत्स के लिए एक ही आशा थी कि उस सेना पर पार्श्व भागों और पृष्ठ भाग से भी छिपकर आक्रमण किया जाए। शक्तिदेव भी इस युद्ध की गंभीरता को समझते थे। उन्होंने दुर्ग की रक्षा का उचित प्रबंध कर रिपुंजय की सहायता करने का निश्चय किया और अपने सौ सैनिकों के दल और पाँच सौ अन्य सैनिकों के साथ युद्ध क्षेत्र की ओर प्रस्थान किया।

शक्तिदेव के आने पर रिपुंजय को अब विजय की पूर्ण आशा थी। युद्ध का अति शीघ्र निर्णय करना अधिक श्रेयस्कर था। अत: शक्तिदेव ने अपने सैनिकों के दल को अश्वों पर सवार हो, रात्रि के अंधकार में सुदूर मार्ग से जाकर प्रात:काल होने से पूर्व ही अंधकार में पांचाल सेना पर पीछे से आक्रमण करने का आदेश दिया और स्वयं नेतृत्व के लिए उनके साथ गए। पुलिंदक के एक सहस्र योद्धाओं को दो भागों में विभक्त कर दक्षिण एवं वाम पार्श्वों पर आक्रमण करने के लिए नियुक्त किया गया। रिपुंजय की स्वयं की शत्रु सेना के अग्रभाग पर सामने से खड्ग एवं शल्यों के द्वारा आक्रमण करने की योजना थी।

प्रात:काल होने में अभी दो घड़ी का समय शेष था। योजनानुसार पांचाल की सेना को दो दिन पश्चात् ही युद्ध का तूर्यनाद करना था। उन्हें वत्स की सेना की उपस्थिति का ज्ञान था। वे समझते थे कि वत्स की सेना सहसा आक्रमण करने का साहस नहीं करेगी। किंतु आज अंधकार में ही अग्निबाणों की वर्षा होते देख वे कुछ विचलित हुए। अग्निबाणों से सैन्यशिविर सांय-सायं कर भस्मसात् होने लगे। युद्ध का तूर्यनाद करा दिया गया और पांचाल की सेना कुछ ही क्षणों में सन्नद्ध हो युद्ध करने लगी। उसी समय शक्तिदेव के दल के आकस्मिक आक्रमण से अनेक सैनिकों का शिरच्छेद होने लगा। शिरस्त्राण और कवच से सुरक्षित वत्स के सैनिकों के शरीर पर शस्त्रों का प्रभाव बहुत कम हो रहा था। पुलिंदक के सैनिकों के तीर भी महा विनाशकारी सिद्ध हो रहे थे। अत: विवश हो पांचाल के सेनापति रिपुदमन ने रिपुंजय की सेना पर एक साथ आक्रमण करने की आज्ञा दी।

आक्रमण भयंकर था। वत्स का सैन्य दल विचलित होने लगा। रिपुदमन स्वयं युद्ध कर रहे थे और वत्स के सैनिक मृत्यु को प्राप्त हो रहे थे। रिपुंजय ने पुलिंदक के सैनिकों को शल्यों से आक्रमण की आज्ञा दी। रिपुंजय स्वयं रिपुदमन से युद्ध करने अश्व पर आगे बढ़े। अब दोनों सेनापति एक-दूसरे के समक्ष थे। दोनों समान योद्धा थे। किंतु अकस्मात् रिपुंजय के वार से रिपुदमन का खड्ग बीच से टूट भूमि पर गिर गया। वे शल्य उठाने के

प्रयत्न में थे, तभी रिपुंजय ने उनके गले में धनुष डाल उनको अश्व से नीचे गिरा लिया और स्वयं भी घोड़े से कूद उनके निःशस्त्र होने के कारण अपने सैनिकों की सहायता से उन्हें बंदी बना लिया। चारों ओर से आक्रमण के कारण पांचाल के सैन्य दल में निराशा व्याप्त हो गई। उनकी जन हानि भी अधिक थी।

सेनापति रिपुदमन के बंदी बनाए जाने का समाचार सैन्य दल में तेजी से फैलने लगा। पांचाल के सैन्य दल में पलायन प्रारंभ हो गया। उनके स्कंधावार को पूर्णतया भस्मसात् कर दिया गया। सेनापति रिपुदमन को ससम्मान सैनिक सुरक्षा में बंदी बनाकर कौशांबी प्रेषित कर दिया गया। द्रुतगामी चरों द्वारा विजय का समाचार सेनापति सुप्रतीक एवं सम्राट् को प्रेषित कर दिया गया।

कौशांबी से लगभग बीस योजन दूर प्राची दिशा में भगवती भागीरथी के तट पर वत्स राज्य का सीमांत ग्राम था पर्यंतपत्तन। यहाँ कौशांबी का सीमांत दुर्ग भी था। भगवती भागीरथी यहाँ चंद्राकार में प्रवाहित हो, इस दुर्ग को तीन दिशाओं से परिवेष्टित किए थीं। यहाँ एक स्थानीय नदी सुषोमा गंगा में विलीन होने से पूर्व दो पर्वतिकाओं में मध्य से प्रवाहित होती थी। नौ सेनानायक उत्पलाक्ष ने इसी स्थान पर अपनी नौवाहिनी की नौकाओं को सुरक्षित खड़ा कर प्रहरी नियुक्त कर दिए थे। स्कंधावार दुर्ग में रखा गया था।

सेनापति को बराबर सूचनाएँ प्राप्त हो रही थीं कि राजगृह से मगध का नौसैन्य दल नौकाओं में कौशांबी की ओर प्रस्थान कर चुका है। इसी के साथ भागीरथी के तट पर हस्ति सेना भी प्रस्थान कर चुकी है। भागीरथी में अकस्मात् जल बढ़ने के कारण प्रवाह की गति तीव्र थी और मगध की नौकाओं को प्रवाह के विरुद्ध आगे बढ़ने में कठिनाई हो रही थी। उनकी गति धीमी थी।

द्रुतगामी चरों से सेनापति सुप्रतीक को समाचार प्राप्त हुआ कि पांचाल की सेना पराजित हो चुकी है और उनकी सैन्य शक्ति छिन्न-भिन्न हो चुकी है। शीघ्र ही रिपुंजय भी अपने दल के साथ पर्यंतपत्तन पहुँच गए। उनके पहुँचने से सेनापति सुप्रतीक का साहस द्विगुणित हो गया। वे जानते थे कि पर्यंतपत्तन के सीमांत दुर्ग के सामने ही कुछ दूरी पर भद्रवाह में मगध का स्थायी स्कंधावार था। वहाँ मगध की नौसेना एवं हस्ति सेना भी सन्नद्ध थी। द्वितीय दिवस ही युद्ध अवश्यंभावी था। सेनापति चंडभद्रिक स्वयं भद्रवाह में उपस्थित थे।

रात्रि के प्रथम प्रहर में ही वत्स के सेनानायकों और उप सेनानायकों की गुप्त मंत्रणा हुई। निर्णय के अनुसार, सारी नौकाओं को रात्रि के अंधकार में ही सक्रिय कर दिया गया। शक्तिदेव के सुविक्रांत दल को और उप सेनापति रिपुंजय के अश्वारोही दल को रात्रि का अंतिम प्रहर प्रारंभ होने से पूर्व ही भागीरथी के दूसरे तट पर उतार दिया गया। इस दल ने सर्वप्रथम बड़ी शीघ्रता से सींगों की आकृति के लौह शल्यों को भूमि में दृढ़ता से गाढ़ दिया। उन्हें केवल आठ अंगुल भूमि से ऊपर रहने दिया। और इन्हें घास के हरित तृणों,

झाड़ियों के पत्तों और टहनियों से आच्छादित कर दिया गया।

सूर्योदय से कुछ पूर्व ही हस्तिदल आता दिखाई दिया। हाथियों के पीछे ही मगध की पदाति सेना एवं अश्वारोही सेना थी। उनके समानांतर ही नौसेनाओं का दल भी भगवती भागीरथी के प्रवाह से ऊपर की ओर आता हुआ दृष्टिगोचर हुआ। तुरंत युद्ध का तूर्यनाद दोनों ओर से कर दिया गया। आज का युद्ध भीषण था। दोनों ओर की जन-हानि दुःखद थी, यद्यपि मगध सेना की हानि अपेक्षाकृत अधिक थी। सायंकाल से पूर्व ही विजय और पराजय का पूर्ण निर्णय हो गया। आज की विजय के उपलक्ष्य में सम्राट् को बधाई देते हुए और युद्ध के दृश्य का पूर्ण विवरण देते हुए सुप्रतीक ने द्रुतगामी दूतों द्वारा सम्राट् को निम्न पत्र प्रेषित किया—

'परम भट्टारक महाराजाधिराज श्री 108 वत्स सम्राट् विजयतेतराम!

सम्राट् की सेवा में युद्ध में पूर्ण विजय की बधाइयाँ प्रेषित हैं।

आज प्रातःकाल शत्रु दल की नौकाएँ भागीरथी की धार में हमारे दुर्ग की ओर आती दृष्टिगोचर हुईं, किंतु हमारे सैनिकों के अति ज्वलनशील बाणों की वर्षा से उनकी अधिकांश नौकाएँ अग्निसात हुईं और जो नौसैनिक जीवन रक्षा के लिए जल में कूदे उनमें अधिकांश हमारे सैनिकों के बाणों का लक्ष्य बने। इस युद्ध में पुलिंदक के सैनिकों से पर्याप्त सहायता प्राप्त हुई। उनके लक्ष्य अचूक थे।

नौसेना के साथ ही मगध की हस्ति सेना भी भागीरथी के उतारी तट पर आगे बढ़ी। किंतु हमारे सैनिकों द्वारा भूमि में गाढ़े गए लौह शल्यों से उनके पैर घायल होने के कारण शत्रु के गजों ने चिंघाड़ना प्रारंभ किया और वे अनियंत्रित हो पीछे की ओर दौड़ने लगे, जिससे उन्होंने अपनी ही पदाति सेना के सैकड़ों सैनिकों को घायल कर दिया और मृत्यु के घाट उतार दिया।

सेनापति चंडभद्रिक ने युद्ध भूमि से पलायन किया। वे बिंबिसार के नलागिरि हाथी पर आरूढ़ थे। मगध के अमात्य सुनीथ स्कंधावार में थे। जब उन्होंने पराजय का समाचार सुना तो वे भी स्कंधावार से राजगृह की ओर पलायन कर गए। हमारी सेनाओं ने भद्रवाह तक चंडभद्रिक की सेनाओं का पीछा किया। आज के युद्ध में शत्रु को अपार क्षति उठानी पड़ी है। आशा है, इस पराजय से सम्राट् बिंबिसार अवश्य कुछ शिक्षा लेंगे।

दोनों पक्षों के घायल सैनिकों का शवदाह ससम्मान गंगा के तट पर कर दिया गया है और अपने घायल सैनिकों का उपचार पर्यंतपत्तन के दुर्ग में किया जा रहा है।

ससम्मान,

साम्राज्य सेवक, **सुप्रतीक**'

□

27

उदयन का हस्ति-सम्मोहन

वत्सराज महिषी मृगावती के आश्रम निवास का चौदहवाँ वर्ष प्रारंभ हो चुका था। शाप-जनित वियोग की अवधि समाप्ति की ओर थी। राजकुमार उदयन भी अब चौदहवें वर्ष में प्रवेश कर चुका था। उसका शरीर बलिष्ठ था। शारीरिक सौंदर्य के लिए वह बहुचर्चित था। इस अवस्था में भी वह एक नवयुवक जैसा प्रतीत होता था। वह स्वभाव से ही साहसी और निर्भीक था और साहसिक कार्यों में उसे विशेष आनंदानुभूति होती थी। अभी से उसमें एक उत्कृष्ट कला प्रेमी के लक्षण स्पष्ट होने लगे थे। संगीत से उसे विशेष प्रेम था। साम्राज्ञी मृगावती उसकी शिक्षा के प्रति सजग थीं। शस्त्र-प्रयोग में वह अपने समवयस्क राजकुमारों में अप्रतिम था। उसकी भुजाएँ बलिष्ठ थीं। वह लंबी दूरी तक शल्य प्रक्षेपण कर सकता था। उसे देख सभी सोचने लगते 'होनहार बिरवान के होत चीकने पात।'

मुनि कृतयाग ने उसे हस्ति-सम्मोहन की शिक्षा भी दे दी थी। मृगया में उसे विशेष रुचि थी और वह दौड़ते मृगों पर भी लक्ष्य वेध कर सकता था। व्याघ्र भी उसे भयभीत नहीं कर सकते थे। खड्ग लेकर व्याघ्रों से लड़ने का साहस भी उसमें था। हाथियों से उसे विशेष प्रेम था और किसी भी हाथी को सम्मोहित कर और उस पर आरूढ़ हो एकाकी ही अरण्य प्रांत में स्वतंत्र वायु का आनंद लेना उसे अच्छा लगता था।

ग्रीष्म का प्रारंभ था। प्रातः का सुहावना समय था। पुष्पाच्छादित वन्य पादपों और लताओं को स्पर्श कर गंध से बोझिल सा शीतल पवन मंद गति से प्रवाहित था। भगवान् अंशुमाली की अरुणिम रश्मियाँ वृक्षों के शिखरों से शनै-शनै भूमि की ओर उतर रही थीं। खगकुल के कलरव से एक-एक वृक्ष सजीव हो उठा था। आज विद्यालय के अवकाश का दिन था। अवकाश के दिन वह प्रायः समीपवर्ती अरण्य प्रांत में चला जाता और स्वतंत्र वायु का आनंद लेता रहता।

आज वह एकाकी नहीं था। उसके साथ उसका समवयस्क त्रिपुर-राजकुमार कृतंजय भी था, जो उसका सहपाठी था। किंतु न उसमें उदयन जैसी निर्भीकता थी और न शस्त्र प्रयोग में इतनी दक्षता।

कृतंजय—तुम प्राय: एकाकी ही यहाँ भ्रमण करने आते हो।

उदयन—हाँ, अवकाश के समय मुझे आश्रम में रहना अच्छा नहीं लगता।

कृतंजय—किंतु यहाँ तो व्याघ्र आदि क्रूर वन्य पशु भी हैं, जो कभी भी आक्रमण कर सकते हैं।

उदयन—यदि व्याघ्र कुछ दूरी पर हो तो मैं शीघ्रता से अपने तीक्ष्ण शरों से उसके शरीर को वेध सकता हूँ। अन्यथा मेरा खड्ग-प्रहार उसे धराशायी कर सकता है। किंतु ऐसे अवसर कम ही आते हैं।

कृतंजय—किंतु मैं तो खड्ग लेकर व्याघ्र से युद्ध नहीं कर सकता। उसे देखकर भयभीत होने लगता हूँ।

उदयन—इसके लिए साहस की अधिक आवश्यकता है। व्याघ्र से लड़ने का न तुम में बल है न साहस।

कृतंजय—क्या कभी व्याघ्र से तुम्हारा सामना हुआ है ?

उदयन—अनेक बार, किंतु व्याघ्र सहसा मनुष पर आक्रमण नहीं करता।

कृतंजय—किंतु सभी व्याघ्र तो ऐसे नहीं होते।

उदयन—ऐसे व्याघ्रों से रक्षा के लिए मेरा खड्ग पर्याप्त साधन है। दो बार मेरा व्याघ्रों से सामना हुआ है। एक बार मैंने एक सुंदर व्याघ्र-शावक को पकड़ने का प्रयत्न किया तो उसकी माँ ने आक्रमण किया। मैंने खड्ग प्रहार से उसे घायल किया। वह अपने शावक के साथ झाड़ी में जा छिपी।

कृतंजय—और दूसरी बार क्या हुआ ?

उदयन—मैं एक विशाल आरण्यक गज पर चढ़ा जा रहा था कि एक व्याघ्र ने मुझे देख गर्जन किया। मैंने मंत्र बल से उस हाथी को व्याघ्र पर आक्रमण के लिए प्रेरित किया। व्याघ्र भयभीत हो वहाँ से चला गया।

कृतंजय—तुम हाथियों पर कैसे चढ़ सकते हो ?

उदयन—मैं किसी भी मदमत्त हाथी को मंत्र-विद्या से सम्मोहित कर उसे अपना वशवर्ती बना सकता हूँ। मुझे उनसे कोई भय नहीं लगता।

कृतंजय—मेरे यहाँ एक गज सेना भी है। किंतु वे शिक्षित हैं और पालतू हैं। मैं उन पर चढ़ सकता हूँ।

उदयन—उन पर चढ़ना तो आसान है। एक दिन मैं जब पाठशाला से अपनी पर्णकुटीर पर पहुँचा तो माँ आचार्य-पत्नी बासंती से कह रही थीं कि वह समय दूर नहीं, जब उदयन राजकुमार होगा। किंतु मुझे देखकर वे चुप हो गईं।

कृतंजय—आचार्य पत्नी बासंती बहुत मधुर वीणा बजाती हैं। क्या तुमने कभी उनका वीणावादन सुना है।

उदयन—सुना ही नहीं, उनसे वीणावादन की शिक्षा भी ली है। क्या तुमने मेरी वीणा देखी है ?

कृतंजय—नहीं। मैं तुम्हारी पर्णकुटीर पर कभी नहीं गया।

उदयन—जब वे वीणा बजाती हैं, पशु भी सम्मोहित होने लगते हैं। मृग तो प्राय: उनके पास आ जाते हैं और शांत खड़े हो जाते हैं।

कृतंजय—क्या तुम भी इतना सुंदर वीणावादन कर सकते हो ?

उदयन—नहीं, मैं इतना सुंदर वीणावादन नहीं कर सकता। मेरे पास वीणा भी अधिक सुंदर नहीं है।

कृतंजय—तुम्हारी माँ तुम्हारे विषय में बहुत महत्त्वाकांक्षी हैं।

उदयन—प्रत्येक माँ को होना चाहिए।

कृतंजय—यदि तुम राजकुमार बनोगे तो क्या करोगे ?

उदयन—मैं दो काम अवश्य करूँगा। मैं एक बहुत सुंदर वीणा प्राप्त करूँगा और वन्य गजों को वशवर्ती बना एक विशाल गज-सेना का निर्माण करूँगा।

कृतंजय—आचार्य पाद कह रहे थे कि तुम एक दिन राजा अवश्य बनोगे।

उदयन—किंतु उन्होंने मुझसे कभी नहीं कहा। यदि मैं राजा बना तो मेरे यहाँ एक विशाल गज सेना होगी। मुझे हाथियों से बहुत प्यार है।

कृतंजय—वे तुम्हारी अनुपस्थिति में कह रहे थे। मैं भी वहाँ था।

उदयन—मेरी पूजनीया माँ की भी मेरे विषय में ऐसी ही धारणा है।

इस प्रकार दोनों बातें करते जा रहे थे। उसी समय उन्हें वन्य-गजों का झुंड दिखाई दिया, जिसका यूथप एक विशालकाय हाथी था। कृतंजय उस गज यूथ को देख भयभीत हो उठा। वह जानता था कि वन्य-गज कभी-कभी क्रुद्ध हो आक्रमण कर सकते हैं। वह आश्रम की ओर लौटने लगा।

उदयन—नहीं, कृतंजय आश्रम वापस न जाओ, मेरे साथ गजारूढ़ होकर वन की वायु और प्राकृतिक शोभा का आनंद लो।

कृतंजय—नहीं, मैं वन्य-गजों से भयभीत रहता हूँ। उन पर आरूढ़ नहीं हो सकता।

कृतंजय तुरंत आश्रम की ओर वापस चला गया और उदयन हस्तियूथ की ओर चलने लगा। उस गज यूथ में सभी गज यूथप के अनुवर्ती थे। यूथप ने उदयन को देख गर्जन किया। उसकी आकृति से ऐसा लगा मानो वह आक्रमण करेगा। किंतु उदयन ने अपने मंत्रबल से उसे शांत कर दिया। वह विशाल यूथप उदयन के पास आकर शांत मुद्रा में खड़ा हो गया। उस झुंड के अन्य सदस्य भी शांत थे। उदयन उस गज की विशाल सूँड़ का आश्रय ले उसकी पीठ पर आरूढ़ हो गया। संपूर्ण झुंड उस यूथप का अनुसरण करने लगा।

पर्याप्त समय तक उदयन गजारूढ़ हो वन के प्राकृतिक सौंदर्य का आनंद लेता रहा। एक सरोवर के किनारे हाथी से उतरकर आश्रम की ओर चलने लगा। गज यूथ उस सरोवर

में प्रवेश कर क्रीड़ा करने लगा। उदयन कुछ समय तक मंत्र मुग्ध सा यह सबकुछ देखने लगा, किंतु विलंब समझ वह आश्रम की ओर वापस चलने लगा। केवल दो सौ या तीन सौ डग ही चल पाया होगा कि उसने अपना बीन हाथ में लिये एक मलिनवसन व्यक्ति को देखा। कुतूहलवश उदयन उसके पास पहुँचा और देखा कि उसने एक विशाल और सुंदर सर्प पकड़ लिया है। सर्प की दशा अत्यंत दयनीय थी। वह स्वतंत्र होने के लिए छटपटा रहा था, किंतु उस व्यक्ति के मंत्रबल से वह इतना विवश था कि मुक्त नहीं हो सकता था। उसकी दशा देख व्यथितमन बालक उदयन का कोमल मन दयार्द्र हो उठा। उसने उस व्यक्ति से प्रश्न किया।

उदयन—तुम कौन हो? इतने विशालकाय विषैले सर्प को तुमने क्यों पकड़ लिया है? क्या तुम्हें भय नहीं लगता? यह सर्प छटपटा रहा है। इसे तुरंत मुक्त कर दो और इसे मुक्त वायु का आनंद लेने दो।

सँपेरा—मैं एक निर्धन सर्पाजीविक हूँ और सर्प ही मेरी जीविका के साधन हैं। सर्पों का प्रदर्शन कर मैं अपनी जीविका अर्जित करता हूँ।

उदयन—किंतु इतने विषैले साँप को तुमने कैसे वशवर्ती बना लिया?

सँपेरा—मेरा तो यह अनेक पीढ़ियों का काम है। मैंने मंत्र और औषधियों के प्रभाव से ही इसे वशवर्ती बना लिया है।

उदयन—किंतु यह तो क्रूरता है कि किसी स्वतंत्र वन्य प्राणी को तुमने इस प्रकार अपने वश में कर बंदी बना लिया है।

सँपेरा—मैं इसके लिए विवश हूँ, भद्र किशोर, क्योंकि मेरे पूर्वजों से अब तक मेरा जीविकोपार्जन का साधन ही सर्प हैं।

उदयन—किंतु इतने सुंदर सर्प का कष्ट देख मेरा मन करुणा से भर उठा है। तुम इस सर्प को तुरंत मुक्त कर दो।

सँपेरा—मैं विवश हूँ किशोर, इससे पूर्व जो सर्प मेरे पास था, उसकी मृत्यु हो चुकी है और कई दिनों से मैं कुछ अर्जित नहीं कर पाया। कई दिन से परिवार को भरपेट भोजन भी नहीं मिल पाया है।

उदयन—क्या तुम जानते हो कि इस खड्ग से मैं तुम्हारा वध कर सकता हूँ?

सँपेरा—अवश्य जानता हूँ युवक, किंतु यह मुझ पर अन्याय होगा। इसके बिना मैं और मेरा परिवार भूखा मर जाएगा। मेरे पास न कोई अन्य जीविका का साधन है और न मैं कोई अन्य काम जानता हूँ।

उसकी व्यथित दशा पर उदयन का हृदय द्रवित हो उठा। कुमार उदयन ने माँ के द्वारा पहनाया स्वर्ण कंकण जिस पर सम्राट् सहस्रानीक का नाम अंकित था, उस सँपेरे को देते हुए कहा—'तुम इस स्वर्ण कंकण को ले लो और इससे अपनी और अपने परिवार की जीविका का प्रबंध कर लो।'

सँपेरा—(कंकण लेते हुए) मैं जीवनपर्यंत आपका आभारी रहूँगा।

यह कहकर उस सँपेरे ने सर्प को मुक्त कर दिया और उदयन से कंकण ले अधिक प्रसन्न हो कुछ क्षण वहीं खड़ा रहा। सँपेरे द्वारा मुक्त होने पर भी सर्प एक घायल की भाँति वहीं भूमि पर निश्चेष्ट सा पड़ा रहा। सँपेरे ने सर्प को देखकर कहा, 'औषधि का प्रभाव समाप्त होने पर यह स्वस्थ हो जाएगा और यहाँ से चला जाएगा।' यह कहकर वह सँपेरा प्रसन्न हो, वहाँ से चला गया। सर्प कुछ समय तक उसी मुद्रा में पड़ा रहा।

कुतूहलवश उदयन उस सर्प को देखता रहा। सँपेरे के चले जाने पर वह सर्प सहसा एक दिव्य पुरुष की आकृति में परिवर्तित हो गया। उदयन के आश्चर्य का ठिकाना न रहा। वह अवाक् हो, उस दिव्य पुरुष की ओर देखने लगा। उसके वाम हस्त में एक दिव्य वीणा थी और उसका कंठ दिव्य पुष्पों की माला से सुशोभित था। उस दिव्य आकृति पुरुष ने कहा, 'राजकुमार, मैं नागराज वासुकी का ज्येष्ठ भ्राता वसुनेमि हूँ। मैं अपनी मुक्ति के लिए तुम्हारा आभारी हूँ।'

उदयन—किंतु तुम एक सामान्य सँपेरे के वशवर्ती कैसे हो गए?

वसुनेमि—मैं सर्प का रूप धारण कर, यहाँ वन्य दृश्यों और वायु का आनंद ले रहा था। मैं निश्चिंत था। किंतु उस सँपेरे ने मंत्र बल और औषधियों से निश्चेष्ट कर मुझे अपना वशवर्ती बना लिया। उस दशा में मैं अपने को वास्तविक रूप में परिवर्तित नहीं कर सकता था।

उदयन—किंतु यह रूप परिवर्तन तो आश्चर्यजनक है।

वसुनेमि—हाँ, यह आश्चर्यजनक अवश्य है, किंतु हमारी नाग जाति को यह दैवी शक्ति प्राप्त है कि हम कभी भी अपना रूप परिवर्तित कर नाग बन सकते हैं और इच्छानुसार अपनी मानव योनि में परिवर्तित हो सकते हैं।

उदयन—आज आपकी सहायता कर मैं अपने को धन्य समझता हूँ। मुझे अपने इस कृत्य पर गर्व है।

वसुनेमि—मैं इसके लिए आभारी हूँ।

उदयन—किंतु आपने मुझे राजकुमार कहकर संबोधित क्यों किया?

वसुनेमि—किंतु यह यथार्थ सत्य है और यथार्थ को नकारा नहीं जा सकता। कुछ ही दिनों में तुम्हें इस वास्तविकता का ज्ञान हो जाएगा। इस समय मैं इससे अधिक और कुछ नहीं बता सकता।

उदयन—क्या मेरी माँ को इसका ज्ञान है?

वसुनेमि—अवश्य। किंतु आप उनसे अधिक जानने का आग्रह न करें।

वसुनेमि ने तत्क्षण अपनी दिव्य वीणा 'घोषवती' उदयन को प्रदान की।

वसुनेमि—राजकुमार, यह दिव्य वीणा है। इस सारे विश्व में इतनी सुंदर अन्य वीणा नहीं है। इसकी दिव्य तंत्रिकाओं से निःस्रत स्वर लहरी केवल मनुष्यों को ही नहीं पशु

पक्षियों को भी सम्मोहित कर सकती है। इस वीणा के कारण तुम सारे संसार में अद्‌भुत वीणावादक के रूप में विख्यात होंगे। वृद्धावस्था में आपके परलोक गमन पर यह वीणा स्वयं मेरे पास आ जाएगी।

उदयन—मैं इसके लिए आभारी हूँ।

वसुनेमि—इसके अतिरिक्त यह कभी न मुर्झाने वाली पुष्पों की माला भी तुम्हें देता हूँ और यह खड़ाऊँ भी, जिन्हें पहन तुम अदृश्य हो वायु में यात्रा कर सकते हो। किंतु इनका दुरुपयोग कभी न करना।

उदयन ने वह दिव्य वीणा, पुष्पमाला और खड़ाऊँ वसुनेमि से लिये और इसके प्रति आभार व्यक्त किया। कुछ क्षणों में ही वह दिव्याकृति पुरुष अंतर्ध्यान हो गया।

कुछ समय तक आश्यर्चचकित हो उदयन वहीं खड़ा रहा और भाग्य के आकस्मिक चमत्कार के विषय में सोचता रहा। सायं का समय अधिक दूर नहीं था। अत: इन उपहारों को साथ ले उसने आश्रम की ओर प्रस्थान किया। आश्रम भी अधिक दूर न था।

अपनी पर्णकुटी के पास पहुँच उदयन ने ध्यान लगाकर सुना। माँ के पास वीणावादिका तापसी, माँ बासंती थी और दोनों ही वार्त्तालाप में व्यस्त थीं। बासंती स्वयं उच्च कोटि की वीणावादक थीं।

कुछ क्षणों तक उदयन सोचता रहा कि माँ को आज की सफलता का परिचय कैसे दूँ। वह स्वर्ण कंकण को देने के कारण कुछ भयभीत भी था। किंतु माँ के उदार स्वभाव से परिचित था। वह खड़ाऊँ पहन और अदृश्य हो पर्णकुटी के एक कोने में बैठ वीणा के तारों को अपनी कोमल उँगलियों से झंकृत करने लगा। वीणा द्रुत, मध्यम और विलंबित तीनों तालों में स्वयं बजने लगी। तारों की झंकार से वायु में स्पंदन होने लगा और ऐसा प्रतीत हुआ मानो उस पर्णकुटी में चारों ओर से ही वीणा के तारों की स्वर लहरी स्वयं ही फूट पड़ रही थी। मृगावती एवं बासंती आश्चर्यचकित हो चारों ओर देखने लगीं। वे कुछ भी निश्चय नहीं कर पा रही थीं। सोचतीं कि यह क्या कोई दैवी चमत्कार है। दोनों ही वीणा की स्वर लहरी से मंत्रमुग्ध सी होने लगीं। माँ बासंती ने ऐसी दिव्य स्वर लहरी के विषय में कभी सोचा भी न था। उदयन स्वयं इस स्वर लहरी पर मंत्रमुग्ध था।

उसने वीणावादन बंद किया। पर्णकुटी में नि:स्तब्धता छा गई। उदयन ने स्वयं को प्रकट किया। दोनों ही आश्चर्यचकित थीं।

मृगावती—क्यों रे वत्स, यह क्या है ? यह वीणा कहीं से लाया ? यहाँ कहाँ छिपा था। आज आने में इतना विलंब क्यों किया ?

उदयन ने माँ को आज की अलौकिक घटना का वर्णन किया। दोनों ही अधिक प्रसन्न थीं और दोनों ही आश्चर्यचकित थीं। उदयन की उदारता और सफलता पर माँ के नेत्रयुगल द्रवित होने लगे। उन्होंने उसे अंक में समेट प्यार किया।

□

28
सर्पाजीविक की कौशांबी यात्रा

उदयन से स्वर्ण कंकण ले वह सँपेरा अपने घर की ओर चल दिया। आज उसकी प्रसन्नता असीम थी, उसकी महत्त्वाकांक्षाएँ मानव मन की सारी बाधाओं को लाँघ और कल्पनाओं के पंखों पर तैर अनंत के सुदूर छोरों को छूने का उपक्रम करने लगीं। उसकी मानसिक दशा नितांत उस शिशु की भाँति थी, जो अपना इच्छित खिलौना प्राप्त कर अपने को अत्यंत भाग्यशाली समझने लगता है। वह बार-बार उस कंकण को देखता और पुन: उसे अपने वस्त्रों में छिपा लेता। उस कंकण में जड़े रत्नों की चमक से उसके नेत्र चौंधिया जाते।

सँपेरे को आज की घटना अपने जीवन का एक अद्‌भुत चमत्कार प्रतीत हुई। उसने निर्णय कर लिया कि वह अब सर्पों के द्वारा जीविकोपार्जन के गर्हित कार्य को तिलांजलि दे कोई सम्माननीय कार्य करेगा। वह उस कंकण का वास्तविक मूल्य तो नहीं आँक सकता था, किंतु उसमें जड़े रत्नों की आभा से इतना अवश्य समझ गया था कि कंकण अति मूल्यवान था और उसके भाग्य को परिवर्तित करने के लिए पर्याप्त था।

आज उसकी मानसिक दशा विचित्र थी। मार्ग का हर व्यक्ति उसे संदिग्ध प्रतीत होता कि कहीं वह उसके कंकण को उससे बलात् छीनने तो नहीं आया। एक से अधिक व्यक्ति आते दिखाई देते तो वह झाड़ियों के पीछे छिप जाता। बार-बार अपने भाग्य के विषय में सोचता। इस प्रकार कल्पनाओं में डूबा वह अपनी झोंपड़ी के पास पहुँचा। उसकी पत्नी अपने पाँच वर्षीय पुत्र के साथ अपनी कुटी के सामने उसकी प्रतीक्षा में बैठी थी। सँपेरे को खाली हाथ आते देख कुछ क्रोध की मुद्रा में उसने प्रश्न किया—'क्या एक भी सर्प हाथ नहीं आया?' सँपेरा उसे झोंपड़ी के अंदर ले गया और वह कंकण उसके हाथ पर रख दिया।

सँपेरे की पत्नी आश्चर्यचकित हो कुछ क्षणों तक विस्फारित नेत्रों से उस कंकण को अपलक निहारती रही और फिर जिज्ञासा भरे नेत्रों से अपने पति की ओर देखने लगी। सँपेरे ने आज की घटना का आद्योपांत वर्णन कर दिया। वह प्रसन्नता में झूम उठी और

कंकण को अपनी कलाई में पहन हर कोण से उसे देखती रही। उसका उल्लास असीम था।

उस छोटी सी बस्ती में अधिकतर सँपेरों की ही झोंपड़ियाँ थीं। अनेक पीढ़ियों से सर्पों को पकड़ना और उनका प्रदर्शन कर जीविकोपार्जन करना ही उनका व्यवसाय था। सभी परिवार उसी के वंश से संबंधित थे और उसी की भाँति निर्धन एवं अशिक्षित थे। वंश परंपरा से निर्धनता ही उनकी नियति थी। इतनी बड़ी संपत्ति की अनायास प्राप्ति से मन का शंकालु होना स्वाभाविक था। अत: उसने अपनी पत्नी को समझाया कि वह उस कंकण की प्राप्ति के रहस्य को किसी से प्रकट न करे अन्यथा कंकण चोरी भी हो सकता है।

दोनों ही जीवन की भावी योजना पर विचार करने लगे। सँपेरे की पत्नी का विचारवृत्त अत्यंत संकीर्ण था जैसा कि प्राय: निम्न और निर्धन वर्ग की अशिक्षित स्त्रियों में होता है। उसकी इच्छाएँ भी सीमित थीं। अत: उसने कहा—

'पास के बड़े नगरों के हाटों में स्वर्ण और रजत व्यापारियों की पण्यशालाएँ हैं। वहाँ इस कंकण का विक्रय कर हम सभी के लिए कुछ नवीन वस्त्र और मेरे लिए रजत आभूषण ले आएँ। मेरी बहुत दिनों से इच्छा है।'

सँपेरा अधिक बुद्धिमान् था। वह उसकी मूखर्तापूर्ण बातों पर हँसने लगा और कहा, 'तू मूर्ख है, इसका मूल्य नहीं जानती। यह कंकण जीवन भर के लिए हमारा भाग्य बदल सकता है। मैं इसका वास्तविक मूल्य तो नहीं आँक सकता, किंतु इतना अवश्य जानता हूँ कि यह अति मूल्यवान कंकण है। यह किसी रानी अथवा श्रेष्ठि की पत्नी के हाथ का कंकण है और जिस बालक ने यह मुझे दिया है, वह निश्चय ही कोई राजपुत्र था। उसकी आकृति भव्य और प्रभावशाली थी। वह सामान्य बालक नहीं था।'

'आपने क्या सोचा है?' सँपेरे की पत्नी ने कहा।

'मेरी इच्छा है कि हम इस पर्णकुटी को बेच और इसके विक्रय से प्राप्त पणों की सहायता से यहाँ से दूर किसी नगर में चलें और सर्पों को कष्ट देने के निन्द्य कर्म को त्याग कोई सम्माननीय व्यवसाय करें। इस कंकण का मूल्य इतना अवश्य होगा कि इससे हमारी इतनी आवश्यकता की पूर्ति हो जाएगी।' सँपेरे ने कहा।

सँपेरे की पत्नी भी इस योजना से सहमत हो गई। अन्य सँपेरों की अनिच्छा होते हुए भी उस सँपेरे ने अपनी पर्णकुटी को एक अन्य सँपेरे को विक्रय कर और प्राप्त धन से अपने परिवार के लिए पाथेय का प्रबंध कर पश्चिम में चंपा की ओर प्रस्थान किया। चंपा देश और विदेशों के व्यापार का केंद्र थी। कुछ योजन की यात्रा के उपरांत उन्हें मार्ग में कौशांबी जाते हुए एक सार्थवाह से भेंट हुई। सार्थवाह के स्वामी के पूछने पर सँपेरे ने बताया—

'हम चंपा जा रहे हैं। वहाँ दासकर्म कर जीविकोपार्जन करेंगे।'

'किंतु चंपा ही क्यों? कौशांबी भी समान रूप से समृद्ध नगर है। वहाँ तुम्हें अच्छा काम मिल जाएगा।' सार्थवाह ने समझाया।

'आप हमसे अधिक अच्छा समझते हैं।' सँपेरे का उत्तर था।

'हाँ, और कौशांबी तक तुम हमारा काम कर सकते हो। तुम्हारे मार्ग के खाने-पीने का व्यय हम वहन करेंगे, और तुमको कुछ पण भी मिल जाएँगे।' सार्थवाह ने सुझाव दिया।

सँपेरा सार्थवाह श्रेष्ठि के सुझाव से सहमत हो गया और उनके साथ कौशांबी की ओर चल दिया।

मार्ग के नगरों में व्यापारिक कार्यों से विलंब होने के कारण एक माह की यात्रा के उपरांत वह सार्थवाह कौशांबी पहुँचा। सार्थवाह के स्वामी ने सँपेरे को दासकर्म के पारिश्रमिक स्वरूप उचित पण देकर दासकर्म से मुक्त कर दिया। नगर के उपांत अनेक निःशुल्क धर्मशालाएँ थीं। सँपेरा एक कक्ष में ठहर गया।

दूसरे दिन मध्याह्न पूर्व ही वह सँपेरा रत्न-जटित स्वर्ण कंकण के विक्रय के लिए कौशांबी के मुख्य हाट की ओर चल दिया। मार्ग में वह अनुभव कर रहा था कि उसका साहस टूट रहा था और उसका शरीर प्रकंपित हो रहा था।

नगर में वह श्रेष्ठि-चत्वर पर जाकर खड़ा हो गया। चारों ओर की भीड़ वहाँ होकर आ-जा रही थी। यह समय था, जब व्यवसाय अपनी चरम सीमा पर होता था। अन्य पण्यवीथियाँ भीड़ से भरी थीं। राजपुरुष इधर-उधर भ्रमण कर रहे थे। सँपेरा उनकी आँखें बचा इधर-उधर हो जाता। उसका साहस नहीं हो रहा था कि वह किसी व्यक्ति से स्वर्ण व्यापारियों के हाट के विषय में पूछताछ करे। अतः उसने निर्णय लिया कि वह स्वयं ही ज्ञात करने का प्रयत्न करेगा।

वह पण्यवीथियों में घूमने लगा। बहुमूल्य पण्यों से भरी विशाल पण्यशालाओं को देख वह अत्यंत विस्मित था। उनमें अपार संपत्ति भरी थी। क्रय-विक्रय चल रहे थे। पण्यशालाओं और पण्यागारों के स्वामी कौशेय वस्त्र पहन, कंठ और कानों में स्वर्णाभूषण धारण कर क्रय-विक्रय में व्यस्त थे। उनके सेवक तुलाओं से पण्य-द्रव्यों को मापने में व्यस्त थे और वे स्वयं पणों को गिनते और उन्हें काष्ठ पेटिकाओं में रखते। सँपेरा हक्का-बक्का था। उसने इतने समृद्ध हाट में आने की कभी सोची भी न थी। वह पर्याप्त समय सभी हाटों और पण्यवीथियों में घूमता रहा और अंत में वह स्वयं ही एक ऐसे स्थान पर पहुँच गया, जहाँ भीड़ भी कम थी और पण्य-स्वामी व्यस्त भी कम थे, किंतु व्यापार कम नहीं था। कुछ स्थानों पर स्वर्णकार स्वर्ण और रजत आभूषणों के निर्माण में लगे थे और कुछ कर्मकार मोतियों को रेशमी धागों में पिरो रहे थे। रत्न परीक्षक पन्ना, मूँगा, पुखराज, हीरा और नीलम आदि मूल्यवान रत्नों के परीक्षण एवं क्रय-विक्रय में व्यस्त थे। स्वर्णकार स्वर्ण आभूषणों में महार्घ रत्नों को जड़ रहे थे। कुछ उन्हें शाण पर चढ़ाकर अधिक चमत्कृत बना रहे थे।

सँपेरा साहस नहीं जुटा पा रहा था कि किस पण्यस्वामी या स्वर्णकार को कंकण

दिखाए और उसका विक्रय करे। उसमें स्वर्ण और रत्नों का सौदा करने की योग्यता ही कहाँ थी। पर्याप्त समय तक वह इधर-उधर घूमता रहा। भयभीत था कि कहीं राजपुरुष उसे चोर न समझ लें। अंत में उसने एक पण्यशाला में चढ़ने का साहस जुटाया। यहाँ इस समय ग्राहक नहीं थे। उसने कंकण वस्त्रों के नीचे से निकाला और उस रत्न विक्रेता के समक्ष रखकर प्रार्थना की कि कृपा कर इस स्वर्ण कंकण का उचित मूल्य दे दें।

उस रत्न विक्रेता ने कंकण लिया और उसे सरसरी दृष्टि से देखा। दूसरे ही क्षण उस सँपेरे और उसकी वेशभूषा को देखा। उसे संदेह होना स्वाभाविक था। उसने तुरंत प्रश्न किया—

'तुम चोर हो। इतना मूल्यवान कंकण तुम्हें कहाँ से मिला?'

'नहीं, श्रेष्ठि महोदय। मैं चोर नहीं हूँ। मुझे यह कंकण एक सर्प के मूल्य के रूप में प्राप्त हुआ है।' सँपेरे ने कहा।

रत्न विक्रेता ने कंकण को निरखा-परखा और कहा कि 'तुम अवश्य चोर हो। इस कंकण पर सम्राट् सहस्रानीक का नाम अंकित है। यह राजप्रासाद से चोरी किया गया कंकण है।'

सँपेरा काँपने लगा। जौहरी ने वहाँ इधर-उधर घूमते एक राजपुरुष को बुलाया और उसे बता दिया कि 'यह स्वर्ण कंकण राजप्रासाद से चुराया गया है और इस पर सम्राट् का नाम अंकित है।'

सँपेरे ने अनेक प्रकार से विनय की और शपथ भी खाई। वह बार-बार कहता मैं चोर नहीं हूँ, मुझे एक सर्प के मूल्य के रूप में यह कंकण प्राप्त हुआ है।

किसी ने भी उसकी शपथ पर विश्वास नहीं किया। राजपुरुषों ने उसे बंदी बना लिया और अपने सर्वोच्च अधिकारी के पास ले जाकर उपस्थित किया। अधिकारी ने सँपेरे से पूछताछ की। सँपेरे ने सारी घटना का सही-सही वर्णन कर दिया, किंतु उस अधिकारी को विश्वास नहीं हो पा रहा था कि सैकड़ों योजन दूर उदयाद्रि के गहन अरण्य-प्रांत में उसे वह कंकण किसी बालक ने सर्प को मुक्त करने के लिए दिया था। इससे भी अधिक विस्मय का कारण था कि इस कंकण पर सम्राट् सहस्रानीक का नाम अंकित था। अत: उसने निर्णय कर लिया कि उसको सम्राट् के समक्ष ही उपस्थित किया जाए।

मगध से युद्ध चल रहा था। सम्राट् के पास युद्ध के समाचार निरंतर आ रहे थे। अत: युद्ध के समाचारों के अतिरिक्त सम्राट् कोई अन्य समाचार सुनना ही नहीं चाहते थे। सँपेरे को बंदीगृह में बंद कर दिया गया।

□

29
विजयोत्सव

युद्ध समाप्त हुआ। वत्स की सेनाओं ने पूर्ण विजय प्राप्त की थी। विजय का समाचार सुनते ही कौशांबी में ही नहीं, अपितु संपूर्ण वत्स साम्राज्य में हर्ष की लहर दौड़ने लगी। हर स्थान पर विजय समारोह की धूम सुनाई देने लगी। कौशांबी के नगर को विभिन्न रंगों की पुष्पमालाओं के तोरण द्वारों और रंगीन पताकाओं से सजाया गया। राजपथों के चतुष्पथों पर स्थापित भूतपूर्व सम्राटों की प्रतिमाओं को पुष्पमालाओं से सुशोभित किया गया। सारे साम्राज्य में राजकीय अवकाश घोषित कर उत्सव मनाने की आज्ञा प्रचारित कर दी गई।

शुभ्र-पद्म-प्रासाद की सजावट एवं शोभा वर्णनातीत थी। राजकीय उद्यानों को सप्ताह पर्यंत सामान्य जनता के मनोरंजन के लिए उन्मुक्त कपाट कर दिया गया। नागरिक जन नवीन वस्त्र धारण कर, कंठ में पुष्पमालाएँ पहन, अति प्रसन्न मुद्रा में अन्योन्य को बधाइयाँ देते हुए राजपथों पर भ्रमण करते। दृष्टिगोचर होते। आज न कोई छोटा था, न कोई बड़ा। आज समाज में सारे भेद-भाव समाप्त हो समभाव की भावना व्याप्त थी और सभी वर्गों के आबाल वृद्ध प्रेम से एक-दूसरे के गले मिलते दिखाई देते। यह विजय संपूर्णजन समाज की विजय थी। मगध जैसे शक्तिशाली राज्य के सैन्यबल को पराजित करना वत्स के सेनापतियों और सैनिकों के लिए अत्यंत गर्व का विषय था।

राजमहालय और राजकीय भवनों के समक्ष मिष्ठान्न वितरण किए जा रहे थे। भूखों एवं भिक्षुकों को भरपेट भोजन एवं दान दिए जा रहे थे। सुरालयों में धनिकों और श्रेष्ठियों की ओर से निःशुल्क माध्वीक एवं मार्दीक पिलाने का प्रबंध था। आज सभी नियंत्रण मुक्त थे। चषक पर चषक ढाले जा रहे थे। युवकों को देख ऐसा प्रतीत होता मानो होली की मस्ती में झूम रहे हों।

राजमहालय में सम्राट् को बधाइयाँ देने वालों का ताँता लगा था। प्रहरी किसी को नहीं रोकते थे। आज सभी के लिए राजप्रासाद उन्मुक्त कपाट था। प्रजाजन आते, सम्राट्

को बधाई देते, माल्यार्पण करते, भरपेट मिष्ठान्न खाते और दूसरे मार्ग से चले जाते।

अपराह्न में स्थान-स्थान पर नृत्य एवं संगीत के आयोजन होने लगे। युवक और युवतियाँ सामूहिक नृत्य एवं संगीत का आनंद लेने लगीं। युवतियाँ नृत्य निरत थीं और युवक संगीत निरत। विटपों से आलिंगनबद्ध, पुष्पभार से झुकी और वायु वेग से इधर-उधर झूमती शेफालिकाओं, तृणमल्लिकाओं और बासंती लतिकाओं के सदृश नृत्य निरत सुंदरियों के वायु में लहराते कौशेय अंचल एवं पटझोल वातावरण को रंगीन बनाने लगे। उनके स्वर्णाभरणों की झंकार और नूपुरों के कर्ण मधुर क्वणन से प्रतिध्वनित वायु मंडल सजीव होने लगा। कौशांबी के तृण-तृण और कण-कण से उल्लास फूटा पड़ रहा था।

कुछ युवक मृदंग बजाने लगे। मृदंग की ताल और लय के साथ ही नर्तकियों के पदचाप की गति त्वरित और त्वरित्तर होने लगी। युवकों के गायन के स्वर भी उच्च और उच्चतर होने लगे। संपूर्ण वातावरण सजीव हो उठा। नगर का जन-जन आनंदमग्न हो प्रसन्नता से झूम उठा।

सांध्य-वेला में नगर के भवन, गगनचुंबी अट्टालिकाएँ, हर्म्य, हाटक, पण्यागार, पण्यशालाएँ, राजपथ, चत्वर एवं राजमहालय सभी जलते दीपकों के प्रकाश में प्रज्वलित हो उठे। गगन पटल पर विकीर्णित प्रज्वलित दीपकों के प्रकाश में आज कृष्णपक्ष की त्रयोदशी की तमाच्छादित निशा भी शरद्-ऋतु के पूर्ण चंद्रमा की शुभ्र ज्योत्स्ना से प्रक्षालित पूनमी निशा की भाँति आलोकित हो उठी। यमुना के पावन जल में प्रतिबिंबित राजप्रासाद एवं धवल उत्तुंग अट्टालिकाओं के प्रतिबिंब ऐसे प्रतीत होते मानो पाताल में स्थित एक अन्य कौशांबी भी इस मृत्यु लोक की कौशांबी के उल्लास में सहभागिनी हो।

द्वितीय दिवस नगर के श्रेष्ठियों, धनिकों एवं प्रतिष्ठित जनसमाज की ओर से एक विशाल जनसभा का आयोजन किया गया। इस सभा में जन-समाज की ओर से सम्राट् का अभिनंदन किया गया। सेनानायकों को पुरस्कृत किया गया।

उसी दिन अपराह्न में बसंत विहार उद्यान में शिवालय के प्रांगण में एक राजसभा का आयोजन किया गया। इसमें राज्य के उच्च पदाधिकारी, सेनापति, उपसेनापति, सेनानायक मंत्रीगण, कुलगुरु श्रुताचार्य, भूतपूर्व सेनापति युधामन्यु, भूतपूर्व महामंत्री सुरुचि एवं नगर के प्रतिष्ठित जनसमुदाय को आमंत्रित किया गया। सभी को समुचित स्थान प्रदान किया गया। सम्राट् के सभा में आने पर महामंत्री युगंधर ने आज की सभा का प्रयोजन स्पष्ट किया। इस सभा का प्रयोजन था राज्य के वीर सैनिकों और सेनानायकों का राज्य की ओर से सम्मान करना और उन्हें उचित पुरस्कार प्रदान करना।

महाबलाधिकृत सुप्रतीक, उपसेनापति रिपुंजय, शक्तिदेव तथा अन्य सेनानायकों को शौर्य चक्र प्रदान किए गए और पुरस्कार वितरण किए गए।

सम्राट् ने स्वयं अपने हाथों से उन वीरों को मालाएँ पहनाकर सम्मानित किया। सभी

सैनिकों को उचित पुरस्कारों की घोषणा की गई। युद्ध में मृत सैनिकों को श्रद्धांजलि अर्पित की गई और उनके आश्रितों को जीवनयापन के लिए राज्य की ओर से धन की व्यवस्था की गई। कुछ सेनानायकों की पदोन्नति भी की गई। इसके अनंतर बंदियों को क्षमादान दिया गया। सम्राट् की ओर से महामात्य युगंधर ने जघन्य अपराधों में लिप्त बंदियों के अतिरिक्त अन्य बंदियों को क्षमा प्रदान कर कारागार से मुक्त करने की आज्ञा प्रचारित की। कारागार अध्यक्ष को लिखित आदेश दे दिया गया।

कारागार-अध्यक्ष ने सम्राट् के समक्ष निवेदन किया कि कारागार में एक ऐसा बंदी भी है, जिसके अपराध का अभी तक कोई निर्णय नहीं हुआ। उस पर राजप्रासाद से चोरी करने के जघन्य अपराध का आरोप है। इसीलिए उसे अभी तक न्यायाधीशों या दंडाधिकारियों के समक्ष उपस्थित नहीं किया गया।

सम्राट्—क्या उसके पास से राजप्रासाद से चुराई गई कोई वस्तु उपलब्ध हुई है?

कारागार अध्यक्ष—हाँ महामहिम, उसके पास से सम्राट् का नामांकित साम्राज्ञी के हाथ का स्वर्ण कंकण प्राप्त हुआ है। वह व्यक्ति एक रत्न विक्रेता की पण्यशाला में उसे विक्रय करने हेतु लाया था। राजपुरुषों ने उसे स्वर्ण कंकण सहित बंदी बना लिया है।

सम्राट् आश्चर्यचकित हो एक क्षण के लिए विचार निमग्न हो गए।

सम्राट्—उस कंकण को तुरंत हमारे समक्ष लाया जाए।

कारागार अध्यक्ष ने वह स्वर्ण कंकण सम्राट् के समक्ष प्रस्तुत करते हुए बताया, 'महामहिम! केवल यह एक ही कंकण उस चोर से प्राप्त हुआ है।'

सम्राट् को स्वर्ण कंकण के पहचानने में एक क्षण भी नहीं लगा। वे तुरंत भावुक हो उठे और राजसभा में घोषित किया, 'यह स्वर्ण कंकण निश्चय ही राजमहिषी मृगावती का है।' सम्राट् के इन शब्दों को सुनते ही संपूर्ण राजसभा अतिविस्मित और जिज्ञासु हो उठी।

सम्राट् ने आज्ञा दी की उस व्यक्ति को इसी समय सभा मंडप में ही उनके समक्ष उपस्थित किया जाए। कारागार अध्यक्ष ने सम्राट् की आज्ञा का तत्काल पालन किया और उस निगड़ित सर्पाजीविक को सम्राट् के समक्ष उपस्थित किया।

सम्राट् कुछ क्षण तक विचार निमग्न हो उस विचित्राकृति के व्यक्ति को निर्निमेष नयनों से निहारते रहे। वह भय से प्रकंपित था। करबद्ध हो गिड़गिड़ा रहा था। 'महामहिम! मैं चोर नहीं हूँ। मुझे यह कंकण एक किशोर ने दिया है।'

सम्राट्—तुम कौन हो? तुम्हारा क्या परिचय है और यह स्वर्ण कंकण तुम्हें क्यों दिया गया? वह किशोर कौन था, जिसने यह कंकण तुम्हें दिया? हम तुमसे सही उत्तर जानना चाहते हैं।

सारी राजसभा चकित हो जिज्ञासा भरी दृष्टि से उस किरात की आकृति वाले व्यक्ति की ओर देखने लगी।

भयाक्रांत एवं प्रकंपित सर्पाजीविक ने निगड़हस्त ही अनुनय के साथ निवेदन किया—

'महामहिम! अन्नदाता सम्राट्, मैं शपथपूर्वक कहता हूँ कि मैंने यह स्पर्ण कंकण नहीं चुराया है।'

सम्राट्—तब तुम कौन हो और यह कंकण तुमको कैसे प्राप्त हुआ?

सर्पाजीविक ने विनम्रतापूर्वक आत्मपरिचय देते हुए कंकण प्राप्त करने की सारी कथा सत्य रूप में सम्राट् के समक्ष कह सुनाई। उसने कहा, 'महामहिम, मैं साँपों का प्रदर्शन कर अपनी जीविका कमाता हूँ। मैंने कभी चोर कर्म की सोची भी नहीं। मुझे यह स्वर्ण कंकण एक अद्‌भुत एवं अति सुंदर किशोर से प्राप्त हुआ है।'

सारी राजसभा और अधिक विस्मित हो उस सर्पाजीविक की ओर देखने लगी।

सम्राट्—उस बालक की क्या अवस्था थी? उसके विषय में विस्तारपूर्वक बताओ।

सम्राट् ने उसके बंधन खोलने की आज्ञा दी। सर्पाजीविक ने बताया—

'महाराज, वह बालक किशोरावस्था में था। उसकी उम्र उसकी मुखाकृति से चतुर्दश वर्ष से अधिक न थी। किंतु शरीर से वह नवयुवक सा प्रतीत होता था। मैंने इतना अद्‌भुत बालक इससे पूर्व अपने जीवन में कभी नहीं देखा था।

सम्राट्—किंतु वह किशोर तुमको कहाँ मिला और उसने यह कंकण तुम्हें क्यों दिया? भयभीत न हो, घटना का सही वर्णन करो।

सर्पाजीविक—भगवन्, यहाँ से सुदूर पूर्व में उदयाद्रि के अरण्य प्रांत में हम सँपेरों की बस्ती है। मेरे सर्प के मृत्यु को प्राप्त होने पर मैं सर्प पकड़ने वन में गया। भाग्यवश एक अद्‌भुत सर्प मुझे मिला। इतना सुंदर सर्प मैंने न कभी देखा था और न अपने पूर्वजों से कभी सुना ही था। मैं अति प्रसन्न था। औषधियों और मंत्रों के वशवर्ती वह सर्प मुक्त होने के लिए छटपटाने लगा। भाग्यवश उसी समय देवताओं जैसा सुंदर एक खड्‌गधारी किशोर वहाँ आ पहुँचा। वह एकाकी था। उसने मुझे आज्ञा दी कि मैं सर्प को मुक्त कर दूँ।

सम्राट्—क्या बालक मुनिवेश में था?

सर्पाजीविक—हाँ, मैं स्वयं चकित था कि कहाँ मुनियों का वेश और कहाँ खड्‌ग। जब मैंने सर्प को मुक्त करने में विवशता प्रकट की तो वह किशोर क्रोध से नग्न खड्‌ग ले मेरा वध करने को उद्यत हो गया। जब मैंने दीन हो अपनी दशा का वर्णन किया तो उसने दयार्द्र हो मुझे यह कंकण दे सर्प को मुक्त करने का आदेश दिया। मैंने सर्प को मुक्त कर दिया और मैं कंकण ले अति प्रसन्न हो अपने घर चला आया और अपने परिवार के साथ एक सार्थवाह में सम्मिलित हो कौशांबी चला आया कि कंकण के विक्रय से प्राप्त धन से कोई व्यवसाय कर लूँ।

सम्राट्—क्या तुम उस स्थान को जानते हो, जहाँ वह किशोर तुमसे मिला था?

सर्पाजीविक—अवश्य जानता हूँ महाराज। मेरा अनुमान है कि वह किशोर उस

स्थान से नाति दूर महर्षि जमदग्नि के आश्रम में रहता है। यदि सम्राट् क्षमा प्रदान करें तो एक निवेदन और करना चाहता हूँ। किंतु मुझे अभयदान दिया जाए।

सम्राट्—निर्भय होकर अपनी बात कह सकते हो।

सर्पाजीविक—भगवन्! उस किशोर की आकृति बहुत अधिक सम्राट् की आकृति के समान थी। आज सम्राट् को देखते ही उस किशोर की आकृति सहसा मुझे स्मरण हो आई।

सम्राट् विचार निमग्न हो गए। सारी सभा आश्चर्यचकित थी। सम्राट् ने महामात्य को आज्ञा दी कि सर्पाजीविक के परिवार के खाने और रहने की व्यवस्था राज्य की ओर से कर दी जाए। कारागार अध्यक्ष को आज्ञा दी कि किसी अन्य आदेश तक सँपेरे को बंधन मुक्त कर प्रहरियों की देख-रेख में कारागार में ही रखा जाए।

सर्पाजीविक द्वारा उद्घाटित तथ्यों को सुन सम्राट् का मन उद्वेलित हो उठा। वे भावविह्वल हो उठे। उनकी मुखाकृति परिवर्तित होने लगी। उनकी करुणिक दशा को देख सभी के हृदय दयार्द्र होने लगे। आज उनके सारे शौर्य एवं धैर्य गलित हो उठे। उनकी शोक संतप्त मानसिक दशा को सभी ने भाँप लिया। उनका हृदय इतना गद्गद हो उठा कि उनकी वाणी में एक भी शब्द कहने की सामर्थ्य न थी।

कुलगुरु श्रुताचार्य ने युगंधर, युधामन्यु एवं सुरुचि की ओर देखा। उनकी इच्छा को सभी ने समझ लिया और राजसभा भंग कर दी गई। सभी सभासद् शांत एवं मौन सभा-मंडप से बाहर चले गए। केवल श्रुताचार्य, सुरुचि, युधामन्यु, युगंधर एवं सुप्रतीक ही आचार्य के संकेत से वहाँ रुक गए।

उपस्थित सभी व्यक्तियों ने परिस्थिति को भलीभाँति समझ लिया था और वे हर प्रकार सम्राट् को ढाढ़स बँधा रहे थे। किंतु प्रभाव विपरीत था। जितनी सांत्वना वृद्धजन देते उतना ही सम्राट् का साहस छूटता। सम्राट् की दयनीय दशा को देख सभी की दशा दयनीय होने लगी और समस्या पर तुरंत विचार-विमर्श करने का निर्णय लिया गया।

किसी प्रकार साहस बटोर सम्राट् ने गद्गद वाणी में कहा—

सम्राट्—मैं कुछ तथ्य आप लोगों के समक्ष रखना चाहता हूँ। अभी कुछ दिन पूर्व एक रहस्यमय देवाकृति पुरुष राजप्रासाद के तोरण द्वार पर भिक्षा के लिए उपस्थित हुए थे। उन्होंने आशीर्वाद दिया था कि शीघ्र ही राजमहिषी एवं राजकुमार से मेरी भेंट होगी। उस रहस्यमय व्यक्ति की आकृति नितांत ऐसी ही थी जैसी आकृति आज से चतुर्दश पूर्व नवरात्र पर्व में आए यति की थी।

सुरुचि—ऐसे महान् पुरुषों के वाक्य कभी असत्य सिद्ध नहीं होते। वैसे शाप आपको चौदह वर्ष की निश्चित अवधि के लिए था और अब उस शाप की अवधि समाप्त होने ही को है।

सम्राट्—यह भी तथ्य विचारणीय है कि सर्पाजीविक द्वारा वर्णित किशोर की अवस्था भी लगभग चतुर्दश वर्ष है और स्वर्णजटित कंकण को उसने अपनी कलाई में से उतारकर उसको दिया था।

युधामन्यु—दोनों ही बातों से यह तो स्पष्ट होता है कि वही किशोर वत्स का राजकुमार है और उदायद्रि पर्वत पर स्थित किसी ऋषि आश्रम में उसका पालन-पोषण हो रहा है।

सुरुचि—उसका खड्ग धारण इस बात का प्रमाण है कि वह कोई राजपुत्र है। प्राय: ऋषियों के आश्रमों में स्थित विद्यालयों में ही राजपुत्रों की शिक्षा-दीक्षा होती आई है।

युगंधर—उदयाद्रि पर महर्षि जमदग्नि का प्रसिद्ध आश्रम एवं विश्वविद्यालय है। हमारे यहाँ से प्रति वर्ष अन्न वहाँ दान के रूप में प्रेषित किया जाता है। कभी-कभी हम शतसंख्यक दुधारू धेनु भी प्रेषित करते हैं। निश्चित ही राजमहिषी महर्षि के संरक्षण में उसी आश्रम में हैं।

सम्राट्—किंतु महर्षि को हमें इसकी सूचना देनी चाहिए थी। क्या महर्षि का यह व्यवहार हमारे प्रति उचित है?

युगंधर—महर्षि जमदग्नि कोई सामान्य ऋषि नहीं हैं। वे त्रिकालदर्शी हैं। हमारे राजपरिवार पर हमेशा उनकी कृपा रही है। हमको राजमहिषी के विषय में सूचना न देने में अवश्य कोई-न-कोई रहस्य है, जिसे केवल महर्षि प्रवर ही जानते हैं। महर्षि के दर्शन करने पर यह रहस्य भी अवश्य उद्घाटित हो जाएगा।

श्रुताचार्य—महामात्य सत्य कहते हैं सम्राट्! महर्षि हमारे राजपरिवार के प्रति इतने उपेक्षक कदापि नहीं हो सकते कि इस रहस्य को वह हमसे निगूढ़ रखें। यह घटना अकारण गोपनीय है भी नहीं।

सम्राट्—अब आप सभी इससे सहमत हो चुके होंगे कि राजमहिषी निश्चय ही महर्षि जमदग्नि के संरक्षण में उन्हीं के आश्रम में हैं। आदरणीय आचार्य कृपा कर समयोचित सुझाव दें।

श्रुताचार्य—मेरी सम्मति से यही उचित है कि तुरंत द्रुतगामी और विश्वसनीय दूतों को सर्पाजीविक के साथ प्रेषित किया जाए और महर्षि से मिलकर वे सही सूचना प्राप्त कर शीघ्र लौटें। अब यह सूचना गोपनीय रही भी नहीं।

सुप्रतीक—यदि सम्राट् की आज्ञा हो तो शक्तिदेव एवं सर्पाजीविक को दस सैनिकों के साथ द्रुतगति से उदयाद्रि की ओर प्रेषित किया जाए।

युगंधर—मैं इस योजना से सहमत हूँ। शक्तिदेव योग्य एवं साहसी भी हैं। सर्पाजीविक इनको सही स्थान पर ले भी जा सकता है।

इस प्रकार मंत्रणा चल ही रही थी कि द्वारपाल ने सूचना दी कि दो तरुण तपस्वी

सम्राट् से मिलने की इच्छा से तोरण द्वार पर उपस्थित हुए हैं।

सम्राट्—धर्माध्यक्ष के पास ले जाकर उनकी इच्छानुसार उन्हें दान दिला दो। वे अवश्य ही दान के पात्र होंगे।

द्वारपाल—क्षमा करें महामहिम। मैंने यही प्रार्थना की थी, किंतु वे इतने उत्कट आग्रही हैं कि मुझे विवश होकर सूचना देने आना पड़ा। मेरे लिए उनके आग्रह को टालना संभव न था। वे कहते हैं कि हम सुदूर पूर्व से आए हैं और सम्राट् से तुरंत मिलना आवश्यक है।

सम्राट्—हाँ, अनुमति है। सभी के समक्ष ही उन्हें यहाँ ले आओ।

द्वारपाल ने मुनिकुमारों को सम्राट् के समक्ष उपस्थित किया।

मुनिकुमार—सम्राट् की जय हो।

सम्राट् ने सिंहासन से उठ मुनिकुमारों का स्वागत किया। सेवक स्वर्णपात्र में जल ले उपस्थित हो चुका था। सम्राट् ने स्वयं उन तरुण तपस्वियों का पाद-प्रक्षालन कर उचित आसन दिया। सम्राट् ने करबद्ध हो आज्ञा देने के लिए कहा।

प्रथम मुनिकुमार—हम दोनों ही सुदूर पूर्व उदयाद्रि से आए हैं। महर्षि शिरोमणि भगवान् जमदग्नि के आश्रम के अंतेवासी हैं। महर्षि की आज्ञा से ही आवश्यक संदेश के साथ यहाँ उपस्थित हुए हैं।

ऋषिकुमारों का परिचय सुनकर सभी आश्चर्यचकित हो संदेश सुनने के लिए आतुर हो उठे।

सम्राट्—महर्षि का संदेश सुनाने की कृपा करें भगवन्।

मुनिकुमार—'महर्षि शिरोमणि ने संदेश दिया है कि राजमहिषी मृगावती एवं महाराज कुमार उदयन गत चौदह वर्षों से आपकी धरोहर के रूप में हमारे आश्रम में हैं। हमने जान लिया था कि शाप के कारण ही यह सभी कुछ हुआ है। शाप की अवधि चतुर्दश वर्ष थी। अतः इससे पूर्व हम सूचना न देने के लिए विवश थे। कुछ अन्य अहित होने की आशंका थी। सम्राट् स्वयं आश्रम पहुँचने का कष्ट करें।'

मुनिकुमारों का संदेश सुनते ही सभी अत्यंत उत्कंठित हो उठे। सम्राट् भी गद्गद हो उठे और चक्षुओं में अश्रु छलकने लगे। उनका विह्वल मन और अधिक उद्वेलित होने लगा। उनके गले से शब्द निकलना कठिन हो रहा था।

सम्राट्—(मुनिकुमारों को इंगित कर) परमपूज्य महर्षि शिरोमणि ने इस संदेश के साथ क्या आज्ञा दी है?

द्वितीय मुनिकुमार—महर्षि की आज्ञा एवं संदेश सम्राट् से निवेदन कर दिया गया है। केवल इतना ही संदेश महर्षि ने भेजा है।

सम्राट्—क्या आश्रम के कार्यों में कोई बाधा तो नहीं है?

प्रथम मुनिकुमार—सभी उचित ढंग से चल रहा है।

सम्राट्—क्या राजमहिषी और राजकुमार उदयन को आप लोगों ने देखा है ?

द्वितीय मुनिकुमार—नित्य ही देखा है। दोनों ही सकुशल हैं। राजकुमार अद्‌भुत बालक है। महर्षि ने राजकुमारोचित शिक्षा की व्यवस्था उनके लिए कर दी थी।

सम्राट्—क्या राजमहिषी का कोई संदेश है ?

प्रथम मुनिकुमार—उन्होंने तुरंत सम्राट् के दर्शन की इच्छा व्यक्त की है। हमारे चलते समय उनके नेत्रों से बहती अविरल अश्रुधार ही उनका संदेश है।

सम्राट् ने मुनिकुमारों के ठहरने की उचित व्यवस्था का आदेश दिया और उपस्थित वृद्धजनों से वर्तमान परिस्थितियों में सही निर्णय देने की प्रार्थना की।

सुरुचि—मेरी दृष्टि में सम्राट् को तुरंत ही महर्षि जमदग्नि के आश्रम के लिए प्रस्थान कर देना चाहिए। आज अमावस्या का दिन है। आज से तीसरे दिन शुक्लपक्ष की द्वितीया एवं पुष्य नक्षत्र है। शुभ मुहूर्त है।

सभी उपस्थित जन इस योजना से सहमत थे।

□

30
तापसी मृगावती

सम्राट् को उन मुनिकुमारों से साम्राज्ञी और राजकुमार के विषय में जानने की उत्कट जिज्ञासा थी। अत: सायंकाल अतिथि-कक्ष में उनसे भेंट की। सर्वप्रथम सम्राट् ने आश्रम के समाचार जानने की अभिलाषा प्रकट की कि क्या आश्रम के कार्य निर्विघ्न चल रहे हैं। ऋषियों की तपस्या में कोई विघ्न तो नहीं? इसके उपरांत उन्होंने प्रश्न किया—

'क्या साम्राज्ञी एवं राजकुमार कुशल से हैं? क्या इस राजप्रासाद में रहनेवाली साम्राज्ञी आश्रम के जीवन के अनुसार, अपने को परिवर्तित कर सकीं? वे वहाँ कैसा अनुभव करती हैं?'

उन दोनों मुनिकुमारों में ज्येष्ठ मुनिकुमार ने बड़े शांत भाव से उत्तर दिया—

'सम्राट्! साम्राज्ञी नितांत कुशल से हैं। मैं आपको विश्वास दिलाता हूँ कि महर्षि के सान्निध्य में अकुशल रहने का प्रश्न ही नहीं होता। वे सर्वशक्तिमान हैं। उनकी तपस्या के प्रभाव से आश्रम की सीमा में किसी के अकल्याण और अनिष्ट की बात सोची ही नहीं जा सकती। किंतु जैसा हम देखते रहे हैं और तापसियों से सुनते रहे हैं, वे आपकी स्मृति में सदा चिंतित रही हैं।

उनकी दिनचर्या को हमने समीप से अवश्य देखा है। उन्होंने अपने जीवन को पूर्ण रूप से एक तापसी के जीवन में ढाल लिया है। वे अपनी पर्णकुटी की स्वच्छता स्वयं ही करती हैं। प्रात:काल उठ अन्य तापसियों की भाँति ब्रह्मसर में स्नान कर आश्रम के यज्ञ में भाग लेती हैं। किशोर उदयन का लालन-पालन भी करती हैं। प्रात: ही उसे शस्त्राभ्यास एवं व्यायाम के लिए ले जाती हैं, स्वयं भोजन बनाती हैं। काष्ठ शय्या पर, जिस पर वनवासियों के जैसा ही बिछावन है, शयन करती हैं। स्वयं ही पुष्पों की क्यारियों को जल से सींचती हैं। वत्स उदयन भी छाया की भाँति उनके साथ रहता है। स्वयं भी अन्य तापसियों की भाँति वन्यफल चुनकर लाती हैं। महर्षि एवं अन्य ऋषियों की तपस्या के प्रभाव से प्रात:काल वन्य-पादप स्वयं ही अपने फल भूमि पर गिरा देते हैं। यद्यपि राजमहिषी एवं

वत्स उदयन के लिए महर्षि ने हर प्रकार का विशेष प्रबंध किया है, किंतु फिर भी साम्राज्ञी अन्य तापसियों के साथ अपना काम स्वयं करने में हर्ष और गौरव का अनुभव करती हैं।

सायंकाल मैंने उनको महर्षि के प्रवचनों में भी उपस्थित होते देखा है। वत्स उदयन एक विलक्षण-गुण-संपन्न किशोर है। उसकी तीक्ष्ण बुद्धि एवं व्यक्तित्व विलक्षण है। उसने गुरुओं के सान्निध्य में शस्त्रों और शास्त्रों का पर्याप्त अभ्यास किया है। महर्षि अमित प्रभावशाली हैं। उनके प्रभाव से साम्राज्ञी की आवश्यकता की हर वस्तु स्वयं ही उपलब्ध हो जाती है। किंतु आश्रम में रहकर उनकी आवश्यकताएँ भी सीमित हो गई हैं।

साम्राज्ञी ने समययापन के लिए तापसी बासंती से वीणावादन की शिक्षा भी ली है। वे वीणा बहुत सुंदर बजाने लगी हैं। कभी-कभी जब तापसीजन उनकी कुटी के समक्ष एकत्र होती हैं तो वीणावादन से वे सभी का मनोरंजन करती हैं। राजकुमार उदयन तो संभवतः पूरे भारतवर्ष में सर्वश्रेष्ठ वीणावादक हैं। उसके वीणावादन के समय पशु भी मुग्ध होते देखे गए हैं। उसके पास वीणा भी दिव्य है। सुना है किसी देव पुरुष ने उसे वह दिव्य वीणा प्रदान की है।

साम्राज्ञी और राजकुमार की प्रशंसा सुन सम्राट् गद्गद हो उठे और उनके नेत्रों में अश्रु छलकने लगे। उन्होंने मुनिकुमारों को सूचित किया कि तृतीय दिवस प्रातःकाल ही आश्रम के लिए प्रस्थान करेंगे।

□

31

सम्राट् की उदयाद्रि यात्रा

माघ शुक्ल द्वितीया को शुभ मुहूर्त में प्रात:काल सम्राट् ने उदयाद्रि के लिए प्रस्थान किया। घड़ी अनुकूल थी। राजप्रासाद से निकलते ही शुभ शकुन होने लगे। सर्वप्रथम एक सुहागिनी तरुणी कोरे घड़े में कुएँ से जल लाती हुई मार्ग में सामने से आती हुई दृष्टिगोचर हुई। कुछ ही दूर चलने पर एक सवत्साधेनु मार्ग के दाहिनी ओर अपने नवजात वत्स को दूध पिलाते हुए दिखाई दी। अत: यात्रा की सफलता का विचार कर सम्राट् को अत्यधिक आनंद की अनुभूति होने लगी।

सम्राट् तीव्रगामी अश्वों के रथ में आरूढ़ थे। दोनों मुनिकुमारों के लिए एक पृथक् रथ की व्यवस्था थी। सर्पाजीविक भी एक अश्व पर आरूढ़ दल के साथ था। मार्ग के लिए पाथेय के साथ कुछ वाहन एक दिन पूर्व ही प्रेषित कर दिए गए थे। सम्राट् गंतव्य तक शीघ्रातिशीघ्र पहुँचने के लिए आतुर थे। किंतु मार्ग में विश्राम किए बिना भी दिन-रात लगातार यात्रा करना संभव नहीं था। गंतव्य सुदूर था।

सम्राट् अनेक प्रकार के विचारों में निमग्न थे। आज उनकी मानसिक दशा अति विचित्र थी। अनेक प्रकार के ऊहापोह मन में उठते और स्वयं ही विलीन हो जाते। आज उनका सारा चिंतन राजमहिषी एवं राजकुमार के ही संबंध में था—'कैसे होंगी राजमहिषी, इतना लंबा विरह का समय काटने में वे कैसे सक्षम हो सकी होंगी, मैं उनके समक्ष जाने का साहस कैसे जुटा पाऊँगा, विह्वल-हृदया राजमहिषी की अश्रुधारा को कैसे देख पाऊँगा, मुझको देखते ही उनकी मानसिक दशा कैसी हो जाएगी?' इत्यादि।

तुरंत ही वे राजकुमार के विषय में भी सोचने लगते—'कैसा होगा राजकुमार? क्या महर्षि ने उसको सभी कुछ बता दिया होगा? उसे मुझसे प्रथम बार मिलने पर कैसा अनुभव होगा?'

स्यंदनासीन सम्राट् विचार निमग्न हो अति शांत मुद्रा में थे। आज उनके पास किसी अन्य विषय पर विचार करने के लिए समय ही न था। तीव्र गति से चलती यात्रा मध्याह्न

के उपरांत ही त्रिवेणी संगम पर पहुँच गई। सम्राट् ने स्यंदन से उतर त्रिवेणी के पावन जल से आचमन किया और मार्ग के श्रम को दूर करने के लिए संगम में स्नान भी किया। वे संगम के जल में खड़े पर्याप्त समय तक प्रकृति की इस अद्‍भुत लीला को देखते रहे कि किस प्रकार भागीरथी का पावन शुभ्र जल एवं सूर्य-तनया यमुना का नील सलिल आपस में मिलकर एकाकार हो रहे थे। इसी प्रकार तो दो अभिन्न-हृदयों का मिलन होता है।

संगम के पास ही गंगा के बाएँ तट पर स्थित प्रतिष्ठानपुर में आज विश्राम करना पहले ही निश्चित हो चुका था। प्रतिष्ठानपुर वत्स साम्राज्य के अंतर्गत ही था। यहाँ सम्राट् के पूर्वज चंद्रवंशी पुरुरुवा द्वारा निर्माण किया गया एक दुर्ग भी था। दुर्गपाल को पहले से ही सूचना प्राप्त हो चुकी थी। अत: सम्राट् के विश्राम के लिए सुचारु व्यवस्था पहले से ही कर दी गई थी। सम्राट् के प्रतिष्ठानपुर पहुँचने पर दुर्गपाल ने उनका स्वागत किया। प्रतिष्ठानपुर के दुर्ग में प्रतिष्ठापित उनके पूर्वजों की कुछ प्रतिमाओं के दर्शन भी उन्हें कराए और सम्राट् को उनका परिचय भी दिया। सम्राट् ने श्रद्धा और सम्मान के साथ उन प्रतिमाओं को पुष्पांजलियाँ अर्पित कीं।

प्रतिष्ठानपुर एक पावन तीर्थस्थल था। यहाँ दूर-दूर तक फैली तृण-कुटीरों में अनेक ऋषियों, तपस्वियों और मनीषियों के निवास थे। कुछ कुटीरों में भारतीय शास्त्रों की शिक्षा भी दी जाती थी। इनमें विभिन्न मतों के अनुयायी विद्वानों के शास्त्रार्थ एवं शास्त्रविवेचन निरंतर चलते रहते थे। इन ऋषियों के पास दर्शनार्थियों का ताँता लगा रहता था। जो ऋषि चाहते थे उनके लिए वत्स साम्राज्य की ओर से भोजन एवं वस्त्रों की भी व्यवस्था थी। सम्राट् ने कुछ ख्यातिप्राप्त ऋषियों के दर्शन किए और रात्रि को दुर्ग में ही विश्राम किया।

ब्रह्म-मुहूर्त में शय्या त्याग करने से पूर्व सम्राट् ने एक सुखद स्वप्न देखा। सम्राट् के पूर्वज चंद्रवंशी राजाओं ने एक-एक कर उनके समक्ष प्रकट हो, उन्हें आशीर्वाद दिया कि उनकी यात्रा सफल होगी।

सूर्योदय से पहले ही सम्राट् ने त्रिवेणी संगम के पावन जल में स्नान किया। ब्रह्मणों और भिक्षुओं को दान दिए और तदनंतर महर्षि भरद्वाज के आश्रम में उनके दर्शन कर आशीर्वाद ग्रहण किया। सम्राट् ने महर्षि से आश्रम की आवश्यकताओं के विषय में प्रश्न किया और फिर अपने प्रात:काल के स्वप्न का भी वर्णन किया। महर्षि ने बताया कि स्वप्न शुभ था, किंतु साथ ही आदेश भी दिया कि वे मार्ग में काशी से आगे जहाँ शोणभद्र और गंगा का संगम है, वहाँ पितरों का तर्पण अवश्य करें। यद्यपि उरुवेला तीर्थ (गया) में ही पितरों के तर्पण का महत्त्व है, किंतु वह उनके (सम्राट् के) मार्ग से दूर है। अत: इस संगम पर ही तर्पण अवश्य करें।

सम्राट् ने ऋषि के चरणों में प्रणाम कर आशीर्वाद ग्रहण कर आगे की यात्रा पर प्रस्थान करने की आज्ञा ली।

आगे का विश्राम स्थल वत्स राज्य का सीमांत दुर्ग पर्यंतपत्तन था, जो गंगा तट पर स्थित था। यहाँ विश्राम करना पहले से ही निश्चित था। अत: दुर्गपाल को पहले ही सूचना प्रेषित की जा चुकी थी। प्रतिष्ठानपुर से पर्यंतपत्तन की दूरी एक दिन की सरल यात्रा थी। दुर्गपाल ने सम्राट् के निवास के लिए समुचित प्रबंध पहले ही कर दिया था।

आगे विश्राम शिव की पावन नगरी काशी में होना था। सूर्यास्त से पहले ही उनकी यात्रा काशी पहुँच गई। पर्यंतपत्तन प्रयाग से काशी जानेवाले राजमार्ग पर स्थित था। अत: काशी पहुँचने में कोई कष्ट नहीं हुआ। काशी में वत्सराज के परिवार के पुरोहित विनायक राव थे। जब उन्हें सम्राट् के काशी पहुँचने का समाचार मिला तो वे तुरंत अपने जीर्ण-शीर्ण बही-खाते ले सम्राट् के समक्ष उपस्थित हुए और अपना परिचय दिया। उन्होंने सम्राट् के पूर्वजों द्वारा की गई काशी यात्राओं का वर्णन पढ़कर सुनाया। उनकी जीर्ण-शीर्ण बहियों को देख सम्राट् आश्चर्यचकित थे। उनमें विनायक राव के पूर्वजों के हस्तलिखित लेख थे और सम्राट् के पूर्वजों द्वारा दिए गए दानों का वर्णन भी था। सम्राट् ने पूछा—

'विप्रवर हमें काशी के पुण्य-स्थलों के विषय में जानने की जिज्ञासा है। कृपया बताने का कष्ट करें।'

विनायक राव—सम्राट्, काशी में भगवती भागीरथी की पावन धारा उत्तरवाहिनी होकर प्रवाहित होती है। अत: गंगा स्नान का विशेष महत्त्व है। यहाँ के दशाश्वमेघ घाट पर स्नान कर भगवान् विश्वनाथ के दर्शनों का फल सभी पापों से मुक्ति दिलाने वाला है।

सम्राट्—कृपया अन्य पावन स्थलों के विषय में भी बताएँ।

विनायक राव—यहाँ वरुणा एवं असी दो सरिताओं का संगम भगवती भागीरथी के साथ होता है। इन्हीं नदियों के संगम के कारण काशी को वाराणसी भी कहते हैं। वरुणा, असी और भागीरथी के संगम-स्थलों पर स्नान करने से मनुष्य को अक्षुण्ण पुण्य की प्राप्ति होती है। काशी में भगवती भागीरथी के अतिरिक्त पंचगंगा तीर्थ भी है। यहाँ पाँच नदियों का संगम है।

जब काशीराज अलक्ष ने सम्राट् सहस्रानीक के काशी आने का समाचार सुना तो वे सम्राट् से मिलने आए और राजप्रासाद में निवास करने का आग्रह किया। उन दिनों काशी कौशल का करद राज्य था। सम्राट् ने काशीराज का आग्रह स्वीकार कर उनके राजप्रासाद में ही निवास किया। काशीराज ने उनके आतिथ्य में एक समारोह का आयोजन किया और राजमहिषी प्रभावती, राजकुमार रेणु एवं राजकुमारी चंद्रकला से उनका परिचय भी कराया।

दूसरे दिन प्रात:काल दशाश्वमेघ घाट पर स्नान कर सम्राट् ने भगवान् विश्वनाथ के मंदिर में विधिवत् पूजा-अर्चना की। पंचगंगा में स्नान किया, विप्रों को दान दिया। इसके उपरांत काशीराज से आज्ञा ले सम्राट् ने आगे की यात्रा पर प्रस्थान किया।

यात्रा मध्याह्नोपरांत ऋषिपत्तन मृगदाव (सारनाथ) पहुँची। यहाँ अनेक तपस्वियों का

निवास था। एक वट वृक्ष के तले महाश्रमण गौतम भी तपस्यारत थे। वे पद्मासन लगा ध्यानमग्न थे। सम्राट् उनके दर्शन करने भी गए। सम्राट् ने उनके उपदेश सुने और उन्हें कौशांबी आने को आमंत्रित भी किया। यहाँ अनेक तपस्वियों एवं ऋषियों के तपस्यारत होने के कारण ही मृगदाव (सारनाथ) को ऋषिपत्तन की संज्ञा दी गई थी।

सम्राट् की यात्रा गंगा के तट के साथ ही चली जा रही थी। दो दिनों में उनकी यात्रा राजगृह के समीप पहुँची। सम्राट् नहीं चाहते थे कि मगध सम्राट् को उनकी यात्रा की सूचना प्राप्त हो। अत: उन्होंने अपना शिविर नगर के परकोट के बाहर ही लगाने का आदेश दिया। अब आगे गंगा के किनारे के मार्ग दुरूह थे। अत: राजमार्गों से ही जाने का निर्णय लिया गया।

राजगृह से नालंदा के लिए राजमार्ग सुंदर था। अत: शक्तिदेव ने अपने दल के सैनिकों को छोटे-छोटे दलों में नालंदा पहुँचने का आदेश दिया। शक्तिदेव स्वयं कुछ सैनिकों के साथ सम्राट् की सुरक्षा में उनके साथ ही रहे। सम्राट् ने गुप्त रूप से राजगृह में घूमने का निर्णय भी ले लिया था। अत: उन्होंने राजकीय वस्त्र उतार एक व्यवसायी श्रेष्ठी के वस्त्र धारण कर लिये। सायंकाल यात्रा राजगृह पहुँची। राजगृह के पास ही शोणभद्र का संगम पावन भागीरथी से होता था। यही मगध सम्राट् की ओर से प्रस्तर सेतु था। अत: शोणभद्र को पार करने में कोई कठिनाई नहीं हुई।

शोणभद्र से यहाँ सोना भी निकाला जाता था और इसी कारण मगध अधिक धनी था। शोणभद्र के पश्चिम का काशी के राज्य का पूर्वी भाग बिंबिसार को दहेज के रूप में मिल गया था। इससे उसकी सैन्य शक्ति में और अधिक वृद्धि हो गई थी।

राजगृह की समृद्धि को देख सम्राट् को आश्चर्य हुआ। वे एक व्यापारी के वेश में हाटकों और पण्यवीथियों को देखने भी गए। बहुत कम अंगरक्षक सम्राट् के साथ दर्शकों के रूप में थे। पण्यवीथियों में घूमते सम्राट् ने देखा कि पण्यागारों में अतुल संपत्ति भरी पड़ी थी। वे समझ गए कि इस अतुल संपत्ति के आधार पर ही मगध में आए दिन युद्धों के अभियान चलते रहते हैं।

सम्राट् सायंकाल विश्राम स्थल की ओर लौटे। रात्रि को पर्याप्त समय तक जगते रहे और बिंबिसार की राज्यलिप्सा के विषय में सोचते रहे। अनेक अंतर्द्वंद उनके मन में उभरने लगे। वे भलीभाँति समझ गए थे कि बिंबिसार एक कामुक और क्रूर व्यक्ति था। वह इतना लालची और ईर्ष्यालु था कि पड़ोसी राज्यों के अस्तित्व को सहन नहीं कर सकता था। उसने बौद्ध धर्म की दीक्षा ली थी, किंतु इसका उसके आचरण पर न कोई प्रभाव था और न उसने कभी बौद्ध धर्म की शिक्षाओं का अनुसरण किया। बौद्ध धर्म के पंचशील का सिद्धांत उसके लिए केवल दिखावे के लिए ही था। इस सिद्धांत को उसने यह कहकर निरस्त कर दिया था कि वह आध्यात्मिक था, क्रियात्मक नहीं। वह स्वार्थ साधना के लिए

अंबपाली के कक्ष में भी जा पहुँचा। अनेक बार पराजित होने के अपयश का न उस पर कोई प्रभाव था और न उसे इसमें लज्जा ही थी। उसके विषय में जनश्रुति प्रचलित हो चुकी थी कि लंबे अंतराल के अनंतर जरासिंध ने ही मगध में पुनः जन्म लिया है।

यद्यपि वे कुछ समय पूर्व ही वैशाली के वीर सैनिकों और योग्य सेनापतियों से पराजित हो चुके थे, किंतु उन्होंने जरासिंध को युद्ध क्षेत्र में अपना आर्दश मान पुनः प्रयत्न करने की सोच ली थी। वास्तव में मगध के सैनिक कुछ कार्षापणों के लिए लड़ते थे, जबकि वैशाली के सैनिक अपने गणराज्यों की रक्षा के लिए युद्ध करते थे और इसे अपना कर्तव्य समझते थे। किंतु फिर भी सम्राट् भली प्रकार जानते थे कि वहाँ न तो वर्षकार जैसा कुटिल मंत्री है और न काश्यप जैसा वैज्ञानिक, जिन्होंने विषकन्याओं के द्वारा विरोधी शत्रुओं की हत्याएँ की हों।

मगध उन दिनों दो भागों में विभक्त था। उसके पूर्वी भाग की राजधानी गिरिव्रज थी। यहाँ का शासन राजकुमार अजातशत्रु के द्वारा होता था। वैसे तो मगध राज्य ही नदियों और पर्वतों से परिवेष्टित होने के कारण अत्यंत सुरक्षित था, किंतु गिरिव्रज का नगर पाँच पर्वतिकाओं से परिवेष्टित होने के कारण कहीं अधिक सुरक्षित माना जाता था। इसके चारों ओर प्रस्तर परकोट भी था। इस नगर की प्राकृतिक शोभा भी दर्शनीय थी। सम्राट् ने नगर को देखा। एक चतुष्पथ पर सम्राट् ने वृहद्रथ की स्वर्णप्रतिमा को भी देखा। नगर सुंदर था, किंतु राजगृह जैसी चहल-पहल यहाँ नहीं थी।

गिरिव्रज से आगे की यात्रा का मार्ग केवल नालंदा होकर ही था। क्योंकि आगे पूर्व की ओर राजमार्ग की सुविधा उपलब्ध नहीं थी। सम्राट् नालंदा के विश्वविद्यालय को देखने के लिए उत्सुक भी थे। अतः दूसरे दिन यात्रा नालंदा पहुँची। नालंदा विश्वविद्यालय के भव्य भवनों, कक्षा-कक्षों और विशाल ग्रंथागारों को देख वे भली प्रकार उसकी प्रसिद्धि के कारण को समझ गए। यहाँ अनेक विषयों के विश्वविख्यात विद्वान् आचार्य शिक्षकों के रूप में कार्यरत थे। नालंदा और विक्रमशिला के विश्वविद्यालय पूर्वी भारत में तक्षशिला की पूर्ति करते थे।

भारत के सुदूर स्थानों से सहस्रों छात्र यहाँ विद्याध्ययन के लिए आते थे। अंग, मगध वज्जि गणराज्यों, वत्स, कौशल, वंग, उत्कल एवं नेपाल आदि पूर्वी प्रदेशों के छात्र यहाँ अधिक संख्या में थे। भारत के दक्षिणापथ के राज्यों से भी अनेक छात्र यहाँ आते और विद्याध्ययन करते थे। छात्रों के लिए छात्रावास की सुविधा थी। शिक्षा निःशुल्क थी और निर्धन छात्रों के लिए भोजन का प्रबंध भी था।

सम्राट् का अनेक विषयों के विद्वान् आचार्यों से वार्त्तालाप हुआ और उन्होंने अपनी शंकाओं का निवारण भी किया। आजकल इस विश्वविद्यालय के कुलपति आचार्य शीलभद्र थे। ज्ञान एवं विद्वत्ता के कारण इनका नाम सारे भारतवर्ष में प्रसिद्ध था। तक्षशिला के

आचार्य भी उनका सम्मान करते थे और उनसे शास्त्रार्थ करने का साहस नहीं जुटा पाते थे। आचार्य शीलभद्र ने सम्राट् के पद के अनुरूप ही उनका स्वागत किया। सम्राट् ने अपनी अनेक जिज्ञासाओं के संबंध में आचार्य से चर्चा की और उन्हें शांत किया। उन दिनों भगवती भागीरथी की पावन धारा भी नालंदा के उपांत में प्रवाहित थी। सम्राट् ने गंगा स्नान भी किया और विश्वविद्यालय को एक सहस्र स्वर्ण मुद्राएँ दान में दीं।

यहाँ से आगे वनों में होकर यात्रा करना संभव न था। गंगा पार कर वैशाली के लिए ही सुंदर राजमार्ग उपलब्ध था। अत: रथों की यात्रा में कोई असुविधा की संभावना नहीं थी। वैशाली एक स्वतंत्र गणराज्य था। उन दिनों वैशाली भारत के अति समृद्ध नगरों में था।

वज्जि गणराज्य में आठ कुल (गणराज्य) सम्मिलित थे, जो अष्टकुल कहलाते थे। अत: यह उन आठ गणराज्यों का महासंघ था, जो बिंबिसार जैसे राज्यलिप्सु से अपनी सुरक्षा और अस्तित्व बनाए रखने के लिए एक महासंघ में सम्मिलित हो गए थे। इन गणराज्यों में लिच्छवियों का गणराज्य अन्य गणराज्यों की अपेक्षा अधिक साधन-संपन्न एवं शक्तिशाली था। अत: वैशाली ही इन गणराज्यों के महासंघ की राजधानी थी।

□

32
वैशाली में विश्राम

नालंदा से चलकर यात्रा वैशाली पहुँची। यहाँ एक दिन और दो रात्रि पर्यंत विश्राम करने का कार्यक्रम पहले से ही निश्चित था। सम्राट् वैशाली को देखने की लालसा वर्षों से मन में सँजोए हुए थे। आज उनकी इस लालसा की पूर्ति हुई। नगर सिही के तट पर स्थित था। नगर से बाहर नदी के तट पर ही एक उचित स्थान देख सम्राट् के निवास का प्रबंध किया गया और शिविर लगा दिए गए। किंतु वैशाली के जागरूक गुप्तचरों ने तुरंत गणपति सुनंद को सूचित किया कि वत्स सम्राट् सहस्रानीक पूर्व दिशा में किसी यात्रा पर हैं और अंगरक्षकों के एक लघु सैन्य दल के साथ नगर के परकोट से बाहर निवास कर रहे हैं। वैशाली के चारों ओर प्रस्तर विर्निमित एक सुदृढ़ प्राचीर था, जिसका विस्तार बहुत अधिक था। सम्राट् को बताया गया कि उस परकोट की लंबाई एक योजन थी। भूमि से विशंतिहस्तोत्थित इस प्राचीर की चौड़ाई इतनी थी कि दो अश्वारोही एक साथ इस पर अश्व दौड़ा सकते थे। इसमें चारों ओर केवल चार प्रवेश द्वार थे। द्वारों पर और परकोट के चारों कोनों पर ऊँचे-ऊँचे गोपुरों का निर्माण किया गया था, जहाँ हर समय प्रहरी नियुक्त रहते थे।

वैशाली का गणराज्य भारत के समृद्धतम गणराज्यों में था और महत्त्वाकांक्षी मगध सम्राट् बिंबिसार की लोलुप गृध्र-दृष्टि हर समय उस पर अधिकार करने के लिए लगी रहती थी। अत: ये प्रहरी हर समय सजग रहते थे और इनके पास पीतल के तूर्य रहते थे, जिससे वे किसी भी हलचल की सूचना सेनाधिकारियों और द्वारपालों को दे सकें। किसी भी संकट की आशंका के समय इन तूर्यों का तुमुल घोष संपूर्ण वैशाली महानगर में हलचल उत्पन्न कर देता और प्राचीर के द्वार बंद कर दिए जाते। प्रवेश द्वारों के पास नियुक्त कवच, शिरस्त्राण और शस्त्रों से सुसज्जित सैनिक जागरूक हो किसी भी आक्रमण का सामना करने के लिए सन्नध हो जाते।

वैशाली ही ऐसा गणराज्य था, जो पूर्व में मगध सम्राटों के साम्राज्य-विस्तार की

लोलुपता के मार्ग में अलंघनीय बाधा थी। अतः आए दिन मगध के साथ युद्ध करना इसकी नियति बन गई थी। इसी साम्राज्य विस्तार की लालसा से मगध-सम्राट् ने अभी कुछ वर्ष पूर्व अंग पर आक्रमण किया था, किंतु वत्स सम्राट् के हस्तक्षेप के कारण वे अंग राज्य पर अधिकार नहीं कर पाए।

जब महागणपति सुनंद को सम्राट् के आने की सूचना प्राप्त हुई, वे तुरंत महाबलाधिकृत सुमन को साथ ले सम्राट् से भेंट करने पहुँचे और उनसे राजकीय अतिथि-गृह में ठहरने का आग्रह किया। सम्राट् ने इसे स्वीकार कर लिया और दस अंगरक्षकों के साथ वे वैशाली के राजमहालय के अतिथि-गृह में निवास करने चले गए। न चाहते हुए भी गणपति की विनम्रता को देख सम्राट् ने उनका आतिथ्य स्वीकार कर लिया। गणपति ने शेष दल के ठहरने का भी उचित प्रबंध कर दिया।

प्रात:काल द्वारपाल ने सम्राट् को सूचना दी कि गणपति एवं महाबलाधिकृत दर्शन की आज्ञा चाहते हैं। सम्राट् ने अतिथि-कक्ष में दोनों का स्वागत किया। गणपति के साथ राजनीतिक चर्चा भी हुई, जो महत्त्वपूर्ण थी। वार्त्तालाप का संक्षिप्त स्वरूप इस प्रकार था।

सुनंद—महामहिम, हमें अपने गुप्तचरों से सूचना प्राप्त हुई थी कि सम्राट् पूर्व दिशा की ओर किसी लंबी यात्रा पर हैं, किंतु इसका कारण समझ में नहीं आया।

सम्राट्—हाँ भद्र गणपते, किसी राजनीतिक कारण से नहीं, वरन् व्यक्तिगत कारण से ही उदयाद्रि पर महर्षि जमदग्नि के दर्शन करने के उद्देश्य से यह हमारा अभियान है।

सुनंद—हम सम्राट् की यात्रा की सफलता की कामना करते हैं।

सम्राट्—इसके लिए मैं आभारी हूँ। मैंने वैशाली के विषय में बहुत कुछ सुना था। केवल देखने की लालसा थी। वास्तव में आपका गणराज्य भारत के लिए एक राजनीतिक आदर्श ही नहीं, वरन् यह भारत का गौरव है।

सुनंद—किंतु मगध सम्राट् हमारे इस छोटे राष्ट्र को जीवित नहीं देखता चाहते।

सम्राट्—आपको अपने जागरूक गुप्तचर विभाग के द्वारा सूचना मिलती रही होगी कि वत्स की सेनाओं से पराजित होने से न वे लज्जित हैं और न युद्ध करने से विरत। हमने राजगृह में एक दिन निवास किया था और स्वयं देखा कि वहाँ किसी भावी सैनिक अभियान का आयोजन उच्च स्तर पर किया जा रहा है।

सुनंद—सम्राट् की सूचना सत्य है। हमारे गुप्तचरों से ज्ञात हुआ है कि यह आयोजन इस बार हमारे ही विरुद्ध है। वे तीन-चार मास में हमारे ऊपर आक्रमण कर सकते हैं।

सम्राट्—आपके सैनिक आयोजन भी उसी स्तर पर होने चाहिए। अनेक पराजयों के उपरांत भी बिंबिसार अपनी साम्राज्य लिप्सा का त्याग नहीं कर सकते। नीचता की पराकाष्ठा है।

सुनंद—यही कारण है कि हमें भी हर समय जागरूक और युद्ध के लिए सन्नद्ध

रहना पड़ता है। सौभाग्य की बात यह है कि हमारे पास सेनानायक उच्च कोटि के हैं। हमारे सेनापति, महाबलाधिकृत सुमन जिनसे आपका परिचय कल हो चुका है, अत्यंत कुशल एवं सफल सेनानायक हैं।

सम्राट्—हाँ, हमने सेनापति सुमन के विषय में बहुत कुछ सुना है। उन्हीं के कारण सेनापति चंडभद्रिक जिन पर बिंबिसार को अभिमान है, अपनी दुर्योजना में सफल नहीं हो पाए हैं।

सुमन—किंतु महामहिम, सम्राट् के महाबलाधिकृत सुप्रतीक भी भारत के अद्वितीय सेनानायक हैं। चंडभद्रिक कुछ माह पूर्व ही उनके सामने से युद्ध भूमि से पलायन कर चुके हैं। इस बार तो उनको अपनी विजय का पूर्ण विश्वास था।

सम्राट्—आपकी सूचनाएँ सत्य हैं, सेनापति।

सुनंद—हमारे पास तक्षशिला के सुशिक्षित सेनानायकों का एक विश्वस्त दल है। वे अभी-अभी वहाँ से शिक्षा प्राप्त कर लौटे हैं। तरुण सेनानायक सिंह अत्यंत साहसी और वीर सेनानायक हैं। उन्होंने उत्तरकुरु के देवासुर संग्राम में देवों की ओर से भाग लिया था। उनकी वीरता का यशोगान तो तक्षशिला के आचार्य बहुलाश्व ने भी किया है।

सम्राट्—किंतु भद्र गणपते, आपको मगध की सेना की अपेक्षा वर्षकार की कुटिल योजनाओं से कहीं अधिक सावधान रहने की आवश्यकता है। वैशाली के पूर्व सम्राट् की क्या स्थिति है ?

सुनंद—हमारे यहाँ राजवंश तो अब भी चला आ रहा है। पूर्व सम्राट् विशाल ने ही तो वैशाली की स्थापना की थी, किंतु वर्तमान सम्राट् चेटक और युवराज भूमिमित्र का कोई हस्तक्षेप हमारे गण के प्रशासन में नहीं है। उन्हें हमारे यहाँ से निर्वाह-राशि दी जाती है। हमारे यहाँ गणसंस्था के सदस्य भी चरित्रवान् हैं। राज्यों में तो एक सम्राट् ही सर्वेसर्वा होते हैं। किंतु हमारे यहाँ युद्ध का संचालन एक युद्ध परिषद् के द्वारा होता है, जिसके संयोजक महाबलाधिकृत होते हैं और युद्ध के समय उनका अधिकार सर्वोपरि होता है। उनकी किसी भी आज्ञा में ननुनच नहीं लगाया जा सकता। मैं भी उस समय उस परिषद् का एक सदस्य मात्र ही होता हूँ।

सम्राट्—मैंने राजगृह में सैनिकों को युद्धाभ्यास करते देखा था। आप नौसेना को भी दृढ़ बनाएँ।

सुमन—इसके लिए हम जागरूक हैं सम्राट्। हमने अपने नौसेना के नायकों को आदेश दिया है कि उल्काचेल पर उनकी सेना अवश्य सन्नद्ध रहे। हमने अपनी नौकाओं में लौहशल्य जड़वा दिए हैं, जिनकी टक्कर से शत्रु की नौकाएँ क्षण भर में भग्नसात् हो जलमग्न हो सकती हैं।

सम्राट्—हमारे साथ युद्ध में उन्होंने नौसेना का भरपूर प्रयोग किया था, किंतु हमारी

नौकाएँ हल्की होने के कारण उनकी गति तीव्र थी और शत्रु को मुँह की खानी पड़ी।

सुमन—हमने लिच्छवी तरुणियों की भी एक सेना संगठित की है और सिंह सेनानायक की गांधार पत्नी को उसका सेनानायक नियुक्त किया है। वह अति कुशल सेनानायक है। यह सेना युद्ध के समय युद्ध भूमि में आवश्यक वस्तुओं की पूर्ति का भार तो वहन करेगी ही, किंतु आवश्यकता पड़ने पर खड्ग और शल्य चलाने में पीछे नहीं रहेगी और शत्रु के सैनिकों का सामना करने में सक्षम होगी। वे वीरागनाएँ हमारे गणराज्य का गौरव हैं।

सम्राट्—यह केवल किसी गणतंत्र में ही संभव है। आप लोगों को एक रहस्य की बात भी स्पष्ट कर देना चाहता हूँ। सेनापति चंडभद्रिक में न इतना साहस है जैसा युवावस्था में था और न अब वह बिंबिसार के प्रति इतना स्वामिभक्त है जैसा पहले था।

अंगराज दधिवाहन की मृत्यु के उपरांत वह स्वयं चंपा पर अधिकार कर, वहाँ का सम्राट् बनना चाहता था। किंतु हमारे हस्तक्षेप के कारण उसकी योजना सफल न हो सकी।

सुमन—बिंबिसार के परिवार में भी कलह है। युवराज अजातशत्रु सदा उनका विरोध करता है।

सम्राट्—आप सही कहते हैं सेनापति। अजातशत्रु बिंबिसार को राजसिंहासन से हटाकर स्वयं सम्राट् बनना चाहता है। महामंत्री वर्षकार भी अब उसी के साथ है। यद्यपि महात्मा बुद्ध के समझाने से वह शांत है, किंतु किसी-न-किसी दिन तो यह होकर रहेगा। अजात उनको अनुचित परामर्श भी देता है। उसी के कहने से बिंबिसार ने श्रावस्ती पर आक्रमण किया और मुँह की खानी पड़ी। बंधुलमल्ल बंधुओं के समक्ष उनकी और चंडभद्रिक की कुछ भी न चली।

सुमन—सम्राट्, हम आपको पूर्ण विश्वास दिलाते हैं कि मगध की सेनाओं को इस बार ऐसी मुँह की खानी पड़ेगी कि आनेवाले कई वर्षों तक वे वैशाली पर आक्रमण करने का साहस नहीं कर पाएँगे। जैसी सूचना गुप्तचरों से प्राप्त हो रही है, उससे तो निश्चय है कि वे हमारे ऊपर आक्रमण अवश्य करेंगे। यद्यपि बिंबिसार नहीं चाहते, किंतु अजातशत्रु कदापि नहीं मानेंगे।

सम्राट्—मैं आपकी सूचनाओं से सहमत हूँ।

इस प्रकार पर्याप्त समय तक तात्कालिक राजनीति पर उपयोगी वार्त्तालाप होता रहा। इसके उपरांत गणपति सुनंद एवं सेनापति सुमन ने जाने की आज्ञा ली। गणपति ने सम्राट् को सूचित किया कि महागणपरिषद् की अत्यावश्यक बैठक के कारण अष्टकुल के सभी गणपति वैशाली में उपस्थित हैं। सभी की इच्छा है कि सम्राट् मध्याह्न-भोजन अवश्य गणसंस्थागार में गणपतियों के साथ करें। सम्राट् ने आभारपूर्वक उनका आमंत्रण स्वीकार कर लिया और ससम्मान दोनों को विदा किया।

मध्याह्न काल का सामूहिक भोजन गणसंस्थागार के सभा भवन के पार्श्व में स्थित एक विशाल कक्ष में था। इस कक्ष की साज-सज्जा वैशाली के वैभव के ही अनुरूप थी। पारस्य देश के महार्घ कालीन भूमि पर बिछे थे। अष्टकुल के सभी गणपति सेनानायक एवं वैशाली के प्रशासनिक अधिकारी उपस्थित थे। गणपति सुनंद ने सभी से सम्राट् का परिचय कराया। पूर्व सम्राट् चेटक और राजकुमार भूमिमित्र भी उपस्थित थे।

भोजनोपरांत कुछ समय राजनीतिक चर्चाओं में व्यतीत हुआ और आगे की यात्रा के विषय में विदेह के गणपति भद्रशील से चर्चा हुई।

सम्राट्—भंते गणपति! उदयाद्रि जाने के लिए आगे के मार्ग का उचित सुझाव देने की कृपा करें।

मिथिला के गणपति भद्रशील ने सुझाव दिया—

'सम्राट्, यहाँ से विदेह की राजधानी मिथिला तक सुंदर राजमार्ग उपलब्ध है। वहाँ तक कोई कठिनाई नहीं होगी। वहाँ से सीमांत तक राजमार्ग है। वहाँ हमारा एक छोटा सीमांत दुर्ग है।'

सम्राट्—क्या आगे उदयाद्रि तक राजमार्ग मिलेंगे?

भद्रशील—नहीं सम्राट्, आगे किरातों का प्रदेश है। उसके दक्षिण हिमगिरि की उपत्यका में उपगिरि-कांतार है, जिसमें होकर आपको यात्रा करनी होगी और यह यात्रा लगभग बीस योजन की है।

सम्राट्—किंतु रथों को मार्ग कैसे मिल सकेगा?

भद्रशील—मार्ग तो हैं, किंतु वे प्राचीन परंपरागत कच्चे मार्ग हैं। कभी-कभी सार्थवाह वहाँ होकर आते-जाते हैं। रथ वहाँ आसानी से यात्रा कर सकते हैं।

सम्राट्—उन अरण्य मार्गों में और क्या बाधाएँ आ सकती हैं?

भद्रशील—इस अरण्य प्रदेश के उत्तर में हिमगिरि का भाग किरात प्रदेश के नाम से जाना जाता है। यहाँ किरातों की बस्तियाँ अत्यधिक हैं। कभी-कभी एकत्र होकर वे आने-जानेवाले सार्थवाहों पर आक्रमण करते हैं और उन्हें लूट लेते हैं। यही कारण है कि सार्थवाह वहाँ होकर बहुत कम जाते हैं और यदि जाते भी हैं तो उनके साथ, सैनिकों का एक दल भी अवश्य होता है।

सम्राट्—किंतु हमारा तो सार्थवाह नहीं है, सैनिकों का ही दल है। अत: हमें उनसे भय नहीं। हम पर आक्रमण कर वे अपनी मृत्यु का ही आह्वान करेंगे।

भद्रशील—कभी-कभी उनकी संख्या अधिक होती है। आपका अंगरक्षक दल पर्याप्त प्रतीत नहीं होता। मैं अभी त्वरितगामी दूत के द्वारा मिथिला के उपगणपति वत्सनाभ को पत्र प्रेषित कर दूँगा। वे आपके साथ सुरक्षा एवं मार्गदर्शन के लिए एक सैनिक दल और भेजेंगे, जो आपको वन्य प्रदेश के पार पहुँचाकर लौट आएगा।

सम्राट्—इसके लिए हम आभारी होंगे।

भद्रशील—उपगणपति वत्सनाभ सम्राट् को विदेह की सीमा पर ही मिलेंगे और वे ही मिथिला में सम्राट् के निवास का प्रबंध करेंगे। मिथिला से एक सौ सैनिकों का दल आपके साथ जाएगा, जो अरण्यप्रांत की सीमा तक आपको पहुँचाएगा।

इसके उपरांत सम्राट् अतिथि-गृह में विश्राम करने चले गए। सायंकाल दो सेवकों को साथ ले नील-पद्म-प्रासाद देखने गए, जो भारत का अद्वितीय राजप्रासाद माना जाता था।

सम्राट् ने देखा कि राजप्रासाद का सौंदर्य वास्तव में प्रशंसनीय था। यह प्रासाद एक विस्तृत सरोवर के मध्य विनिर्मित था। इस सरोवर में नील कमलों का ही बाहुल्य था। अत: सम्राट् को ऐसा लगा कि राजप्रासाद का 'नील-पद्म-प्रासाद' नाम सार्थक था। इसकी सारी बाह्य भित्तियाँ मत्स्य प्रदेश के श्वेत मरमर से बनी थीं। चारों ओर बने कंगूरे उसकी शोभा को और अधिक बढ़ा रहे थे। सरोवर का जल भी नीलमणि की भाँति स्वच्छ था। प्रासाद के द्वार तक पहुँचने के लिए एक श्वेत प्रस्तर का ही सुंदर सेतु था। इस सेतु की चौड़ाई पर्याप्त थी। इस पर दोनों ओर कहीं-कहीं श्वेत प्रस्तर-पीठिकाएँ बनी थीं। जहाँ बैठकर वहाँ की शोभा का आनंद लिया जा सकता था। जब इस विशाल राजप्रासाद का प्रतिबिंब सरोवर की नृत्य करती लघु ऊर्मियों पर पड़ता तो दृश्य अत्यंत सुंदर लगता, मानो वह राजप्रासाद स्वयं नृत्य कर रहा हो। कृत्रिम विनिर्मित लघुद्वीपों पर अनेक प्रकार के पक्षी अपने कलरव और पंखों की रंगीन आभा से यहाँ का सौंदर्य और अधिक बढ़ा देते। सम्राट् ने राजप्रासाद के भीतर की साज-सज्जा भी देखी और बरबस उनके मुखारविंद से निकल ही गया 'अति सुंदर'।

सायंकाल नील-पद्म-प्रासाद में ही सम्राट् के स्वागत में एक भव्य समारोह का आयोजन किया गया। इसमें सभी गण मुख्यों के अतिरिक्त नगर के मुख्य श्रेष्ठिजन और गण्यमान्य नागरिक उपस्थित थे।

नील-पद्म-प्रासाद विशिष्ट अतिथियों के स्वागत में ही खुलता था। संपूर्ण राजप्रासाद अति उत्तम प्रकार से सजाया गया था। आकाश पटल पर विकीर्ण अनगिनत दीपकों की जाज्वल्यमान प्रभाराशि चतुर्दिक् बिखरी अपनी श्वेत आभा से संपूर्ण प्रकृति को समाच्छादित करती सी पूर्ण चंद्र की नयनाभिराम ज्योत्स्ना को भी तिरस्कृत कर रही थी। प्रासाद की श्वेत मरमर भित्तियों में पड़ते उन असंख्य दीपकों के प्रतिबिंब वहाँ की शोभा को और अधिक आकर्षक बना रहे थे।

भोज में भूतपूर्व सम्राट् चेटक एवं युवराज भूमिमित्र भी उपस्थित थे, जो सम्राट् के पार्श्व में ही बैठे थे। कार्यक्रम के अनुसार, सम्राट् का परिचय सभी उपस्थित विशिष्ट व्यक्तियों से कराया गया और उसके उपरांत भोजन का कार्य संपन्न हुआ। भोजन में अनेक प्रकार के सुस्वादु व्यंजनों का समावेश था। वैशाली में ऊँच-नीच का भेद नहीं था। अत:

सम्राट् की आज्ञा से वत्स सम्राट् के सैनिकों को भी इस सामूहिक भोजन में सम्मिलित किया गया। भोजन के समय सम्राट् के स्वागत में महार्घ सुराओं का भी प्रबंध था। यद्यपि वैशाली में राजकीय भोजों में इस पर प्रतिबंध था, किंतु सम्राट् ने इसके लिए तुरंत मना कर दिया, क्योंकि वे कभी सुरापान नहीं करते थे।

भोजनोपरांत वैशाली की जनपद कल्याणी आम्रपाली के सौजन्य से नृत्य संगीत का आयोजन था। वहाँ नर्तकियों के सामूहिक नृत्य को देख सम्राट् को इंद्र की राजसभा में अप्सराओं द्वारा किया गया नृत्य भी तुच्छ सा लगा। उस नील-पद्म-प्रासाद का वह सुसज्जित विशाल कक्ष, अपनी श्वेत मरमर की भित्तियों पर नृत्य करती नर्तकियों के प्रतिबिंब के कारण अलौकिक लोक के कक्ष जैसा लगने लगा। सम्राट् को ऐसा लगा कि वे स्वर्ग से भी उत्तम किसी लोक में पहुँच गए हैं। संगीत वाद्यों की ध्वनि और नर्तकियों के घुँघुरुओं के क्वणन से सारा कक्ष गूँज उठा। चारों ओर स्वर्ग की सी छटा बिखरने लगी।

अर्द्धरात्रि पर्यंत यह नृत्य का कार्यक्रम चला। सम्राट् ने सम्राट् चेटक एवं गणपति सुनंद से शयन-कक्ष में जाने के लिए विदा ली, क्योंकि प्रात:काल ही यात्रा पर जाना था।

□

33
मिथिला विराम

विदेह के गणपति भद्रशील ने तुरंत एक पत्र उपगणपति वत्सनाभ को एक विश्वस्त एवं तीव्रगामी संदेशवाहक के द्वारा प्रेषित कर दिया और उनसे आग्रह किया कि वे मिथिला के प्रवेश द्वार पर वत्स सम्राट् सहस्रानीक का स्वागत करें। रात्रि में उनके निवास की उचित व्यवस्था राजकीय अतिथि-गृह में की जाए और उनके साथ शतसंख्यक अंगरक्षक दल उपगिरि कांतार में उनकी सुरक्षा एवं मार्गदर्शन हेतु प्रेषित किया जाए।

प्रातःकाल जब सम्राट् आगे की यात्रा पर प्रस्थान करने का उपक्रम कर ही रहे थे कि द्वारपाल ने सूचना दी कि गणपति सुनंद अष्टकुल के अन्य गणपतियों के साथ दर्शन की आज्ञा चाहते हैं। आज की यात्रा सरल थी, किंतु अधिक लंबी थी। अतः बिना किसी औपचारिकता के अष्टकुल के गणपतियों एवं सेनानायकों ने उत्तर दिशा के द्वार पर सम्राट् को ससम्मान विदा किया।

मिथिला तक की यात्रा सुगम और व्यवधान रहित थी। राजमार्ग सुंदर एवं सुरक्षित था। वास्तव में गणराज्यों में जो सुरक्षा व्यवस्था थी, वह राजाओं के राज्यों में नहीं थी। वहाँ मार्गों में चारों ओर लुटेरों का भय बना रहता था। वैशाली एवं विदेह के गणराज्यों में व्यवस्थाएँ समान थीं। वैशाली से मिथिला की दूरी लगभग द्वादश योजन थी और वह दूरी आज ही तय होनी थी। अतः यात्रा की गति तीव्र थी। राजमार्ग के दोनों ओर छायादार वृक्षों की पंक्तियाँ निरंतर चली जा रही थीं। यात्रा में कष्ट अनुभव नहीं हो रहा था। स्थान-स्थान पर यात्रियों के विश्राम के लिए विश्रामालय बने थे। स्वच्छ एवं शीतल पेयजल सर्वत्र उपलब्ध था।

सम्राट् का शक्तिदेव को आदेश था कि यात्रा में वे दोनों मुनियों का विशेष ध्यान रखें। इसलिए हर पड़ाव पर उनके निवास की उनकी रुचि के अनुसार, ही व्यवस्था की जाती। सम्राट् स्वयं भी कभी-कभी पूछ लेते कि उन्हें कोई कष्ट तो नहीं है, अथवा उनकी कोई आवश्यकता तो नहीं है। मार्ग में मध्याह्नकाल में कुछ समय के लिए यात्रा को रोका गया, जिससे अश्व विश्राम कर सके और जल पी सकें तथा सभी सैनिक मध्याह्न भोजन कर सकें।

सायंकाल जब भगवान् मरीचिमाली प्रतीची में अस्ताचल के शिखर से अपनी अरुणिम रश्मियों से वृक्षों एवं पर्वतों के शिखरों को राग-रंजित कर रहे थे, सम्राट् की यात्रा आज के अपने गंतव्य पर आ पहुँची, मिथिला के परकोट के दक्षिण द्वार पर, जहाँ से वैशाली को राजमार्ग जाता था, उपगणपति वत्सनाभ गण सदस्यों एवं नगर के गण्यमान्य नागरिकों के साथ सम्राट् का स्वागत करने के लिए पहले से ही उपस्थित थे।

गणपति ने आगे बढ़कर सम्राट् का स्वागत किया तथा अन्य उपस्थित नागरिकों का उनसे परिचय कराया। वत्सनाभ के मितभाषी सौम्य स्वभाव से सम्राट् अत्यधिक प्रभावित थे। वे वृद्ध थे एवं वायु में लहराती उनकी लंबी श्वेत दाढ़ी उनके गौरवर्णी व्यक्तित्व को और अधिक प्रभावशाली बना रही थी। वे अति शांत स्वभाव के मृदुभाषी व्यक्ति थे। उनकी भव्याकृति एवं प्रभावशाली व्यक्तित्व को देख सम्राट् के हृदय में स्वयं ही उनके प्रति श्रद्धा एवं सम्मान उत्पन्न होने लगे। सम्राट् स्वयं ही कहा करते थे कि मनुष्य की आकृति उसके गुणों की पूर्ण परिचायक होती है।

राजकीय अतिथि-गृह में सम्राट् के निवास की उचित व्यवस्था पहले से ही कर दी गई थी। पास ही में सम्राट् के दल के ठहरने का भी प्रबंध था। रात्रि को सम्राट् के स्वागत में गणसंस्थागार में एक सामूहिक भोज का आयोजन था। इसमें मिथिला के गण-सदस्य, गण्यमान्य नागरिक और उच्च प्रशासनिक अधिकारी सम्मिलित हुए। सम्राट् के पूरे दल की व्यवस्था भी गण संस्था की ओर से थी। आज का सारा आयोजन गण संस्था के मुख्य भवन में आयोजित किया गया था। भोजनोपरांत सम्राट् की उपगणपति और उनके गण सदस्यों के साथ पहले तात्कालिक राजनीति और तब आगे की यात्रा के विषय में वार्त्तालाप हुआ।

सम्राट्—भंते! उपगणपति मगध सम्राट् बिंबिसार एवं राजकुमार अजातशत्रु दोनों ही कुटिल व्यक्ति हैं और महामात्य वर्षकार की कुटिलता ने उसमें चार चाँद लगा दिए हैं। उनकी गृध्रदृष्टि केवल वैशाली पर ही नहीं है, वरन् पूरे वज्जि गणराज्य पर है।

वत्सनाभ—आपका अध्ययन सही है सम्राट्। बिंबिसार और उनका पुत्र राजकुमार अजातशत्रु दोनों ही अत्यंत महत्त्वाकांक्षी हैं। वे इस बात को बार-बार कहते हैं कि छोटे राज्यों और गणराज्यों को स्वतंत्र रहने का अधिकार ही नहीं है। मानो स्वतंत्रता का अधिकार भगवान् ने केवल उन्हीं दो को दिया हो।

सम्राट्—वे अपनी राज्यलिप्सा की पूर्ति के लिए कुछ भी कर सकते हैं। संपत्ति की दृष्टि से उनका जनपद भारत के सभी जनपदों की अपेक्षा अधिक समृद्ध है। धन की विपुलता के कारण उन्हें युद्ध से हुई हानियों की कोई चिंता नहीं। युद्ध की तैयारियाँ वहाँ अब भी उच्च स्तर पर चल रही हैं।

वत्सनाभ—आपकी सूचना सही है सम्राट्। हमें भी अपने गुप्तचरों एवं आने जानेवाले सार्थवाहों से बराबर यही सूचना प्राप्त हो रही है, किंतु हम भी निश्चिंत नहीं हैं।

सम्राट्— हमारी यही नीति है कि जीवित रहें और अन्य को जीवित रहने दें।

वत्सनाभ—वास्तव में सम्राट् बिंबिसार राजकुमार अजातशत्रु और वर्षकार के जाल में ऐसे फँस गए हैं कि अब उनका उस जाल से निकलना कठिन है। सम्राट् को उन दोनों की योजनाएँ विवश होकर स्वीकार करनी पड़ती हैं।

सम्राट्—मैं आपकी व्याख्या से सहमत हूँ।

वत्सनाभ—महामहिम, आपको तो भारत की सारी राजनीति का अद्वितीय ज्ञान है।

इस प्रकार तात्कालिक राजनीति पर पर्याप्त समय तक चर्चा होती रही। चर्चा समाप्त हुई। वत्सनाभ ने सम्राट् को सूचित किया कि उपगिरि कांतार के पार तक की सारी व्यवस्था हमने कर दी है। सम्राट् आश्वस्त रहें। तुरंत सभी से आज्ञा ले सम्राट् शयन-कक्ष में चले गए।

यात्रा के श्रम से अत्यंत थकित होने पर भी सम्राट् शय्या पर पर्याप्त समय तक करवटें बदलते रहे और अनेक संकल्प विकल्पों में बहुत देर तक जगते रहे। वे सोच रहे थे 'कितनी पावन है मिथिला की भूमि, जहाँ जगज्जननी भगवती सीता ने जन्म ग्रहण किया था। कितने त्यागी और निःस्पृह होंगे राजा जनक, जिनके कारण आज भी मिथिला का गणतंत्र विदेह गणतंत्र के नाम से सारे भारत में प्रसिद्ध है।' सम्राट् मन-ही-मन उस पवित्र भूमि के प्रति नतमस्तक हो उठे। इन्हीं विचारों के साथ न जाने कब उन्हें निद्रा ने अपने अंक में समेट लिया।

यद्यपि मार्ग-श्रम की थकान के कारण वे आज गहरी निद्रा में सोये, किंतु प्रातः सूर्योदय से पूर्व ही उन्मीलित नयन हो, शय्या त्याग यात्रा पर चलने के लिए सन्नद्ध हो गए। उन्होंने शक्तिदेव को आज्ञा दी कि आगे की यात्रा पर प्रस्थान किया जाए। उसी समय द्वारपाल ने सम्राट् को सूचित किया कि उपगणपति वत्सनाभ सेवा में उपस्थित होना चाहते हैं।

वत्सनाभ ने सम्राट् को सूचित किया, 'अश्व वाहनों में सारे दल के लिए तीन दिन के पाथेय का पूरा प्रबंध कर दिया गया है। मिथिला का जो सैनिक दल सम्राट् के साथ जा रहा है, उस दल का सेनानायक शंखदत्त एक कुशल सेनानायक है और उपगिरि कांतार के मार्गों और वहाँ की समस्याओं से पूर्ण परिचित है। उपगिरि कांतार किरातों का प्रदेश है, जो अवसर पाते ही घात लगाकर सार्थवाहों और यात्रियों पर आक्रमण कर देते हैं, किंतु मिथिला का दल उन समस्याओं के प्रति पूर्ण सजग है।'

यहाँ से यात्रा पूर्व दिशा की ओर थी। उपगणपति वत्सनाभ नहीं चाहते थे कि यात्रा में औपचारिकताओं से विलंब हो। अतः उन्होंने मिथिला के परकोट के पूर्वी द्वार के बाहर अपने अन्य गण सदस्यों के साथ सम्राट् को आगे की यात्रा पर जाने के लिए ससम्मान विदा किया। मिथिला के सैन्य दल के नेता शंखदत्त का परिचय सम्राट् से कराया गया और उसे आदेश दिया कि पूरे उपगिरि कांतार में वे किरातों के आकस्मिक आक्रमण के प्रति सावधान रहें।

□

34
उपगिरि कांतार की यात्रा

उपगिरि कांतार में इस दल को अनेक छोटी-छोटी पर्वतीय नदियों को पार करना था। ये नदियाँ हिमालय से उद्गमित हो कामरूप और बंग प्रदेशों में प्रवाहित होती थीं। अंत में भगवती भागीरथी अथवा ब्रह्मपुत्र की पावन धाराओं में विलीन हो जातीं। प्रदेश पर्वतीय होने के कारण इनकी धाराओं का प्रवाह तीव्र था और किसी भी पदाति पथिक के लिए इन्हें पार करना कठिन था। किंतु सार्थवाहों की सुविधा के लिए पूर्वी प्रदेशों—प्राग्ज्योतिषपुर, कामरूप, मणलूर और त्रिपुर राज्यों के राजाओं ने इन पर प्रस्तर सेतुओं का निर्माण करा दिया था, जिससे व्यापार में व्यवधान न हो। गणराज्यों, जनपदों एवं साम्राज्यों की उन्नति और समृद्धि व्यापार पर ही अधिक निर्भर थी। अत: राज्य स्वयं ही व्यापारिक मार्गों के निर्माण, उनकी सुरक्षा और यात्रियों की सुविधाओं का ध्यान रखते थे।

उस वन्य प्रदेश में राजमार्ग तो उपलब्ध नहीं थे, केवल सहस्राब्दियों से प्रयुक्त वे ही परंपरागत मार्ग थे, किंतु रथ इन पर यात्रा कर सकते थे। स्थानीय राजाओं ने यात्रियों और सार्थवाहों की सुविधा के लिए कहीं-कहीं यात्री निवासों का भी निर्माण करा दिया था, जहाँ सीमित संख्या में सैनिक भी नियुक्त रहते थे।

प्रात:काल सम्राट् की यात्रा प्रारंभ हुई। पूर्व की ओर विदेह गणराज्य की सीमा तक राजमार्ग की सुविधा उपलब्ध थी। वहाँ वज्जिगण का सीमांत दुर्ग भी था, जहाँ रात्रि निवास करना पूर्व निश्चित था। विदेह गणपति की ओर से दुर्गपाल को पहले ही सूचना प्राप्त हो चुकी थी। अत: सम्राट् और उनके दल के विश्राम के लिए सारा प्रबंध किया जा चुका था। मार्ग में वृषाका नदी थी। इसमें जल कम था, किंतु स्वच्छ था। वहाँ मध्याह्न का भोजन और अश्वों को चारा खिलाने के उपरांत सायं यात्रा मिथिला के सीमांत दुर्ग पहुँची।

रात्रि विश्राम के अनंतर द्वितीय दिवस प्रात: ही आगे की यात्रा प्रारंभ हुई, जो कि वन्य जंतुओं और किरातों के कारण अधिक सुगम नहीं थी, किंतु शंखदत्त और शक्तिदेव दोनों ही जागरूक थे। मार्ग सुगम न होने के कारण यात्रा की गति धीमी थी। सहसा कुछ

सैनिकों ने मार्ग में एक वन्य गजों का विशाल समूह देखा। उन्होंने अपने नायकों को इसकी सूचना दी। उपगिरि कांतार का वह भाग घने वृक्षों से आच्छादित था। अत: गजों की संख्या बहुत थी। यह गज कभी-कभी गाँवों में आकर उत्पात भी मचा देते थे और जान और माल दोनों की अत्यधिक क्षति का कारण बन जाते थे। यही कारण था कि यहाँ आसपास किरातों की बस्तियाँ केवल नाम मात्र को ही थीं।

यात्रा को कुछ समय के लिए रोक दिया गया। गजों के आक्रमण का भय था। सभी शांत खड़े हो गए, किंतु कुछ अश्वों के हिनहिनाने के कारण वन्य गजों के कान खड़े हो गए और वे चिंघाड़ने लगे। सभी गज भयानक हो उठे और दल की ओर दौड़े। सैनिक पूर्ण सावधान थे। सभी के पास विशाल शल्य थे। चिंता सैनिकों को अपनी नहीं थी, किंतु पाँचों रथों, सम्राट् एवं मुनियों की रक्षा की थी। हाथियों के पास आते ही सैनिकों ने पार्श्वों से उन पर शल्य प्रहार किए। इन आकस्मिक प्रहारों की वेदना से आगे का हस्ति समूह इतना विचलित हुआ कि वे इधर-उधर दौड़ने लगे। किंतु इनमें से कुछ भयानक आक्रमण की मुद्रा में थे। विदेह के सैनिकों को ऐसे आक्रमणों का अनुभव था। अत: उन्होंने लंबे-लंबे खड्गों से उनकी सूँड़ों पर प्रहार किए। गजों के दल का पलायन प्रारंभ हो गया।

आगे कुछ योजनों के उपरांत किरातों की बस्तियाँ मार्ग के उभय पार्श्वों में फैली थीं। किंतु जनसंख्या घनी नहीं थी। किरातों ने पाथेय से भरे अश्व वाहनों और रथों को देख अनुमान लगा लिया कि यह कोई सार्थवाह है और सार्थवाह का स्वामी कोई अत्यंत धनी श्रेष्ठी है, जो रथों में चलता है। इससे पूर्व उन्होंने सार्थवाहों के साथ रथों को कभी नहीं देखा था। उनके सरदार करालदंत का गाँव लगभग एक योजन था। कुछ किरातों ने तीव्र गति से जाकर उसको सार्थवाह की सूचना दे दी। कुछ किरात वृक्षों की आड़ में छिपकर चलने लगे। वे दुर्गम वन यात्रा के अभ्यस्त थे, उन्होंने आक्रमण नहीं किया, क्योंकि उनकी संख्या पर्याप्त नहीं थी।

सूर्यास्त से पूर्व ही यात्रा को एक पर्वतीय नदी के तट पर रोक दिया गया। वहाँ नदी पर एक प्रस्तर सेतु भी था और एक विश्राम गृह भी। सम्राट् और मुनियों का उचित प्रबंध कर दिया गया। शिविर के चारों ओर सशस्त्र सैनिकों को पहरे पर नियुक्त कर दिया। सभी को ज्ञात हो चुका था कि कुछ किरात उनका पीछा कर रहे हैं। मध्य रात्रि पर्यंत वत्स के सैनिकों को पहरा देना था और उसके उपरांत शंखदत्त के सैनिकों को। प्रात:काल के समय आक्रमण का संदेह था। सैनिकों को भलीभाँति जागरूक कर दिया गया था। वहाँ रात्रि बिना किसी घटना के व्यतीत हुई।

प्रात:काल का समय था। उदीयमान सूर्य की रश्मियों से सारा अरण्य प्रांत अरुणिम हो उठा। पक्षियों के कलरव से एक-एक वृक्ष संगीतमय सा दिखता। दृश्य मनोरम था। पर्वतों के ढलान पुष्पों के बाहुल्य से रंगीन लगते। सभी ने आह्निक क्रियाएँ संपन्न कीं।

दोनों ही सेनानायक प्रतिक्षण जागरूक थे।

आगे की यात्रा प्रारंभ हुई। दिन का प्रकाश चारों ओर फैला था। कहीं-कहीं किरातों की बस्तियाँ दृष्टिगोचर हो जाती थीं। किरातों के सरदार करालदंत को सूचना प्राप्त हो चुकी थी कि कोई धनी सार्थवाह पूर्व की ओर यात्रा पर है। अत: उसने सेवकों को किरातों को दलबद्ध करने का आदेश भी दे दिया था।

आसपास के गाँवों से लगभग चार-पाँच सौ किरातों को एकत्र किया गया और उसने एक निश्चित स्थान पर जहाँ वन सघन और दुर्गम थे, सम्राट् के दल पर आक्रमण करने की योजना बना ली। उसने अपने दल को उसी स्थान पर एकत्र हो छिपने का आदेश दिया, किंतु वृक्षों की ओट में छिपकर चलते किरातों को देखकर शंखदत्त उनकी योजना को समझ गया और उसने सैनिकों को सावधान भी कर दिया। मध्याह्न के समय जब सूर्यदेव सिर पर थे, दल ने एक नदी को पार किया, मध्याह्न भोजन किया और आगे की यात्रा प्रारंभ की। शंखदत्त को ज्ञान था कि वन्य प्रांत का वही स्थान था, जहाँ किरात आक्रमण कर सकते थे। अत: उसने शक्तिदेव को सावधान कर दिया था।

यहाँ मार्ग अधिक सुचारु नहीं था। पहाड़ी मार्ग था। यात्रा की गति धीमी थी। वन भी घना था। करालदंत इसी स्थान पर आक्रमण करने की योजना पहले ही बना चुका था। उसने अपने दल के कुछ किरातों को आगे मार्ग अवरुद्ध करने का आदेश दिया। उन्होंने कटे वृक्षों और झाड़ियों से मार्ग में अवरोध खड़े कर दिए। करालदंत ने पचास किरातों के एक दल को पीछे से आक्रमण करने के लिए नियुक्त कर दिया था। शेष किरातों के दल उभय पार्श्वों में वृक्षों की पंक्तियों में छिपकर दल के साथ आगे बढ़ रहे थे। शंखदत्त की दृष्टि ने सभी कुछ भाँप लिया था। अत: सारे सैनिक सावधान थे।

हरावल में शंखदत्त के ही सैनिक थे। उन्होंने आगे के मार्ग को वृक्षों से अवरुद्ध देखा। वे विषम परिस्थिति को भाँप गए। शंखदत्त ने दस अश्वारोहियों को सामने मार्ग की बाधाओं को हटाने का आदेश दिया। किंतु तत्क्षण किरातों के आक्रमण के स्वर सुनाई देने लगे। सभी दो सौ सैनिक जागरूक थे। सम्राट् स्वयं भी सावधान थे। उन्होंने अपने शल्य और खड्ग सँभाले। उन्हें दोनों मुनियों की चिंता अधिक थी। सभी ओर से किरातों के दल ने तीरों की वर्षा प्रारंभ कर दी, किंतु उनके तीर सैनिकों के कवचों और शिरस्त्राणों से टकराकर व्यर्थ होने लगे।

करालदंत ने तुरंत समझ लिया कि सैनिक कवचों और शिरस्त्राणों से सुसज्जित हैं। उसे अपनी भूल का ज्ञान होने लगा कि वे सार्थवाह के सैनिक नहीं, किंतु किसी सम्राट् के सैनिक हैं। उसने सैनिकों पर शल्य और खड्गों से आक्रमण की आज्ञा दी। सम्राट् के दल के सैनिक तो चाहते ही थे कि किरात उनके समीप आकर आक्रमण करें। सैनिकों ने चारों ओर से सम्राट् एवं मुनियों के रथों को अपने घेरे में ले लिया। किरातों के पास आने

पर दोनों ओर से सीधे शस्त्र प्रहार होने लगे।

सैनिक अश्वों पर थे और शिरस्त्राण एवं कवचों से सुसज्जित थे तथा शस्त्रों के प्रयोग में वे किरातों की अपेक्षा अत्यधिक कुशल भी थे। उनके प्रहारों से किरात घायल होकर एवं मरकर भूमि पर गिरने लगे। सैनिकों पर किरातों के प्रहार का कोई प्रभाव नहीं हो रहा था।

अब तक अनेक किरात अपने प्राण गवाँ चुके थे। अपने साथियों के शवों को देखकर करालदंत क्रोधाभिभूत हो उठा और कुछ साथियों के साथ शल्य ले सम्राट् के रथ की ओर दौड़ा, किंतु शक्तिदेव एवं सम्राट् दोनों ही सावधान थे और सम्राट् के रथ के समीप पहुँचने से पूर्व ही शक्तिदेव और सम्राट् के शल्य करालदंत के वक्षस्थल को बेधकर उसकी पीठ की ओर निकलते दिखाई दिए और वह चीत्कार कर भूमि पर गिर पड़ा।

सम्राट् के अंगरक्षकों ने आसपास के किरातों पर आक्रमण किया, किंतु करालदंत के मरते ही उन्होंने पलायन प्रारंभ कर दिया। उन्होंने सोचा भी नहीं था कि कोई सार्थवाह इतना शक्तिशाली हो सकता था। वहाँ का सारा स्थान मृतकों और घायलों से भर गया। कम-से-कम एक चौथाई किरात या तो घायल थे या मृत पड़े थे। घायल किरात चीत्कार कर रहे थे, किंतु उनके साथी पास आने का साहस नहीं जुटा पा रहे थे। सम्राट् के सैन्य दल की किसी प्रकार की क्षति नहीं हुई। कुछ सैनिकों को घाव अवश्य लगे थे। उनके घावों पर तुरंत औषधियों का प्रयोग कर उनका उपचार कर दिया गया। शंखदत्त ने सैनिकों को आगे चलने की आज्ञा दी और घायल और मृत किरातों को छोड़ यात्रा आगे बढ़ी।

सूर्यास्त में अधिक समय नहीं था। अत: यात्रा की गति तेज की गई। एक योजन चलकर कुछ खुला स्थान मिला। वहाँ शुद्ध जल की एक पर्वतीय सरिता भी तीव्र गति से प्रवाहित थी, जिसकी लहरों की कल-कल से सारा वायुमंडल निनादित हो रहा था। यहाँ ही आज विश्राम का निश्चय किया गया।

यद्यपि किरातों की अपार क्षति हो चुकी थी और उनमें आक्रमण करने का साहस न था, किंतु फिर भी रात्रि को पूर्ण जागरूक रहना था। किरात भी सैनिकों की शक्ति को समझ गए थे। यह सारा प्रदेश किरात प्रदेश था। इन वन्य जातियों के पास आजीविका के कोई विशेष साधन उपलब्ध न थे। वनों से लकड़ियाँ काट गधों और खच्चरों पर ले जाकर आसपास के प्रदेशों में बेचते थे। यह काष्ठ विक्रय ही इनकी जीविका का साधन था। जहाँ वनों की कटाई कर दी गई थी, वहाँ उन्होंने कुछ कृषि कर्मांत भी बना लिये थे। किंतु वे जीविकोपार्जन के लिए अपर्याप्त साधन ही थे।

इस स्थान पर उत्तर पूर्वी राज्यों की ओर से सार्थवाहों की सुविधा के लिए प्रस्तर सेतु भी था। यह स्थान शिविर लगाने के अनुकूल था। शिविर लगा दिया गया। आज की घटना के कारण दोनों ही सेनानायक जागरूक थे। सैनिकों को बारी-बारी से विश्राम का समय दिया गया, किंतु सारे सैनिकों को आदेश था कि वे कवच और शिरस्त्राण पहने हुए

तथा अपने शस्त्रों के साथ ही विश्राम करेंगे। सैनिकों को भोजन करा दिया गया। कुछ ने प्रहरियों का कार्य किया और कुछ ने विश्राम। दोनों सेनानायक आज जगते रहे। वे बार-बार प्रहरियों को सावधान करते, जिससे वे आलस्य में सो न जाएँ।

सम्राट् का प्रबंध विश्रामालय के एक कक्ष में कर दिया गया। एक अन्य कक्ष में मुनियों के रुकने की व्यवस्था की गई। शक्तिदेव ने विश्वस्त प्रहरियों को सम्राट् की सुरक्षा के लिए नियुक्त कर दिया। सम्राट् आज की घटना से क्षुब्ध थे, किंतु उनके लिए यह सामान्य बात थी। उन्होंने अनेक युद्धों में भाग लिया था और स्वयं भी इससे भी अधिक कारुणिक दृश्यों के सहभागी रह चुके थे।

रात्रि निर्विघ्न समाप्त हुई। प्रातःकाल सूर्योदय से पूर्व जगकर सम्राट् ने दैनिक क्रियाएँ कीं। दृश्य चारों ओर सुंदर था। चारों ओर की पर्वत शृंखलाएँ घास से ढकी थीं। पर्वतों के ढलानों पर सूर्य की रश्मियों की आभा छिटक रही थी। आँखें देखते न अघातीं। दिशाएँ शांत थीं, केवल पक्षियों का कलरव शांति को भंग कर रहा था, जो कानों को संगीत के स्वर सा लगता। सरिता का जल भी शांत एवं स्वच्छ था। प्रातःकाल की सूर्यरश्मियों में उसकी रंगीन लहरें नृत्य करती जैसी प्रतीत हो रही थीं। वे सोच रहे थे, कितनी सुंदर है प्रकृति। किंतु भाग्य कितना निष्ठुर है मानव के प्रति।

सम्राट् प्रातःकाल की छटा देखने में निमग्न थे। इस समय अब किरातों का भी भय नहीं था। सैनिकगण नदी में स्नान कर अपनी थकान और रात्रि को पूर्ण विश्राम न मिलने के कारण, जो आलस्य था उसे मिटा रहे थे। कुछ सैनिक प्रहरियों का कार्य करने के लिए नियुक्त थे। शंखदत्त ने बताया कि आज मध्याह्नोपरांत उपगिरि कांतार की उनकी यात्रा समाप्त हो जाएगी।

सभी सैनिक स्नान भोजन आदि में व्यस्त हो गए। सम्राट् प्राकृतिक सौंदर्य का आनंद लेने नदी तट पर पहँच गए। यकायक सम्राट् ने देखा कि एक मृग उनकी ओर छलाँगें भरता आ रहा था और उसके पीछे था एक व्याघ्र। विचारों एवं भावनाओं में निमग्न सम्राट् को अधिक सोचने का समय न था। बिना सोचे ही अकस्मात् एक जन्मजात प्रवृत्ति की भाँति उनका हाथ उठा और विद्युत् की भाँति अति तीव्र गति से उनके द्वारा किए गए शल्य प्रहार से व्याघ्र घायल हो भूमि पर तड़पने लगा। सम्राट् का शल्य उसके कंठ में होकर पार हो गया था। मृग वन में विलीन हो गया। व्याघ्र को मारने से सम्राट् का मन खिन्न सा हो गया।

कुछ ही समय में यात्रा प्रारंभ हुई। मार्ग में किरातों की बस्तियाँ थीं। किंतु वे अश्वारोही सैनिकों के दल को देख स्वयं छिप जाते। यात्रा निर्विघ्न चलती रही। मध्याह्नोपरांत यात्रा वन्य प्रदेश को पार कर एक खुले स्थान पर पहुँच चुकी थी। आगे कृषि कर्मांत दूर-दूर तक फैले दिखाई दे रहे थे। मार्ग भी सुविधाजनक थे। कुछ ही समय में यात्रा एक अति सुरम्य स्थान पर आ पहुँची। यह स्थान हर दृष्टि से उपयुक्त था। पास ही परमपावन

श्रवंतिनी की धारा प्रवाहित थी। इसका जल अति स्वच्छ और पारदर्शी था। उसके तल में एकत्र बालुका कण तक स्पष्ट देखे जा सकते थे। कुछ ही दूरी पर एक स्वच्छ जल का जलाशय भी था, जिसमें एक पर्वतीय झरने का जल एकत्र होता था और एक उपकुल्या द्वारा श्रवंतिनी में प्रवाहित हो जाता था।

तीन दिन की अनवरत श्रमपूर्ण यात्रा के उपरांत संपूर्ण सैन्य दल अति श्रांत था। श्रांति की उभरती रेखाएँ केवल मानव आकृतियों पर ही नहीं थीं, वरन् अश्वों के नेत्रों एवं विनत पलकों से भी स्पष्ट हो रहा था कि वे भी थकित थे। नदी पर एक प्रस्तर सेतु भी था और एक विश्रामालय भी था। किरातों की भूमि भी समाप्त थी। स्थान भी निरापद था। अत: इसी स्थान पर सम्राट् ने शिविर लगाने का आदेश दिया।

सम्राट् के आने का समाचार सुन समीपवर्ती ग्रामीण क्षेत्र से जन समुदाय की एक अच्छी खासी भीड़ एकत्र होने लगी। कुछ श्वेतकेशी वृद्धजनों ने सम्राट् के पास आ अभिवादन कर उनका स्वागत किया और करबद्ध प्रार्थना की कि यदि कोई आवश्यकता हो तो उन्हें सेवा का अवसर प्रदान किया जाए।

श्रवंतिनी के विषय में उन वृद्धजनों ने सम्राट् को बताया कि उसका उद्‌गम स्थान परम पावन कैलाश पर स्थित मानसरोवर है, जिसका अविर्भाव स्वयं ब्रह्माजी की इच्छाशक्ति से हुआ था। इसीलिए इस पौराणिक महत्त्व के सरोवर की मानस सरोवर के नाम से भी प्रसिद्धि थी। वह सदा द्रवित हिमजल से परिपूर्ण रहता था। इसी मानसरोवर के तट पर कैलाश के पावन शैल शिखर पर जगज्जननी शैलात्मजा पार्वती और भगवान् शंकर का सनातन निवास स्थल था। उसी मानसरोवर में माँ पार्वती एवं भगवान् शिव नित्य प्रात: स्नान करते थे। अत: श्रवंतिनी का जल अति पवित्र माना जाता है और इस सरिता के तट पर स्थित प्रत्येक स्थान पवित्र तीर्थस्थल बन चुका है। उन वृद्धजनों ने सम्राट् को यह भी बताया कि वहाँ भागीरथी की भाँति ही श्रवंतिनी की पूजा-अर्चना होती थी। समीपवर्ती प्रदेशों से ही नहीं, वरन् सुदूर प्रांतों से भी तीर्थ यात्री वहाँ स्नान करने आते थे। जन समुदाय का ऐसा विश्वास था कि उस नदी की पवित्र धारा में स्नान का फल अक्षुण्ण होता था। कुछ योजनों की दूरी पर ही इसकी धारा अपनी ज्येष्ठ भगिनी स्वरूपा पावन ब्रह्मपुत्र में विलीन हो जाती थी। सम्राट् मन-ही-मन श्रद्धा से उस पुण्यतोया के प्रति श्रद्धावनत हो गए।

द्वितीय दिवस प्रात: ब्रह्म बेला में सम्राट् ने श्रवंतिनी में स्नान किया। अर्चना-पूजा कर ब्रह्मणों को दान दिए, सैनिकों ने भी स्नान किया। रात्रि के विश्राम से सभी अब अश्रांत अनुभव कर रहे थे। सम्राट् को गंतव्य पर पहुँचने की आतुरता थी। अत: उन्होंने शक्तिदेव को आगे की यात्रा पर प्रस्थान का उपक्रम करने की आज्ञा दी। शंखदत्त को पंचाशत स्वर्ण मुद्राएँ और उसके दल के सैनिकों में से प्रत्येक को दस-दस स्वर्ण मुद्राएँ पारितोषक के रूप में प्रदान कर मिथिला वापस जाने की आज्ञा दी। शंखदत्त ने बताया कि वे अब

वैशाली के मार्ग से ही मिथिला जाएँगे, क्योंकि पहला मार्ग अब निरापद नहीं था। उसी मार्ग से जाने पर पुन: किरातों के साथ संघर्ष की आशंका थी। वैशाली का मार्ग निरापद भी था और सुगम भी। उस प्रदेश से अनेक सार्थवाह प्राय: वैशाली जाते रहते थे। सम्राट् ने शंखदत्त की योजना को स्वीकार कर लिया और उसके दल को विदा किया।

उसी समय सर्पाजीविक ने सम्राट् के समक्ष उपस्थित हो निवेदन किया कि वहाँ से आगे के मार्ग से वह पूर्णरूपेण परिचित था और यहाँ से उसके ग्राम नागपत्तन की दूरी केवल एक दिन की सुगम यात्रा थी और वहाँ से केवल एक योजन की दूरी पर ही उस नीलाक्ष दिव्याकृति किशोर से उसकी भेंट हुई थी, जिसने उसे स्वर्ण कंकण उपहार के रूप में दिया था। उसने सम्राट् से आग्रह किया कि अब सर्वप्रथम उसके पैतृक गाँव नागपत्तन चलने की कृपा की जाए। सम्राट् ने उसकी योजना को स्वीकार कर लिया।

वहाँ से आगे की यात्रा अत्यंत सुगम थी। मार्ग में दो या तीन नदियों को पार करना था, किंतु कोई कठिनाई सामने नहीं आई; क्योंकि सभी नदियों पर प्रस्तर सेतु बने थे। मार्ग में एक नदी के तट पर मध्याह्न विश्राम कर उसी दिन सायंकाल से पूर्व ही यात्रा सर्पाजीविक के पैतृक गाँव नागपत्तन पहुँच गई। गाँव के पास ही शुद्ध एवं स्वच्छ जल की एक लघु सरिता आस्तिका प्रवाहित थी। रात्रि निवास के लिए जल का साधन अत्यंत आवश्यक था। अत: ग्राम के समीप एक रमणीक स्थान पर नदी तट पर ही रात्रि निवास की व्यवस्था की गई। शिविर लगा दिए गए। यह स्थान कुछ ऊँचाई पर था और हर दृष्टि से उपयुक्त था।

सम्राट् के आने का समाचार सुन उस ग्राम के सभी व्यक्ति कुतूहलवश वहाँ एकत्र होने लगे। सर्पाजीविक ने गाँव के सम्मान्य वृद्ध पुरुषों से सम्राट् का परिचय कराया। सभी ने सम्राट् का अभिवादन कर उनका स्वागत किया। सभी विशेष प्रसन्न थे और सर्पाजीविक की कथा सुन उसके भाग्य की सराहना कर रहे थे।

सम्राट् ने महर्षि जमदग्नि को अपने आने की पूर्व सूचना दिए बिना आश्रम जाना उचित नहीं समझा। तरुण तपस्वियों से सम्राट् को यह ज्ञात हो गया था कि उन्होंने वहाँ से आगे आश्रम का मार्ग देखा था। उन्होंने सम्राट् को यह भी बताया कि उस स्थान से आश्रम की दूरी लगभग दो योजन थी। अत: सम्राट् ने यही उचित समझा कि उन मुनियों को रथ के द्वारा आश्रम भेज दिया जाए, जिससे वे महर्षि को उनके आने की यथासमय पूर्व सूचना दे सकें। सायंकाल हो चुका था। अत: उस रात तो वहाँ निवास करना ही था।

सर्पाजीविक अति प्रसन्न था। वह सभी को अपनी कहानी सुनाता और वे जिज्ञासापूर्वक सुनते। सभी अत्यंत उल्लसित थे। रात्रि का भोजन सभी ग्रामवासियों को सम्राट् की ओर से वितरित किया गया। गाँव के वृद्धजनों ने सम्राट् का आभार व्यक्त किया और सम्राट् से प्रार्थना की कि उस गाँव के तरुण और तरुणियाँ सम्राट् के मनोरंजन के लिए लोक नृत्य और संगीत का आयोजन करना चाहते हैं। सम्राट् की मानसिक दशा कुछ व्यग्र थी,

क्योंकि आज वे अपने गंतव्य के समीप पहुँच चुके थे और अब राजमहिषी एवं राजकुमार से भेंट करने में केवल कुछ घंटों का समय ही शेष था। वे दिनभर की यात्रा से श्रांत भी थे।

सम्राट् बड़े सदय हृदय थे। अत: अनिच्छा होते हुए भी वृद्धजनों के आग्रह को स्वीकृति प्रदान कर दी। इस गाँव के सभी व्यक्ति सर्पाजीविक थे। अत: सभी निर्धन ही थे, क्योंकि सर्पों का प्रदर्शन कर वे केवल अपनी जीविका मात्र ही अर्जित कर सकते थे। यह प्रदेश नाग प्रदेश के नाम से ही प्रसिद्ध था और नागजातियाँ ही यहाँ निवास करती थीं। इसीलिए नहीं कि इस गाँव के व्यक्ति सर्पाजीविक थे, वरन् यहाँ पर्वतीय (नाग) जातियों का निवास था।

अपने सहज सुलभ परंपरागत सामान्य वस्त्रों में तथा पक्षियों के पंखों से बने शिरोभूषण पहन युवक और युवतियों के दलों ने सामूहिक नृत्य और संगीत के कार्यक्रम प्रारंभ किए। कुछ व्यक्ति मृदंग पर ताल लगा रहे थे और कुछ प्रौढ़जन सर्पों को रिझाने वाले अपने बीन बजा रहे थे। लगभग दो प्रहर रात्रि के व्यतीत होने तक उनके कार्यक्रम चलते रहे। यद्यपि सम्राट् को उनके कार्यक्रम में कोई रुचि नहीं थी, किंतु फिर भी वे इतने सदय थे कि उन विवश निर्धनों को खिन्न नहीं करना चाहते थे और अनिच्छा होते हुए भी उनके कार्यक्रमों को देखते रहे। इसके उपरांत श्रांत होने के कारण सभी को विश्राम की आज्ञा दी, केवल प्रहरीगण ही जाग्रत् रहे।

□

35
पिता-पुत्र भेंट

प्रातःकाल सभी ने आस्तिका में स्नान किया। मुनियों को दान से प्रसन्न कर एक रथ के द्वारा महर्षि के आश्रम प्रेषित कर दिया गया। सम्राट् ने कुछ अंगरक्षकों, शक्तिदेव और सर्पाजीविक के साथ उदयगिरि कांतार के उस स्थान विशेष की ओर प्रस्थान किया, जहाँ सर्पाजीविक की उस किशोर से भेंट हुई थी, जिसने उसे स्वर्ण कंकण उपहार के रूप में प्रदान किया था।

सम्राट् ने स्यंदनों को शेष दल के साथ आस्तिका के तट पर ही छोड़ दिया, केवल अश्वों पर ही आज की यात्रा की। एक घंटे के अल्प समय में ही सर्पाजीविक सम्राट् को ले उस स्थान पर पहुँच गया, जहाँ उसकी किशोर उदयन से भेंट हुई थी। वहाँ सम्राट् कुछ समय तक शांत हो, न जाने क्या सोचते रहे ? वे अत्यंत भाव-विह्वल थे। विचार तंत्र भग्न होने पर आश्रम की ओर चलने का निश्चय किया।

आज गुरुवार होने के कारण आश्रम के विद्यालय के अवकाश का दिन था। उदयाद्रि कांतार का यह भाग ही अधिकतर उदयन की क्रीड़ास्थली था। हाथियों से उसे बहुत प्रेम था और वन के इस प्रांत में हाथियों का बाहुल्य था। आज भी वह अपनी गजमोहिनी वीणाघोषवती और मंत्र के बल से एक हाथी को सम्मोहित कर और उस पर आरूढ़ हो प्राकृतिक सौंदर्य का आनंद ले रहा था।

सम्राट् और उनके दल ने धीरे-धीरे आश्रम की ओर प्रस्थान किया। लगभग अर्द्धयोजन पर्यंत यात्रोपरांत सहसा वीणा के झंकृत तारों के एक दिव्य संगीत का स्वर उन्होंने सुना, जो उनके कर्ण रंध्रों को भेद तत्क्षण उनके हृदय के अंतरतम को छूने लगा। सभी मंत्रमुग्ध हो स्वतः ही उस दिव्य स्वर का अनुसरण करने लगे। उन्हें ऐसा प्रतीत हुआ मानो उनके अश्व भी स्वयं मंत्रमुग्ध हो उस दिव्य स्वर का अनुसरण कर रहे हों। सभी अत्यंत विस्मित और अवाक् थे। सभी कान लगाकर सुनने और यह जानने का प्रयत्न करने लगे कि वह दिव्य स्वर कहाँ से प्रस्फुटित हो रहा था। जिज्ञासा शांत होने की अपेक्षा और अधिक बढ़ती

जा रही थी। स्वर स्वयं उन्हें अपनी ओर आकर्षित कर रहा था, किंतु ऐसा कोई व्यक्ति दिखाई नहीं देता था, जो वीणा के तारों को छेड़ रहा हो, किंतु फिर भी वीणा के तारों का दिव्य स्वर उनको दिव्य आनंद की अनुभूति करा रहा था। सभी मंत्रमुग्ध हो, उस दिव्य स्वर के साथ चले जा रहे थे।

थोड़ी दूर आगे चलकर सम्राट् और उनके दल ने अपनी सहज गति से जाता एक वन्य गजों का दल देखा। सम्राट् जानते थे कि वन्य गजों का दल अनियंत्रित होता है और वह उनके दल पर आक्रमण कर सकता है, किंतु उनको अपने अश्वों की तीव्र गति पर विश्वास था। वे जानते थे कि वह हस्तिदल उनके अश्वों को कोई हानि नहीं पहुँचा सकता था। उनके अश्वों की गति भी वायु वेग से कम न थी। कुछ ही क्षणों में उनके अश्व वन्य गजों के साथ चलने लगे। अब सभी को स्पष्ट होने लगा कि वीणावादन का मधुर स्वर उसी हस्तिदल की ओर से आ रहा था। उस हस्तिदल का नायक एक विशाल वन्य गज था, जो सबसे आगे था और अन्य गज उसके पीछे मंत्रमुग्ध से चले जा रहे थे।

सहसा सम्राट् को सामने मार्ग में एक विशालकाय व्याघ्र दिखाई दिया। हस्तिदल को देख वह क्रोध एवं आक्रमण की मुद्रा में गर्जन करने लगा। सम्राट् उसकी मुखाकृति को देख समझ गए कि वह आक्रमण की मुद्रा में था। तत्क्षण उन्होंने अपना विशाल लौह-शल्य ले व्याघ्र पर लक्ष्य संधान किया। वे शल्य-प्रहार करने ही वाले थे कि एक गंभीर स्वर सुनाई दिया, 'नहीं भद्र पुरुष, व्याघ्र पर शल्य प्रहार से तत्काल विरत हों। महर्षि का अनुलंघनीय आदेश है कि आश्रम के पास किसी भी वन्य पशु का वध न किया जाए। व्याघ्र वध से अनर्थ होगा।'

सम्राट् ने देखा सबसे आगे चलते हुए विशालकाय गज पर बैठा एक चतुर्दश वर्षीय किशोर साधिकार गंभीर शब्दों में व्याघ्र पर आक्रमण न करने का आदेश दे रहा था। वे आश्चर्य से भर उठे। अभी कुछ क्षणों पूर्व हाथी पर कोई आरूढ़ न था। सहसा वह किशोर वहाँ कैसे आ गया। क्या वह कोई मानव किशोर न होकर देव जाति का किशोर था। सम्राट् ने कहा—

'किशोर, एक सम्राट् को इन अवज्ञापूर्ण शब्दों में आदेश देने वाले तुम कौन हो? तुम्हारा क्या परिचय है?'

उसी समय सम्राट् ने देखा कि व्याघ्र बिना आक्रमण किए ही वहाँ से चला गया। संभवत: इस प्रकार का गर्जन करना उसका जन्मजात स्वभाव था।

किशोर ने उत्तर दिया, 'हे भद्र पुरुष! आपके वचनों से इतना तो मैं समझ ही गया हूँ कि आप अवश्य आर्यावर्त के किसी जनपद के सम्राट् हैं। किंतु यहाँ तो परमपूज्य महर्षि जमदग्नि का आदेश ही सर्वमान्य है। उन्हें तपस्या के बल पर प्राप्त दैवी शक्तियाँ और सिद्धियाँ किसी भी सम्राट् की सांसारिक शक्तियों की अपेक्षा कहीं अधिक श्रेष्ठ हैं। उन्हें

निश्चय ही अनेक दिव्य शक्तियाँ प्राप्त हैं।'

'हाँ किशोर, महर्षि की अलौकिक शक्तियों से मैं अपरिचित नहीं हूँ। उनके समक्ष अपनी शक्तियों के बखान करने की धृष्टता मैं कभी नहीं कर सकता। मैं स्वयं भी उन्हीं के दर्शनों की लालसा से सैकड़ों योजन की लंबी यात्रा तय करके यहाँ आया हूँ। वे परम श्रद्धा के पात्र हैं।'

उसी क्षण उस किशोर ने उस विशालकाय हाथी को भूमि पर बैठने का संकेत किया। सम्राट् ने देखा कि वह विशाल गज उस किशोर का कितना आज्ञाकारी था।

वह गजराज एक आज्ञापालक अनुचर की भाँति भूमि पर बैठ गया और वह किशोर उससे उतर भूमि पर खड़ा हो गया। हस्तिदल तुरंत वन की ओर चला गया मानो वे किसी दिव्य मंत्र के प्रभाव से मुक्त हो गए हों। सम्राट् और उनके अंगरक्षक भी अश्वों से उतर पदाति चलने लगे। उन्होंने अश्वों की नियंत्रण शृंखलाएँ छोड़ दीं और अश्व स्वत: ही उनका अनुगमन करने लगे।

उसी समय उस किशोर का ध्यान उस सर्पाजीविक (सँपेरे) की ओर गया और उसको चेतावनी देते हुए उस किशोर ने उससे कहा—

'सर्पाजीविक मैंने तुम्हें पहचान लिया है। क्या तुमको याद है कि मैंने ही तुम्हें माँ का स्वर्ण कंकण दिया था? यदि आज तुमने इस अरण्य प्रांत में कोई सर्प पकड़ने का साहस किया तो समझ लो तुम मेरे शल्य प्रहार का लक्ष्य बनोगे।'

सँपेरे ने क्षमा याचना की और कहा कि वह कोई साँप नहीं पकड़ेगा।

सम्राट् ने भी उस किशोर को आश्वस्त किया—

'नहीं, किशोर, आज यह कोई सर्प नहीं पकड़ेगा। यह मेरे साथ है। किंतु किशोर तुमने अपना परिचय नहीं दिया और न अपने माता-पिता का नाम ही बताया।'

'मैं केवल अपनी माँ का ही नाम जानता हूँ। उनको आश्रम में सभी गंगा-पुत्री के नाम से पुकारते हैं, किंतु उनका वास्तविक नाम मृगावती है।'

सम्राट् सभी कुछ समझ गए और प्रेम-विह्वल हो उदयन को अंकसात् करने के लिए आतुर हो उठे, किंतु अपने को नियंत्रित कर कुछ सहमे और उससे प्रश्न किया।

'क्या महर्षि ने तुम्हारे पिता के विषय में कुछ नहीं बताया?'

'नहीं, बता रहे थे समय पर अवश्य जान जाओगे। दो दिन पूर्व बता रहे थे कि शीघ्र ही मेरे पिता से मेरा परिचय होगा और मुझे एक साम्राज्य का भार वहन करना है, अत: मेरी लंबी भुजाएँ और स्कंध उसी के अनुसार, बलिष्ठ और पीन होने चाहिए।'

'क्या तुमने महर्षि के विद्यालय में शिक्षा ग्रहण की है?'

'अवश्य। यहाँ कुछ राज्यों के राजकुमार भी शिक्षा ग्रहण करते हैं। वे युद्ध की शिक्षा भी ग्रहण करते हैं। आचार्यजन उन्हीं के साथ मेरी प्रतियोगिताएँ कराते हैं और कहते हैं कि

मैं उस विद्यालय का सर्वश्रेष्ठ छात्र हूँ।'

इस प्रकार बातें करते-करते सभी आश्रम के समीप आ पहुँचे। सम्राट् ने उदयन से कहा कि क्या किसी मुनिकुमार के द्वारा वह महर्षि तक सूचना पहुँचा देगा कि वत्स सम्राट् सहस्रानीक उनके दर्शन करना चाहते हैं।

उदयन सम्राट् का परिचय सुनकर विस्मित सा उनकी ओर देखने लगा। सोचने लगा कि महर्षि के अनुसार, कहीं वे ही तो उसके पिता नहीं, किंतु शांत रहा। उसने महर्षि तक उनके आगमन की सूचना पहुँचाने का आश्वासन दिया ही था कि तत्क्षण कुछ आचार्यों के साथ महर्षि को स्वयं उसी ओर आते देखा। उदयन ने संकेत से बताया कि 'परम पूज्य महर्षि स्वयं ही इस ओर आ रहे हैं। कई आचार्यपाद भी उनके साथ हैं।'

महर्षि के पास आने पर सम्राट् ने उनको साष्टांग प्रणाम किया—'मैं शतानीक पुत्र सहस्रानीक महर्षि प्रवर के श्रीचरणों में प्रणाम करता हूँ।'

यह कहकर सम्राट् महर्षि के पैरों में गिरकर विह्वल हो उठे। अश्रुधार बहने लगी। उठना नहीं चाहते थे। महर्षि ने प्रयत्नपूर्वक उन्हें उठाया। उनकी दशा देख त्याग, तपस्या एवं ज्ञान की प्रतिमूर्ति महर्षि जमदग्नि भी धैर्य खो बैठे। यही दशा साथ में आए अन्य आचार्यों की भी थी। महर्षि ने सांत्वना दी—'सम्राट्, आप इतने धैर्यवान्, वीर और बलिष्ठ हैं, किंतु आप भी इतने अधीर, भावगलित और कोमल हृदय हैं, धैर्य धारण करें, कष्ट का समय समाप्त हुआ।' उदयन भी अवाक् था। सम्राट् ने धैर्य धारण किया। महर्षि उन्हें आश्रम में ले गए। उदयन भी साथ ही महर्षि का अनुसरण कर उनके कुटीर में आ गया।

□

36
पुनर्मिलन

महर्षि जमदग्नि की पर्णकुटी नाम मात्र से ही पर्णकुटी थी, क्योंकि इसकी छत कांस और काष्ठ विनिर्मित थी। किंतु वह एक सुविशाल एवं भव्य कक्ष था, जहाँ उनके प्रवचनों के समय आश्रम के तपस्वीगण और तापसी-वर्ग पर्याप्त संख्या में बैठ उनके प्रवचन सुन सकें। सम्राट् ने महर्षि का अनुसरण करते हुए उनकी पर्णकुटी में प्रवेश किया। सम्राट् के आगमन का समाचार सुन विद्यालय के आचार्यों के अतिरिक्त कुछ तपस्वीजन भी महर्षि की पर्णकुटी में एकत्र होने लगे। सम्राट् अत्यंत भावुक थे। महर्षि का उनके प्रति वात्सल्य उन्हें और अधिक भावुक बना रहा था। मन-ही-मन सम्राट् महर्षि के प्रति अत्यंत कृतज्ञ अनुभव कर रहे थे, किंतु उनकी वाणी कुछ भी कहने में अशक्त थी।

महर्षि ने कहा, 'सम्राट्, गत चतुर्दश वर्षों से आपकी दो अमूल्य निधियाँ मेरे पास धरोहर के रूप में थीं। आज आपको समर्पित करते हुए मैं हार्दिक संतोष का अनुभव कर रहा हूँ।'

महर्षि ने इस कथन के साथ ही उदयन का हाथ सम्राट् के हाथों में पकड़ाते हुए कहा—'यह वत्स उदयन आपके वत्स साम्राज्य की अमूल्य निधि है। इसे आपको समर्पित करते हुए मुझे हर्षातिरेक हो रहा है।' इतना कहकर महर्षि अत्यंत गद्गद हो गए। वाणी अवरुद्ध हो गई। नेत्रों में अश्रु झलकने लगे, किंतु उन्होंने भावातिरेक को संयत कर उदयन से कहा, 'प्रिय वत्स उदयन, यह वत्स सम्राट् सहस्रानीक तुम्हारे पिता हैं। आज से तुम राजकुमार उदयन के नाम से ही पुकारे जाओगे। तुम्हारा यह आश्रमवासी तापस जीवन समाप्त हुआ। किंतु आश्रम में प्राप्त शिक्षा का तुम्हें सदुपयोग करना है और यश अर्जित करना है। तुम्हारा पुनीत प्रारब्ध उत्कर्ष की प्रतीक्षा में है।'

उदयन का हाथ पकड़ सम्राट् विह्वल हो उठे और उन्हें अश्रुपात होने लगा। उनकी अश्रुधारा रुक नहीं रही थी। अन्य उपस्थित विरक्त तपस्वीजन भी सम्राट् की दशा देख भाव-विह्वल होने लगे।

चिर वियोग के अंतिम क्षणों में आज जबकि सम्राट् का पत्नी और पुत्र से मिलन हो रहा था, उनका चिर संचित वात्सल्य बाँध तोड़कर बहने लगा। वे इतने अधिक भावुक हो उठे कि उनका अधीर मन संयत होने का नाम नहीं ले रहा था। वे भावातिरेक में पुनः महर्षि के चरणों में गिर फूट-फूटकर करुण रुदन करने लगे। महर्षि जितना ही उनके मन को संयत करने का प्रयत्न करते और सांत्वना देते वे उतना ही अधिक विह्वल होने लगते।

महर्षि ने उन्हें अपनी क्षीण, किंतु विशाल बाहुओं में समेट ढाढ़स बँधाया। सम्राट् की दशा देख सभी के संयम का बाँध टूट रहा था। सभी मौन थे। वहाँ एक भी ऋषि एवं आचार्य ऐसे न थे, जिनके नेत्रों में अश्रु न छलछला रहे हों। सभी भावुक थे, सभी सम्राट् की दशा पर विस्मित हो सोच रहे थे कि एक सम्राट् जो एक विशाल साम्राज्य का कर्णधार है, कितना बलिष्ठ शरीर, भव्य व्यक्तित्व और सिंह का सा विशाल वक्षःस्थल, अनेक युद्धों का विजेता, महान् धैर्यवान और आज एक बालक की भाँति धैर्यहीन और यह करुण रुदन। किंतु सभी जानते थे उनकी इस चिर वियोगजन्य वेदना को। कितना लंबा समय और संपूर्ण परिवार से वियोग। अंततः सम्राट् भी तो मानव ही होते हैं। उनका भी हृदय होता है, भावनाएँ होती हैं, एक सामान्य जन की भाँति ही।

बड़े प्रयत्न से ही उनके नेत्रों से अविरल बरसती अश्रुधार थम सकी, किंतु जिह्वा अब भी मौन थी और वह भावातिरेक में एक भी शब्द कहने में असमर्थ थी। किंतु किशोर उदयन मौन था और कौतुकपूर्ण नेत्रों से यह सभी कुछ देख अत्यंत विस्मित था। अंततः उसका हृदय भी भावुक हो उठा, किंतु अन्य आचार्यों ने उसे शांत किया।

महर्षि ने सम्राट् को समझाया कि 'वे साम्राज्ञी के कष्टों के विषय में भी सोचें। कहाँ एक साम्राज्ञी का साधनसंपन्न राजप्रासाद का ऐश्वर्य भरा जीवन और कहाँ चौदह वर्ष का अभाव भरा तापसी जीवन और पर्णकुटी का निवास। न परिचारक और न परिचारिकाएँ। स्वयं अपने हाथों से सारा कार्य करना। तृण के बिछोने पर सोना। कितना कष्ट सहा है उस कोमलांगी बाला ने। उसे देख हृदय द्रवित होने लगता था। उसने जिया है एक निर्वासिता का सा जीवन, नितांत पतिपरित्यक्ता शकुंतला की भाँति, जिसने मरीचि पुत्र महर्षि कश्यप के आश्रम में अपने पुत्र भरत का पालन करते हुए लंबे वियोग का कष्ट भरा जीवनयापन किया था। आप पुरुष हैं। आपको धैर्य धारण करना चाहिए। शकुंतला द्वारा भरत के लालन-पालन की भाँति ही उसने उदयन का पालन किया है।'

सम्राट् ने साहस बटोरा और कहा, 'महर्षिश्रेष्ठ! वत्सराज-परिवार ही नहीं, किंतु संपूर्ण वत्स साम्राज्य सदा महर्षि का और इस आश्रम का कृतज्ञ रहेगा और कभी भी इस आश्रम के ऋण से उऋण नहीं हो सकेगा।'

'सम्राट्, मानवता के आधार पर तो हमारा कर्तव्य रानी एवं राजकुमार के पालन

के लिए था ही, किंतु यह आश्रम वत्सराज की ओर से प्राप्त दान के लिए भी वत्सराज परिवार का ऋणी है।'

रानी मृगावती ने भी सम्राट् के आने का समाचार सुना और वे भावुक हो उठीं। तापसी वेदांतिनी एवं वीणावादिनी बासंती तो हर समय उसके पास उपस्थित रहती ही थीं। महर्षि पत्नी पूर्णिमा एवं अन्य तापसी भी रानी की पर्णकुटी पर एकत्र होने लगीं। चिर वियोग के अनंतर सम्राट् के पुनर्मिलन की घड़ी आते ही रानी इतनी भावुक हो उठीं कि आँखों से अश्रुधार निरंतर बहने लगी। महर्षि पत्नी पूर्णिमा ने उनको अपनी क्षीण बाहुओं में समेट ढाढ़स बँधाया। किंतु वे और अधिक करुणार्द्र होकर रुदन कर उठीं। महर्षि की आज्ञा से सम्राट् ने उदयन के साथ रानी की पर्णकुटी की ओर गमन किया। किंतु चरण आगे बढ़ने की अपेक्षा पीछे ही लौटना चाहते थे। उनके मन की दशा दयनीय थी। वे बार-बार यही सोचते कि किस प्रकार रानी के सम्मुख जा पाएँगे। वे रानी को नहीं, किंतु स्वयं को अपराधी अनुभव कर रहे थे कि वे उनको पर्याप्त सुरक्षा प्रदान करने में असमर्थ रहे। उन्हें रानी के आग्रह को स्वीकार नहीं करना चाहिए था।

रानी की पर्णकुटी महर्षि की पर्णकुटी से अधिक दूर नहीं थी। सम्राट् उदयन और कुछ अन्य मुनिकुमारों के साथ वहाँ पहुँचे। पर्णकुटी के चतुर्दिक् पुष्पों की क्यारियाँ थीं। सम्राट् ने देखा कि उन क्यारियों के एक-एक पुष्प के प्रतिपुष्पदल पर साम्राज्ञी के स्वेदबिंदु झलक रहे थे। उदयन ने बताया कि वे पुष्प उसकी माँ ने स्वयं लगाए हैं, वे स्वयं इनमें जल डालती थीं। वे कुछ क्षण वहीं खड़े रहे, महर्षि पत्नी द्वारा कुटी में प्रवेश करने की आज्ञा की प्रतीक्षा में। वहाँ अनेक तापसियाँ एकत्र थीं। उदयन ने स्वयं माँ को सम्राट् के आने की सूचना दी।

महर्षि की पत्नी करुणामयी माँ पूर्णिमा अब भी उन्हें अपने बाहुओं में समेट सांत्वना दे रही थीं। सम्राट् के आने के समाचार से उनका मन और अधिक उद्वेलित हो उठा। सम्राट् ने कुटी में प्रवेश किया। उदयन ने महर्षि-पत्नी पूर्णिमा और वेदांतिनी का परिचय सम्राट् को कराया। सम्राट् महर्षि पत्नी के चरणों में गिर पुनः विह्वल हो उठे। अब दोनों को सांत्वना दे वे शांत करने लगीं। वेदांतिनी हर समय साम्राज्ञी के साथ रहती थीं, ठीक किसी परिवार के सदस्य की भाँति। उन्होंने रानी को अपने हृदय से लगा शांत करने का प्रयत्न किया। महर्षि-पत्नी सम्राट् को ढाढ़स बँधा शांत कर रही थीं। माँ को और सम्राट् को उद्वेलित देख किशोर उदयन परिस्थिति को नहीं समझ पा रहा था। वह भी अधीर हो रुदन करने लगा। ऐसा प्रतीत होता कि मानो विश्व की सारी करुणा आज उसी छोटी लघु पर्णकुटी में समा गई हो। तापसी बासंती उदयन को शांत करने में लगी थीं। ऐसा प्रतीत होता था मानो पर्णकुटी का एक-एक तृण चीत्कार कर रहा हो।

एक भी तापसी वहाँ ऐसी न थी, जो उस करुण दृश्य को देख रो न उठी हो। उस

लघु पर्णकुटी का दृश्य अत्यंत करुणामय हो उठा। वेदांतिनी जो स्वयं सभी को वेदांत एवं वैराग्य की शिक्षा देती थीं स्वयं भी रो उठीं और उनके अश्रु साम्राज्ञी के सिर को भिगोने लगे। महर्षि-पत्नी पूर्णिमा भी अधीर हो उठीं। जब सभी की यह दशा थी तो कौन किसको सांत्वना दे।

उसी समय महर्षि ने उस पर्णकुटी में प्रवेश किया। पर्णकुटी में काष्ठ शैयाओं पर वन्यतृणों से बने बिछावन थे, उन पर स्वच्छ वस्त्रों के परिच्छद थे। महर्षि एक शय्या पर आसीन हो सम्राट् और साम्राज्ञी को शांत करने लगे। दोनों ही काष्ठ पीठिकाओं पर महर्षि के चरणों के पास बैठ और शांत हो अश्रुधार को रोकने की चेष्टा करने लगे। महर्षि ने सम्राट् से कहा—

'सम्राट् आपकी यह मूल्यवान धरोहर मेरे पास चौदह वर्षों से सुरक्षित थी। आज आपको सौंपते हुए मुझे प्रसन्नता है। आपको शाप के कारण ही इतना अधिक कष्ट उठाना पड़ा है। इसमें भाग्य का ही दोष है। मनुष्य भावी को रोकने में कभी भी सक्षम नहीं रहा। भाग्य के समक्ष महान् शक्तिशाली पुरुष भी विवश हो जाता है।'

आँसुओं का वेग रुका। सम्राट् ने उदयन को अंक में समेट उसे शांत किया। पर्याप्त समय तक महर्षि दोनों को ही समझाते रहे। सम्राट् और साम्राज्ञी दोनों ही जानते थे कि वह परस्पर उपालम्भ का समय नहीं था। दोनों ही पर्याप्त अश्रु बहाकर अपने मन का भार हल्का कर चुके थे। धीरे-धीरे पर्णकुटी का वातावरण परिवर्तित होने लगा। महर्षि की आज्ञा से सभी तापसियाँ भी चली गईं। माँ पूर्णिमा और महर्षि जानते थे कि अब सम्राट् और साम्राज्ञी को कुछ समय के लिए एकांत में छोड़ना अधिक उचित होगा। अत: वे भी चले गए। केवल तापसी वेदांतिनी ही वहाँ रहीं। रानी और राजकुमार को तापसी वस्त्रों में देख सम्राट् का अंतर्मन करुणार्द्र हो रो उठा। उदयन का आलिंगन कर सम्राट् ने अनुभव किया कि कितना सुखद एवं शीतल था, उस किशोर के तन का स्पर्श।

धीरे-धीरे मन की भावनाएँ शांत होने लगीं और राजपरिवार के तीनों सदस्यों की दशा सामान्य हुई। सम्राट् ने कुछ समय आश्रम में ही निवास किया। वे आश्रम के अतिथि-कक्ष में रात्रि निवास करते। किशोर उदयन भी अधिकतर उन्हीं के सान्निध्य में रहता। शनै-शनै सम्राट् की ओर उसका मन आकर्षित होने लगा और उनके प्रति प्रेम भी बढ़ने लगा। उसको यद्यपि विचित्र अनुभव हो रहा था कि जिस बालक ने कभी पिता के दर्शन तक न किए हों, उनका परिचय तक उसको न दिया गया हो, आज सहसा उसका पिता से मिलन हो गया। अन्य तापस शिशुओं को देख, जब वह अपनी तुलना उनके जीवन से करता तो अपने को अनाथों की कोटि में पाता था। आज उसे पूर्ण विश्वास हुआ कि वह अनाथ नहीं है, उसके पिता हैं, माता हैं और वे हैं असामान्य युग पुरुष और वह स्वयं है एक राजकुमार।

आज जब उदयन को यह ज्ञात हुआ कि वास्तव में वह एक साम्राज्य का उत्तराधिकारी

है तो सहसा उसे विश्वास नहीं हो रहा था। धीरे-धीरे उसने अपनी भावनाओं से और जीवन की परिवर्तित परिस्थितियों से समझौता करने का प्रयत्न किया। सम्राट् नित्य यज्ञों में भाग लेते और आश्रम के आचार्यों के साथ ज्ञान चर्चा भी करते। वे उन सभी आचार्यों से मिले, जिन्होंने उदयन को शिक्षा प्रदान की थी और उसकी शिक्षा के विषय में पूरा ज्ञान भी प्राप्त किया। सभी आचार्य उस किशोर की तीक्ष्ण बुद्धि की प्रशंसा करते न अघाते।

राजपरिवार जब साम्राज्ञी की छोटी पर्णकुटी में एकत्र होता तो ऐसा लगता मानो कोई अमूल्य निधि उस पर्णकुटी में एकत्र है। उदयन ने सम्राट् को अपना वीणावादन सुनाया। वे उसकी दिव्य वीणा, उसके दिव्य स्वरों और कुशल वादन पर मंत्रमुग्ध होने लगते! राजकुमार के कौशल, योग्यता, ज्ञान और लोकोत्तर अंग सौष्ठव को देखकर वे अंतर्मन में अत्यंत आनंद का अनुभव करते।

सम्राट् ने शक्तिदेव को आदेश दिया कि आश्रम की गौशाला के लिए पंचशत दुधारु धेनुओं का क्रय किया जाए। उस आदेश की पूर्ति की गई। उन्होंने आश्रम के व्यय के लिए दश सहस्र स्वर्ण मुद्राएँ महर्षि के चरणों में समर्पित कीं और आश्रम से विदा देने के लिए प्रार्थना की। दूसरे दिन प्रात:काल प्रस्थान का आयोजन करने के लिए शक्तिदेव को आदेश दिया गया।

द्वितीय दिवस प्रात:काल ही सम्राट् ने महर्षि से प्रस्थान करने की आज्ञा देने की प्रार्थना की। इस समय साम्राज्ञी की दशा अति विचित्र थी। लगभग चतुर्दश वर्ष का लंबा समय उन्होंने इस आश्रम में व्यतीत किया था और संभवत: इतनी लंबी अवधि का कोई भी क्षण ऐसा न रहा होगा, जबकि उन्होंने सम्राट् की स्मृति न की हो और उनका हृदय विगत जीवन के वैभवपूर्ण दिनों को भूला हो। किंतु आज जब उन्हें अपने अभीष्ट की प्राप्ति हो रही थी, उनका हृदय मोहवश द्रवित हो रहा था। वहाँ से चलते समय बार-बार उस लघु पर्णकुटी की ओर देखतीं और अश्रुपात करतीं। तापसी वेदांतिनी से प्रार्थना की कि पुष्पों की क्यारियों को पानी से सींचती रहें। एक साम्राज्ञी को भी उस लघु पर्णकुटी से कितना मोह था।

आश्रम के पशु-पक्षी भी रानी से हिल-मिल गए थे। अकस्मात् ही एक मृग शावक, जिसे वे दूर्वादल खिलाती थीं, उनके पास आकर खड़ा हो गया। उसे वे प्यार करते समय द्रवित हो उठीं। सभी तापसियों से करबद्ध हो क्षमा माँगतीं, आश्रम के शिशुओं को प्यार करतीं, आज उनके हृदय में दो विपरीत भावनाओं का एक विचित्र संघर्ष हो रहा था। आश्रम का मोह उनके पैरों को पीछे की ओर खींचता तो कौशांबी लौटने का उल्लास उनके पैरों को आगे को खींचता। इस आकर्षण-विकर्षण की मन:स्थिति में रानी की दशा विचित्र थी।

आज साम्राज्ञी और उदयन को विदा करते समय महर्षि का भी धैर्य छूट रहा था। नितांत उसी भाँति जैसा कि कभी महर्षि कण्व रो उठे थे, जब उन्होंने शकुंतला को पतिगृह

जाने के लिए विदा दी थी। महर्षि ने भी तो मृगावती को पुत्री का ही स्नेह दिया था। आज महर्षि कण्व की भाँति ही मृगावती और उदयन को सम्राट् को समर्पित करते समय उन्हें भी संतोष का अनुभव हो रहा था। किंतु उनके करुणार्द्र नयनों में से ढलकते अश्रु थमने का नाम नहीं ले रहे थे। विरक्त और महान् तपस्पी भी, जब मोह में अधीर हो उठते हैं तो एक सामान्य मानव की दशा का क्या वर्णन किया जा सकता है। सभी आश्रमवासी आश्रम से नाति दूर एक सरोवर तक मृगावती को विदा करने आए। सरोवर तक महर्षि एक क्षण के लिए भी मृगावती एवं उदयन से पृथक् नहीं हुए।

□

37
साम्राज्ञी का कौशांबी पहुँचना

सरोवर तट पर पहुँच राजपरिवार के सभी सदस्यों ने ममतामयी माँ महर्षि-पत्नी पूर्णिमा और महर्षि के चरणों में सिर रख अभिवादन किया। रानी मृगावती सभी तापसी वर्ग से एक-एक कर मिलीं। सभी के नेत्रों में अश्रु झलक रहे थे। साम्राज्ञी के अश्रु तो थमते ही न थे। इतने दिनों आश्रम में रहकर वे सभी के साथ दृढ़ प्रेम बंधनों में आबद्ध हो चुकी थीं। विशेषकर तापसी वेदांतिनी के साथ जो हर समय छाया की भाँति उनके साथ रहती थीं और जिनके कारण उन्होंने वियोग के इस महार्णव को सहजता से पार कर लिया था। वे वेदांतिनी से आलिंगनबद्ध हो फूट-फूटकर रुदन करने लगीं। कौन जानता है वियोग के उपरांत कभी संयोग की स्थिति उपस्थित हो भी या न हो। वीणावादिनी तापसी, बासंती जिनसे माँ और पुत्र दोनों ही ने वीणा बजाने की शिक्षा की थी, अत्यंत अधीर हो उठीं। रानी ने जब उनका आलिंगन किया तो अत्याधिक करुणा का दृश्य उपस्थित हो गया।

किशोर उदयन ने सभी आचार्यों और तापसी वर्ग को एक-एक कर प्रणाम किया। उसे तो यात्रा का कौतुक अधिक था। आज उसका जीवन ही परिवर्तित होने जा रहा था। उसे अपने जीवन के इस सहसा होनेवाले परिवर्तन पर विश्वास ही नहीं हो पा रहा था। अंततः रुँधे गले से सम्राट् ने महर्षि से आज्ञा ली और शक्तिदेव को रथ लाने का आदेश दिया। राजपरिवार एक ही रथ में आरूढ़ हुआ। वहाँ से यात्रा नागपत्तन तक थी। इसके उपरांत इस बार चंपा होकर ही कौशांबी का मार्ग पकड़ना था। वे उपगिरि कांतार की दुरूह और दुर्गम यात्रा से बचना चाहते थे। चंपा होकर मार्ग सुगम भी था और सुरक्षित भी।

इस बार यात्रा की गति तीव्र थी, क्योंकि सम्राट् इतने अंतराल के उपरांत शीघ्रातिशीघ्र राजधानी पहुँचना चाहते थे। मार्ग में अंगराज ब्रह्मदत्त का आतिथ्य स्वीकार किया और उनके आग्रह पर दो दिन का चंपा निवास भी किया। वहाँ से ही सम्राट् ने दो द्रुतगामी दूत कौशांबी के लिए अपने आगमन की सूचना देने के लिए प्रेषित कर दिए। चंपा से गिरिव्रज और राजगृह तक का राजमार्ग ठीक दशा में था, क्योंकि वहाँ होकर सार्थवाहों की बहुत

बड़ी संख्या चंपा आती-जाती रहती थी। मगध का सारा व्यापार भी उसी राजमार्ग से होकर था। यात्रा को पूर्णतया गोपनीय रखा गया।

राजगृह में एक दिन विश्राम करना आवश्यक था, जिससे अश्वों को विश्राम मिल जाए। वहाँ से उन्होंने काशी होते हुए प्रयाग के लिए यात्रा की। मार्ग में महर्षि भरद्वाज के दर्शन अवश्य करने थे। प्रयाग पहुँचकर राजपरिवार ने संगम स्नान किया और महर्षि के दर्शन किए और आशीर्वाद ग्रहण किया। महर्षि भरद्वाज के आश्रम में ही रात्रि निवास किया। दूसरे दिन प्रात:काल अक्षयवट की पूजा कर और महर्षि से आज्ञा ले उन्होंने कौशांबी के लिए प्रस्थान किया।

सम्राट् के आगमन का समाचार पहले ही कौशांबी पहुँच चुका था। अत: सभी राजपुरुष ही नहीं, वरन् वहाँ की प्रजा भी अपनी चिरवियुक्ता साम्राज्ञी के पुन: आगमन पर अत्यंत प्रसन्न हो नगर के सीमांत पर ही उनका स्वागत करने के लिए उमड़ी पड़ रही थी। सारे मार्ग में उदयन को अत्यंत कुतूहल रहा। अब उसने आश्रम से निकल प्रथम बार ही तो इतनी लंबी यात्रा की थी और नए-नए स्थानों का अवलोकन किया था। वह बड़े कुतूहल से प्रत्येक वस्तु को देखता और जिज्ञासावश सम्राट् से बार-बार प्रश्न भी करता। सम्राट् के साथ यात्रा करते हुए आज पहली बार ही उसे राजसी वैभव और सुख के आनंद की अनुभूति हुई थी।

नगर के उपांत पहुँच और प्रजा की भीड़ देख राजपरिवार के सभी सदस्यों ने स्यंदन को छोड़ पदाति चलना ही अधिक उपयुक्त समझा, जिससे प्रजाजन अपनी राजमहिषी और राजकुमार को भलीभाँति देख सकें। चारों ओर से जय-जयकार के स्वर उमड़ पड़ रहे थे और रानी एवं राजकुमार पर पुष्पों की अनवरत वर्षा हो रही थी। उदयन को आज यह सभी कुछ बहुत अच्छा लग रहा था। हर वस्तु आज उसके लिए कौतुक की वस्तु थी। सम्राट् की आज्ञा से उसने वृद्धजनों के चरण स्पर्श कर उनका अभिवादन किया। महामंत्री और महाबलाधिकृत से भी सम्राट् ने उदयन का परिचय कराया।

आज संपूर्ण जनवृंद का उल्लास आकाश को छू रहा था। अपने इतने सुंदर राजकुमार को देख संपूर्ण प्रजाजन अति प्रसन्न थे। राजपरिवार धीरे-धीरे राजमहल के निकट आ पहुँचा। राजप्रासाद को राजमहिषी के स्वागत के लिए विशेष रूप से सजाया गया था। उदयन तो राजप्रासाद की भव्यता को आश्चर्यपूर्ण विस्फारित नेत्रों से एकटक दृष्टि से देख रहा था और अपने भाग्य परिवर्तन पर उसे महान् आश्चर्य था। अब तक उसका जीवन तो केवल एक सामान्य पर्णकुटीर में ही बीता था। राजप्रासाद कितने भव्य और कितने वैभव संपन्न होते हैं, इसका तो उसे कभी विचार ही नहीं आया था। आता भी कैसे उसका तो अब तक का परिवेश ऋषियों का आश्रम और अरण्य प्रांत ही था। इस राजसी वैभव को देखकर वह आचर्श्यचकित था। आज पहली बार ही उसने कोई राजप्रासाद देखा था।

सुप्रतीक का पुत्र रुमण्वान और महामंत्री युगंधर का पुत्र यौगंधरायण दोनों ही लगभग राजकुमार उदयन के समवयस्क थे। उनकी अवस्था में और राजकुमार की अवस्था में लगभग एक-दो वर्ष का ही अंतर था। उन्होंने राजकुमार से शीघ्र परिचय कर लिया और संपूर्ण राजप्रासाद का उसे भ्रमण कराया। आज उदयन अपने भाग्य पर अतिप्रसन्न था कि आगे चलकर वही इस सारे साम्राज्य, राजप्रासाद और वैभव का स्वामी होगा। आज उसने अनुभव किया कि महर्षि की वाणी कितनी सत्य थी। वह छोटा किशोर भी यह सोचने को विवश था कि भाग्य के कारण और उस सर्वशक्तिमान ईश्वर की कृपा से किस प्रकार एक रंक भी राजा बन जाता है। उस उक्ति को वह एक कल्पना समझता था। आज वह प्रत्यक्ष रूप से उसके समक्ष सत्य हो रही थी।

साम्राज्ञी और राजकुमार के स्वागत में संपूर्ण कौशांबी में आलोक पर्व मनाया गया। शुभ्र-पद्म-प्रासाद की सजावट एवं शोभा अवर्णनीय थी। पूरा राजमहल दीपकों के जाज्वल्यमान प्रकाश में चमक उठा था। शोभा दर्शनीय थी। यमुना के पावन जल में पड़ता दीपकों का प्रतिबिंब ऐसा लगता मानो यमुना भी आज साम्राज्ञी के स्वागत में दीवाली मना रही हो। चारों ओर नृत्य और संगीत के आयोजन थे। नवीन वस्त्रों में सजे किशोर-किशोरियाँ तितलियों से लगते। कई दिन तक उसी प्रकार के उत्सव होते रहे। रुमण्वान और यौगंधरायण के साथ नगर का भ्रमण करता उदयन अत्यंत प्रसन्न था। आज हर वस्तु उसके लिए एक कौतुक का विषय थी। नगर में वह जिधर जाता, उधर ही अपने प्रति प्रजाजनों के प्रेम और सम्मान का अनुभव करता। यह परिस्थिति उसके लिए अकल्पनीय और नितांत नई थी।

□

38

आकुलता का सुखद विराम

सम्राट् और साम्राज्ञी ने चिर वियोग के उस महासमुद्र को पार किया था, जिसकी स्मृति मात्र हृदय को प्रकंपित करनेवाली थी। जिस अनन्य प्रेममय दांपत्य जीवन जीने की आकांक्षा की पूर्ति के लिए उन्हें एक जीवन का बलिदान देना पड़ा, पुनर्जीवन ग्रहण करना पड़ा और वियोग का इतना लंबा शापित जीवन जीने के लिए विवश होना पड़ा, वह चिरकांक्षित अभिलाषा तो आज भी अपूर्ण थी। अत: दोनों ही के हृदय में उत्कट अभिलाषा थी एक शांतिमय दांपत्य-जीवन के सुख के उपभोग की। ये संपूर्ण राजसी वैभव एवं ऐश्वर्य, अतुल संपदा, इतने विशाल साम्राज्य का एकाधिकार उनकी दृष्टि में तुच्छ थे, क्योंकि इनके साथ ही थीं साम्राज्य की समस्याएँ, जो उनके शांतिमय जीवन में सहायक न होकर बाधक थीं।

भाग्यवश राजकुमार एक होनहार और सर्वगुण संपन्न किशोर था, जिसकी शारीरिक एवं मानसिक शक्तियाँ शनै-शनै विकसित हो रही थीं। वह धीरे-धीरे जीवन की परिवर्तित परिस्थितियों के अनुरूप अपने को ढालने में सफल हो रहा था। उसके गुणों की प्रशंसा चतुर्दिक् होने लगी थी। जो देखता वही उसकी ओर आकर्षित होता। उसका अनुपम अंग सौष्ठव, उसकी संगीत-कला और वीणावादन तथा उसकी बुद्धि चातुर्य सभी तो प्रशंसनीय थे। उसका यश चारों ओर फैलने लगा था। वह उस अमूल्य रत्न की भाँति था, जो अब तक भूमि के गर्त में था और अब शाण पर चढ़कर और स्वर्ण का सान्निध्य पा देखने वालों के नेत्रों को चौंधिया देता था। सम्राट् और साम्राज्ञी को प्रतीक्षा थी, उसके वयस्क होने की।

रुमण्वान और यौगंधरायण और वसंतक छाया की भाँति उसके साथ रहते। उन्होंने राजकुमार को संपूर्ण नगर का भ्रमण कराया। जिस राजमार्ग, पण्यवीथी और वीथी से वह निकलता सभी सम्मान करते और प्रजाजन उसमें एक सफल और ऐश्वर्यवान सम्राट् की झलक देख प्रमत्त होते और उसके व्यक्तित्व की प्रशंसा करते।

सम्राट् ने युगंधर और सुप्रतीक से उनकी शिक्षा के उचित प्रबंध करने के लिए परामर्श

किया। महाबलाधिकृत सुप्रतीक का पुत्र रुमण्वान राजकुमार उदयन की भाँति ही बलिष्ठ था और शास्त्रों की अपेक्षा शस्त्र विद्या में अधिक रुचि लेता था। अत: यह निश्चित किया गया कि उसे एक सफल सेनापति की शिक्षा दिलवाई जाए और वही वत्स का भावी सेनापति हो। महामंत्री युगंधर का पुत्र यौगंधरायण अपने पिता की भाँति ही राजनीति में अधिक रुचि लेता था। अत: उसको वत्स के महामंत्री के रूप में शिक्षित कराने की योजना बनाई गई। बसंतक सामान्य बुद्धि का था। राजकुमार की बुद्धि की विलक्षणता अद्वितीय थी। वह सभी प्रकार की शिक्षा प्राप्त करने में सक्षम था। वह आज भी अवस्था में कम होते हुए भी रुमण्वान की अपेक्षा अधिक दूर तक शल्य प्रक्षेपण में समर्थ था। जमदग्नि आश्रम में आचार्यों की शिक्षा के कारण उसे आज भी राजनीति के दाँव-पेचों का ज्ञान था। अत: कुलगुरु श्रुताचार्य की अध्यक्षता में योग्य आचार्यों को उनकी शिक्षा के लिए नियुक्त किया गया और कौशांबी के उपांत पद्मनिकेतन उद्यान में विनिर्मित विशाल भवन में ही उनकी शिक्षा का प्रबंध किया गया। समय-समय पर सम्राट् वहाँ जाते। उनकी शिक्षा का निरीक्षण भी करते और उनकी प्रतियोगिताओं का आयोजन भी कराते। राजकुमार के बौद्धिक और शारीरिक विकास पर उन्हें पूर्ण संतोष था।

जब कभी राज्य की परिषद् में तात्कालिक राजनीति का विवेचन होता तो राजकुमार यौगंधरायण और रुमण्वान को भी वहाँ उपस्थित रहने के लिए बुलाया जाता। यौगंधरायण के प्रति सभी को पूर्ण विश्वास हो गया था कि भविष्य में संभवत: संपूर्ण भारतवर्ष में इतना योग्य महामंत्री नहीं होगा।

मगध की ओर से कुछ समय के लिए समस्याएँ शांत थीं, क्योंकि सम्राट् बिंबिसार अपनी पारिवारिक समस्याओं में अधिक व्यस्त थे। राजकुमार अजातशत्रु अपने पिता को पदच्युत कर स्वयं मगध सम्राट् बनने के लिए उतावला था और महामंत्री वर्षकार उसका सलाहकार और सहायक था।

सम्राट् ने जमदग्नि आश्रम की यात्रा के समय महात्मा बुद्ध को कौशांबी आने का निमंत्रण दिया था। अत: महात्मा बुद्ध ने इस वर्ष का चतुर्मास कौशांबी में ही व्यतीत करने का निर्णय लिया। उनके कौशांबी आने का समाचार सुन सम्राट् ने स्वयं उनका स्वागत किया और राज्य की ओर से उनके लिए और शिष्यवर्ग के लिए ठहरने और भोजन का उचित प्रबंध भी किया। महात्मा बुद्ध को पूर्ण विश्वास था कि बिंबिसार और अजातशत्रु की भाँति सम्राट् और उदयन बौद्ध धर्म ग्रहण कर लेंगे।

महात्मा बुद्ध कौशांबी में एक अतिथि के रूप में थे। आर्यों में उपनिषदों के अनुसार, अतिथि का सत्कार करना एक धार्मिक कृत्य माना जाता था। अतिथि सम्मान के लिए आर्यों का मूल मंत्र था—'अतिथि देवो भव।' सम्राट् ने महात्मा बुद्ध के आदेश का पालन करते हुए एक विहार के निर्माण के लिए धन और स्थान की भी व्यवस्था कर दी। समय-समय

पर राजपरिवार के सदस्य भी महात्मा बुद्ध के प्रवचन सुनते।

महात्मा बुद्ध ने दु:ख, दु:खों का कारण, दु:ख निरोध और निर्वाण की व्याख्या की। उन्होंने अपने चरित्र निर्माण के सिद्धांतों—अहिंसा, सत्य, अस्तेय, अपरिग्रह, ब्रह्मचर्य आदि सिद्धांतों का विवेचन किया। पंचशील के पालन पर बल दिया। किंतु अपने प्रवचनों में वेदों की प्रामाणिकता के सिद्धांत का विरोध किया। उन्होंने कर्मवाद का विवेचन किया, किंतु ईश्वर के अस्तित्व के विषय में वे मौन रहे। वेदों और उपनिषदों का विरोध राजपरिवार के सदस्यों की धार्मिक भावनाओं के प्रतिकूल था।

महात्मा बुद्ध के अनेक प्रयत्न करने पर भी सम्राट् और राजकुमार ने बौद्ध धर्म स्वीकार नहीं किया, यद्यपि उन्होंने प्रत्यक्ष रूप से इसका विरोध भी नहीं किया।

अब सम्राट् और साम्राज्ञी निरंतर प्रजा की भलाई के कार्यों में ही लगे रहते। अपने उदार सम्राट् एवं साम्राज्ञी को पाकर प्रजाजन अति प्रसन्न थे। राजकुमार अब पूर्ण यौवन की अवस्था पर पहुँच चुका था। उसकी शिक्षा भी पूर्ण हो चुकी थी। सभी को उसकी योग्यता पर विश्वास था।

सम्राट् ने मंत्रियों से मंत्रणा की और सभी का सकारात्मक उत्तर पाकर राजकुमार उदयन को एक उत्सव के साथ युवराज के पद पर अभिषिक्त कर राज्य का भार उसके कधों पर डाल दिया। उसने इस उत्तरदायित्व को पूर्ण रूप से वहन किया। उसने वत्स की शक्ति को बढ़ाया और अपने हस्ति सम्मोहन के बल पर एक विशाल गज सेना का निर्माण किया।

सम्राट् और साम्राज्ञी प्रौढ़ावस्था को पार कर चुके थे। अत: वे राज्य के कार्यों से निश्चिंत होकर अपना सुखमय दांपत्य जीवन-यापन करने लगे।

इस समय उदयन की अवस्था बाईस वर्ष से अधिक न थी। किंतु अपनी वीरता, शासन की कुशलता, शारीरिक सौंदर्य, अपने कलाप्रेम और संगीत-प्रेम के कारण शीघ्र ही उसकी ख्याति सारे भारतवर्ष के राजघरानों में फैल गई। आर्य परंपराओं के अनुसार सम्राट् सहस्रानीक की उत्कट इच्छा थी कि किसी समीपस्थ ऋषि-आश्रम में जीवन के अंतिम वर्षों में विरक्त जीवनयापन किया जाए। युवराज उदयन को संरक्षण और राजकार्यों में उचित परामर्श के लिए योग्य मंत्रियों और सेनापतियों की सहायता प्राप्त थी। किंतु राजमहिषी मृगावती अभी उदयन का विवाह होने से पूर्व कौशांबी का परित्याग करने को उद्यत नहीं थीं। विशिष्ट रूप से ऐसी परिस्थितियों में जब कि पड़ोसी सम्राट् वत्स के साथ अमित्रवत् व्यवहार करते हों। यही कारण था कि सम्राट् ने कौशांबी में ही विरक्त जीवनयापन करने का निश्चय किया। उदयन का अवंति राजपुत्री वासवदत्ता, जो अपने सौंदर्य के कारण संपूर्ण भारतवर्ष में प्रसिद्ध थी, के साथ परिणय के उपरांत ही, राज-दंपती ने महर्षि शांडिल्य के आश्रम में निवास कर जीवन के अंतिम वर्षों का सुखपूर्वक यापन किया। इस विवाह से अवंतिराज के साथ वैमनस्य भी समाप्त हो गया। □

परिशिष्ट

असिक्नी	चिनाव
अभिसार	चिनाव के पश्चिम का भाग
उत्तरापथ	पंजाब
उत्तरकुरु	आमू का उत्तरी प्रदेश
उपकुल्या	नालियाँ
उत्सव संकेत	कांगडा और रामपुर के बीच का प्रदेश
कुभा	काबुल नदी
कंबोज	पामीर के पास का प्रदेश (चीनी तुर्किस्तान)
चर्मण्वती	चंबल
दार्व	चिनाव के पूर्व का भाग (जम्मू)
पण्यवीथी	बाजार
पुष्कलावती	पेशावर
परुष्णि	रावी
पश्चिमी मद्र	पश्चिमी ईरान
प्रतिष्ठानपुर	जूही
प्राग्ज्योतिषपुर	आसाम में एक नगर
भरुकच्छ	भडोंच
मणिलूर	मणिपुर
महार्घ	अति मूल्यवान
मरमर	संगमरमर
लास्य	नृत्य

विपासा	व्यास
यवदीप	जावा
वक्षु	आमू
वितस्ता	झेलम
शतद्रु	सतलज
सदानीरा	ताप्ती
सिही	गंडक
सुवर्ण द्वीप	सुमात्रा
सुवर्ण देश	बर्मा (म्याँमार)

□□□